Les Chiens sauvages

Michel Peyramaure

Les Chiens sauvages

ÉDITIONS FRANCE LOISIRS

Édition du Club France Loisirs,
avec l'autorisation des Éditions Robert Laffont

Éditions France Loisirs,
123, boulevard de Grenelle, Paris
www.franceloisirs.com

ISBN : 2-7441-4511-4

À Michèle et
à Gilbert Bordes.

Premier livre

1

LE CAVALIER NOIR

Richemont (Périgord),
automne 1643

Cet inconnu, ce cavalier vêtu de noir, semblait depuis les premières heures du matin me suivre comme mon ombre. Il ne cherchait pas à passer inaperçu, pas plus qu'à attirer l'attention : il était là simplement, tantôt marchant sur mes brisées, tantôt planté comme une borne, tantôt immobile sur son cheval comme la statue du bon roi Henri sur le Pont-Neuf, à Paris.

La première fois que j'ai constaté sa présence, c'était sur le marché de la place de la Claustre, à Périgueux, où j'étais venu vendre un reliquat de notre récolte de noix. Je salue le client, bavarde avec lui, marchande par habitude et, quand mes yeux se lèvent vers la façade de la cathédrale Saint-Front, je vois cet homme à quelques pas de moi, sur son cheval, un chanteau de pain dans une main, un gros oignon dans l'autre.

C'est un bel homme, la cinquantaine attestée par une barbe grisonnante sous le large feutre

---

Voir carte du Paréage en fin de volume.

noir au bord fièrement relevé sur un côté, à la catalane, des bottes égueulées à la hongroise, vêtu de sombre des pieds à la tête. Il a l'air de s'intéresser à tout et à rien en particulier, si ce n'est à moi et à mes sacs de noix. Un drôle de particulier, semble-t-il, avec quelque chose de militaire dans son allure, sans que rien n'en transparaisse sous la cape poudrée de poussière. Je m'attends qu'il m'aborde pour m'acheter mes noix mais il reste là, à promener son regard de droite et de gauche sans cesser de mâchonner son pain et son oignon.

Je ne lui aurais pas prêté autrement attention si, quelques heures plus tard, je ne l'avais retrouvé en face de moi, aussi taciturne et avare de ses mouvements.

J'avais vendu mes noix et ma ceinture était bien garnie. Après avoir envoyé mon valet, Baptiste, prévenir mon épouse que je ne tarderais pas à rentrer, je m'attablai à l'auberge de Cantillac, non loin de mon domicile, pour m'y faire servir une soupe au lard, un cruchon de vin et recueillir quelques nouvelles car, à Richemont, nous n'avons que celles que nous claironnent les corbeaux et les corneilles – les *grolles,* comme nous disons.

J'entre donc après avoir noué la bride de ma mule à l'anneau, et qu'est-ce que je vois ? Mon cavalier noir assis au fond de la grande salle devant une assiette et une bouteille, et qui semble m'attendre. Mais pourquoi, me dis-je, m'attendrait-il ? S'il a des choses à me dire il aurait pu le faire sur le marché.

L'idée me vient de passer mon chemin mais je me ravise pour deux raisons : il est dangereux de donner à des gens malintentionnés (qui me dit que ce n'est pas le cas ?) l'impression, en les évitant, qu'on les redoute ; ensuite j'ai grand-soif et une faim de tous les diables.

Bref. Je m'attable sur le même côté que lui pour savoir s'il va virer la tête afin de mieux m'observer. À peine ai-je le cul posé sur le banc la soupière est devant moi, la grosse cuillère d'étain dans l'assiette, et le cruchon de reginglard ne tarde pas à suivre. La servante connaît mes habitudes.

Tandis que le cavalier contemple le fond de son verre en le faisant tourner dans sa main, je laisse mon regard flotter sur les feuilles d'almanach placardées sur le mur d'en face, entre de vieux bouquets poussiéreux de la Saint-Jean.

Nous serions seuls dans cette vaste salle, le silence deviendrait insupportable et l'un de nous deux serait contraint de prononcer ne serait-ce que quelques mots de courtoisie, mais, retour du marché, la clientèle est nombreuse et donne de la voix. Cela dissipe le petit mystère qui s'élabore entre lui et moi comme une toile d'araignée.

Sans que j'aie la peine de passer commande, la terrine de pâté truffé succède à la soupe et au chabrol, avec un *contel* de pain et un pot de cornichons. Je prends mon temps, vide mon cruchon, me torche les moustaches et me lève alors que le jour fait le contraire.

Stupeur ! Au moment où je passe près de lui, le cavalier incline la tête et lève son verre à ma santé avec un sourire. Je passe sans répondre, persuadé de plus en plus qu'il y a anguille sous roche et qu'elle vient de pointer son nez. Insolence ? Provocation ? Diable ! me dis-je en franchissant la porte encadrée de bouquets de genièvre, que peut bien me vouloir ce lascar ? J'enfourche ma mule en me disant que, rendu à Richemont, j'aurais à sortir mon fusil au cas où il ferait une nouvelle apparition. Il ne serait pas alors question de hasard.

Je n'ai rien dit à ma femme de cette rencontre insolite. Adèle est craintive ; si je l'écoutais, nous vivrions remparés dans nos pénates comme dans la forteresse de Bourdeilles, entourés d'une meute de molosses. Il est vrai que les événements des années passées nous incitent à la prudence, mais il faut dire que nous ne sommes pas les propriétaires de ce domaine, seulement de simples intendants, et que notre fortune pourrait tenir dans le creux de ma main, mettons les deux.

Revêtu de ma robe d'intérieur, je bourre ma pipe du gros tabac que me procure un contrebandier originaire de la Savoie. Installé sur l'*archabanc* au coin de la cheminée, je reprends dans la dernière clarté du jour la lecture du troisième livre des *Essais* de M. de Montaigne, à la page marquée d'une brindille : celle où il est écrit qu'il faut vivre « conformément à la nature ».

Le lendemain, au petit jour, mon premier soin a été d'aller ramasser quelques noix et de gauler celles qui restaient sur l'arbre. Un ventoulet délicat comme un souffle d'enfant portait des odeurs de pinède et de fougère fanée. Soudain, alors que Baptiste et moi virions de bord avec nos paniers pleins, je ne pus réprimer un sursaut.

– *Miladiou !* Encore lui…

Le cavalier noir se tenait avec son cheval à la bride au bout de la rangée de noyers. Là, plus question d'invoquer le hasard. Que faire ? Prendre par la vigne pour l'éviter ? Il m'aurait rejoint. Ignorer sa présence n'eût servi de rien. De toute évidence, il avait des choses à me dire.

Il ne me laissa pas le choix. Il m'aborda fort civilement en ôtant son chapeau à la catalane.

– Monsieur Gratien Donnadieu, je suppose ?

Je répondis d'une voix peu engageante :

– Lui-même, monsieur, pour vous servir.

Il ajouta en se recoiffant :

– Pardonnez mon insistance. Je voulais m'assurer que vous êtes bien la personne que je cherche. Me permettez-vous de vous faire un brin de conduite ? J'ai à vous parler. Si ma personne ne vous dit rien, en revanche, mon nom ne vous est pas inconnu : Grellety.

La mémoire me revint comme un trait de foudre. J'avais bien connu Pierre Grellety, quelques années auparavant, à la fin de la révolte des Croquants, mais il avait changé au point que j'avais du mal à le reconnaître. Grellety… Pierre Grellety… Je le croyais dans le Piémont, et voilà qu'il surgissait comme un diable de sa boîte.

Je sentis le sol se dérober sous moi.

– Pierre Grellety ! Je vous croyais…

Il m'arrêta d'un geste.

– Vous faites erreur, monsieur Donnadieu. Je ne suis que son frère, Joseph, son lieutenant dans l'insurrection et aujourd'hui à Vercelli, mais c'est de sa part que je viens vous trouver.

– Comment vous aurais-je reconnu, Joseph ? Vous ne portiez pas la barbe dans le temps et vous étiez maigre comme un Écossais.

Il éclata d'un rire qui me fit du bien.

– Si j'ai laissé pousser ma barbe, c'est que cela donne de l'autorité, et si j'ai un peu forci, c'est que l'armée nourrit bien son homme.

Il tira sur la bride de son cheval qui broutait un bouquet d'herbes et ajouta d'un air grave :

– Si j'ai fait tout ce chemin depuis l'Italie, c'est pour vous entretenir, de la part de mon frère, d'une affaire délicate et importante. J'ai donné campo à mon valet. Je dois le retrouver à l'auberge du Chapeau-Vert, à Périgueux, dans trois jours. J'ai retenu mon logement à l'auberge où nous nous sommes rencontrés et où je n'ai pas osé vous aborder, incertain que j'étais de votre identité.

Il me soulagea fort aimablement d'un de mes paniers qui commençaient à peser au vieil homme que je suis. Je répondis du même ton courtois :

– J'aurai plaisir à vous héberger, en toute simplicité. Baptiste ira décommander votre logement. Nanon vous préparera un lit dans la chambre occupée par un ancien propriétaire de ce domaine, messire Pierre de Bourdeilles, que l'on connaît mieux sous le nom de Brantôme. Richemont appartient aujourd'hui à son petit-neveu, messire François de Bourdeilles.

– Vous me voyez confus, mais j'accepte votre hospitalité.

Il me raconta qu'il avait bien connu le sénéchal Henri de Bourdeilles, père de François et neveu de M. de Brantôme. Il n'avait pas oublié qu'au temps de l'insurrection il avait apprécié la sympathie un peu rude témoignée par lui aux croquants rebelles qui, durant des années, avaient tenu en échec les armées royales dans la forêt de Vergt et autres lieux.

Il ajouta :

– Si cela peut vous rassurer, je ne suis pas de ces « tondeurs de nappes », comme on dit, qui s'incrustent dans les demeures accueillantes.

– Considérez cette maison comme la vôtre, dis-je. La chère est spartiate mais vous n'aurez pas à vous plaindre de notre accueil.

Je me demandais de quelle « affaire délicate et importante » Joseph Grellety souhaitait m'entretenir. Importante, elle l'était à l'évidence, pour qu'il eût fait afin de me rencontrer le trajet de Vercelli à Richemont. Je n'osai l'interroger mais j'avais ma petite idée.

Les frères Grellety sont originaires d'un lieu dit les Coustaudous, près de Saint-Mayme, dans le pays de Vergt. La tenure qu'ils exploitaient occupe une crête entre deux vallées riches et profondes que la guerre des croquants a balayées comme un torrent mais qui, la paix revenue, ont retrouvé leur prospérité.

Du temps où cette famille de laboureurs, paysans aisés sans nager dans l'opulence, occupait ces quelques parcelles de bonne terre, je garde mémoire de bâtiments d'habitation d'un tel appareil, d'une large pièce d'eau servant d'abreuvoir et de *peissière* pour des carpes et de la blanchaille. Le voisinage était discret : c'était le hameau de Puynaud, situé à une portée de couleuvrine, et le village de Bordas.

J'avais eu de bons rapports avec cette famille. Je rencontrais le père et ses deux fils sur les champs de foire des environs, à Vergt notamment, où m'envoyaient mes bons maîtres, les seigneurs de Bourdeilles, pour négocier l'achat ou la vente de nos produits et ramener des nouvelles fraîches.

Le père Grellety, Guillaume, était un homme de haute stature, aux reins larges, aux membres puissants, franc comme l'or. Sa femme, la brave Janille, observait scrupuleusement les vertus d'obéissance et de silence que lui imposait son époux.

Pierre et Joseph étaient à bonne école : même rigueur, même franchise, de l'or sans alliage comme ces « pièces noires » dont l'Espagne nous inonde. Ils ont fait la démonstration de ces qualités au temps où la guerre des croquants les a rejetés dans la forêt, le mousquet au poing. Pierre n'a pas failli à sa mission de chef des rebelles, au point de s'attirer l'estime puis les faveurs du cardinal de Richelieu, après avoir combattu et vaincu ses armées.

Bref, je me disais, alors que Joseph s'installait dans sa chambre, qu'il était venu de si loin pour négocier la vente du petit domaine des Coustaudous, désert depuis leur départ, et que j'aurais sans doute à en obtenir quelque profit. Il n'y avait pas gras à retirer de cette vente mais je n'ai jamais laissé passer la moindre occasion de gagner quelques sous, sans ménager ma peine.

Il me fallut déchanter.

Ce n'est pas des ruines des Coustaudous que Joseph souhaitait m'entretenir mais de ma fille, ce qui ne laissa pas de me surprendre. Mondine, depuis environ deux ans, ne vit plus à Richemont : je l'ai placée comme demoiselle de compagnie chez un avocat de Périgueux que je compte parmi mes amis, maître Pierre de Bessot. Elle vient d'avoir quinze ans.

Tandis que mon Adèle fouettait l'omelette aux champignons en monologuant à mi-voix, Joseph sortit de sa poche une longue pipe de soldat ; il la bourra et me tendit la vessie de porc qui gardait sa fraîcheur au tabac pour m'inviter à faire de même.

Je ne pus réprimer un sursaut lorsque je l'entendis me déclarer du ton le plus naturel :

– Mon cher Donnadieu, ma mission consiste à vous demander la main de votre fille.

La terre se serait mise à trembler que je n'aurais pas éprouvé une telle émotion, d'autant qu'à ma connaissance ils ne s'étaient jamais vus.

– Mondine… balbutiai-je. C'est qu'elle est toute jeunette et vous…

Il secoua la tête avec un sourire, alluma sa pipe et un tison en prenant son temps, avant d'ajouter :

– Il ne s'agit pas de moi mais de mon frère.

Cette fois-ci, je faillis laisser tomber ma pipe et choir de mon banc. Il poursuivit, entre deux lourdes bouffées odorantes :

– J'ai prévu vos objections. Pierre est plus âgé que moi de deux ans, proche de la cinquantaine, mais il est loin de tourner barbon et sa santé est excellente.

À vrai dire, l'idée de marier Mondine m'était souvent venue à l'esprit, mais je me disais que rien ne pressait et que, gracieuse, jolie, vive comme un pipit des prés, elle trouverait facilement un bon parti parmi les notables de ma connaissance ou même des fils de hobereaux.

– Cette proposition, dis-je, me surprend d'autant plus que Mondine et votre frère ne se sont jamais rencontrés.

– Détrompez-vous ! s'exclama Joseph. Non seulement ils se connaissent mais ils ont, en tout bien, tout honneur, je puis vous l'assurer, effeuillé la marguerite et se sont fait des promesses.

Il me remit en mémoire l'entrée triomphale des croquants dans Périgueux, à la fin de l'insurrection, le jour des Rameaux de l'année précédente, et la fête populaire qui avait suivi. Malgré l'interdiction que je lui en avais faite, Mondine avait suivi les filles de maître Bessot et cette escapade l'avait menée jusqu'à un bal public. Elle avait dansé avec le héros du jour, ainsi que je l'appris.

– Ils ont dansé ensemble une grande partie de la soirée, ajouta Joseph, et c'était un plaisir de les regarder se dévorer des yeux et se parler à l'oreille. Nous sommes partis le lendemain, vous le savez, mais ils se sont promis l'un à l'autre. Mon frère n'a pas oublié sa promesse. Mondine non plus, je l'espère. Vous en a-t-elle parlé ?

Secrète comme elle l'est, Mondine ne m'en avait jamais soufflé mot. J'avais simplement observé qu'au cours du défilé des croquants elle semblait fascinée par le capitaine Grellety. Mais de là à penser qu'elle et lui…

À la réflexion, je ne nourrissais aucune prévention contre une telle union qui, à tout prendre, nous faisait honneur : le capitaine Pierre Grellety tenait à la fois de l'histoire et de la légende. On parlait de lui avec faveur à la cour. Malgré tout, j'éprouvais une déception : le sentiment d'avoir été tenu à l'écart de cette idylle, d'avoir en quelque sorte été floué, moi, le père, à qui aurait dû revenir le choix d'un époux.

– Je comprends votre surprise, dit Joseph, mais je puis vous donner l'assurance que Mondine ne trouvera que des avantages à cette union. Sans être fortuné, mon frère a du bien, et…

Et *patia-patia*… Joseph voyait déjà son frère installé à Turin comme gouverneur de la province, occupant un palais en dentelle de pierre, Mondine paradant à son bras dans ces fêtes italiennes qui étonnent le monde. Il y avait dans cette perspective de quoi me séduire, mais, avec le bon sens qui constitue le fond de ma nature, j'avais appris à me méfier du flonflon des promesses.

Lorsque nous nous attablâmes devant la grosse soupe au lard, j'annonçai la nouvelle à mon épouse. Elle interrompit sa lampée, sa cuillère à mi-chemin entre sa bouche et son écuelle, et s'écria :

– Mondine ! Nous allons marier Mondine ! À qui donc ? À un Chancel ? À un Bertin ?

Elle voyait grand ! Les Chancel avaient eu dans leur famille des consuls et des maires… Les Bertin étaient les plus gros maîtres de forges des bords de l'Isle… Pourquoi pas un fils du gouverneur de Guyenne, M. de Schomberg ? Quand je lui parlai de Pierre Grellety, elle parut déçue.

– Nous aurions mauvaise grâce, dis-je, à vous refuser notre fille. Nous ne voulons que son bonheur.

J'ajoutai :

– Nous parlerons demain, si cela vous agrée, des conditions de ce mariage. Il faut penser au contrat…

En toute circonstance, je fais passer les sentiments après les intérêts. Le bonheur de ma fille ne m'était pas indifférent mais je n'allais pas la laisser nous quitter sans quelque assurance matérielle. Que trouverait-elle dans la corbeille de mariée ? Un capitaine de l'armée royale, ça ne devait pas rouler sur l'or et ça risquait sa vie en permanence par ces temps de guerre aux frontières. De quels avantages Pierre Grellety pouvait-il bien se prévaloir et que valaient ses ambitions ? Pour ce qui est de la dot, l'homme d'ordre que je suis l'avait prévue de longue date, et elle pouvait satisfaire à tous les beaux partis qui pouvaient se présenter.

Nous attaquâmes en silence l'omelette aux champignons, puis le civet de marcassin.

– Eh bien ! lança Joseph, me voilà lesté pour trois jours. Nous sommes loin, Donnadieu, de la chère « spartiate » que vous m'avez annoncée. Et votre vin est une merveille ! Avec votre permission, je vais gagner ma chambre. Une vingtaine de lieues dans les bottes ! Je vais dormir d'un sommeil d'ange.

– Faites de beaux rêves ! lui lança Adèle.

J'ignore si Joseph Grellety eut, au cours de la nuit, la curiosité de soulever le couvercle de la malle de clisse où dorment les Mémoires manuscrits de Pierre de Brantôme, rangés là par son secrétaire, Mathau, qui l'a suivi de près dans la tombe.

Je ne sais que faire de cette œuvre qui repose là depuis le décès de son auteur, il y a une trentaine d'années. Lorsque je serai mort, qui donc veillera sur elle ? J'ai songé à plusieurs reprises à la confier à un imprimeur. Aujourd'hui je n'ai plus la volonté ni le courage de prendre l'affaire en main, et d'ailleurs qui pourrait s'intéresser à la *Vie des dames galantes,* à celle des *grands capitaines* ? Je me plonge parfois dans la lecture de ce fatras et en tire quelque plaisir, mais cela me lasse vite, d'autant que ma vue baisse et qu'à part Montaigne, que je lis à petites doses, les livres me fatiguent. Dieu y pourvoira.

Si Joseph Grellety a connu un sommeil d'ange, le mien fut fort agité, si bien que mon

Adèle s'est levée pour me préparer une infusion de tilleul. Comme on peut l'imaginer, ce ne sont pas mes douleurs familières qui m'ont privé d'un sommeil paisible mais l'idée que Mondine allait nous quitter, peut-être à jamais, pour la lointaine Italie. Cela me donnait des sueurs froides.

Avant mon premier sommeil, j'ai tendu l'oreille aux bruits qui venaient de l'étage supérieur où logeait Joseph. Ces pas lourds, ces craquements du parquet, le gémissement du grand lit fatigué éveillaient en moi tant de souvenirs...

Durant les semaines qui précédèrent sa fin, M. de Brantôme ne trouvait le sommeil qu'à l'extrême limite de la fatigue ; je l'entendais aller et venir en traînant la jambe, déplacer sans raison les petits meubles, comme s'il s'apprêtait à prendre congé du monde. J'attendais, l'angoisse au cœur, le bruit sourd d'une chute au terme de ses sempiternelles déambulations nocturnes.

Depuis l'accident de cheval qui l'avait rendu inapte aux grandes chevauchées et au métier des armes, il avait abandonné l'épée pour la plume. Manière de dire, car il se contentait de dicter ses Mémoires à son secrétaire. Il n'avait, autant que je pus en juger à la suite de quelques lectures de ses manuscrits, pas la profonde philosophie de M. de Montaigne et moins encore son style, mais ses souvenirs coulaient comme une lave ardente et ce pauvre Mathau, lui-même fort âgé, avait peine à le suivre.

Son état d'abbé commendataire de l'abbaye de Brantôme n'avait pas fait de lui un personnage confit en dévotion ; il avait même songé à diverses reprises à convoler, mais la chance lui fut toujours contraire, au point que certains bigots voyaient la main de Dieu dans cette adversité.

À la mort de son frère, André, il s'était mis en tête d'épouser sa veuve, la dame Jacquette de Montbron, une fière nature, plus portée sur l'architecture que sur le sentiment. Il s'était heurté à un cœur clos comme un reliquaire sur ses souvenirs. De plus, elle était trop occupée à gérer ses immenses domaines et à faire construire, à Bourdeilles, sur le bord de la Dronne, une vaste demeure plus agréable à habiter que l'austère forteresse. Venue à bout de son projet, elle n'avait jamais habité cette élégante résidence, la mort l'ayant surprise dans la force de l'âge.

M. de Brantôme a toujours tenu secrets les noms de ses autres passions malheureuses. L'une des créatures que ce « grand putassier », comme on disait à la cour, poursuivait de sa lubricité souffrait d'un étrange inconvénient : elle faisait ses affaires fécales par le devant de son fondement, ayant été forcée dans sa jeunesse par un ruffian qui l'avait percée d'outre en outre. C'est ce qu'il raconte dans ses Mémoires, avec cette liberté de propos qui lui était habituelle.

Une amie d'enfance, avec laquelle il avait folâtré, fut victime d'un mal foudroyant quelque temps après qu'elle lui eut donné sa parole. Il entreprit derechef la conquête d'une jolie veuve dont le mari avait été jeté en Seine la nuit de la Saint-Barthélemy. Au retour de campagnes en Afrique, il apprit que la belle veuve l'avait trahi.

Comment ne pas voir dans la persistance de ces traverses la main du diable ou celle de Dieu ? Toujours est-il que M. de Brantôme dut se résoudre à observer un strict célibat afin de se consacrer à ses « œuvres de pierre » et à ses « œuvres de plume », comme il disait. Non qu'il observât un rigoureux renoncement à l'œuvre de chair : nos servantes et quelques garcettes des parages pourraient en témoigner.

Vint le temps où l'âge et les maux qui l'accablaient lui interdirent ces jeux. Lorsqu'il ne dictait pas ses Mémoires à Mathau il restait assis dans son fauteuil à oreillettes, face au vaste paysage de la forêt, observant la course des nuages, les caprices des brumes et du soleil, et, à la saison, les vols des migrateurs.

De temps à autre, il demandait à une jeune servante de le rejoindre et exigeait qu'on les laissât seuls. Il la priait de se dévêtir, suivait avec attention les moindres de ses gestes, se délectait de cette nudité de miel et de lait qu'il faisait évoluer dans la pénombre de la chambre tapissée de boiseries. Puis il la prenait sur ses genoux pour la caresser et respirer ses odeurs intimes. Mathau les surprenait parfois, endormis et comme soudés l'un à l'autre.

Que l'on me pardonne si je m'attache à ces digressions : elles ramènent de toute manière à mon propos, qui est de raconter la guerre que les croquants du Périgord menèrent contre les armées du roi.

Parler de M. de Brantôme, c'est évoquer du même coup la mémoire de son neveu, Henri de Bourdeilles, sénéchal du Périgord, plus jeune de vingt ans que son oncle. Il nous a quittés l'an passé, ce qui n'a guère suscité de ma part chagrin et pitié. Ce n'était pas un méchant homme ; on ne lui connaissait que peu d'adversaires et moins encore d'ennemis susceptibles de souhaiter sa mort. Je ne puis lui reprocher que ses faiblesses, son irrésolution dans la guerre qui l'opposa aux insurgés. Représentant de l'autorité royale en Périgord et donc responsable de l'ordre, il ne sut pas éviter la révolte ni la réprimer. Sa complaisance envers les croquants qui lui a été reprochée en haut lieu et la rigueur contre les insurgés, dont il fit preuve à l'occasion, font de lui un personnage à double face, une sorte de Janus plus incapable de montrer sa véritable nature que d'afficher son mystère.

L'oncle et le neveu furent très attachés à cette province qui les avait vus naître, et à sa rude population. Si M. de Brantôme se plaisait surtout à Richemont, résidence rurale née de sa volonté, M. de Bourdeilles, quant à lui, séjournait plus volontiers dans sa résidence des bords de la Dronne, qui porte le nom de sa famille.

J'ai ouï dire que c'est la tante de M. de Brantôme, Jacquette de Montbron, qui suggéra à son soupirant l'idée d'un château qui embrassât le paysage tapissé de forêts d'un bout à l'autre de l'horizon. « Embrasser » est bien le mot : de part et d'autre d'un corps de logis carré, sans superfluités, se dégagent et s'étirent longuement deux longs membres sans grâce, sinon sans majesté. Par son architecture sommaire, Richemont semble traduire la passion que son propriétaire avait pour ces horizons de forêts, affirmer sa puissance sans qu'il soit besoin de remparts et de fossés. Richemont n'est pas fait pour soutenir un siège ni abriter une garnison ; c'est une œuvre de paix. D'ailleurs, la guerre n'a fait que tourner autour de cette résidence.

Très attaché à sa forteresse de Bourdeilles et au

donjon majestueux construit par ses ancêtres, M. de Brantôme allait fréquemment, lorsque sa santé le lui permettait, se recueillir et dicter ses Mémoires dans le pavillon, gracieux comme une enluminure, situé au pied du clocher dont on dit qu'il est le plus ancien de France. La Dronne constitue un lien entre Bourdeilles et l'abbaye. Cette petite rivière offre des images de paradis sur tout son cours indolent, semé de châteaux, de moulins, de villages. Cette rivière, qui est celle de mon enfance, m'a pourvu en souvenirs pour jusqu'à la fin de mes jours.

Revenons à la visite inopinée de Pierre Grellety. Elle m'a bouleversé à des titres divers : à la demande qu'il m'a faite de la main de Mondine s'ajoute le rappel d'événements qui ont marqué ma longue existence, et notamment cette insurrection paysanne qui, débutant en l'an 1594, sous le règne du bon roi Henri IV, s'acheva en l'an 1642, lorsque ce qui restait des croquants accepta de revêtir l'uniforme des armées du roi Louis XIII pour aller en Italie se battre contre les Espagnols.

Levé à la pique du jour selon mon habitude, mon premier soin a été de me recueillir dans la chapelle castrale, située sous la chambre où est mort M. de Brantôme, il y a près de trente ans. Les murs sont entièrement ornés de têtes de mort et l'on peut y lire l'épitaphe que le défunt a rédigée à son propre usage en s'inspirant du principe que l'on n'est jamais mieux servi que par soi-même ; il y raconte en quelques phrases gravées dans une pierre noire sa vie tumultueuse. Le corps a été enseveli dans la crypte située sous la chapelle. Luttant contre les douleurs qui me scient les jambes, je m'agenouille, baise la pierre froide, la caresse de la main et me retire après une courte prière des morts.

Ce matin-là, le lendemain de l'arrivée de Joseph, je veillais comme d'ordinaire à la traite de nos vaches et de nos brebis, avant de les lâcher dans la grande prairie qui s'achève en marécage vers le ruisseau du Boulou.

Au retour, je trouvai mon Joseph attablé devant

une grosse soupe de lard et de légumes, un gros oignon et une cruche de notre vin. Son cheval frais pansé, attaché à l'anneau de fer du perron, raclait la pierre de la pointe de ses sabots. C'était le signe que notre visiteur n'allait pas tarder à reprendre la route, ce qui me surprit et me peina : m'eût-il sollicité pour un hébergement à plus long terme que je n'eusse pas hésité à lui donner mon accord, en dépit de quelques réticences supposées de la part de mon épouse.

– Je ne puis m'attarder, me dit-il, et je le regrette car votre compagnie m'est agréable. Mon frère attend mon retour avec l'impatience que vous pouvez deviner. Avant d'aller annoncer la bonne nouvelle à votre fille, nous allons établir un contrat de mariage en bonne et due forme. Nous parviendrons sûrement à nous entendre.

Aussitôt dit, aussitôt fait. Le papier, l'encre et la plume sont sur la table torchée prestement par Nanon. Il ne nous a pas fallu plus d'une heure pour convenir des termes et du fond de ce contrat qui nous satisfit l'un et l'autre. Nous avons célébré notre entente par une rasade de brandevin.

– Maître Donnadieu, me dit Joseph, si le temps ne vous presse pas trop, daignerez-vous m'accompagner à Périgueux ? Il vous appartient de prévenir vous-même Mondine d'une décision qui engage son avenir.

Cette proposition m'agréait, d'autant qu'elle ne prendrait pas beaucoup de mon temps. De plus, je n'avais pas vu ma fille depuis des semaines et, comme elle ne donnait jamais de ses nouvelles, j'étais impatient de la revoir et de l'embrasser. Je lui ai pourtant appris à lire et à écrire, comme à son frère et à sa sœur, emportés tous deux dans leur jeunesse par une épidémie de peste.

Joseph avait raison ; le temps ne me pressait guère : Nanon et Baptiste se chargeraient du ramassage des pommes et du gaulage des noix.

Il faisait ce matin-là, autant qu'il m'en souvienne, un de ces temps légers et tièdes comme de la soie qui marquent la fin de l'automne. Nous ne nous arrêtâmes à Brantôme que le temps de faire boire le cheval de Joseph et ma mule dans l'eau de la Dronne et de dîner dans une auberge du Puy-des-Fourches en compagnie d'une assemblée turbulente de marchands de chevaux de Rocamadour qui se rendaient à la grande foire de Nontron, dans le haut pays.

Nous pénétrâmes dans Périgueux juste avant la fermeture des portes et prîmes notre logement à l'auberge du Chapeau-Vert où nous attendait le valet du capitaine. Le matin suivant, à une heure décente, nous frappâmes à l'huis de maître Pierre de Bessot, avocat du roi et contrôleur à l'élection. Il habitait rue Neuve, dans le quartier du Puy-Saint-Front, une haute maison fort roide, sans fioritures, sauf quelques pots de fleurs posés aux fenêtres et qui égayaient de rouge la façade.

Un huissier mis comme un suisse d'église nous donna accès à l'antichambre précédant le cabinet. Les lieux m'étaient familiers du fait des rapports fréquents que j'avais avec l'avocat, notamment pour les affaires de bornage et de métayage que me confiait messire François de Bourdeilles, fils du sénéchal Henri et sénéchal lui-même.

Maître Pierre ne nous fit pas attendre. Il avait à peine la quarantaine mais avec l'allure d'un homme de soixante ans, voûté qu'il était, son visage mou couturé de rides en formation, son regard trouble et chassieux sous les bésicles, attestant une vieillesse précoce.

Lorsque je lui annonçai le but de notre démarche, il eut une sorte de tic nerveux qui lui était familier et qui lui remonta la commissure des lèvres. Il soupira en essuyant ses bésicles.

– Mondine… Vous souhaitez m'enlever Mondine. Je ne puis m'opposer à votre décision mais je la regrette. Ma femme et mes enfants sont très attachés à elle et n'ont qu'à se louer de ses services. À quelle date avez-vous fixé son départ ?

J'allais répondre, mais Joseph me devança.

– Le plus tôt sera le mieux. Mettons dans trois jours au plus tard.

– Soit, marmonna maître Pierre, nous allons lui annoncer la nouvelle.

Mondine nous rejoignit quelques instants plus tard, pimpante, fraîche comme une rose d'avril sous la coiffe blanche, le visage illuminé par un sourire. Ce n'est pas sans quelque embarras que je lui annonçai la décision que nous avions prise et son départ imminent. Elle rougit, s'adossa à la cloison en murmurant :

– Dieu soit loué ! il a tenu parole.

Pour Joseph comme pour moi, ces simples mots valaient assentiment.

Maître Pierre de Bessot insista pour que nous venions loger dans sa demeure. Nous ne nous fîmes pas prier car l'auberge était fort inconfortable et bruyante, étant située dans un quartier populaire de la cité. En outre, je profiterais de l'occasion pour m'entretenir avec l'avocat de quelques affaires pendantes ou pendables.

Lors des dernières fêtes de Noël qu'elle passa en partie à Richemont, Mondine m'avait appris que son patron se livrait à des *écritures.* Elle ne sut me préciser en quoi consistait cette occupation mais, à ce qu'elle me révéla d'une phrase qu'elle avait lue en rangeant le bureau, je compris de quelle sorte d'*écritures* il s'agissait. C'était une phrase très banale : *1609 : mon père vint à Périgueux pour être habitant...* Cela m'apprenait qu'il devait tenir soit un livre de raison, soit un journal. Je compris plus tard qu'il s'agissait d'un journal intime où il mêlait les événements de sa famille, de la province et du royaume.

Cette révélation m'incita à me livrer moi-même à cette occupation et, comme il faisait tard dans ma vie, à me contenter de puiser dans mes souvenirs. « Mémoires » serait un bien grand mot ; aller sur les brisées de M. de Brantôme serait fort prétentieux de ma part, d'autant que je n'ai pas, loin de là, sa qualité d'écrivain encore que je puisse me flatter de savoir donner une forme à ma pensée et manier les mots.

Bref, voici ma Mondine prête à s'embarquer, impatiente, le cœur en joie, pour son voyage d'Italie.

Peu familiarisée avec la pratique du cheval, elle traversera les Alpes dans une petite voiture à caisse d'osier attelée à un cheval. Joseph s'est attaché à trouver à Périgueux l'une et l'autre. Il a fini par découvrir la voiturette dans la grange du moulin de Cachepoil, au sud du pré de l'Évêché ; quant au cheval, maître Pierre a tenu à l'offrir à sa protégée, un de ses fils venant de quitter la famille ; cette monture est une horse mais elle fera l'affaire.

J'attendais avec curiosité la réaction de ma fille à l'annonce de son départ et de son mariage. Elle faillit s'évanouir, mais c'était de joie ; elle pleura, mais c'étaient des larmes de bonheur. Je ne reçus d'elle aucune confidence car elle n'est guère portée aux épanchements, mais ce que Joseph m'avait révélé de son aventure avec Pierre Grellety m'en avait appris l'essentiel. Elle était heureuse. Que demander de plus ?

Pierre de Bessot avait rassemblé toute sa maisonnée sur son seuil pour saluer notre départ. Il y avait autour de cette silhouette massive, emmitouflée d'une grosse houppelande de laine grise, son épouse qui pleurait dans le creux de sa main, une marmaille larmoyante, trois grandes filles figées dans leur tristesse, l'intendant, le palefrenier, le jardinier et même les clercs et le suisse, ce qui faisait un beau groupe d'où sortaient des bras brandissant des mouchoirs. Cette ferveur m'eût démontré, s'il en eût été besoin, que Mondine ne laissait que de bons souvenirs dans cette maison.

Adèle nous attendait au soir tombant, table mise devant la cheminée où brûlait une grosse souche d'orme. La nappe mise pour l'occasion comportait la vaisselle d'étain de M. de Brantôme, ses chandeliers d'argent et les miches cuites du matin.

Triste repas... Je ne fis guère honneur aux gélinottes farcies à la truffe ; Mondine et Adèle moins encore tant ce départ leur était pénible, du moins à mon épouse, car, pour ce qui est de notre fille, c'était plutôt l'impatience du voyage qui la privait d'appétit mais aussi peut-être, du moins ai-je plaisir à le croire, l'affliction qu'elle avait de quitter ses parents et cette demeure qu'elle aimait.

Tandis que l'on vaquait aux préparatifs du voyage, j'avais le cœur gros. J'aidai de mon mieux à lester la caisse d'osier du trousseau de Mondine de quelques bibelots auxquels elle tenait et que j'avais hérités de M. de Brantôme, ainsi que des vivres nécessaires au voyage. Je confiai à Joseph la somme convenue pour la dot ; elle était assez importante du fait que Joseph, au nom de son frère, avait renoncé à des vignes, à des truffières, à des forêts dont il n'avait que faire. Je n'avais accepté que de mauvaise grâce cet arrangement, car le sacrifice financier qu'il m'imposait obérait lourdement ma modeste fortune, alors que je ne manquais pas de terres ici et là dont je ne faisais rien.

Il avait plu une partie de la nuit, mais, le matin, le ciel s'était éclairci. Le soleil drapait d'étincelles la prairie et le potager et faisait lever des brumes délicates sur les fonds de joncaille.

Côte à côte, immobiles comme des bornes, nous avons regardé, dans l'aboiement des chiens et le caquètement de la volaille, le petit cortège s'éloigner en direction de La Chapelle-Montmoreau, par la longue allée menant à la route.

Pas une seule fois nous n'avons vu Mondine se retourner.

2

LE SOLDAT PERDU

Je dois remonter loin le cours de ma mémoire pour retrouver quelques souvenirs susceptibles d'éclairer à la fois mon temps de jeunesse et la grande misère qui accablait nos campagnes : une genèse dont je ne suis pas sorti indemne et dont je porte encore les cicatrices dans mon cœur et dans mon âme.

Il est des images du passé qui refusent de se laisser oublier, quelque volonté que l'on en ait. Ainsi celle qui émerge encore, de temps à autre, poignante, lorsque le hasard de mes pérégrinations me conduit par une rive de la Dronne aux alentours du village de Valeuil.

Le petit hameau de la Lande, non loin de là, se situe, dans un angle formé par la rivière et le chemin de Brantôme à Périgueux, sur une crête envahie de forêts profondes où affleurent par endroits des chaos de rochers au pied de falaises creusées d'excavations naturelles que, dans le pays, nous nommons *cluzeaux* ou *cros.*

De l'échoppe de savetier que mon père tenait

à Brantôme au hameau de la Lande, il n'y a, par les traverses, guère plus d'une lieue, soit un peu plus d'une heure de marche.

Un jour, au retour d'une partie de pêche sur la Dronne, entre Valeuil et Bourdeilles, ma sœur Marthe (nous l'appelions Martille) et moi avons fait un crochet par ce hameau où, disait-on, se terrait un ermite qui se nourrissait de châtaignes et de raves. Des quatre maisons du hameau, une seule avait conservé un pan de toiture. Je me dis que notre ermite devait loger là et qu'il était dangereux de trop s'avancer.

Martille, répondant à sa nature aventureuse, prit les devants. À travers les champs d'orties géantes et de gratterons nous avançâmes prudemment pour ne pas éveiller les vipères endormies. Ce n'étaient partout que murs effondrés et poutres calcinées dressant d'étranges géométries. On respirait partout l'odeur de l'incendie et du bois pourri. La porte de la seule demeure habitable était barrée d'un gros rondin.

En marge du hameau nous découvrîmes la coquille vide d'une antique chapelle orpheline de sa cloche mais dont l'autel était intact, sous des arcs d'ogives et des chapiteaux aux modillons grimaçants. Son portail dégondé ouvrait sur une nef étroite encombrée de débris de tuiles et de gravats d'où émergeaient des angéliques et des choux-d'âne. Une couleuvre sommeillait dans le bénitier.

Sous un bouquet d'orties, je découvris la cloche : la panse semblait intacte mais la couronne était brisée par endroits ; le mouton en bois avait en partie brûlé mais le battant dormait contre la paroi de bronze. Elle portait une inscription que je ne pus déchiffrer, sauf un nom en caractères gothiques : JEANNE. Elle rendait un son fêlé.

J'ai une sorte de passion pour les cloches. Elles sont pour le fidèle et le paysan une voix seconde : celle de la sérénité, de la colère, de la peur. Lorsque leur voix se tait à la suite d'une révolte ou d'une guerre, je me sens comme orphelin car elles ont accompagné toute mon enfance et ma jeunesse. Si je reste une journée sans les entendre, il me semble que le temps s'est arrêté.

Nous nous apprêtions à nous retirer quand des aboiements nous glacèrent le sang. Un molosse hargneux se dirigeait vers nous. Martille me souffla à l'oreille :

– Jette ton gourdin et ne bouge pas…

Le chien marqua un arrêt et se contenta de grogner. D'un bouquet de noisetiers surgit une apparition qui nous coupa le souffle : un grand diable de sauvage barbu, au nez fleuri d'akènes comme une fraise géante, portant une casaque militaire tailladée, lança d'une voix forte :

– Suffit, César ! Couché !

Il ajouta, d'une voix sans aménité :

– Qu'est-ce que vous foutez chez moi, mes drôles ?

L'émotion me séchait la gorge, au point que nul son n'en sortit. Je sentis la main de Martille chercher la mienne. L'ermite écarta César et, entouré d'un bouc et de quatre chèvres, se campa devant nous. Il répéta d'un ton calme sa question et nous demanda nos noms. C'est Martille qui lui répondit. Il rétorqua d'un ton cassant :

– Qui que vous soyez, vous êtes ici chez moi, et vous ne parlerez à personne de notre rencontre, sinon, je vous coupe le nez et les oreilles avec ça ! Compris ?

Il sortit un gros couteau de sa ceinture et nous le promena sous le nez.

– Compris… bredouilla Martille. Nous ne dirons rien.

Il nous fit signe de le suivre dans sa masure, sombre comme un fond de marmite, qui sentait la suie et le fromage. Le mobilier était des plus sommaires ; une panoplie pendait près de la porte ; des essaims de mouches bourdonnaient autour d'une cagette où séchaient des cabécous.

L'ermite gratta les cendres, ranima le feu et

embrocha nos truites avant de les poser sur la braise.

– Ce qui me manque, dit-il, c'est le pain et le sel. Je donnerais un doigt contre une tourte et me laisserais arracher un ongle pour un pochon de sel.

Il nous révéla son prénom – ou son nom, je ne sais –, qui était Martial. Je n'eus guère de peine à deviner qu'il avait envie de parler, ce qu'il ne faisait qu'avec ses bêtes, mais qu'il se méfiait encore de nous.

Je montrai la panoplie de la pointe de mon couteau.

– Ces armes ? dit-il. Des souvenirs de mon passage à l'armée…

Il nous apprit qu'il était originaire de La Chapelle-Faucher, près de Brantôme. Dans sa jeunesse il avait échappé à l'incendie allumé par le chef des huguenots, Coligny, qui avait fait brûler deux cent cinquante paysans dans l'église. C'étaient les mêmes soudards qui, dix ans auparavant, avaient incendié la Lande. Martial avait enterré leurs restes à proximité du hameau, autour d'un chêne kermès. Il avait, en évoquant ces drames, des frissons jusque dans sa barbe.

– Partez, maintenant, dit-il en se levant. C'est l'heure de ma sieste. Merci pour les truites. Revenez quand vous voudrez, si possible avec du pain et du sel, et même quelques pincées de tabac. Mais, surtout, motus…

Nous avons apporté à Martial ce qu'il nous demandait. Il était comme ivre de joie en mordant à même le chanteau. L'ermite de la Lande était un puits de souvenirs. Durant les quelques semaines de ce bel été nous y avons puisé sans réserve, et il était inépuisable. Nous étions trop jeunes pour prêter à son récit toute l'attention qu'il eût méritée : il coulait en nous comme une source sans que nous puissions en mesurer la profondeur. Les personnages et les événements dont il nous parlait, nous n'en avions qu'une vague idée mais il nous tint des heures sous le charme.

C'est ainsi qu'un matin de juillet, à l'ombre d'un noyer, derrière sa masure, il nous révéla les premières insurrections des paysans…

3

AUX SOURCES DE L'ORAGE

Martial avait de peu passé la trentaine quand éclata la première révolte : celle des Croquants – un nom qui leur est resté. Elle allait mettre notre province à feu et à sang durant des années.

Après le massacre de La Chapelle-Faucher, où toute sa famille avait péri, il avait été recueilli par un oncle, laboureur à Chancelade. Les hordes de Coligny s'étant éloignées, la région avait retrouvé son calme, sinon sa prospérité, car tout était détruit.

Les premiers feux de l'insurrection prirent dans la vicomté de Turenne, en 1593, et dans le village de Crocq, dans la marche limousine, d'où viendrait, dit-on, le nom de croquant. Ces premiers insurgés n'y allaient pas de main morte et se conduisaient comme des sauvages du Canada : ils incendiaient les récoltes, coupaient les arbres fruitiers, pillaient les châteaux.

– Des sauvages, oui... nous dit Martial, mais faut les comprendre : ils étaient pauvres comme Job, maltraités, et n'avaient rien à perdre. Aujourd'hui, à côté, c'est cocagne !

Il est vrai que la gentilhommerie en prenait à son aise avec la bénédiction des gouverneurs : elle mettait les campagnes en coupe réglée, exigeait du manant trois fois le montant des rentes, violait femmes et filles. Ceux qui protestaient étaient jetés en prison où on les laissait crever de faim et de froid.

L'annonce de nouveaux impôts sonna comme un tocsin. Les campagnes se soulevèrent de nouveau. Les foyers d'insurrection qui avaient pris naissance à Turenne et à Crocq se communiquèrent aux autres provinces.

– Notre Périgord, dit Martial, n'a pas été le dernier à réagir. Quand il s'agit de transformer une faux en lance ou de ferrer un bâton par les deux bouts, les nôtres n'hésitent pas. Ces pauvres bougres ne manquaient pas de courage mais il leur fallait des chefs, des armes et une organisation. Que pouvaient-ils contre les troupes régulières du gouverneur de Guyenne et les compagnies levées sur leurs terres par les nobles ? Pauvres de nous… Les premiers qui se sont révoltés ont été massacrés sans pitié !

Dans les mois qui suivirent les conditions du soulèvement allaient changer dans le bon sens. C'est par ailleurs et bien encadrés que nos paysans se rendirent au rassemblement de

Château-Missier, dans les parages de Vergt, au sud de Périgueux.

– J'étais présent, nous dit Martial en tirant sur sa pipe, lorsque nous avons élu notre général : Lassagne, tabellion de La Douze. Je me souviens de lui comme si je venais de le quitter : noir comme un *sarrazi,* courtaud mais vif comme une ablette et rude de commandement pour avoir passé des années dans l'armée du roi. Il m'a donné je ne sais plus quel titre dans ce qu'il appelait son « état-major ».

Lassagne s'attacha à faire de cette horde une armée. Moins difficile qu'on ne pourrait le penser. Beaucoup de ces gueux avaient figuré sur les rôles de l'armée et, comme on dit, connaissaient la musique et la chanson qui va avec. Lassagne n'avait qu'un mot à la bouche : discipline. C'était beaucoup demander à ces sauvages mais aucun ne renâcla.

Il manquait à cette armée un meneur d'hommes expert en matière d'éloquence et qui sût parler de la langue du pays. Il s'en trouva un qui avait la langue bien pendue : le procureur d'office de la paroisse d'Ans, du côté de Hautefort : il se nommait Paulhiac ; on l'appelait Papus. C'était, nous dit Martial, un petit bougre de magistrat maigre comme un Écossais et roux comme un Flamand ; il ne payait pas de mine mais sa parole enflammait les cœurs.

Il ne restait plus qu'à se mettre en campagne, après un nouveau rassemblement dans la forêt d'Abzac, près de Limeuil. Cette fois, c'était du sérieux. Martial nous dit la stupeur de quelques gentilshommes qui s'étaient mêlés à la révolte, en voyant surgir, régiment par régiment, tambours et fifres en tête, mousquet à l'épaule et bannière déployée, des troupes qui marchaient derrière des officiers montés.

– Nous en avions les larmes aux yeux, mes drôles ! Nous voyions déjà cette armée marcher sur Périgueux et Bergerac.

Papus y alla d'un nouveau discours, affirmant que ce mouvement insurrectionnel n'était pas dirigé contre le roi Henri, dont on connaissait l'attachement pour le peuple des campagnes, mais contre les gens de gabelle, les seigneurs, les curés et autres suceurs de sang. Lassagne avait envoyé à la cour des émissaires chargés d'informer le roi de la situation et de ses conséquences. Il leur répondit : « Ventre-saint-gris ! si je n'étais ce que je suis et si j'en avais le loisir, je me ferais croquant ! Veut-on ramener ces gens à la terre ? Il faut le faire avec des moyens doux et gracieux… » Ce sont ses propres mots. Il promit d'envoyer sur place un intendant « chargé d'ouïr plaintes et doléances ». On l'attendit longtemps...

Que faire de cette armée ? Quelle action lui proposer ? Comment tenir ferme ces ventres creux et ces traîne-guenilles transformés en soldats, alors que, devant la menace de ces hordes, les nobles commençaient à organiser leur défense ?

Lassé des atermoiements de Lassagne et de sa clique, Martial regagna Chancelade pour aider l'oncle aux travaux des champs.

– Nos braves croquants, nous dit-il en faisant griller un lièvre pris au collet, sont revenus chez eux déçus par cette campagne manquée mais rassurés par les propos du roi. Henri se moquait bien de nous : il avait assez à faire avec ses guerres et ses amours.

Passé les grands travaux, Martial s'ennuyait. Il se joignit à une bande de rebelles qui marchaient sur le château de Grignols, dans les parages de Saint-Astier. Le seigneur des lieux était le comte André de Talleyrand-Périgord : il avait mauvaise réputation, retenait dans ses caves quelques paysans réfractaires aux impôts, auxquels il taillait les oreilles en pointe ou perçait la langue au fer rouge quand ils devenaient insolents.

– Nous étions deux cents à trois cents en arrivant, claquant du bec devant cette forteresse sur les remparts de laquelle des dizaines de mousquets nous narguaient. Certains ont viré de bord sans attendre la poudre de salut et ceux qui sont restés se sont tenus à distance respectueuse. Il nous manquait de l'artillerie et du matériel de siège, mais on savait où trouver ça : à Périgueux ! Nous y avons envoyé un détachement qui reçut des consuls l'accueil que vous supposez. Nos hommes revinrent penauds à Grignols alors que les portes venaient de s'ouvrir et que le comte nous faisait goûter le vin nouveau. Dans les caves, aucun prisonnier ! Envolés !

Martial avait rêvé justice et liberté : il alla de déceptions en déboires. Il refusa de suivre Lassagne dans des opérations ponctuelles dont on ne tirerait pas plus de gloire qu'à Grignols. On se disait que la grande révolte des paysans n'avait été qu'une belle flambée mais qu'il n'en restait plus que cendres. Erreur ! le général Lassagne parvint à la ranimer en y jetant une brassée de grands projets, avec une bûche monumentale, la marche sur Bergerac. Martial reprit du service avec le titre de capitaine.

L'année suivante, informé qu'une réunion de croquants allait se tenir dans la plaine de La

Boule, entre Bergerac et Saint-Mexant, le jeune Henri de Bourdeilles décida de s'y rendre. Il eut un hoquet de surprise et faillit tourner bride quand il se trouva en présence d'une armée de trente mille croquants rangés par compagnies, bannières au vent. Il eut la surprise d'entendre Lassagne jurer fidélité au roi sans cesser de combattre les féodaux, ses ennemis. Il n'eut garde de prononcer le mot de « croquant » considéré comme péjoratif. M. de Bourdeilles répondit qu'il fallait faire confiance à la justice royale et retourner chez soi.

– Autant dire, du vent de part et d'autre, mes drôles, mais un vent qui sentait la poudre ! M. de Bourdeilles avait compris que ces gens étaient bien décidés à en découdre et qu'il faudrait un jour les combattre. Il n'était pas de ces féodaux qui se nourrissent de la chair des pauvres mais il savait où était son devoir…

Les hasards de la guérilla qui commençait à embraser la province et celles d'alentour, le Limousin notamment, menèrent Martial à Négrondes, à trois lieues au sud de Thiviers.

– C'est nous qui tenions cette place forte, avec deux cents bougres qui n'étaient pas, comme on dit, tombés de la dernière pluie. Elle était commandée par un vieux de la vieille, le capitaine Mignot, qui avait servi naguère dans l'infanterie royale. Tandis que nous occupions le château de Négrondes, Lassagne marchait sur Bergerac, mais j'y reviendrai…

Une requête des bourgeois de Thiviers conduisit M. de Bourdeilles sous les murs de Négrondes, dans les orages de l'automne. Il fit enlever quelques postes de rebelles tandis que le gros de sa troupe faisait la bravade.

Dans la forteresse, les choses se gâtaient entre Mignot et Martial, le premier préconisant d'effectuer une sortie pour débloquer la place, le second étant d'avis de ne pas lever le petit doigt, sinon pour appuyer sur la gâchette. Mignot eut gain de cause. Les cinquante mousquets qu'il lâcha sur la porte principale firent le vide devant eux. Ils chantèrent victoire en agitant leurs chapeaux. Ce fut une autre chanson quand deux pelotons de cavalerie fondirent sur eux. Les croquants perdirent leur temps à recharger leurs armes. La plupart se débandèrent vers le châtelet d'entrée que l'on avait laissé ouvert, ce dont les cavaliers profitèrent pour se répandre dans la cour. Ils prirent d'assaut les barricades édifiées autour du donjon, malgré le feu nourri qui leur pleuvait dessus du haut des murs.

– Nous étions faits comme des rats… soupira

Martial. Nous n'avions pas suffisamment de munitions et de vivres pour soutenir un siège. J'ai tenu tête à Mignot et à Papus, qui était venu nous rejoindre ; ils voulaient nous persuader que des renforts allaient arriver. Pauvres imbéciles ! Qui se souciait de nous ? Quelques jours plus tard, notre situation étant devenue intenable, nous avons fait notre soumission à M. de Bourdeilles.

Le sénéchal gardait le souvenir de ce premier engagement comme un os en travers de la gorge, avec un sentiment fait de colère et de pitié pour les hommes qui avaient payé de leur vie cette folie. Il avait perdu deux gentilshommes venus se joindre à cette expédition, une vingtaine de cavaliers et plusieurs chevaux. Et si, encore, se disait-il, cette étrillée devait donner à réfléchir aux rebelles…

La campagne qu'il menait contre la rébellion ressemblait à la toile de Pénélope : ce qu'il tissait un jour se défaisait le lendemain. Malgré son sens de la justice et la complaisance qu'il manifestait à ces pauvres hères que la misère avait jetés dans l'insurrection, il considérait de son devoir de les combattre et de les ramener à leurs terres. À le voir chevaucher en tête de son escorte, visage de marbre et geste sec, on devinait un chef de guerre peu enclin à la faiblesse. En poursuivant les croquants, ce fidèle serviteur du roi obéissait à sa mission et à sa conscience. Il n'empêche : je ne l'aimais guère, en raison de cette équivoque qui a dominé toute sa vie.

La bataille de Négrondes, qui ne fut une victoire pour personne, marquait le bouquet final d'une guérilla qui, durant un an, avait éclaboussé notre province de feu et de sang. Par la suite, nous dit Martial, il n'y eut que des embuscades, des escarmouches, des brigandages sans importance. Tous étaient las de ce conflit et aspiraient à la paix.

– La famine, dit l'ermite de la Lande, était à nos portes. L'insurrection avait vidé nos villages de la population mâle et laissé des terres en friche, si bien que les récoltes furent calamiteuses. Des hordes de familles affamées se pressaient devant les villes et les bourgs. Périgueux leur ferma ses portes et laissa ces malheureux crever dans les fossés comme des chiens…

Pour que cette situation pût rappeler les sept plaies de l'Égypte il n'y manquait que la peste. Elle n'allait pas tarder à frapper à notre porte.

L'année suivante, le roi Henri fit cesser les poursuites contre les rebelles. Il souhaitait « que la mémoire des choses passées demeure ensevelie et que l'on réduise son peuple avec douceur et clémence à l'obéissance qu'il lui doit » – un onguent peu efficace contre les blessures dont nous avions souffert. Beaucoup entendirent ce langage et se soumirent ; d'autres gardèrent l'arme au pied.

Martille et moi avions pris l'habitude de ravitailler Martial une fois par semaine en pain, en vin et en tabac. Il fallait employer la ruse pour nous procurer ces produits et les lui apporter sans éveiller l'attention. Le travail à l'échoppe pour de menus ouvrages de découpe retenait le plus clair de mon temps, et Martille avait la charge du potager.

Un jour d'octobre, Martial nous proposa de remettre en place la cloche de la chapelle. Cette proposition nous causa une grande joie. Martial coupa notre élan : la Jeanne devrait rester muette ; il ne tenait pas à attirer l'attention des autorités sur son ermitage.

J'avais deviné que Martial nous cachait les raisons qui l'avaient incité à se terrer. Peu après la première rébellion des croquants, il s'était enrôlé dans les armées du roi, en avait pris pour sept ans et avait rompu son contrat au bout de trois. Il avait déserté, comme tant d'autres jeunes hommes de chez nous qui ne supportaient pas la discipline et les mauvais traitements qu'on leur faisait subir. Cette révélation, loin de nous éloigner de lui, nous le rendit plus proche.

Avec une échelle et des cordes, nous hissâmes Jeanne dans son logement. Pour lui éviter de faire entendre sa voix de bronze, Martial enveloppa le battant d'une touaille. Il était écrit que la Jeanne resterait muette jusqu'à la fin des temps.

C'est à cette époque que mon père, désolé de me voir n'apporter aucun goût et aucun soin à mon travail, me confia à maître Anselme, tabellion de Brantôme. Ce cabinet était fréquenté par une clientèle huppée : les sires de Bourdeilles, de La Tour-Blanche, par exemple. J'allais voir défiler le plus beau linge du Périgord et de belles créatures qui ne me laissaient pas indifférent.

Peu avant Noël, Martille s'envola à son tour du nid pour épouser un marinier du port de Tournepiche, à Périgueux, qui demeurait en face du cimetière des pauvres, situé sur l'autre rive. Ce fut une union orageuse car ils avaient l'un et l'autre le verbe haut et l'orgueil chatouilleux, ce qui ne les empêcha pas de faire une cordée de beaux drôles.

Je ne pus revoir Martial qu'en de rares occasions, trop pris que j'étais par mon travail. L'âge et la solitude lui gâtaient le tempérament. Il n'allait pas tarder à avoir de la compagnie, mais pas celle qu'il aurait désirée.

Quelques mois après notre dernière entrevue, j'appris que la maréchaussée, sur la dénonciation d'un chasseur irascible, était allée déloger mon vieil ami. Conduit à la prévôté de Périgueux, il avait été reconnu, mis à la question, et avait avoué sa désertion. On le pendit haut et court au gibet d'Escorneboeuf.

Peu après, passant par la Lande, je poussai la porte de la masure et n'y découvris que le cadavre de César, à moitié dévoré par les nuisibles. Dans la chapelle, l'échelle était encore en place. Martial avait fait le ménage, replacé le bénitier sur son pédoncule et aligné sur l'autel les débris des vitraux. Je montai jusqu'à la loge de Jeanne puis, ayant libéré le battant de son enveloppe de toile, je brandis la corde avec une ardeur telle qu'on dut l'entendre dans tous les villages de la vallée.

Puis je m'assis sur une pierre et pleurai.

Se pencher sur le cours de l'histoire avec du recul peut donner le sentiment d'une vacuité entre des événements notoires. Ce n'est, pour ce qui concerne le Périgord, qu'une illusion. L'orage n'avait fait que se déplacer, comme font tous les orages. Il alla semer la terreur dans les campagnes du Limousin, du Quercy, de l'Agenais et un peu partout dans le royaume, en Normandie, notamment, où l'insurrection des Nu-Pieds allait ébranler l'autorité royale.

Habitués, sinon soumis, aux « bonnes coutumes », les impositions ordinaires, nos paysans toléraient mal les innovations, notamment les impôts motivés par les guerres aux frontières. Réduits à la misère par la tyrannie des collecteurs, que nous appelions des *gabeleurs,* ils subissaient, en outre, les caprices des saisons qui distribuaient plus de mauvaises années que de bonnes.

Le passage des troupes ajoutait la grêle à l'orage : elles finissaient de tondre ce qui restait de laine sur ces pauvres brébiales de culs-terreux.

De mon séjour chez maître Anselme, j'ai gardé mémoire de quelques événements reliés à ceux du royaume.

À la nouvelle de l'exécution du baron de Biron, compagnon de guerre et de plaisirs du roi Henri, ce fut la consternation. Charles de Gontaut, sire de Biron, était le plus populaire des quatre barons du Périgord. Il avait chevauché botte à botte avec le roi en Normandie, en Artois et en Flandre. Il était couvert d'honneurs.

Que se passa-t-il dans cette tête folle ? Quelles ambitions, quelles rancunes avaient bien pu le pousser à se mêler au complot mené contre le roi par le duc de Savoie et le roi d'Espagne ?

Refusant de croire à cet acte de félonie, le roi avait tenté de le faire avouer, non pour le condamner mais pour le sauver. Peine perdue ! Malgré des preuves accablantes de complicité, Biron persista dans son refus. Il paya sa trahison et sa sottise dans la cour de la Bastille où on lui trancha le col. Cette tête héroïque ne brassait que du vent.

Pour les gens de notre province, Biron revêtait une double image : celle d'une vie glorieuse et d'une légende. J'ai gardé d'une visite à sa forteresse la vision d'un lieu à son image, arrogant et mystérieux.

Les croquants allaient faire leur chant de guerre d'un hymne à la mémoire de ce héros dévoyé. Je me souviens d'un couplet en langue du pays :

Aro, leben-nous, moud frayres
Din la capello di Biroun
Anen, prega pel fils, pel payre
Parloun de lour glorio bien loun…

Ce qui peut se traduire par : *Maintenant, levons-nous, mes frères/Dans la chapelle de Biron/ Prions pour le fils et le père/On parle de leur gloire au loin…*

Ce chant de nostalgie allait devenir, en quelques années, à la fois une chanson de geste et un hymne guerrier.

Un autre drame allait, en l'an maudit 1610, bouleverser le royaume : l'assassinat par Ravaillac du roi Henri. Cette nouvelle nous causa une telle affliction que nous en restions muets, comme si nous refusions d'y croire. Certains affirmaient que le roi n'était que blessé et ne tarderait guère à reprendre sa place sur le trône. Nous avions perdu un père et il nous manquait. Le dauphin

Louis n'avait que neuf ans : la reine mère, Marie de Médicis, s'institua régente du royaume.

J'appris plus tard qu'un autre baron du Périgord, le duc de La Force, se trouvait dans le carrosse du souverain au moment du drame. De même le duc d'Épernon, qui deviendrait gouverneur de Guyenne et serait mêlé aux événements qui allaient suivre. Malgré les présomptions qui pesaient sur lui, il a toujours nié être l'un des fomentateurs de cet attentat.

Mes parents m'incitaient à prendre femme, mais j'estimais que rien ne pressait et me contentais de voir fructifier l'union de Martille avec son marinier. Nous demeurions très proches et nous voyions souvent.

Je vivais au jour la journée, sans souci d'argent. À mon modeste pécule s'ajoutaient quelques menus avantages glanés ici et là lorsque j'engageais quelque *larronneau* à plumache dans une affaire juteuse. J'avoue même avoir tiré profit des rapports avec certaines dames huppées qui trompaient leur ennui par des aventures. Roturier, clerc sans horizon, peu ambitieux, je m'éveillais souvent sous des courtines de soie, en agréable compagnie.

Qu'aurais-je été m'encombrer d'une épouse à laquelle j'aurais été tenu de rendre des comptes sur mes actes et mes ressources ? Il m'aurait été loisible d'avancer un pion dans quelque famille emparticulée, d'épouser pour la dot telle fille insatisfaite ou tel laideron boutonneux, mais j'y renonçais par avance : mon célibat me comblait.

Les hasards de l'existence allaient en décider autrement.

4

LE MAL POURPRE

Je dus, au printemps de l'an 1613, me rendre à Sarlat pour plaider dans un procès consécutif à un différend entre deux nobliaux du Paréage à propos d'une maison de cette ville dont ils se disputaient la propriété.

Les fêtes du carnaval battaient leur plein lorsque j'arrivai. Trouver à se loger me fut difficile car les auberges étaient saturées, et je ne tenais pas à coucher dans une « chambre verte », pour dire dans une grange. La seule qui accepta de me loger, sous une soupente, se situait rue de la Salamandre, à proximité du présidial où j'aurais à plaider.

Comme j'avais quelques heures à perdre avant le souper, je laissai mon cheval à un palefrenier et partis, mains dans les poches et nez au vent. Un courant de foule m'entraîna vers la porte de l'Endrevie et la place de la Petite-Rigaudie située au-delà des remparts. Des roulements de caisse et l'aigre sonorité des fifres m'accompagnèrent tout au long de ce trajet.

Je ne savais plus très bien où je me trouvais, la cité de Sarlat m'étant peu connue, quand le hasard mit à mes côtés, le long d'une barrière de cordes gardée par des sergents de guet, un bourgeois coiffé d'un chapeau de vigogne, vêtu comme un modeste artisan, et sa famille : une femme maigrelette, une adolescente au visage pommelé dont la chaleur avivait le teint et deux marmots turbulents qui sautaient sur place pour mieux voir le défilé.

Constatant que j'étais seul et paraissais perdu, le bonhomme m'accosta et m'invita à me rapprocher de la barrière en me disant :

– Monsieur, il semble que vous soyez étranger à cette ville. Permettez-moi de vous faire les honneurs de cette cérémonie très *particulière.* La cavalcade à laquelle nous allons assister est conduite par les consuls, ces gens alignés comme des quilles sous leurs chapeaux rouges à galons. Ces adolescents porteurs de bannières aux armes de la ville vont précéder le cortège. Vous dites ? Je ne vous entends pas dans ce tintamarre…

Je n'avais rien à lui dire de notable mais, par politesse, je lui demandai qui était ce personnage en costume bariolé, à grelots, enguirlandé de rubans, qui portait une perche au sommet de laquelle était pendue une grosse cruche de terre flanquée d'un écriteau sur lequel figuraient…

– Mais ce sont les léopards d'Angleterre ! m'indignai-je.

Le bonhomme me cria dans l'oreille :

– Tout juste ! Mais soyez rassuré : nous n'avons aucune sympathie pour les godons, comme vous allez l'apprendre. Suivez-nous...

Il prit son épouse par le bras, me pria de faire de même pour sa fille, que la foule semblait effrayer. Elle m'honora d'une gracieuse génuflexion et d'un sourire qui me firent fondre de plaisir.

– Mon nom, lui dis-je, est Gratien Donnadieu. Et le vôtre, si je ne suis pas indiscret ?

Constance Bouyssou était la fille du maître maçon de Monpazier, engagé par le consulat pour l'édification de la nouvelle maison de ville et du couvent des récollets qui aurait lieu ultérieurement. Elle paraissait timide, mais j'avais, semblait-il, le don de la mettre en confiance car elle se mit à bavarder comme un pinson.

Poussés par la foule, nous étions parvenus au pied d'une haute construction carrée en forme de donjon : la tour de la Guerre, toute frémissante de bannières dans le chaud soleil du printemps.

– Ouvrez bien vos paupières, me lança familièrement maître Bouyssou. Ce spectacle vous montrera que nous n'avons pas le cœur anglais.

Le premier consul venait de se hisser sur

l'estrade qui occupait le fond de la place. D'un geste empreint de solennité, il se saisit d'un marteau et brisa l'écu aux armes d'Angleterre dans un tonnerre d'ovations. Il invita ensuite une vieille femme à monter jusqu'à lui pour lui remettre, après un *poutou* sur chaque joue, le pot de terre qui contenait quelques pièces de monnaie.

Comme j'interrogeais du regard maître Bouyssou sur la signification de cette cérémonie, il me souffla à l'oreille :

– Ce présent est une marque d'estime de la part des consuls pour la plus vieille femme de Sarlat remariée dans l'année.

La suite du programme consistait en des jeux divers : course à la bague, jeu de l'écu et du gant, que sais-je encore ? Constance eut l'honneur d'accéder à l'estrade et, toute rougissante, de remettre un panier de truffes et une oie vivante à l'un des gagnants.

Maître Bouyssou ajouta :

– Comme vous le supposez sans doute, monsieur, ces festivités coûtent fort cher au consulat. Les meuniers font présent d'une *pugnerée* de blé et offrent à la mariée de l'année, la plus méritante, une somme plus ou moins importante selon la couleur de sa robe ; douze deniers pour le blanc, dix-huit pour le bleu, deux sous pour l'écarlate... J'ignore à quoi rime cette coutume des plus singulières.

La chaleur et la poussière nous ayant séché le gosier, nous nous dirigeâmes vers un auvent de toile, sous des robiniers. Maître Bouyssou nous fit servir des cruchons de cidre et une grande platée de crêpes de blé noir sur laquelle se jetèrent les enfants.

Pour satisfaire à la curiosité que je devinais chez le bonhomme Bouyssou, je déclinai mon identité, mes origines et mes fonctions présentes. Il sembla satisfait de la marque de confiance que je lui témoignais au point qu'après m'avoir parlé du travail qui lui avait été confié il m'invita à finir la soirée en famille. Je ne pouvais faire moins qu'accepter, d'autant que le sourire de Constance semblait m'y inviter.

La famille du maître maçon occupait une agréable demeure dans un quartier dégagé du nord de la cité, contre les remparts, sous la grosse tour de la Boucarie. J'y passai une soirée plus agréable que celle qui m'attendait à l'auberge, et le repas fut à l'avenant. On me fit promettre de revenir ; j'en fis la promesse.

Le lendemain, au cours d'une promenade à cheval à travers la ville encore enfiévrée par les festivités de la veille, je passai devant la demeure de maître Bouyssou et, campé sous un bouquet de houx, m'attardai à contempler Constance en train de jouer au volant avec l'un de ses frères. J'y repassai le soir, après la clôture des audiences, assez satisfait du tour que prenait mon procès.

Le troisième jour était celui de mon départ. Sous le prétexte de remercier mes hôtes de leur hospitalité et pour faire mes adieux à Constance, je me rendis de nouveau chez maître Bouyssou. J'offris un bouquet à son épouse et, avant de me retirer, je dis en aparté à la bachelette :

– Constance, j'aurais plaisir à vous revoir si cela ne doit pas vous importuner ou déplaire à vos parents.

Elle ouvrit grands les yeux, jeta autour d'elle un regard désemparé. Je répétai mon propos, ajoutant qu'un refus me chagrinerait.

– Revenez quand il vous plaira, me dit-elle.

Ces simples paroles suffirent pour me laisser concevoir des images de bonheur conjugal qui balayaient mes préventions passées. Malgré la longueur du trajet qui sépare Périgueux de Sarlat, je revins à plusieurs reprises. Une telle assiduité ne pouvait que paraître suspecte à maître Bouyssou, qui n'était pas tombé de la dernière pluie.

Lors de ma troisième visite, je m'ouvris au maître maçon de mon intention d'épouser

Constance. Il me serra dans ses bras et essuya quelques larmes.

Mon bonheur était sans limites et notre union fut sans nuages. Dans l'intention d'en faire plus tard l'acquisition je louai une modeste demeure proche du cabinet de maître Anselme. Un jardinet occupait le devant ; Constance y sema des légumes, y planta des fraisiers et deux cerisiers ; l'arrière ouvrait par une terrasse sur la Dronne et la perspective majestueuse de l'abbaye où, quelques années auparavant, je voyais passer M. de Brantôme, claudiquant auprès de son secrétaire.

Mon père mourut peu après mon mariage, laissant son échoppe à mon frère cadet dont il avait fait son apprenti. Femme effacée, bonne ménagère, ma mère disparut quelques mois plus tard.

D'autres ombres vinrent jeter un voile sur notre bonheur. Constance accoucha d'un enfant mort-né. Le second mourut en bas âge, peu après son baptême, d'une attaque de vers. Ces événements glissèrent sur nous comme l'écume sur l'eau de la rivière. L'essentiel nous restait : une union sereine, propre à décourager les aléas de l'existence.

Un matin de juin, un pèlerin pénétra dans nos murs alors que les portes venaient tout juste de s'ouvrir. Il marchait avec peine, l'œil hagard, s'arrêtait tous les dix pas pour s'asseoir sur une borne ou le parapet d'un pont. Après avoir traîné en ville, il alla demander asile à l'abbaye. Ce qu'il devint, je l'ignore. On en parla chez maître Anselme, dans l'échoppe du savetier, chez le boulanger, puis on oublia ce personnage sans importance.

Lui ne se laissa pas oublier. Le bruit courut qu'on avait été contraint de l'ensevelir prestement. Dans les jours qui suivirent, trois religieux disparurent aussi mystérieusement.

Saisi d'une crainte soudaine, je parlai de ces faits étranges à mon ami le chirurgien Bonnet.

– Si j'ai un conseil à te donner, dit-il d'un air sombre, c'est de foutre le camp sans attendre, toi et ta femme.

– Tu crois que ça peut être…

– La peste bubonique, oui ! À toi je peux le confier : elle se tapit dans l'abbaye mais ne tardera pas à aller se promener en ville. J'ai pris par précaution mon masque de corbeau pour aller visiter mes malades. Aucun doute : l'épidémie ne va pas tarder à se déclarer. À Périgueux, la semaine dernière, elle a fait une centaine de victimes, et pas seulement dans les basses classes. À Bergerac, on a fermé les portes. À Monpazier…

J'interrompis cette litanie macabre.

– Je vais suivre ton conseil, dis-je, le temps de régler une affaire importante.

– Tu as tort ! L'affaire importante, c'est l'épidémie. Je t'aurai prévenu, mon garçon ! Prends la précaution de fermer la porte et exige de ta femme qu'elle ne mette sous aucun prétexte le nez dehors, même pour arroser ses légumes. Rien de plus traître que la peste : on peut l'attraper dans un coin de rue, en pêchant à la ligne, en cueillant ses fraises. Surtout n'écoute pas les donneurs de conseils, comme de faire des tisanes de chiendent greffé. On ne plaisante pas avec la peste. Un dernier conseil : quand tu sortiras en ville, mets-toi sur le nez un emplâtre de thym ou un tampon vinaigré, mâche des gousses d'ail, évite de parler aux gens, même dans ton cabinet...

Durant les jours qui suivirent cet entretien, je constatai que plusieurs demeures étaient closes et portaient sur le battant de leur porte ou de leur auvent une croix à la chaux. Le mal pourpre, comme on disait, avait déjà occasionné des ravages. Il n'en était qu'aux prémices. Je me souvins de ce que me disait mon pauvre père : « La peste arrive à cheval et s'en retourne à pied », pour dire qu'elle pouvait durer longtemps.

Je suivis à la lettre les prescriptions de Bonnet. Au moindre malaise, Constance et moi aurions pris la clé des champs pour aller demander asile à un client de l'étude, qui habitait une gentilhommière proche de La Tour-Blanche, au milieu de la forêt, là où la peste aurait du mal à nous trouver.

Pas le moindre ennui de santé ne vint troubler mon activité. En revanche, nous perdîmes l'un de nos clercs. Je lui avais trouvé grise mine, celle d'un cierge de vieille cire. Un matin, il ne se présenta pas à son travail. Apprenant qu'il s'était, au cours de la nuit, vidé comme une outre d'humeurs putrides, nous fîmes brûler au fond du jardin de maître Anselme les frusques qu'il avait laissées accrochées à une patère.

Constance non plus n'avait pas bonne mine et son comportement m'inquiétait. Je l'obligeai à s'aliter et à accepter que Bonnet vînt l'ausculter. Quand il en eut terminé, il m'attira au-dehors et, enlevant son masque de corbeau, me dit dans une haleine qui puait l'ail et le vinaigre :

– Mon pauvre Donnadieu, je crains que ta femme ne soit atteinte du mal pourpre. J'ai relevé de gros bubons à l'aine et à la cuisse. Il faudra la frictionner ferme avec du brandevin, comme tu ferais pour ton cheval. Quand on s'y prend assez tôt et que le malade est doté d'un organisme robuste, ça peut s'arranger.

Il bougonna avec un regard accusateur, en se lavant les mains à l'eau du puits :

– Je t'avais bien prévenu, tête de mule, mais tu n'as rien voulu entendre !

– Tu avais raison. Nous allons décamper.

Il répondit en soupirant :

– Je crains qu'il ne soit trop tard…

Je renonçai à mon travail qui, désormais, n'avait plus la moindre importance. Je dormais un peu le jour mais veillais toute la nuit pour, de temps à autre, frictionner Constance. Elle m'observait d'un regard absent, comme si elle était déjà dans un autre monde. Ses bubons prenaient une dimension inquiétante ; elle vomissait des matières blanches, déféquait atrocement. L'odeur fétide répandue par ces déjections aurait dû me faire fuir mais j'étais comme rivé à son chevet. Conscient qu'elle ne m'entendait plus, je continuais cependant à lui parler : je lui disais qu'elle était l'amour de ma vie, qu'elle allait guérir, que nous partirions pour La Tour-Blanche… Elle me regardait intensément, grimaçait, faisait effort pour me répondre, semblait-il, mais, torturée par de nouveaux vomissements qui m'éclaboussaient, elle devait y renoncer. Entre râles et hurlements, elle tentait de prononcer des mots que je ne comprenais pas.

Constance passa le lendemain.

J'allai prévenir l'officier de santé, qui envoya la charrette des morts à mon domicile. J'eusse aimé que l'on enterrât ma femme dans une tombe particulière mais on n'en avait pas le temps : on la jeta dans un charnier où s'entassaient déjà des dizaines de cadavres sur lesquels on avait répandu de la chaux vive. Elle n'était plus, dans son linceul, qu'une brassée de brindilles, sans rien qui pût me rappeler la radieuse enfant de Sarlat que j'avais connue et tant aimée.

La peine que j'éprouvai faillit altérer ma raison. Maître Anselme venait de mourir et nous dûmes fermer la porte de son cabinet. Après avoir jeté au feu les vêtements de Constance, je pris la route de la Lande à travers bois pour éviter de croiser des voyageurs. Je vécus pendant des semaines, comme un sauvage, dans la masure de Martial, me nourrissant de poisson, de fruits, d'herbes amères. Lorsque je me décidai à quitter ma retraite, j'étais hirsute, déguenillé, sale comme un peigne et maigre comme un sarment, mais vivant.

Vivre ? J'ignorais ce que pouvait bien signifier ce mot. Je subsistais avec une sorte d'acharnement, comme pour jeter un défi à la grande faucheuse qui, en m'enlevant Constance, avait pris la moitié de ma vie.

Lorsque je revins à Brantôme, personne n'aurait pu me reconnaître. Des enfants me lapidèrent, m'insultèrent, rirent de moi sans que je tente de riposter. Je m'avançai jusqu'à ma demeure. Il y avait une croix blanche sur la porte.

Je poussai jusqu'à l'échoppe du savetier où j'espérais trouver mon frère et sa famille. Je me heurtai à porte close, mais, ce qui me rassura, sans la croix blanche. Quant à savoir où ils se trouvaient, mieux valait ne pas y compter : les voisins qui me répondirent de leur fenêtre n'en savaient rien et me demandèrent de passer mon chemin.

L'épidémie s'était retirée comme une marée, laissant derrière elle des centaines d'épaves. Le chirurgien Bonnet m'affirma que je pouvais sans risque réoccuper mon logis. La porte avait été forcée par des pillards, mais, comme notre mobilier était des plus modestes, je retrouvai tout en place, à part quelques bibelots sans valeur.

Cette ville, jadis si vivante, je ne la reconnaissais plus : elle semblait peuplée de spectres qui faisaient mine de ne pas se connaître et marchaient en longeant les murs comme pour échapper aux derniers miasmes.

J'avais renoncé à l'idée de retrouver le lit que j'avais partagé avec Constance. D'ailleurs, mon premier soin fut de le désarticuler et d'en faire un feu dans le jardin. Je livrai de même au brasier tous les objets chers à ma femme, ne gardant, Dieu sait pourquoi, que le bonnet qu'elle portait le jour où nous nous sommes rencontrés.

Il fallait bien trouver où dormir. Dans le grenier donnant sur la Dronne, j'aménageai une couche de fortune entre quatre planches, mais je dormais si mal, obsédé par le souvenir des derniers jours vécus dans cette demeure, que je décidai de trouver une autre résidence.

C'est vers l'abbaye que je me dirigeai. Ce qui restait de la communauté s'était astreint à retrouver une vie normale et le rythme traditionnel des offices. Ils m'accueillirent sans chaleur, avec même des regards suspicieux bien que j'eusse pris soin de faire toilette, de me couper la barbe et de me vêtir convenablement.

Je parvins non sans peine à me faire admettre, promettant de porter aide et assistance à ces pauvres créatures qui semblaient avoir du mal à accepter la vindicte du Ciel. On m'affecta un logis hors de l'abbaye, dans le pavillon où avait vécu M. de Brantôme, au temps où il dictait son œuvre à Mathau. J'aurais eu tort de m'en plaindre, libre de mes mouvements que j'étais et pas contraint de suivre les offices. Les religieux non plus ne pouvaient se plaindre : je leur avais fait don de tout ce que contenait ma demeure et d'une somme rondelette.

J'aimais ces lieux. Le pavillon dominait les jardins des îles, les bassins, les allées de buis et une rivière qui ne m'avait jamais paru aussi belle aussitôt qu'un rayon de soleil la caressait.

Dès le premier jour, je cherchai des traces de la présence de M. de Brantôme. Que sais-je ? des inscriptions sur les poutres, comme dans la librairie de M. de Montaigne, des traces d'encre sur la lourde table de noyer, des papiers froissés dans les encoignures, une odeur d'encre et de parchemin… En vain. L'endroit était nu comme après le passage d'un torrent. À quoi bon, d'ailleurs, cette quête ? Aucun souvenir notable du vieil écrivain ne s'imposait à ma mémoire. Les seuls qui subsistent, aujourd'hui, très flous et qui ne dégagent qu'une émotion diffuse, remontent à mon enfance, aux premiers temps des visites que mon père faisait à Richemont pour chausser M. de Brantôme et ses serviteurs.

En m'installant dans ce pavillon, je me demandais ce que cet écrivain aurait pu écrire sur notre temps et les épreuves que nous venions de traverser, celles de la guerre et de la peste notamment. Il en aurait sûrement fait une relation, sensible qu'il était aux misères du monde, encore qu'il eût été plus préoccupé par l'étude des personnages que par l'analyse des événements.

C'est là, en regardant couler la belle rivière, que j'eus, pour la première fois, l'idée de prendre en quelque sorte le relais de l'écrivain, de me substituer à lui pour conter l'histoire de mon temps. En toute humilité, cela va sans dire, et non sans inquiétude : aurais-je le talent, le temps, la volonté de mener à bien une tâche qui, peut-être, me dépassait ?

Je laissai longtemps ce projet dormir dans mon esprit en le renvoyant aux calendes.

« Plus tard, me disais-je, plus tard, peut-être… »

Au temps où la peste ravageait notre province, où pouvait bien se trouver M. de Bourdeilles ?

Aux approches de la soixantaine, il jouissait d'une santé insolente. Cela lui permettait des allées et venues entre ses domaines, Bordeaux et la cour, où le jeune souverain, Louis XIII, passait des tourmentes de l'amour aux épreuves d'une maladie nerveuse qui le faisait bégayer. Il se rendit même à La Rochelle, où allait se déclencher la rébellion des huguenots auxquels le duc de Buckingham avait annoncé le renfort d'une flotte anglaise. Il avait laissé au château de Bourdeilles, sa résidence habituelle, son épouse, Madeleine de La Chastre, et leur fils, François, sous la surveillance d'une compagnie commandée par le capitaine La Valade.

Depuis son intervention dans le conflit qui opposait son autorité de sénéchal et de gouverneur aux soulèvements des croquants, à la fin du siècle dernier, il prenait ses distances avec sa province et menait une vie de cour. Mené avec célérité et rudesse par Son Éminence le cardinal de Richelieu, le siège de la ville rebelle allait le tenir durant des mois éloigné de ses domaines.

Ce n'est pas sans quelque réticence de leur part que je parvins à me faire accepter par la communauté des religieux de Brantôme, non pour revêtir l'habit, ce qui n'entrait pas dans mes intentions, mais comme secrétaire et intendant laïque. Ils n'eurent qu'à se louer de mes services car ils étaient plus à l'aise dans leurs rapports avec le Ciel qu'avec les contingences matérielles.

Il était temps que j'intervinsse : tout allait à vau-l'eau. Il me fallut des mois pour mettre de l'ordre dans le monceau de paperasses qui s'étaient accumulées du fait de la peste. Sans me flatter, je possède les qualités propres à la gestion d'une abbaye comme d'une étude ; il ne faut pas m'en conter pour ce qui est des transactions relatives aux biens meubles et immeubles : j'y nage comme un poisson dans l'eau. M. de Bourdeilles exagérait en m'affirmant que j'aurais pu en remontrer au chancelier de Séguier qui avait fait ses débuts comme intendant du gouvernement de Guyenne…

Le sénéchal gouverneur, ayant hérité du titre d'abbé commendataire laïc de Brantôme, n'était point tenu de porter l'habit religieux et de suivre la règle. Il accepta de bonne grâce le concours que j'apportais à la communauté, mais j'eus surtout des rapports avec son épouse et leur fils, François. Elle était procédurière en diable, sans avoir la moindre connaissance des choses de la jurisprudence ; il n'était intéressé que par le métier des armes.

Peu après mon admission, Mme de Bourdeilles tint à me rencontrer. Elle me convoqua à son domicile, me traita fort civilement, avec même une familiarité qui me déconcerta de la part de cette grande dame. Elle m'avoua d'emblée la haine qu'elle vouait à l'oncle de son mari, M. de Brantôme.

– Ce grand putassier ! me dit-elle. Il prétend avoir aimé les femmes mais ce n'était pas ce qui ressort de ses écritures, à ce que m'en a dit son secrétaire. Il les dénigre ! il les calomnie ! Il les souille ! Son œuvre mérite le bûcher. Savez-vous, mon ami, qu'il l'a nourrie de toutes les rumeurs fausses et malsaines qui couraient dans les couloirs du Louvre, de Rambouillet, du pavillon de chasse de Versailles ? Indulgent pour les hommes, les grands capitaines de préférence, il réservait son fiel et son venin aux femmes. À l'en croire, excepté Marie Stuart, Marguerite de

Navarre et Jacquette de Montbron, nous sommes toutes des putains !

Elle eût souhaité mettre la main sur ces manuscrits pour en faire un autodafé et me demanda où elle pourrait les trouver. Je n'allais pas lui livrer le secret de la malle de clisse dissimulée, à ce que j'avais appris depuis peu d'un domestique de Richemont, dans le grenier de ce château.

Cette forte femme avait depuis peu passé la cinquantaine mais révélait encore quelques attraits : une chair ample et souple, un teint frais, des formes dignes de Rubens. Un commérage de lingère m'apprit qu'elle n'avait pas renoncé aux plaisirs de la chair. Mathau avait été son amant ; elle avait eu des rapports scandaleux avec son confesseur, un petit abbé qui l'alimentait en péchés mortels absous d'avance ; l'un de ses intendants, de nature fragile, était mort dans son lit d'un arrêt du cœur… Bref, Madeleine de La Chastre était de ces personnages dont M. de Brantôme eût pu tirer profit, du moins pour ses Mémoires.

Les révélations de la lingère m'ayant mis la puce à l'oreille, je décidai d'observer une prudente réserve. Le torrent allait m'emporter vers des rives dangereuses.

Un matin d'octobre de l'an 1628, alors que La Rochelle, exsangue, venait d'ouvrir ses portes au cardinal et que M. de Bourdeilles savourait cette victoire contre l'Angleterre et la huguenoterie, Madeleine de La Chastre me convoqua pour l'entretenir d'une querelle qui allait dégénérer en procès : un meunier lui avait livré de la farine charançonnée.

Elle m'accueillit dans son petit salon où retentissaient constamment le caquetage des perruches et le monologue d'un vieux perroquet qui m'apostropha par un sonore : « Mort aux huguenots ! » La dame paraissait plus agitée encore que d'ordinaire. Ses gestes nerveux, sa parole courte, son affectation de souffrir d'une chaleur imaginaire qu'elle tempérait à petits coups d'un éventail andalou n'avaient aucun rapport (je ne tardai pas à m'en rendre compte) avec l'affaire qu'elle voulait me soumettre.

À l'entendre, elle pardonnait moins au meunier cette banale affaire de farine qui portait sur une quantité négligeable qu'un autre motif, plus grave à ses yeux mais que le temps aurait dû estomper.

Elle s'écria :

– Gratien, ce Villepreux, ce maudit meunier, on aurait dû l'écarteler, le pendre, le jeter à la rivière, dans un sac !

– Diable, madame, protestai-je, pour quelques livres de farine gâtée…

J'appris que ce brigand avait pris jadis les armes contre les gens du château, soulevé les paysans, s'était érigé en chef des croquants et avait mis le feu aux récoltes. La paix rétablie, elle n'avait pu, comme elle l'aurait souhaité, tirer vengeance de ce forfait, dans l'incapacité où elle et son époux étaient de trouver des témoins à charge.

– Je comptais sur monsieur mon mari pour mener l'affaire tambour battant et envoyer ce bandit devant les juges, témoins ou pas ! Hélas, Gratien, monsieur mon mari a une faiblesse pour ces paysans enragés, ces chiens sauvages. Et de plus…

– Quoi encore, madame ?

Elle hésita un moment avant de répondre :

– C'est que, voyez-vous, mon ami, monsieur mon mari s'est laissé aller à quelques tendresses pour la fille de ce Villepreux de malheur, au point d'en perdre à la fois la tête et son honneur de gentilhomme. Oui, Gratien, son honneur ! Un Bourdeilles s'acoquiner avec une catin…

Elle émit un lourd soupir, s'éventa le visage avec une nervosité accrue avant de poursuivre d'une voix altérée :

– Je n'ai plus confiance en lui. Si je tenais le registre de ses infidélités, la liste en serait longue. Il est peu délicat dans le choix de ses concubines. Toute la valetaille en jupon de notre maison a subi ses assauts.

Elle m'invita à me pencher à la fenêtre et ajouta d'une voix âpre :

– Ces garnements qui font tant de tapage devant le moulin sont ses bâtards... enfin, la plupart. Il suffit de les regarder pour le comprendre : ce sont des Bourdeilles tout crachés !

Elle poursuivit d'une voix pleurnicharde :

– Et moi, mon ami, pendant qu'il se livre à ses frasques, je languis dans l'abandon.

Je faillis protester que, belle et encore jeune comme elle l'était, elle aurait pu envisager de le payer de retour. J'y renonçai : c'eût été m'engager dans un marécage où j'étais déjà, je le devinais, à mi-jambe. Elle m'y poussa, me prit les mains avec une vivacité qui me fit sursauter, les plaqua contre sa poitrine où perlait une sueur délicate et odorante.

– Vous, au moins, mon ami, vous ne vous êtes pas mêlé de cette rébellion et, pour ce qui est de ce maudit Villepreux, vous me comprenez. N'est-ce pas ? N'est-ce pas ?

Que pouvait-elle bien savoir de mon comportement durant la révolte des Croquants ? Il est vrai que j'aurais été un peu jeune pour participer à ces événements. Quant à mon père, peu téméraire de nature, il n'avait jamais envisagé d'abandonner l'alêne pour l'épée et n'avait pas de raison d'y songer.

Je m'apprêtais à abonder dans son sens quand elle me révéla implicitement que l'affaire pour laquelle elle m'avait convoqué n'avait aucun rapport avec ses véritables intentions. Elle m'attira contre elle en bredouillant :

– Soyez mon confident, Gratien. Je vous en ai déjà beaucoup dit sur ma condition de femme bafouée. Trop, peut-être…

Confident ou consolateur ? Il n'y avait pas loin de la coupe aux lèvres. Celles de Madeleine me furent offertes, et je ne pus me dérober à ce présent.

L'espace d'un éclair, je mesurai l'inconvénient qu'il y aurait pour ma carrière à repousser cette offre généreuse d'un corps qui souhaitait se donner. J'avais quitté l'abbaye quelques heures plus tôt, lesté d'une chiche soupe monacale, et je me sentais plus porté vers les cuisines que vers la chambre d'amour. Céder comportait un autre risque, dont ma conscience risquait de faire les frais : je m'étais promis de rester éternellement fidèle à la mémoire de Constance, mais on sait qu'en matière de sentiment l'éternité n'est qu'illusion.

Bref, le temps de fermer au verrou la porte du petit salon, Madeleine m'ouvrit la sienne avec une impétuosité et une impudeur qui me laissèrent sans défense. J'oubliai le repas qui m'attendait aux cuisines pour savourer ce festin de chair un peu faisandée mais somme toute agréable.

J'aurais mauvaise grâce à nier le plaisir que je pris à cette fougueuse étreinte. Jusqu'à l'heure des vêpres nous livrâmes trois assauts victorieux. Nous en aurions volontiers engagé un quatrième si la gouvernante ne s'était inquiétée de l'absence insolite de sa maîtresse.

Lorsque je m'assis à la table à laquelle Madeleine m'avait convié, j'étais dans un tel état d'épuisement que je dormais à moitié. Je devais avoir l'apparence d'une chandelle morte ; quant à Madeleine, elle flambait de bonheur comme un cierge de communion. Finalement, je mangeai d'un appétit d'ogre, sous l'œil attendri de ma partenaire, que je répugne à appeler ma maîtresse, bien qu'elle m'eût laissé entendre que, sur le registre des relations intimes, nous étions faits pour nous rejoindre.

La nuit venue, je fermai ma porte au verrou

afin d'éviter toute intrusion intempestive de la dame. Je l'entendis, sur la minuit, gratter à ma porte mais fis la sourde oreille.

Je n'étais pas un ruffian, mais Madeleine semblait apprécier mes services intimes et les requérait fréquemment. Notre idylle, si je puis employer cette expression, observa un rythme pour ainsi dire conjugal durant quelques semaines. M. de Bourdeilles allait y mettre fin lorsqu'il revint de La Rochelle, à sons de trompe comme pour un retour de chasse. Nous dûmes espacer nos étreintes puis y renoncer. Sur le champ de nos exploits venait s'interposer un rival en la personne d'un jeune écuyer. Madeleine l'épuisa en quelques engagements qui le laissèrent sur le flanc.

Je tins cette révélation, à mon retour à Brantôme, du caquet d'un page et n'en fus pas surpris, me disant que mon retour en grâce n'allait pas tarder.

5

DANS LE JARDIN D'ADÈLE

Singulièrement, c'est à Mme de Bourdeilles que je dus de rencontrer celle qui devint mon épouse et l'est encore, pour longtemps je l'espère.

Je devinais qu'il était bon pour mon équilibre moral et physique que j'oublie à la fois Constance et Madeleine, l'amour de cœur et l'amour de chair. Je venais d'avoir quarante ans et, comme l'idée me venait de temps à autre de fonder une famille et d'avoir des enfants, il n'était que temps de me décider.

Le hasard plaça sur mon chemin celle qui, en conjuguant le cœur et la chair, allait faire de moi le plus heureux des hommes.

J'avais acquis la confiance de M. de Bourdeilles. Diverses affaires délicates que je menai à bien, avec autant de rigueur que de doigté, ménageant l'adversaire sans léser les intérêts de mon maître, le persuadèrent qu'il ne pourrait plus se passer de mes services.

Il me proposa de m'installer à Bourdeilles et à

Richemont et de prendre en main l'intendance de l'un et de l'autre de ces importants domaines. Lourde tâche mais à laquelle je m'attelai sans rechigner. J'avais souvent à m'engager dans des procès délicats avec des métayers notamment, en m'efforçant de faire montre de loyauté envers mon maître et de mansuétude pour l'adversaire.

Un délicat problème de pêcherie me mit en relation avec Lajaurie, meunier du château de Bourdeilles. L'affaire ne présentait aucun caractère d'urgence et de gravité mais elle était comme une épine dans le pied de mon maître.

Elle était d'autant plus gênante pour moi, cette affaire, que j'avais d'excellents rapports avec le meunier et sa famille. Lajaurie était un homme foncièrement honnête mais peu porté à la jurisprudence. De santé délicate, il passait plus de temps à flâner et à pêcher sur les rives de la Dronne qu'à faire tourner son moulin. Par chance pour lui, son épouse, Léone, sorte de virago mal embouchée mais d'une rigueur exemplaire, le suppléait et c'est à elle que j'eus affaire.

Le moulin de Bourdeilles avait, outre une situation exceptionnelle, près du pont de pierre, entre le village et le château, un charme auquel j'étais sensible. De ma fenêtre je le contemplais à loisir, campé sur une petite île, au milieu d'une exubérance d'iris sauvages, d'un amour de jardinet tapissé de légumes et de fleurs. Logé à Bourdeilles au début de mes rapports avec Madeleine, je gardais toute la nuit ma fenêtre ouverte et me laissais bercer par le murmure de l'eau vive. La journée, c'était une autre ambiance : braiment des ânes chargés de bastes de grain ou de sacs de farine, éclats de voix de la meunière, protestations des commis…

Parfois une voix grêle montait du jardinet. Elle fredonnait l'une de ces vieilles chansons qui surnagent dans la mémoire populaire comme des feuilles mortes glissent sur la rivière. Elle disait, si je ne me trompe :

Le fils du cordonnier
Celui que mon cœur aime
Lui a fait des souliers
En maroquin des Flandres…

Cette voix était celle de la fille des Lajaurie, Adèle. Que cette chanson évoquât le fils de cordonnier (que j'étais), qu'elle parlât d'amour, m'allait droit au cœur. Lorsque la belle enfant me voyait paraître à ma fenêtre, sur les remparts ou sur la rive de la Dronne, elle haussait le ton comme pour attirer mon attention, ce qui était superflu.

Franchi le petit pont de bois qui relie la prairie du château à l'île, je trouvais parfois Adèle occupée aux soins du potager. C'était chaque fois le même dialogue.

– Bien le bonjour, mademoiselle.

– Bien le bonjour, monsieur Gratien.

– Votre mère est-elle là ?

– Elle est occupée mais n'en a plus pour longtemps.

– Alors je vais l'attendre en votre compagnie.

Elle me faisait avec grâce les honneurs de son petit domaine, me nommait les giroflées, les pivoines, les clématites… Elle semblait faite pour ce décor comme ce décor pour elle. Sans avoir la carrure de sa mère, elle était robuste comme ces filles de paysans qui n'ont pas à souffrir de la misère. Je retrouvais en elle, en plus vigoureux, le charme de Constance. Sa voix délicate et bien posée me changeait des conciliabules des perruches et des apostrophes anti-huguenotes du perroquet de Mme de Bourdeilles.

– Vous connaissez de belles chansons, lui dis-je un autre matin. Qui vous les a apprises ?

– Ma mère, quand elle en avait encore le goût.

– Vous chantez souvent celle qui parle d'un fils de cordonnier. Cela me touche : c'était la profession de mon père avant qu'il ne meure de la peste.

La rougeur subite de son visage me rappela celle des pivoines dont elle portait un bouquet dans ses bras. Je lui demandai si elle en connaissait beaucoup d'autres.

– Quelques-unes, me répondit-elle. *Nous n'irons plus au bois, La Ronde de Biron, Compère Guilleri…*

Je cachai un sourire derrière ma main. Ce Guilleri était un fieffé brigand d'origine bretonne qui avait adopté ce sobriquet pour passer inaperçu, ce qui ne lui avait pas réussi. Capturé en Périgord au début du siècle, roué à La Rochelle, il était passé de l'histoire à la légende. Je ne dis rien de cette affaire à l'innocente et ne lui révélai pas non plus que le mot *guilleri* signifiait dans le langage vulgaire l'organe masculin de reproduction.

Sans que je l'y invite, elle murmura, un brin d'impertinence dans le regard :

Il était un p'tit homme
Tout habillé de gris
Carabi
Il s'en fut à la chasse
À la chasse aux perdrix
Carabi…

Elle m'aurait débité tout son répertoire si sa mère n'avait soudain surgi du moulin, le visage empourpré de colère à la suite d'une querelle avec son époux : au lieu d'aller pêcher quelque blanchaille pour le dîner, il restait à « souffler le charbon » pour dire qu'il rêvassait au coin du *cantou.*

Léone ne marqua aucune surprise de me voir tenir compagnie à sa fille. Son comportement à mon égard était un mélange de méfiance (j'étais l'homme de confiance de M. de Bourdeilles, pour lequel elle n'avait guère de sympathie), et d'une vague affection (je ne l'accablais pas de ma rigueur dans les affaires qui nous concernaient).

Je surpris dans son regard une interrogation qui semblait quémander une explication quant à ma présence. J'en cherchai une et n'en trouvai pas. Elle sourit et, les poings sur les hanches, claironna :

– Vous aimez les fleurs, monsieur Donnadieu, et je parie que vous venez chercher un bouquet ! Ma fille va vous le préparer. Vous lui donnerez bien quelques liards pour la peine ?

Elle passa de l'ironie à l'irritation en s'écriant :

– Eh bien, grande *bestiassoune,* tu le lui prépares, son bouquet, à M. Donnadieu ? Peut-être qu'il est pressé de l'offrir à sa promise !

Elle nous tourna le dos en s'esclaffant. Comme

je n'avais pas de petite monnaie dans ma bourse, j'offris un écu d'argent à Adèle, qui me remercia d'une génuflexion.

Du préambule j'arrivai sans déceler à la conclusion.

Adèle était une « tendrette », comme on dit chez nous, et moi pas tout à fait un barbon. Il était temps que je me décide à faire mes avances, d'autant que Mme de Bourdeilles, après une brève passade avec un garçon de La Tour-Blanche, semblait désireuse de me faire partager ses derniers feux.

À ce propos, il me revint en mémoire la devise de Blaise de Monluc, ce grand pendeur de huguenots du siècle passé : *Qui assalta vince.* Ce qui se traduit par : « Si tu veux remporter la victoire, il faut attaquer. »

J'attaquai Léone Lajaurie au plus sensible de sa nature, ses intérêts, en lui faisant miroiter quelque mirage de mon invention. Si je mettais à sa disposition, *mutatis mutandis,* les qualités de négociateur que l'on voulait bien me prêter, je pourrais lui obtenir quelques certitudes quant à l'affaire de pêcherie qui l'opposait à M. de Bourdeilles. Moyennant quoi elle ne verrait pas d'obstacle à ce que je fasse ma cour à sa fille.

C'est un langage qu'elle entendait parfaitement et qui lui fut agréable.

Léone éclata d'un rire aussi sonore que ses colères. Elle laissa tomber deux battoirs à linge sur mes épaules, me serra contre sa poitrine en me disant :

– Vous avez mis du temps à vous décider ! Cette petite commençait à se demander si c'était d'elle ou de ses pivoines que vous étiez amoureux. Vous voulez ma fille ? Elle est à vous.

Elle ajouta à voix basse :

– Vous n'aviez pas besoin de me proposer ce marché, mais je l'accepte.

Le repas de noces eut lieu sur une prairie des bords de la Dronne, un beau dimanche d'après Pâques fleuries de l'année 1629. Ma belle-mère avait battu le ban et l'arrière-ban de la famille et des amis, si bien que nous fûmes une bonne centaine à banqueter joyeusement sous les saules qui dispersaient leur duvet dans le vent tiède. Des musiciens jouèrent sur une estrade pour faire danser ces panses pleines de cochonnaille et de vin.

Au risque de m'attirer les foudres de mon Adèle, si ce récit lui tombait entre les mains, je dirais qu'elle était à la dame du château ce que la genevrette est au brandevin. Pour tout dire, elle était *nice*. Je mis des semaines pour lui apprendre les plaisirs de l'amour. Ce fut une bonne élève.

Notre province baignait dans une paix non exempte de quelques frémissements, la misère étant loin d'être écartée. Le jour de notre mariage, une famille de claquedents passa par Bourdeilles, venant du haut Limousin. Nous l'accueillîmes et la traitâmes avec générosité à notre festin, si bien qu'elle crut avoir abordé la Terre promise des Écritures. Elle s'installa dans le village, vivant de menus travaux que je lui procurais, en attendant que je lui trouve un métayage.

Si nous vivions en paix en Périgord, il n'en allait pas de même aux frontières. Le roi Louis bataillait dans les Alpes contre les armées d'Espagne et de Savoie pour leur disputer les riches provinces du Piémont.

Le roi avait scindé son armée en deux corps : l'un d'eux veillait aux frontières des Alpes, l'autre courait sus aux huguenots des Cévennes, ce qui dut faire se retourner dans sa tombe le bon roi Henri. Sa Majesté ne cessait de nous surprendre ! Sorti de son cocon du Louvre, délié par la force de l'autorité abusive de la reine mère, il se montrait grand capitaine, sous l'œil glacé du cardinal, l'« homme rouge », comme on disait.

C'est dans l'ambiance folle de mon mariage que je rencontrai celui qui, quelques années plus tard, allait devenir le chef d'un nouveau soulèvement des paysans.

Antoine Dupuy de Lamotte de La Forêt, cousin des Lajaurie, était de ces modestes gentillâtres du Paréage, plus paysans que barons, plus proches de leurs manants que de la gentilhommerie provinciale. Il avait épousé une riche héritière de la famille d'Abzac, Jeanne. Homme d'âge et de raison, il avait jadis porté les armes sous le règne du roi Henri, gérait ses biens en bon père de famille et ne manquait pas une messe.

Je n'eus en cette occasion peu propice qu'un bref entretien avec lui, mais j'en garde un souvenir vivace. Nous devions nous retrouver quelques années plus tard et nous entretenir des événements auxquels il fut mêlé à son corps défendant, comme je le montrerai.

Je conserve de ma nuit de noces un souvenir détestable.

Dans le courant de la journée, aucun incident n'était venu troubler la fête. À la sortie de l'église, Adèle et moi avons passé sous une haie d'honneur composée de la parentèle et des amis, sacrifiant de bonne grâce au rite propitiatoire de la soupe épicée réputée donner de l'ardeur aux *novis.* Nous avons mangé, bu, dansé et chanté dans le soleil d'avril. Subrepticement, à la faveur de l'ombre, abrité nos premières étreintes dans une ferme voisine.

Au milieu de la nuit, alors que je venais d'assumer mon devoir d'époux, des coups violents ébranlèrent la porte que j'avais pris soin de barrer, tandis qu'éclataient au-dehors des chants grivois et un concert de tambours et de casseroles.

« Mon pauvre Gratien, me dis-je, tu n'y couperas pas, au charivari. » Cette coutume grotesque et humiliante prend surtout pour cibles les unions jugées « scandaleuses », pour ce qui me concerne, celle d'un veuf sur le déclin avec une bachelette. J'avais prévu, en la redoutant, cette cérémonie burlesque. Mes craintes furent dépassées.

Que faire ? Prévenu de ce tumulte, il ne restait qu'à faire bonne figure, à ouvrir la porte à ces malotrus, à leur offrir à boire et à manger, ainsi qu'un peu d'argent afin qu'ils se retirent sans occasionner de grabuge. Tout cela, je l'avais prévu, et j'avais organisé la réception.

J'allai donc en chemise ouvrir la porte en recommandant à mon épouse de se cacher sous les draps. Ces gueux entrèrent en coup de vent dans la chambre, me bousculèrent et exigèrent de voir la *novie* pour lui faire leur compliment. J'eus le tort de m'y opposer, leur montrant la table couverte de mangeaille et de bouteilles, ainsi que la bourse préparée à leur intention, mais ils tenaient à leur idée.

En dépit de mes protestations indignées, ils pénétrèrent dans la chambre, découvrirent le lit sans se soucier des pleurs de mon Adèle. Ils arrachèrent le drap souillé, le brandirent comme un étendard en agitant sous mon nez des cornes de vache, symbole de mes futurs déboires conjugaux.

Lorsque deux de ces drôles se saisirent d'Adèle pour l'embrasser, la moutarde me monta au nez. Armé d'une canne, je me ruai sur eux, en assommai un, étranglai l'autre à moitié, si bien que toute la horde me tomba dessus. Un choc violent au creux du ventre me fit perdre connaissance.

Je me réveillai tout nu sur la terre froide. J'étais couvert de bouse et d'urine. Rampant jusqu'à la chambre, je trouvai Adèle prostrée dans la ruelle, nue et comme privée de sens. Je lui frottai le visage avec du brandevin et, lorsqu'elle eut repris ses esprits, je lui demandai si ces gredins avaient abusé d'elle. Elle me rassura.

La plupart de ces drôles portaient des masques

ou s'étaient enduit le visage de suie, si bien que nous n'en avions pas reconnu un seul. Ils avaient tout emporté de ce que j'avais préparé pour eux et déféqué pour marquer leur exploit.

Nous ne parlâmes à personne de cette brimade qui, somme toute, la violence en plus, relevait de la coutume.

Quelques jours plus tard, amis et parents des Lajaurie vinrent planter un mai enrubanné devant le moulin.

Un autre drame m'affligea, qui aurait pu, lui aussi, tourner au drame.

Ma sœur Martille, je l'ai dit, était d'une nature impulsive et violente. Du Puy-Saint-Front à la cité, les gens connaissaient ses humeurs volontiers provocatrices.

Les émeutes du pain lui donnèrent l'occasion de montrer qu'elle avait la langue bien pendue. La population de Périgueux reprochait aux meuniers de mouiller leur farine et d'y mêler du son, du plâtre et même du sable. Elle s'en prenait de même au boulanger dont le pain était trop cher et trop léger. Ce qui se disait sous cape, Martille le reprenait à haute voix, proclamant que ces gredins devraient un jour payer pour leurs malversations et qu'on les jetterait en prison.

Le mécontentement de la population des bas quartiers s'enfla si bien que des émeutes éclatèrent. Martille se mêla aux meneurs et participa avec une belle ardeur au pillage d'une boulangerie. Elle fut même du groupe d'excités qui allèrent dépendre à Escornebœuf des pendus tout secs pour les accrocher à l'auvent de l'échoppe.

Elle fit mieux encore. Pourvue d'un tambour arraché à un crieur de rue, elle rameuta la populace sous le moulin Saint-Front, la mena au faubourg des Plantiers, puis devant le consulat. Les émeutiers n'avaient que leurs poings pour se défendre lorsqu'ils furent cernés par les sergents du guet et conduits devant les juges. À l'exception des meneurs, les émeutiers furent libérés après une semonce sévère. Trahie par son tambour, Martille fut emprisonnée.

Après quinze jours dans un cul-de-basse-fosse, elle fut conduite, sous escorte du guet, sur le parvis de Saint-Front pour y faire amende honorable. Le capitaine de la tour de Mataguerre la fit dévêtir jusqu'à la ceinture et la flagella de trois coups de nerf de bœuf aux quatre coins de la place. Menée sous les quolibets et les injures à la porte du Pont, puis à celle de Tournepiche, elle devait subir, à chaque arrêt, six autres flagellations. L'échine lacérée au sang, elle ne laissa pas échapper le moindre gémissement.

Ce supplice, cette mortification, loin de la guérir de sa propension naturelle à la provocation, ne firent que l'attiser, d'autant qu'il s'y mêlait un désir de vengeance. Un comportement qui, peut-être, eût plu à Martial, le solitaire de la Lande.

Au début des années 1630 – « années de tribulations », a dit le cardinal –, on devinait bien que le pays allait s'enfoncer dans un marécage dont il aurait du mal à s'extraire. Les nouvelles qui nous parvenaient de la cour et des frontières nous confirmaient dans ce sentiment d'inquiétude qui s'amplifiait de mois en mois.

À trente ans, le roi venait de tomber en pâmoison devant une adolescente qui en avait quatorze, Marie d'Hautefort, issue d'une grande famille de notre province, qu'il avait rencontrée à Lyon. L'espérance naquit dans la population de voir cette gracieuse enfant le détourner de son goût pour les armes. Illusion !

En septembre de l'année 1630, Sa Majesté souffrit d'un abcès au ventre qui semblait devoir abréger ses jours. Cette perspective ouvrait les allées du trône à son demi-frère, Gaston d'Orléans, et celles de l'exil à Richelieu. La guérison quasi miraculeuse du souverain renforça l'autorité de Son Éminence, ce dont les nobles n'eurent guère lieu de se réjouir, car il décréta la démolition des remparts jusqu'à dix pieds du sol.

Ces temps sentaient l'Apocalypse. Les événements prodigieux, les miracles abondaient, annonciateurs des temps noirs.

Le bruit courut que des habitants de Cahors avaient été témoins d'un phénomène hallucinant : un spectre traversant la ville à la nuit tombée, une lanterne dans une main, une clochette dans l'autre, prophétisant des calamités. À Limoges, au milieu du jour, des gens avaient assisté à un affrontement de cavaliers en plein ciel. Dans une autre cité du Limousin, on avait aperçu, sortant de sous la porte d'un barbier, des filets de sang qui semblaient poursuivre les passants comme des couleuvres. À Périgueux, un jeune paysan, privé de voix depuis sa naissance et qui assistait à une procession de pénitents noirs, s'était mis, bras écartés, à chanter les litanies de la Vierge. Ailleurs, c'était un pendu qui se libérait lui-même de sa corde et entonnait des louanges au Seigneur, un roué vif qui, exposé plusieurs jours sur le lieu de son supplice, s'était relevé intact...

De par mes fonctions d'intendant, avec deux commis sous mes ordres, j'étais témoin non de ces faits étranges, mais des rapports que m'en faisaient des voyageurs. J'étais trop occupé alors par mon travail et les nombreux déplacements que je devais effectuer pour les consigner autrement que dans ma mémoire, et trop sollicité par mon ménage qui, Dieu merci, ne me procurait que des satisfactions et du plaisir.

J'avais obtenu de M. de Bourdeilles l'autorisation de m'installer à demeure au château pour faciliter nos rapports.

Nous logions, Adèle et moi, dans une partie des communs donnant sur la grande cour ouverte par la porte majestueuse des sénéchaux. Deux pièces nous suffisaient et nous y étions heureux. Chaque matin nous voyions passer un artiste peintre venu de Paris, Ambroise Le Noble, chargé de la décoration des plafonds de la vaste demeure édifiée, en marge du vieux château et du donjon, par Jacquette de Montbron, belle-mère du sénéchal.

Sur la fin de cette même année 1630, Adèle conçut un joli bourgeon de fille que nous nommâmes Mondine. Elle eut pour parrain et marraine Henri et Madeleine de Bourdeilles, ce qui constituait pour les roturiers que nous étions un honneur insigne. Je souhaitais qu'elle me donnât des garçons, mais le Ciel en avait décidé autrement, Adèle allant de fausses couches en espérances déçues, ce qui n'altéra point nos rapports.

Ceux que j'entretenais avec Mme de Bourdeilles, en revanche, faillirent péricliter.

Il semblait qu'elle ne m'eût pas tenu rigueur de mes amours et de mon mariage, en un temps où elle espérait que reprissent nos relations intimes. Sa rancœur ne faisait qu'affleurer dans nos entretiens. Parlant d'Adèle, elle disait « votre drôlesse », et, de ses parents, « les rustres d'en face ». Si elle avait accepté d'être la marraine de Mondine, c'est qu'un refus de sa part eût éveillé des soupçons chez son époux.

Nous eûmes un différend d'une autre nature, et plus sérieux.

M. de Bourdeilles avait reçu un contingent d'une dizaine de prisonniers espagnols capturés dans les plaines du Piémont au cours des précédentes campagnes. Sur dix qu'ils étaient au départ, deux avaient succombé aux fatigues d'une marche interminable, aux privations et aux mauvais traitements des soldats.

Avant de regagner Bordeaux où un nouvel impôt sur le vin provoquait le mécontentement des cabaretiers, M. de Bourdeilles fit enfermer les prisonniers dans une caverne close par des grilles, située sous le château, au bord du sentier menant à la rivière. La comtesse les nourrissait des reliefs de cuisine et de portions prélevées sur la pâtée de la meute.

Je leur rendais souvent visite et leur apportais quelque supplément, sur quoi ils se jetaient comme des fauves qu'ils étaient devenus. Ils recevaient d'autres visites moins agréables : celle des drôles du village, qui leur jetaient des pierres et de la boue. Je chassais ces petits diables mais ils revenaient presque chaque jour assister au spectacle de la misère.

Lorsque Mme de Bourdeilles apprit mon manège par une indiscrétion du capitaine La Valade, elle me somma d'un ton âpre d'y renoncer. Je protestai :

– Mais, madame, ce sont des chrétiens, comme vous et moi, des soldats et non des condamnés de droit commun. Si leur présence vous importune, mieux vaut les jeter dans la Dronne avec une pierre au cou !

Elle interrompit sa distribution de graines aux perruches pour me lancer :

– La bonne âme que voilà ! Monsieur le donneur de conseils, ces gens pour lesquels vous montrez tant de compassion sont nos ennemis. Croyez-vous qu'ils traitent leurs prisonniers mieux que nous faisons des nôtres ? Ils les torturent, ils les égorgent ! Ces Espagnols sont des sauvages pires que les Indiens de la Nouvelle-France. Je vous somme de renoncer à vos absurdes mouvements de pitié !

Je ne pousse pas le sens de la compassion au point de sacrifier ma carrière à des misérables, condamnés d'avance. Pourtant je ne pus me résoudre à abandonner ces pauvres diables à une torture quotidienne et à une mort lente. Dans les semaines qui suivirent l'algarade, La Valade fit retirer de la caverne trois cadavres sur les huit qui s'accrochaient encore à la vie. Il en mourut un autre peu après, de maladie ou d'inanition, je ne sais. Afin d'échapper à la vigilance des gardiens je les approvisionnais la nuit ; ils me remerciaient dans leur langue que je comprenais mal mais qui me touchait. D'autres prisonniers ne tardèrent pas à disparaître. Le dernier survivant fut pendu haut et court : il avait mordu l'un des gardiens venu lui apporter sa pâtée.

La croissance de Mondine ne nous donnait aucun motif d'inquiétude.

Je prenais plaisir à la regarder dormir dans la lourde *beneste* de chêne ciré dénichée dans une salle haute du vieux château, où, me dit-on, des générations de Bourdeilles s'étaient éveillées à la vie. Le sourire d'un enfant console des misères du monde : c'est beau comme un matin de printemps, comme un fruit que l'on aurait envie de caresser avant d'y mordre. On s'attriste en songeant que, lorsque ce fruit se sera détaché de la branche, il ne songera qu'à nous quitter.

Certains soirs d'été, nous allions tous trois prendre le frais sur les remparts, au-dessus des falaises, pour regarder la rivière recueillir les derniers reflets du jour, le village s'endormir dans ses fumées et son silence. Nous écoutions la cloche de l'église, le bruit sourd des portes que l'on fermait, le murmure de la Dronne.

J'aurais aimé me persuader que notre bonheur préludait à une existence tissée de sérénité et d'équilibre, Mondine nous ayant, par sa seule présence, ouvert une porte lumineuse.

C'était celle de l'enfer.

Deuxième livre

1

LES CARILLONS DU TONNERRE

Je ne puis prétendre avoir bien connu Jean Chaleppe. La première fois que j'entendis prononcer son nom, c'était à Brantôme, dans le cabinet de maître Anselme, avant la grande peste qui coûta la vie à Constance. Je l'ai peut-être croisé sur des foires et des marchés sans qu'il ait retenu mon attention. Il faut dire que ses fonctions n'avaient rien d'honorifique ; il ne dut sa notoriété qu'à une étourderie dont les conséquences furent incommensurables.

Ses fonctions consistaient principalement à porter de village en village des courriers à l'intention des notables. Il se faisait accompagner d'une escorte car les contrées qu'il avait à traverser étaient réputées dangereuses pour ce porteur de nouvelles qui étaient plus souvent mauvaises qu'agréables.

Capitaine archer du vice-sénéchal Hélie de Jehan, Jean Chaleppe était en fait, tout bonnement, un huissier ou un commissionnaire, sauf qu'il portait dans ses fontes une poudre que le moindre briquet risquait d'enflammer.

J'ignore d'où est issu ce bellâtre. Je crois savoir qu'il était propriétaire d'une borderie au village du Breuilh, à une lieue au nord de Vergt, et qu'il y exerçait sa justice. Il était, m'a-t-on précisé, de petite taille mais remuant, hâbleur, écervelé. Les événements qu'il a déclenchés, je les tiens d'Antoine de Lamotte, cousin des Lajaurie, que j'ai rencontré à Bourdeilles à l'occasion de mon mariage et que je devais retrouver par la suite pour quelque défaite de justice dont je ne me souviens plus.

Un matin de juin, ledit capitaine Chaleppe arriva, *balin-balan,* avec son escorte, dans le village de Sanilhac, au nord du Paréage, où ont lieu les pèlerinages à Notre-Dame-des-Vertus. Il a mission d'y déposer un commandement du gouverneur de la Guyenne, M. d'Épernon, concernant je ne sais quelle affaire. Bref, à l'auberge où il se rafraîchit, la patronne lui demande poliment ce qui l'amène et ce qu'il porte dans sa sacoche de cuir. Chaleppe frise ses moustaches et fait l'avantageux pour déclarer qu'il s'agit de l'annonce de nouveaux impôts dont on se proposait de fixer l'assiette.

– Et des impôts, ma pauvre femme, ajouta-t-il, auprès desquels la taille, la dîme et les redevances sont de la gnognote. Que veux-tu ? nous avons une armée à nourrir à Bayonne, et il faut bien que quelqu'un paie pour son entretien…

Il en rajoute, expliquant que sa sacoche contient aussi des sommations qui vont faire « suer leur or » aux culs-terreux. Il aimait cette expression, lui qui ne suait que vantardise.

Il aurait dû, avant de prendre congé de l'aubergiste, préciser qu'il s'agissait d'une plaisanterie de sa part. Il ne le fit pas et le paya fort cher : quelques semaines plus tard, sa borderie était dévastée.

La fausse nouvelle courut la province, suscitant ici et là des agitations et même des prises d'armes.

L'émotion qu'il avait maladroitement suscitée allait, dans le mois qui suivit, prendre des dimensions inattendues.

La hantise des nouveaux impôts planait sur nos campagnes et dans nos villes. Le seul passage des gabeleurs suffisait à jeter le trouble.

On a beaucoup parlé en ce temps de l'affaire de Blanzac, un gros bourg de l'Augoumois. Un brave homme de chirurgien arrive sur sa mule, sa trousse en bandoulière, pour soigner un de ses malades. On commence à le regarder de travers, à murmurer sur son passage, puis à proclamer à haute voix qu'il s'agit d'un gabeleur, dont il a l'allure. Le voilà encerclé par une bande de drôles. On le somme de mettre pied à terre, on l'agrippe, on le bouscule, on le frappe. Il a beau protester de sa profession, brandir sa trousse, rien n'y fait. On l'assomme, on le dépouille de ses vêtements et on le traîne dans les rues, attaché à sa mule par les pieds. Survient le boucher, ses couteaux dans sa ceinture, une scie au poing. Tandis qu'on maîtrise le malheureux qui se débat encore, le bourreau, insensible à ses hurlements, lui détache un bras, puis l'autre, une jambe puis l'autre. Des femmes surgissent, réclamant leur part de chair fraîche. On jette le tronc encore frémissant dans une brouette pour aller le plonger dans le Né qui coule au bas de la ville.

La foule délire : un gabeleur de moins ! Celui-là, on est sûr de ne pas le revoir, et ceux qui lui succéderont auront des précautions à prendre…

À Agen, au mois de juin suivant, courut un « bruit de gabelle » qui jeta la population dans les rues, par solidarité avec les cabaretiers de Bordeaux qui venaient de se soulever en masse contre le nouvel impôt sur le vin. Alors que le tocsin sonnait à la grande horloge, deux consuls tentèrent d'arrêter l'émeute menée par un groupe de mariniers aux cris de « Mort aux gabeleurs » et « Liberté ». Mal leur en prit : ils furent massacrés.

À Périgueux, l'émeute va se déchaîner avec une rare violence.

Le 17 juin au soir, le bruit court que les cabaretiers de Bordeaux ont édifié des barricades et tiennent tête aux troupes menées par La Valette, le fils du duc d'Épernon. On ne va pas être en reste ! L'été et le vin chauffent les cervelles et font bouillir le sang. Comme on vit dehors une partie de la nuit, on peut percevoir toutes les rumeurs de la ville, et elles se répandent comme une nuée de sauterelles. On va faire la chasse aux gabeleurs, on les guette aux coins des rues ; s'ils prennent la fuite on ira les traquer jusque dans leur demeure. Certains s'y hasardent, enfoncent des portes et ne repartent pas les mains vides…

Le capitaine de la ville, un ancien maire, Champagnac, a l'idée de substituer, pour la garde des portes, la milice bourgeoise aux soldats, de manière à assurer davantage de sécurité aux habitants. Sage mesure. Lorsque les paysans des environs, alertés par la perspective d'une grande galimafrée, se présentent devant la porte Tournepiche qui commande l'accès du pont sur l'Isle, ils la trouvent fermée. Furieux, ils interpellent un cavalier, lui demandent son nom, son état et ce qu'il va faire à Périgueux. En refusant de répondre à cette racaille il signe son arrêt de mort. C'est la première victime de l'émeute ; il y en aura d'autres, et pas des moindres.

Ma sœur Martille, de qui je tiens la relation de ces événements, ne pouvait manquer une telle fête, d'autant que son échine lacérée de coups de fouet la démangeait.

Au lendemain de cette nuit d'émeutes, la voilà dans les transes. Elle abandonne sa marmaille, court vers le centre de la ville, se mêle aux émeutiers qui se dirigent vers le consulat où règne un personnage qui s'est rendu odieux aux habitants, le premier magistrat municipal, messire Jean de Jay, seigneur d'Ataux. Son caractère atrabilaire tient à ce que, quatre ans auparavant, sa maison de campagne a été incendiée par des rebelles qui l'ont gardé prisonnier plusieurs semaines. C'est dire s'il voit d'un mauvais œil cette nouvelle ruade du populaire.

M. d'Ataux met le nez à la fenêtre et sursaute : ils sont là, devant le consulat, au nombre de cent, peut-être plus, gesticulant et scandant des propos injurieux. Il s'arme de courage, apparaît au balcon et s'apprête à haranguer la populace. On ne le laissera pas s'exprimer. Que lui reste-t-il à faire ? À fuir. C'est ce qu'il fait.

Lorsque Martille, à la tête de quelques viragos

de son acabit, parvient, en brisant une fenêtre, à pénétrer dans l'immeuble, elle ne trouve que le secrétaire du premier consul, un colosse placide, Jean Séguy. Courageusement il leur tient tête, explique qu'il n'y a rien à piller et que celui qu'elles recherchent s'est retiré. Qu'elles rentrent chez elles avant que l'affaire prenne mauvaise tournure !

Assailli de toutes parts, il tente de s'enfuir et parvient à s'enfermer dans une cellule de la prison. On le rejoint, on fait sauter la grille avec un pétard, et voilà ce pauvre Séguy aux mains d'une populace déchaînée, frappé à coups de gourdin et de serpe, traîné à demi mort à travers la ville avant d'être jeté dans le puits du Couderc.

Martille, qui n'avait pas été la dernière à participer à ces désordres, devait faire son acte de contrition.

– Je plains, me dit-elle, ce pauvre bougre de secrétaire qui n'était pas un mauvais homme. Je dois reconnaître qu'il a fait preuve de courage, et ça me plaît !

Trois jours plus tard, fin de l'émeute. Le sénéchal fait son entrée dans la ville avec quelques pelotons de cavalerie. Tout rentre dans l'ordre mais les représailles ne se font pas attendre. Une enquête conduit devant les juges, puis le bourreau, les nommés Picaud et Peyrou, dit Coly, pour qu'ils soient pendus puis décapités. Curieusement, l'un des principaux meneurs, le médecin Magot, que nous retrouverons bientôt, ne sera pas inquiété. Les autres têtes responsables ont pris la clé des champs.

À Bordeaux, l'émeute allait bon train.

Elle avait sa source dans la nouvelle taxe sur les vins, maladroitement décrétée par le cardinal – maladresse qui mit le feu aux poudres, car toucher aux cabaretiers, seigneurs de la roture, c'est mécontenter la population.

En quelques jours, le mot d'ordre de soulèvement s'était répandu dans tous les quartiers, notamment dans celui de Saint-Michel, repaire de la truandaille. À la sommation des autorités d'avoir à rester chez soi, les émeutiers répliquèrent en massacrant sept commis aux aides, en ouvrant les prisons, en édifiant des barricades, au son du tocsin qui grondait sans désemparer.

Les choses prirent un tour tragique lorsque M. d'Épernon envoya la troupe à l'assaut des barricades. Il y eut des dizaines de morts de part et d'autre. Il fit rouler les canons vers les principaux points de résistance, et ce fut le plus grand massacre que l'on eût jamais vu.

Il fallut, pour rétablir l'ordre et le maintenir, que M. de La Valette fît occuper le centre de la ville par un régiment de dragons. En octobre, l'édit des cabaretiers était aboli, M. d'Épernon venait d'entrer dans ses quatre-vingts ans et accueillit la nouvelle comme un cadeau d'anniversaire. Il allait pouvoir jouir de ses dernières années dans son somptueux château de Cadillac, sur une rive de la Garonne.

Et se faire oublier, peut-être…

Mondine nous manque plus que nous ne saurions le dire.

Depuis sa naissance à Bourdeilles, il y a quinze ans, nous ne nous sommes jamais séparés, sauf l'année passée où je la conduisis dans la demeure de maître Pierre de Bessot, à Périgueux. Lorsque je partais pour quelque mission à travers la province, le temps me paraissait long qui me séparait du retour, et je n'hésitais pas à fatiguer ma monture pour arriver au plus vite, la prendre sur mes genoux, l'embrasser, lui dire un conte de mon invention et, quand elle fut en âge de comprendre, lui apprendre à lire dans l'un des grands livres empruntés à la librairie de M. de Brantôme lorsque nous résidions à Richemont.

Elle ressemblait tant à sa mère, disait Léone Lajaurie, qu'au même âge on les eût prises pour des bessonnes : mêmes joues pommelées, mêmes lèvres bien ourlées, pareilles à des pétales de rose, même chevelure lisse et couleur de châtaigne.

J'enviais notre jeune servante, Nanon, grosse

fille laide mais active et toujours d'humeur joyeuse : elle ne quittait pas ma fille d'une semelle, lui apprenait des comptines et des chansons, la couchait dans son lit. Je protestais lorsqu'elles partaient se promener dans les parages du château : qu'elles ne s'éloignent pas trop, qu'elles prennent garde aux chiens errants, aux vipères, aux vagabonds qui hantent la contrée, et surtout qu'elles reviennent sans s'attarder.

Le jour où je les surpris, au bout de notre allée, en conversation avec un personnage en guenilles, au visage à demi dissimulé sous une capuche, je sermonnai rudement Nanon. Comment n'avait-elle pas reconnu un des lépreux de la maladrerie voisine du château ? Il tenait sa cliquette à la main et ses jambes nues étaient couvertes de croûtes suintantes.

Adèle haussait les épaules et se moquait de mes alarmes : ces ladres, elle les connaissait bien pour leur porter chaque semaine un panier de vivres. Il suffisait, quand on leur parlait, de se tenir du bon côté du vent. N'empêche ! Durant des semaines j'examinai chaque matin le corps tordu de Mondine, inquiet d'y voir apparaître les premiers symptômes du mal.

Un matin d'été, alors que je revenais de la chasse, je trouvai dans la grande salle le capitaine de Bourdeilles porteur d'un courrier de mon maître : des troupes du régiment de Ventadour, en route pour le Pays basque où les Espagnols venaient de prendre position et menaçaient la Guyenne, allaient traverser la province. J'aurais à héberger une compagnie d'une vingtaine de dragons, le temps pour eux de se refaire des forces avant d'affronter la longue route qui les mènerait à Bayonne.

Je me dis qu'on n'est jamais assez prudent avec les militaires, pour la plupart gens de sac et de corde racolés dans la tourbe des villes, qui, en campagne, traitent les manants comme des esclaves. J'enterrai ma cassette sous une grosse pierre au fond du jardin et dissimulai ce qui restait de cochonnaille dans le petit cellier du château.

Le capitaine Levasseur nous fit d'emblée bonne impression : tenue impeccable, sourire avenant sous la moustache de soldat, manières courtoises.

Le chambardement occasionné par cette intrusion nous causa quelque trouble mais aussi, soyons juste, quelque distraction, surtout à Nanon, qui ne se privait pas, en tout bien tout honneur je suppose, de fleureter avec les soldats.

– Je veillerai personnellement, nous avait prévenus le capitaine, à ce que mes hommes fassent preuve de correction, ainsi que m'en a prié M. le sénéchal, mais il faudra vous montrer indulgent s'ils oublient la consigne à mon insu. Ils ont dû franchir des centaines de lieues pour arriver ici et ils en auront autant à franchir pour gagner Bayonne. On ne peut leur reprocher de prendre du bon temps à l'étape, même si c'est au détriment de leurs hôtes. De toute manière, moi et mes lieutenants nous les aurons à l'œil…

De belles paroles qui n'allaient pas tenir leurs promesses…

Les dragons devaient en principe vivre sur leurs rations, mais, comme elles étaient chiches la plupart du temps, ils venaient quémander des suppléments auprès d'Adèle. La réserve que la prudence m'avait conseillé de mettre éventuellement à leur disposition s'épuisait rapidement et je n'avais cure de leur ouvrir la porte du cellier. En revanche, je ne leur mesurai pas le vin, celui des Balands, une vigne du sénéchal, et ils s'en régalaient. Ils mirent en perce une barrique et deux tonnelets. La nuit tombée, nous les entendions beugler leurs chansons, souvent en langue allemande, au milieu de la cour.

– Le vin, vaticinait joliment le capitaine Levasseur, est la bénédiction du soldat. Sans lui, pas d'armée ! Nos hommes préféreraient se priver de pain et de femmes plutôt que de vin.

Il ajouta, en me tapant sur l'épaule :

– Rassurez-vous, maître Donnadieu, tout cela vous sera réglé.

Ce règlement, nous l'attendons encore, et mon maître de même.

Pour ce qui est des femmes, il sembla, contrairement à ce que nous affirmait Levasseur, que ces brutes pouvaient difficilement s'en passer. Un métayer du voisinage, Dupuy, vint se plaindre quelque temps plus tard qu'une patrouille avait violé une de ses servantes et emporté sans les payer des poules et des oies. À Saint-Crépin, c'est la gouvernante du curé qui avait dû subir les assauts de ces ruffians.

J'avais recommandé fermement à Nanon de ne pas quitter Mondine d'un pouce et d'éviter la compagnie des dragons. Ma fille allait sur ses huit ans mais je constatai que certains de ces sauvages lui adressaient des regards de convoitise, lui adressaient des propos et des gestes salaces que la pauvrette prenait pour des gentillesses. J'avais surpris un matin Nanon à bavarder avec un petit lieutenant blondinet ; il était assis sur une murette, ma fille sur ses genoux. Je lui en fis le reproche.

– Ce n'est pas moi qui l'intéresse, me dit-elle.

– Tu crois qu'il pourrait s'en prendre à Mondine ?

– J'en suis sûre. Il lui a fait des mignardises qui ne trompent pas. Faudra l'avoir à l'œil.

C'était bien mon intention.

Il restait trois jours avant le départ des dragons. Ils me parurent interminables. Nous n'avions quelque répit qu'à la veillée, quand Nanon et Mondine étaient couchées à l'étage pour plus de précautions. Levasseur fumait dans le *cantou* sa longue pipe de soldat, s'arrêtait pour grignoter des cerneaux ou nous raconter ses campagnes, ce qui nous procura quelques heures de bon temps, à moi et à Baptiste surtout.

La veille du départ, je longeais un cavaillon de notre vigne proche de la pinière lorsque mon attention fut attirée par le bruit d'une chamaillerie venant d'une *garissade* de chênes. J'aurais pu prendre ce tumulte pour une querelle entre soldats pris de vin si ne s'y étaient mêlés des cris de femme. Je m'approchai et restai figé de stupeur devant le spectacle qui m'attendait : le petit blondinet était en train de maîtriser violemment Nanon, Mondine accrochée à ses basques, hurlant de terreur.

Aveuglé par la fureur, je sortis mon couteau, accrochai le lieutenant par son collet et lui mis la lame sur la gorge en lui soufflant à l'oreille :

– Lâche cette fille ou je te saigne !

– Monsieur ! dit Nanon, ce n'est pas à moi qu'il s'en prenait mais à votre fille.

S'il n'avait fait que convoiter Nanon, il en aurait été quitte pour une sévère correction et une plainte auprès du capitaine, mais, apprenant qu'il aurait pu, sans mon intervention, violer cette innocente, mon sang ne fit qu'un tour. Ivre de fureur, je le clouai au sol, une main sur sa bouche pour éviter qu'il ne donnât l'alerte, tandis que, de l'autre, je lui ouvrais la gorge. Il agonisa sous nos yeux avec des convulsions d'automate et des plaintes qui s'achevaient dans un gargouillis de sang, puis se détendit comme si le sommeil venait de l'emporter.

– Retournez au château comme si de rien n'était, dis-je à Nanon, enfermez-vous dans la chambre de M. de Brantôme et n'ouvrez à personne jusqu'à nouvel ordre. Surtout, si vous rencontrez le capitaine, ne lui dis pas un mot de cette affaire.

Je jetai de la terre à pleines mains sur le sang répandu, traînai le cadavre sans trop de peine, car c'était un gringalet, jusqu'à la fosse où je faisais brûler les sarments et les pampres et, creusant dans la cendre, j'y enfouis le corps que je recouvris de fagots et de branches mortes. Pour ne pas éveiller la suspicion je revins au château en prenant son temps, les mains dans les poches de ma souquenille.

Au souper j'eus du mal à conserver mon calme et à paraître naturel, mais Levasseur avait d'autres soucis en tête : les préparatifs du départ, qui lui faisait peine car il semblait se plaire en notre compagnie.

Je prétextai la fatigue pour aller me coucher un peu plus tôt que d'ordinaire. Je dormis d'un sommeil agité, poussant de temps à autre des gémissements et des cris qui intriguèrent Adèle. Je ne lui avais pas révélé le meurtre que je venais de commettre, craignant que son émotion ne la trahît en présence de Levasseur. Elle le saurait bien assez tôt.

Au petit matin, Levasseur vint me trouver, la mine sombre, après le rassemblement. Le lieutenant manquait à l'appel. Je répondis avec aplomb :

– Cela n'a rien de surprenant. Il m'a confié à plusieurs reprises qu'il détestait le métier des armes et souhaitait être libéré le plus tôt possible.

– Il aurait pu déserter, croyez-vous ? murmura le capitaine. J'en reste confondu quoique, à vrai dire, il ne serait pas le premier depuis notre départ.

Un frisson me courut dans l'échine quand il ajouta :

– Je vais tout de même faire patrouiller dans les parages. Il se peut que, pris de vin, il se soit endormi à la belle étoile. C'était une petite nature : il supportait mal la boisson.

– Il peut aussi, ajoutai-je, avoir été surpris par des loups et des chiens errants. On en voit souvent autour du château.

– Peu probable… Cet officier n'était pas une *brébiale* et ni les loups ni les chiens ne s'attaquent aux hommes. D'ailleurs, il avait de quoi se défendre. Nous allons entreprendre des recherches. L'ennui, c'est que nous sommes attendus dans trois jours à Agen…

Il ajouta :

– Faites vos comptes. Je les transmettrai à notre intendance. Vous serez dédommagé sans tarder.

J'effectuai un relevé en règle, sans rien omettre de ce que ces soudards avaient consommé ou dégradé. Je confiai le répertoire au capitaine à son retour. Il paraissait d'humeur sombre, n'ayant pas – et pour cause – trouvé trace du lieutenant. Il souhaitait faire ses adieux à Mondine et à Nanon mais je l'en dissuadai, prétextant qu'elles dormaient encore, ma fille ayant été souffrante durant la nuit. Cela parut l'intriguer mais il ne s'en formalisa pas autrement.

Dire mon soulagement lorsque nous vîmes les dragons monter en selle, le capitaine en tête, bras levé comme un *imperator,* et prendre, par l'allée, la route de Périgueux.

Lorsqu'ils eurent disparu, je dis à Adèle :

– Dieu merci, tout danger est écarté.

– De quel danger veux-tu parler ?

– Le lieutenant qui manquait à l'appel, je sais où il se trouve : dans la fosse, au fond de la vigne. Mort. C'est moi qui l'ai tué.

Je lui racontai l'événement de la veille. Elle blêmit, s'assit sur la murette de l'allée, la tête dans les mains.

– C'est la première fois, ajoutai-je, que je tue un homme. Ça restera dans ma mémoire jusqu'à la fin de mes jours. Dieu me pardonne et fasse qu'une telle épreuve ne se renouvelle pas…

2

LES RATIONS DE BAYONNE

C'est de la bouche de M. de Bourdeilles que j'entendis pour la première fois parler des rations de Bayonne, cet impôt qui allait faire en Guyenne plus de bruit qu'on n'aurait pu l'imaginer.

Nous revenions d'une partie de chasse à laquelle mon maître m'avait convié, sans autre présence que celle du domestique chargé de la meute. Il voulait m'entretenir secrètement des donations qu'il souhaitait faire pour une garce qu'il avait engrossée et qui lui chantait pouilles. Il ne savait quelle forme donner à ce don pour ne pas éveiller la suspicion de son épouse. Nous avancions à travers la forêt, dans cette lumière rosâtre, à la limite du roux, qui, certains soirs de printemps, baigne les taillis de châtaigniers.

Je ne sais par quel biais il en vint à me parler de ces fameuses rations de Bayonne.

– Qui a bien pu avoir, me dit-il, cette idée aussi saugrenue que le fut jadis l'impôt sur les vins ? Le roi ? j'en doute, car il ne se préoccupe guère de ces problèmes. Le cardinal ? Il en serait bien capable. Cet édit est signé du duc d'Épernon mais je ne puis croire qu'il en est l'inspirateur, bien qu'il soit, à son âge, sujet à des égarements.

Il s'arrêta pour souffler, s'assit sur un tronc d'arbre.

– Il s'agit, poursuivit-il, d'une levée extraordinaire. Les juges royaux devront exiger des paroisses de leur ressort des livraisons de céréales en rapport avec leur importance. Ces chargements prendront la route de la frontière pour la subsistance des armées que commande M. de La Valette, à la frontière des Pyrénées. D'où ce nom de rations de Bayonne.

Il m'apprit que les premières livraisons avaient eu lieu, mais que les responsables se faisaient tirer l'oreille et avaient du mal à se faire obéir. Frapper à la porte des paysans n'eût donné aucun résultat, car, après le paiement des impôts ordinaires, il leur restait juste de quoi ne pas mourir de faim.

– Il a fallu faire appel, ajouta-t-il, aux réserves des couvents et aux greniers des négociants. C'est la méthode la plus efficace, mais l'inconvénient est qu'il faut payer ces prélèvements rubis sur l'ongle. Et les payer avec quoi, selon vous ?

– Avec une taxe sur l'habitant, je suppose.

– Tout juste ! Admirez le tour de passe-passe, mon cher Donnadieu : il suffit de procéder au regrèvement des taxes, et passez muscade…

– Finalement, monsieur, c'est toujours aux mêmes que l'on fait appel. On saigne le pauvre peuple et l'on s'étonne qu'il regimbe et qu'il prenne les armes.

– Eh là ! mon ami… N'allez pas jusqu'à justifier les rébellions que nous avons connues et celles qui nous attendent. Quelle que soit la teneur des lois, il convient d'assurer leur application. L'ordre est à ce prix. Je comprends la colère des basses classes, des paysans notamment, mais, s'ils réagissent par la force, ils me trouveront en face d'eux.

Toujours, chez M. de Bourdeilles, cette dualité entre sa conscience et son devoir. Une confusion de sentiments qui, d'ici peu, lui posera problème.

Cahin-caha, les livraisons s'opéraient sans trop de réticences. Les soldats de La Valette auraient leur content de bons grains du Périgord.

Nous devions apprendre quelques semaines plus tard que cet édit sur les céréales avait été pris sans l'avis de la commission royale et sans que les officiers des finances en eussent été informés. Cet acte arbitraire allait susciter de nouveaux troubles dans la province. Depuis ceux qui, à la fin du siècle dernier, sous la conduite de Lassagne et de Papus, avaient jeté les paysans dans la forêt, tout allait crescendo. Pour le sénéchal et ses officiers, le danger était que les croquants se soulèvent de nouveau en masse et bien armés.

Après un temps de service dans les armées royales, bon nombre de ces gueux revenaient à leurs terres avec leurs armes et la pratique de la guerre. La peur avait changé de camp, les collecteurs en savaient quelque chose, qui n'entraient en campagne qu'en serrant les fesses ou accompagnés d'une escorte. Beaucoup disparaissaient mystérieusement dans la forêt.

Au cours du souper que nous prîmes dans la bonne chaleur des cuisines, M. de Bourdeilles me dit d'un ton songeur :

– Tout semble calme pour l'heure, mon bon Donnadieu, mais il suffirait d'une étincelle pour que les incendies que nous avons affrontés reprennent de plus belle. Vous qui voyez du monde, qu'en pensez-vous ?

– Je ne voudrais pas jouer les mauvais prophètes, monseigneur, mais souvenez-vous : les révoltes précédentes ont débuté pour moins que ça. Il faut se mettre à la place de ces pauvres bougres que l'on berne et que l'on dépouille.

Il sourit en dépiautant à belles dents une cuisse de dinde rôtie.

– Se mettre à leur place ? Facile à dire. Il est vrai qu'à trop tirer sur le pis des vaches on fait venir le sang.

– Imaginez, monseigneur, que des collecteurs pénètrent dans votre demeure avec un ordre de réquisition. Ils dévalisent votre grenier, votre charnier, votre étable, votre cave en ne vous laissant que les yeux pour pleurer. Imaginez, monseigneur…

Pris dans les mailles du filet que je lui avais tendu, il bougonna :

– Donnadieu, vous m'importunez avec vos imaginations ! Vous savez bien que cela ne se produira pas.

Conscient du risque que je courais de le voir s'encolérer pour de bon, je forçai néanmoins le trait.

– Certes, monseigneur, cela ne se produira pas parce que vous êtes sénéchal et gouverneur de cette province et que personne n'aura le front de fouiller dans vos réserves de vivres, mais songez que ces excès sont monnaie courante avec nos paysans. Cela ne se passe pas dans mes *imaginations,* comme vous dites.

Il en convint d'un haussement d'épaules et attaqua ce qu'il restait de la dinde.

On se souvient de ce Chaleppe qui, par manière de plaisanterie, avait annoncé de nouveaux impôts qui feraient « suer leur or » aux paysans. Ce prophète de fantaisie, à la réflexion, avait vu juste : ce qu'il avait prédit sans penser à mal allait se produire.

Un matin de mai, passé l'heure de la sieste, Antoine de Lamotte de La Forêt bâillait en caressant son ventre rebondi devant la fenêtre de sa chambre ouvrant sur l'immensité des forêts au-dessus desquelles planait un rapace. Il aurait bien poursuivi sa sieste, mais sa femme, Jeanne, venait de lui rappeler que les faucheurs étaient déjà à l'ouvrage et qu'il serait bon qu'il les rejoignît. Il faisait une chaleur de plomb ; une lumière aveuglante pesait sur les toitures rousses, fleuries de grosses joubarbes, du hameau qui se tassait sous le manoir. Le temps était venu des fenaisons, et elles étaient prometteuses. Fallait-il s'en réjouir ? Lorsque l'herbe était haute, grasse, abondante, c'était le signe qu'il n'y aurait guère de blé. C'est du moins ce que disent les anciens.

Il murmura, en grattant sa joue râpeuse :

– Année de foin, année de rien…

Ayant enfilé sa chemise qu'il laissa flotter sur ses braies, il se demanda s'il allait chausser ses socques et y renonça : avec ce temps sec on pouvait aller pieds nus, sauf à prendre garde de marcher sur la queue d'une vipère, et elles étaient abondantes dans la prairie des Trois-Chemins où les faucheurs s'activaient déjà.

Il revint vers le lit, écarta le drap, fit claquer sa main sur les fesses grasses de Tomette, qui, tirée de son sommeil, se frotta les yeux en demandant s'il faisait jour.

– Bestiasse ! lui lança-t-il. Ça fait longtemps que le coq a chanté et que nos hommes sont au foin. Tu vas aller les rejoindre, et gare si je te prends à traîner la patte !

Elle se leva, lourde et blanche dans sa chemise qui lui faisait un habit de lumière, les cheveux en cascade sur les reins, la poitrine gorgée de lait.

– Faut d'abord que je donne à votre petit drôle, dit-elle en bâillant.

Elle n'avait pas vingt ans et promettait des maternités généreuses. Antoine l'avait eue dans son lit alors qu'elle en avait tout juste quinze, mais déjà avec des allures de femme. Depuis, elle lui donnait le plaisir que sa femme, toujours malade du ventre, lui refusait. Personne, à commencer par Jeanne, ne trouvait à redire à cet accommodement.

Près de la souillarde, dans la pénombre de la salle commune, la maîtresse de maison, aidée d'une vieille servante, plumait des volailles pour le souper. Il y aurait du monde à table : tous ces faucheurs et ces faneuses auxquels il ne fallait pas en promettre, comme on dit. Antoine s'arrosa la tête à la *couade* de bois, se servit un verre de piquette et s'avança sur le seuil où le chien dormait sous un essaim de mouches. Le monde devant lui était rond et brûlant comme une miche sortie du four. Sur la prairie des Trois-Chemins, les faucheurs s'alignaient comme des quilles.

La voix ironique d'une femme chanta dans son dos :

Celui qui travaille
Mange la paille.
Celui qui fait rien
Mange du foin...

Il haussa les épaules en se disant que cette chanson lui était destinée. Il se décida à mettre sa faux à l'épaule lorsqu'il aperçut, sur la route menant vers Atur, un groupe d'hommes qui se dirigeaient sur le manoir. Comme il avait encore bonne vue malgré son âge, il constata que ces hommes portaient un mousquet ce qui ne présageait rien de bon. Il se dit qu'ils allaient peut-être bifurquer vers Niversac, mais non ! ils s'engagèrent sur la *charrière* menant chez lui.

Il y avait parmi ces visiteurs des gens de connaissance : Antoine de Ribeyreix, dit le Turc à cause de ses grosses moustaches, Thony Aubarbier, dit Queue-de-rat parce qu'il avait des compétences en matière d'engins incendiaires, Paponnet, Serre, dit Sadoulet, je ne sais pourquoi, et quelques autres dont le nom ne lui disait rien.

Antoine les fit entrer dans la cuisine et leur fit servir une cruche de vin, mais la plupart préférèrent aller boire à la *couade.*

Ils venaient pour une affaire sérieuse.

– Tu es au courant des événements, dit le Turc. Ça bouge dans le Paréage. Gabeleurs et monopoleurs ont montré le bout de leur nez depuis cet édit des rations de Bayonne.

– J'en ai entendu parler, dit Antoine. Même que ça me cause du tracas pour notre grenier communal.

– Tu n'es pas le seul, dit Aubarbier. Comme tu

le sais, ce sont nos paysans qui vont faire les frais de cette nouvelle redevance. Les collecteurs emportent le blé et laissent la paille. Alors nous voilà avec nos mousquets.

– Nous allons faire une levée, ajouta Sadoulet, et nous comptons sur toi pour nous aider.

– Sur moi... bredouilla Antoine. Pour vous aider...

– Nos paysans, dit le Turc, sont prêts à emmancher leurs faux à l'envers. Ils sont nombreux : des milliers, comme pour l'insurrection de Lassagne, mais il leur manque un chef. Ce sera toi.

– Moi... balbutia Antoine, comme s'il était mal réveillé. Et pourquoi moi ? Vous n'avez pas fait le bon choix, mes amis.

Modeste écuyer de Périgueux à l'origine, Antoine de Lamotte de La Forêt avait vite pris du galon en servant dans la troupe du sénéchal. Il avait dans cette ville une vaste demeure où les paysans avaient trouvé refuge lors de la première sédition, le château Barrière, et avait épousé une riche héritière de la famille de La Douze. Sans rouler sur l'or, il vivait dans l'aisance et s'en contentait car il n'avait guère d'ambition et pas le goût du lucre. Le métier des armes n'était qu'un souvenir : celles qu'il avait portées dormaient dans une malle du grenier.

– Nous avons fait le meilleur choix, dit Paponnet. Tu es le seul, avec notre ami Madaillan, qui puisse prendre l'affaire en main…

– … et faire une armée de nos paysans, ajouta Aubarbier.

Antoine faillit protester que Madaillan, qui avait lui aussi revêtu l'uniforme et qui était plus jeune que lui, aurait pu devenir le chef de l'insurrection qui se préparait. Il se dit qu'il y avait des raisons pour qu'il ne fût pas désigné à cette mission : sans nier ses qualités militaires, on ne l'aimait guère du fait d'un caractère difficile et des mœurs dissolues où il se complaisait.

– Je demande à réfléchir, soupira-t-il. Les foins…

– Les foins attendront, dit le Turc. Il nous faut une réponse dès aujourd'hui.

Antoine protesta qu'on le prenait à la gorge, qu'il se faisait vieux, qu'il avait une famille et que ses armes devaient être rouillées.

– Soit, soupira-t-il. C'est non.

– Ce sera oui, dit Aubarbier. Sans toi, nous courons au massacre. Si tu persistais dans ton refus…

– Thony ! protesta Antoine, c'est une menace ?

Aubarbier parcourut du regard la cuisine plongée dans une fraîche pénombre qui contrastait agréablement avec la grande chaleur du dehors. Mme de Lamotte était en train de ranger des pots de graisse sur une étagère. Toinette berçait son petit drôle en murmurant une comptine. Un vieillard fumait sa pipe sur l'*archabanc.* Devant la porte donnant sur le jardin immobile dans une brume de sureaux en fleur, une adolescente faisait bourdonner son rouet en chantonnant.

– Ce serait dommage, soupira Aubarbier, de voir tout ça partir en fumée, avec en plus le foin que tu vas engranger, et tes bêtes qui crameraient dans l'étable. Oui, vraiment, ça serait dommage.

– Tu oserais ? s'écria Antoine.

– Cessez de vous quereller ! intervint le Turc. Antoine, tu as jusqu'à ce soir pour nous donner une réponse, mais dis-toi que, si tu n'es pas avec nous, nous considérons que tu es contre nous. Je le regretterais car j'ai beaucoup d'estime pour toi mais je me demande si je pourrais dissuader Thony de souffler sur sa mèche…

Tête basse, Antoine entraîna sa femme dans le fond de la salle, sous l'échelle de meunier qui conduisait à l'étage. Ils parlèrent un moment à voix basse, comme s'ils se faisaient des confidences.

– D'accord… dit Antoine en revenant vers ses visiteurs. Je serai des vôtres.

Je tiens la relation de cette scène d'un entretien que j'eus récemment avec Antoine de Lamotte dans le cabinet de maître Pierre de Bessot. Il en a gardé un souvenir précis, avec beaucoup d'émotion, qu'il avait encore du mal à réprimer.

– Pourquoi ai-je accepté ? me dit-il. J'étais bien décidé à dire non, mais Jeanne m'a persuadé que Thony pourrait bien mettre sa menace à exécution, car il n'avait pas l'habitude de parler pour ne rien dire. Alors me voilà, du jour au lendemain, promu général ! Général des croquants... Quelle dérision ! Quoique, à vrai dire..., eh bien, non ! je ne regrette rien, en fin de compte. Voyez-vous, maître Donnadieu, j'ai vécu durant des mois la plus belle aventure de ma vie...

Un autre motif qui ajoutait au mécontentement des paysans, le logement des soldats qui descendaient vers Bayonne. Je savais, pour en avoir fait l'expérience, ce que cette pratique pouvait entraîner de rancœurs.

Les premières émeutes avaient éclaté dans quelques paroisses sensibles de l'Angoumois. On retrouvait dans la forêt des cadavres de collecteurs, la gorge tranchée ou pendus à un arbre. À Périgueux, les événements avaient tourné à la tragédie avec le meurtre de Séguy et, ultérieurement, la capture et la mise en otage du premier consul, M. Jean de Jay, et l'incendie de sa demeure, dans les environs.

La première assemblée des croquants fut fixée à l'étang de La Vernide, à trois lieues au sud de Vergt, au cœur de la zone insurrectionnelle du Paréage. Dix mille paysans prirent les armes, plantèrent un brin de paille à leurs chapeaux et allèrent écouter la harangue du général Antoine de Lamotte.

De cette fête guerrière à laquelle ne manquaient ni la musique ni les marchands de vin à l'étalage, je ne sais que ce qui m'en a été rapporté par Lamotte lui-même. Il prit d'emblée la précaution d'affirmer que ce soulèvement n'était pas dirigé contre le roi, dont on devait demeurer les sujets « humbles et obéissants », mais contre les excès de zèle des collecteurs. Les paysans écoutèrent sans broncher, jusqu'à la péroraison :

– Toutes les assemblées que nous tiendrons devront se faire sans préjudice pour ceux qui ne s'affirmeront pas nos ennemis. Nous allons veiller à ce que vous soyez pourvus en armes et en munitions !

Et *patia-patia*...

– J'étais impressionné, a ajouté Lamotte, par la sérénité et le silence de cette multitude. On n'entendait que le cacardage des oies près de l'étang et les plongeons des grenouilles.

– C'est que vous avez su, ai-je dit, leur tenir le langage qui leur convenait : fermeté et modération.

– Peut-être..., sans doute... Toujours est-il que, lorsque la fête a débuté, je me suis vraiment investi d'une mission importante, et fier de l'être. Vous savez, hélas ! comment cela s'est terminé...

Que faire, après cette démonstration de force ? Quelle mission entreprendre pour donner une raison valable à cette impressionnante mobilisation ? Chacun allait-il retourner dans sa chacunière, comme on dit, et attendre les ordres ?

Le général Lamotte se dit qu'il ne pouvait s'embarrasser de tous ces volontaires, qu'il devrait éliminer les trop jeunes, les trop vieux, les canards boiteux. Il ne garda que quatre à cinq mille paysans qu'il organisa en régiments et en compagnies, avec à leur tête des gens éprouvés aux feux de la guerre et dont l'autorité ne pût être en cause.

On ne discuta guère, en fin de compte, sur les actions à entreprendre. On allait se diriger sur Bergerac !

Il fallait une certaine dose d'audace ou d'inconscience pour prétendre faire le siège d'une ville de cette importance. Antoine de Lamotte me détrompa.

– Nous avions de bonnes raisons pour prendre Bergerac comme première cible. Elle avait trop souffert dans sa foi huguenote des exactions des armées royales pour ne pas garder un goût de revanche. De plus, le cardinal a fait raser ses remparts. Enfin, nous étions certains de trouver dans cette base des vivres pour des semaines, et en abondance de ce vin sans lequel il est difficile de tenir les hommes.

Je ne saurais affirmer que Bergerac fît un accueil chaleureux à la croquandaille qui, en cette année 1637, par un beau jour de mai, se pressait devant ses portes. L'alerte donnée par tocsin et cri public, les consuls s'engouffrèrent dans la maison de ville et s'y barricadèrent. Aux sommations des croquants, annoncées au tambour, ils firent répondre qu'ils étaient fidèles sujets du roi de France, que cette ville était sienne et qu'on ne pouvait la leur livrer.

Face à une armée de plusieurs milliers d'hommes, qui campait sur les prairies des bords de la Dordogne, sous des bannières mi-parties bleues et blanches, la ville démantelée ne pouvait tenir longtemps. La plupart des consuls quittèrent Bergerac pour leurs résidences de campagne, laissant aux plus courageux le soin de prendre une décision. Elle fut de laisser la voie libre aux croquants. Le général de Lamotte installa quelques compagnies chez l'habitant, avec des consignes strictes, comme de respecter leurs hôtes et de ne faire subir aucun préjudice. Les hommes se le tinrent pour dit.

Informé de cet exploit, M. de La Valette, qui se trouvait face aux Espagnols près de Bayonne, revint à bride abattue. Cette nouvelle révolte des croquants mettait en péril le logement des troupes que l'on acheminait vers le sud du royaume, la sécurité des détachements implantés en Périgord et les fameuses rations de Bayonne sans lesquelles la troupe risquait de se débander pour aller à travers la montagne chercher sa subsistance.

Conscient du risque qu'il courait, Lamotte installa son armée à Bergerac, comme s'il devait y rester des mois, avec une certitude : ses hommes ne manqueraient ni de vivres ni de munitions.

Tandis que l'ex-général me contait par le menu son aventure, je me posais une question que je savais d'avance sans réponse : à supposer que les croquants résistent aux troupes royales qu'on n'allait pas tarder à envoyer contre eux, qu'ils en soient victorieux, comment se présenterait l'avenir de ce soulèvement ? La création d'une petite nation indépendante, une sorte de république, comme l'Athènes des anciens Grecs ? Il aurait fallu être bien naïf pour se bercer de ce genre de rêve.

L'armée rebelle venait de s'engager dans le lit d'un torrent qui allait la balayer et l'anéantir.

La population et les consuls de Bergerac n'eurent pas à se plaindre, me dit Lamotte, de l'occupation qu'on leur avait imposée.

La troupe recevait une solde régulière, touchait ses rations avec ponctualité, en abondance, et trouvait dans les caves et les entrepôts de quoi se donner l'illusion qu'elle était la maîtresse du monde. Le général veillait à sa bonne tenue et sévissait à la moindre incartade, parfois par pendaison publique. Il avait pris une mesure prudente : qu'aucun sac de farine, aucun baril de vin ne sortît de la ville sans son autorisation. Il obtint des paysans vignerons des parages des corvées de volontaires pour mettre la ville en défense, ce qui n'était pas une petite affaire. Un beau pied de nez à Son Éminence le cardinal de Richelieu…

L'occupation de Bergerac n'avait été qu'une promenade militaire et presque une partie de plaisir, dans le beau printemps de cette année-là. Pour confirmer cet avantage aussi aisément acquis, le général décida de s'attaquer à la ville de Sainte-Foy, située en aval de la Dordogne en direction de Bordeaux : elle serait, se disait-il, un solide point d'appui, avec ses remparts intacts, et une éventuelle base de départ pour la marche sur Libourne et Bordeaux, à laquelle beaucoup songeaient, et notamment le général de Lamotte, ainsi qu'il me l'avoua. Je sursautai en me disant qu'il avait perdu la boussole. S'attaquer à Sainte-Foy, qui n'avait pas usurpé son titre de *grande,* était d'une audace inouïe : elle avait des systèmes de défense redoutables et ne paraissait pas décidée à se livrer pieds et poings liés à une armée de paysans. Le premier consul, M. de Saint-Luc, un brave à trois poils, attendait, droit dans ses bottes, en se frisant les moustaches, qu'on lui lançât un défi.

– Dans les premiers jours de mai, me dit Lamotte, je suis parti pour Sainte-Foy avec un millier d'hommes. Notre première sommation fut accueillie par des rires, une mousquetade nourrie et des bras d'honneur. Je ne m'attendais pas à des fleurs et à des accolades, mais tout de même…

Pour venir à bout de cette ville si bien remparée, il eût fallu une artillerie que l'on n'avait pas. On se contenta de faire du dégât dans les environs.

Il devait bien y en avoir, de l'artillerie, à Bergerac, pour qu'elle ait tenu tête aux armées catholiques dans un passé récent ! Mais où la dénicher ? Lamotte apprit qu'on la trouverait enfouie autour de l'église Saint-Jacques. Les croquants, armés de pelles et de pioches, remuèrent le cimetière de fond en comble, déterrèrent une multitude de cadavres mais pas le moindre pistolet ! Interrogés, les notables restèrent bouche cousue.

– Que nous restait-il à faire ? dit Lamotte. À limiter la Dordogne à descendre la vallée jusqu'à Libourne. Mais pour nous attaquer à cette ville, puis à Bordeaux, nous n'étions pas assez nombreux.

Il convoqua près de Bergerac une assemblée de manants venus des communautés entre le Lot et la Dordogne. Les gens du Sarladais vinrent en nombre, menés par un tisserand, Buffarot. Face à cette multitude d'environ dix mille hommes plus ou moins bien armés, Lamotte s'institua, sans soulever le moindre murmure, « général des communautés insurgées de Périgord, Agenais et autres régions de la Guyenne ». Un titre ronflant.

– J'avais, ajouta-t-il, toute ambition écartée, conscience de pouvoir assumer, outre ma mission de chef d'armée, le rôle d'interlocuteur entre la paysannerie et les autorités relevant du roi.

– Si ce n'est pas de l'ambition…

– Elle était mesurée, et je ne souhaitais pas en tirer une gloire personnelle. Pas plus, vous l'aurez deviné, qu'y trouver le moyen de m'enrichir…

Les choses en étaient là lorsque la nouvelle de l'arrivée à Bordeaux d'une armée conduite par le duc de La Valette survint à Bergerac. Le fils du duc d'Épernon n'était pas un brillant homme de guerre. Face aux Espagnols, il avait lamentablement traîné les pieds et n'avait fait la démonstration que de son incompétence et de son irrésolution.

Il allait pourtant couper l'élan de la croquandaille et renvoyer les paysans à la moisson.

Dieu merci ! après de longs jours d'attente et d'inquiétude, me voici rassuré.

J'ai reçu ce matin, par le courrier de M. de Bourdeilles, une lettre m'annonçant que Joseph et Mondine sont arrivés à Lyon où ils séjourneront le temps de se reposer. De ce voyage, des menus faits, agréables ou non, qui ont dû se produire durant ce trajet, elle ne dit rien, ce qui laisse entendre qu'elle n'a pas eu à souffrir de graves inconvénients. Un billet tout aussi succinct de Joseph Grellety est joint à ce pli : il me confirme qu'aux dernières nouvelles la province semble aussi calme que lorsqu'il en est parti.

J'appréhende pour ma fille la traversée des Alpes, la rencontre de brigands, qui abondent dans ces parages, et les gros orages qui se déclenchent fréquemment dans ces hautes vallées. Je ne serai vraiment rassuré que lorsqu'un autre courrier me parviendra de Vercelli.

Je me fais vieux. Depuis quelques mois, ma vue s'est affaiblie et je dois porter des bésicles pour lire et écrire. Ma main s'engourdit ou s'agite nerveusement, au point que parfois mes doigts laissent s'échapper la plume et que ma page est souillée d'encre. Je n'écris plus qu'à la lumière du jour, sous la fenêtre d'où M. de Brantôme s'attardait à contempler ses forêts, car la lumière tremblotante de la chandelle m'indispose.

Le temps que je passe en écritures diverses, je dois le prendre, au grand dam d'Adèle, sur les soins que je consacre au domaine dont j'ai la charge. Il est vrai que les vendanges sont passées et que nous n'avons rien d'autre à faire, en attendant la collecte des truffes dans notre petite tenure de La Tour-Blanche.

Je recueille de temps à autre des nouvelles de France auprès de M. de Bourdeilles fils. C'est ainsi que j'ai appris la mort de Son Éminence le cardinal de Richelieu. De mauvais esprits prétendent que Dieu n'a pas fait une bonne affaire en accueillant cette âme perverse. Peu après notre souverain l'a suivi dans la tombe. On l'appelait Louis le Juste, et il le fut assurément, s'il n'a pas fait figure de grand roi, comme son père, Henri IV, Mme Anne d'Autriche, son épouse devant Dieu, assume la régence du dauphin Louis, quatorzième du nom.

J'avoue que ces nouvelles, qui ne changent rien dans mon existence, n'ont guère causé d'émotion au personnage effacé que je suis devenu. Je vis dans un monde où elles ont du mal à pénétrer et à m'émouvoir. J'ai si peu voyagé hors de ma province que j'ai peine à imaginer d'autres lieux et d'autres gens que ceux qui m'entourent – des lieux et des gens qui, d'ailleurs, ne m'ont jamais donné l'envie de chercher un autre mode de vie. Ce n'est pas ce qu'on appelle le bonheur mais un état qui en approche.

Je considère comme un devoir de surveiller notre jeune servante, Clairette : elle a atteint un âge où l'on prête une oreille attentive aux propos dangereux des coqs de paroisse, et je redoute, lorsqu'elle s'absente pour courir les fêtes, qu'elle n'y attrape, comme on dit, le gros ventre. Nanon, qui vient d'avoir ses vingt ans, va épouser un brave garçon de Saint-Crépin. Pour éviter qu'elle ne rompe son contrat, j'ai embauché son époux : il est un peu porté sur le vin mais nous rend bien des services. Mon Adèle supporte sans trop regimber mes humeurs de vieillard ; nos querelles quotidiennes ne font que cimenter notre bonne entente.

Mon propos de ce jour n'a guère d'intérêt. Je vais reprendre mon récit là où je l'ai laissé hier et, pour ce faire, gratter comme un lapin dans les liasses de notes et de notules recueillies de la bouche de témoins ou de protagonistes du grand drame que nous avons vécu.

J'en suis resté à l'occupation de Bergerac par l'armée des croquants : elle ne dura pas plus d'un mois et apporta au général de Lamotte plus de déboires que de gloire.

Les choses sérieuses vont débuter. J'en parlerai du mieux que je pourrai puis, en compagnie de Baptiste et de Nanon, j'irai gauler quelques paniers de noix.

3

LE SANG DE LA SAUVETAT

Quand je parle des événements sérieux de cette année 1637, je devrais dire dramatiques. Les guets-apens, les escarmouches qui ont marqué, depuis trois ans, le soulèvement des populations paysannes contre les collecteurs d'impôts, allaient faire place à une guerre ouverte.

Ce ne sont plus des milices bourgeoises, dont on sait ce qu'elles valent, des compagnies commandées par la gentilhommerie, que les troupes de Lamotte allaient devoir affronter mais l'armée régulière de La Valette, retour des frontières d'Espagne, la queue entre les jambes, pour parler comme le vulgaire.

Marié en deuxièmes noces avec Marie de Cambout, nièce du cardinal, Bernard de Nogaret de La Valette avait plus de façade que de profondeur. Il se faisait orgueil, mais ne savait en tirer profit, de la devise prétentieuse de sa famille, *Plus brave que la bravoure même,* ce qui ne veut pas dire grand-chose. Ses prétentions étaient pourtant d'ordre militaire, mais il n'en apporta guère la preuve. Le prince de Condé, qui l'avait sous ses ordres devant la citadelle de Socoa, en disait pis que pendre et le raillait volontiers sur ses rapports orageux avec la maîtresse qui l'accompagnait comme son ombre, Mlle de Lartigues, une fille à soldats qui se donnait des allures de marquise de cour.

M. de Condé poussa un soupir de soulagement lorsqu'il apprit que les événements du Périgord requéraient la présence de cette ganache. Le duc d'Épernon ne sortait guère de son somptueux château de Cadillac que pour prendre le bon air de ses campagnes. S'il avait eu jadis du goût et du talent pour l'intrigue et pour la guerre, ce n'était qu'un souvenir. Il confiait volontiers à son entourage que le soulèvement des communes du Périgord lui faisait l'effet d'un troupeau de rats qui se serait glissé dans ses appartements ; il en perdait le sommeil et ce qui lui restait de vigueur pour satisfaire ses concubines.

La Valette ne se fit pas rappeler à l'ordre. Il mit promptement le cul en selle en se disant que la gloire qui lui avait échappé dans l'ombre de Condé, il la trouverait en Guyenne. Il comptait sur ses fameuses compagnies de dragons pour remettre de l'ordre dans cette chienlit. À ses adversaires qui prétendaient qu'il ressemblait à son père comme une miniature à une fresque, il allait administrer un démenti cinglant !

Lorsque le général de Lamotte apprit l'arrivée de l'armée d'Espagne, il se dit que la situation risquait de prendre un tour dangereux.

Il laissa son armée cantonnée à Bergerac sous les ordres de Ribeyreix, dit le Turc, et du médecin Magot, l'un de ses lieutenants, mauvais caractère mais courageux, et s'en alla faire retraite à Notre-Dame-des-Vertus, à Sanilhac, dans la forêt de Vergt. Il resta quelques jours en oraison, comme jadis Jeanne la Pucelle dans les chapelles de son pays. Lorsqu'il en revint, il respirait la sérénité et la confiance, comme Moïse après la théophanie du mont Sinaï.

Il eût été imprudent, se dit-il, de s'accrocher à Bergerac : cette ville, privée de ses remparts qu'il n'avait pas eu le temps de faire réédifier, ne résisterait pas longtemps à l'assaut des dragons de La Valette. Il décida un repli général dans le Paréage, où il lui serait plus facile de se défendre. Les murmures de sa troupe ne semblaient pas le troubler : ces gueux eussent préféré retourner à leurs terres pour les travaux de l'été.

L'intention de Lamotte était de se rapprocher de Buffarot, le tisserand de Capdrot, qui avait rassemblé, entre Périgord et Agenais, quelques milliers de croquants qu'il tenait d'une poigne ferme. La manœuvre était habile mais risquée.

Buffarot n'avait rien d'un chef d'armée ; il n'avait comme qualités que le courage, le sens de la justice et sa conviction inébranlable pour la cause qu'il défendait. C'était ce qu'on appelle un meneur d'hommes. Il était jeune encore, abrupt, violent, d'écorce noueuse. Sans être un orateur, il savait, par quelques mots bien placés en langue du pays, fasciner ceux qui le suivaient comme le roi David dans sa campagne contre les Amalécites.

Arrivé à La Sauvetat, Lamotte y laissa un millier d'hommes, les meilleurs en tant que soldats mais les pires en tant qu'hommes, sous le commandement de Madaillan, seigneur de cette commune.

La Sauvetat est une bourgade d'une centaine de feux qui s'alignent le long d'une belle rivière, le Dropt, dotée d'un pont de pierre à treize arches, avec, ici et là, quelques belles demeures de notables.

La bastide d'Eymet, refuge de Buffarot, n'est qu'à une petite lieue de là. Lamotte y rencontra le tisserand. On peut imaginer que l'entrevue entre les deux chefs fut chaleureuse car ils étaient faits pour s'entendre. À ce que je crois, on fit la fête autour de tables bien garnies de mets et de vin, car les campagnes de cette contrée sont prospères.

À cet endroit de mon récit, je reste confondu. Les événements qui eurent pour théâtre le bourg de La Sauvetat, peu après le départ de Lamotte pour Eymet, furent d'une telle sauvagerie que le général, à moins d'une lieue de là, aurait dû en être informé sur-le-champ. C'est un mystère que nul, à ce jour, n'a pu élucider.

Bref, arrivé fin mai à La Sauvetat, un village qu'il connaissait parfaitement pour en être, comme je l'ai dit, originaire, Madaillan se hâta de le mettre en défense : il fit réparer les brèches et dresser des barricades aux deux extrémités de la longue artère qui traverse la bourgade. Pourquoi un tel empressement, et pourquoi des barricades ? C'est que Madaillan venait de recevoir, à peine installé, une nouvelle alarmante : il avait l'armée de La Valette sur les talons, avec des forces comparables aux siennes, mais composées de pelotons de dragons commandés par des chefs aguerris.

Au matin du 1er juin, les habitants de La Sauvetat et leurs défenseurs furent réveillés par une fanfare tonitruante qui fit taire les coqs et les merles. Planté devant une porte, un trompette de

La Valette lança sa première sommation entre deux roulements de tambour. Madaillan lui fit répondre qu'il aille se faire foutre et que, s'il s'obstinait, on le pendrait par les couilles. La sommation se répéta à trois reprises, sans déclencher d'autre réaction qu'une mousquetade qui fit s'enfuir le messager.

L'arrogance de ces paysans déguisés en soldats mit La Valette dans tous ses états. Il attendait du déploiement de ses compagnies de dragons sinon une reddition immédiate, du moins une tentative de négociation.

Il décida de lancer ses troupes sur plusieurs points à la fois. Bien pourvus en mousquets, les hommes de Madaillan les saluèrent par un tir nourri qui les fit reculer en laissant sur le carreau des morts, des blessés et des chevaux à l'agonie.

Ça tiraillait de partout : des barricades, des fenêtres, des toits des maisons bordant les remparts. Dans les prairies du Dropt, quelques vaches et moutons, qu'on venait tout juste de lâcher, ne perdaient rien de la fête.

Les croquants commencèrent à s'inquiéter lorsque les hommes de La Valette se mirent en devoir d'incendier des maisons à la grenade et au brûlot. Parmi les habitants la panique prit une telle proportion qu'il s'ensuivit un désordre épouvantable : des femmes quittaient leurs demeures en criant qu'il fallait ouvrir les portes aux dragons, ce que Madaillan se refusa de faire. Il devait se dire que les incendies attireraient l'attention de Lamotte et de Buffarot, et qu'ils ne tarderaient pas à réagir.

La Valette s'était bien gardé d'engager toute sa troupe dans ces premiers assauts. Il faisait relayer les assaillants soumis au feu roulant des mousquets par des compagnies toutes fraîches de piétons qui partaient à l'attaque en chantant et en brandissant piques et hallebardes.

Une barricade finit par céder, puis l'autre. Les dragons s'engouffrèrent dans le village, jetant la panique et semant la mort dans leur charge. Démunis de balles et de poudre, les hommes de Madaillan cherchaient refuge dans les maisons épargnées par l'incendie ou se dispersaient à travers champs.

Ce fut, m'a révélé un survivant, « une scène digne de l'Apocalypse ». Transformés en torches vivantes, les occupants des maisons bordant la rue sautaient de leurs fenêtres, les uns sur la chaussée, les autres dans les jardins. Ceux qui avaient échappé à l'incendie n'allaient pas loin. Le crépitement des flammes, le grondement des mousquetades et des pistolétades alternent avec les hurlements de démence et les meuglements du bétail encore enfermé dans les étables. Le

Dropt charriait des cadavres, des loques humaines pendaient des arbres où des fuyards avaient cherché refuge.

Après deux heures de combat et de massacre, La Valette fit le compte de ses pertes : elles étaient lourdes. Une vingtaine d'officiers et plus de deux cents soldats gisaient au milieu de la rue parmi les chevaux morts ou blessés. On ne put mettre la main que sur une quarantaine de prisonniers.

Mes doigts tremblent et mon cœur se serre à raconter cette bataille, l'une des plus sanglantes que connut la grande révolte. Ces paysans, qui ont payé de leur vie leur soif de justice et de liberté, sont les mêmes que ceux que je peux voir chaque jour dans les campagnes de Richemont. Dieu ! qu'il en a fallu de rancœur, de colère, de haine pour les pousser à changer leur fourche pour le mousquet et à partir affronter les armées du roi ! Fallait-il qu'on les eût poussés à bout pour qu'ils fissent ainsi le sacrifice de leur vie…

Ni Lamotte ni Buffarot, malgré les forces importantes dont ils disposaient, n'osèrent affronter les dragons de La Valette. Ils arrivèrent sur les lieux alors que La Sauvetat n'était plus qu'un monceau de ruines fumantes. Ils auraient pu croiser et attaquer ce qu'il restait de l'armée victorieuse qui s'acheminait vers la bastide d'Eymet, que les rebelles venaient de quitter, mais ils n'en firent rien. Pourquoi ? Mystère, Lamotte ne m'en dit mot et je n'osai lui poser cette question qui me brûlait les lèvres.

De Madaillan, on resta longtemps sans nouvelles. On savait qu'il n'avait dû sa sauvegarde qu'en prenant la fuite lorsque la bataille avait tourné à l'avantage des royaux, emmenant une poignée d'hommes avec lui. Pouvait-on lui en tenir rigueur ? Les renforts qui auraient pu changer le cours des choses n'étaient pas venus.

Fier de cette victoire à la Pyrrhus, La Valette emporta sans coup férir la bastide d'Eymet et prit la route de Bergerac, qui lui ouvrit ses portes le 7 juin. Les consuls firent amende honorable et tout rentra dans l'ordre.

Poursuivre le combat eût été pour Lamotte un défi au bon sens. Le feu de l'action éteint, ses hommes tournaient leurs regards vers leurs terres : les bras allaient manquer pour les grands travaux de l'été. La sagesse dictait une soumission dans l'honneur. Le général s'en entretint avec ses lieutenants ; tous furent d'accord, sauf un, Magot.

– Nous avons perdu environ un millier d'hommes dans cette aventure, protesta-t-il, mais nous avons donné à La Valette et aux autorités de Guyenne une leçon dont ils se souviendront. Ils se font des illusions s'ils croient nous avoir abattus. Avec les troupes qui nous restent, nous pouvons leur tenir tête.

– Trop tard ! répliqua sèchement Lamotte. Nos compagnons n'ont plus envie de se battre. Leur moral est brisé. D'ailleurs, à l'heure présente, le marquis de Duras, qui n'est pas monté contre nous, est en train de négocier avec La Valette une reddition honorable.

Au mot de reddition, Magot bondit, menaça de reprendre la lutte avec quelques centaines de volontaires. Il s'était mis en tête d'aller assiéger Périgueux. Il s'écria :

– À qui la faute si nous avons perdu ces premières batailles ? Tandis que tu étais en train de te goberger avec Buffarot et de tirer des plans sur la comète, nous nous battions à mort à La Sauvetat. S'il fallait nommer le responsable, ce serait toi, le soi-disant « général de l'insurrection » !

Lamotte agrippa le médecin au collet, le plaqua contre le mur en lui lâchant au visage :

– Un mot de plus et tu es mort !

Il tira son pistolet de sa ceinture, pointa le canon sur la tempe de Magot, qui, soudain, s'affaissa comme une chiffe en marmonnant :

– Dis-toi bien, Antoine, que, quoi que tu en penses, je n'ai pas renoncé à me battre. L'avenir dira si j'ai eu tort ou raison.

À quelques jours de cet esclandre, stupeur de Lamotte : il apprit que le médecin Magot s'était remparé dans la citadelle qui flanquait la ville de Bergerac avec une poignée de volontaires.

– C'est une rébellion caractérisée ! s'écria le général. Ce forcené cherche à nous entraîner dans une autre guerre, perdue d'avance. Nous allons le déloger !

Il réunit une centaine de miliciens de la bourgeoisie bergeracoise, ravis de se débarrasser de l'intrus, auxquels se joignirent bon nombre de ses partisans. Ils investirent le refuge du traître, parvinrent, en se faisant ouvrir une issue, à se répandre dans la cour et à forcer la porte de la grosse tour. Ils débusquèrent Magot, l'attachèrent à un pied de table sans qu'il manifestât la moindre résistance.

Lamotte ne daigna pas le faire passer en jugement : il l'abattit d'un coup de pistolet dans la tête.

Dans un courrier qu'il adressa à Sa Majesté, le duc de La Valette parlait de la « grande défaite des croquants ». Sa victoire le consolait de ses déboires sur les champs de bataille des frontières. On dut en sourire à la chancellerie…

Il était prématuré de parler d'une amnistie royale qui n'était rien de moins qu'incertaine. L'avis du duc d'Épernon, qui s'en ouvrit au chancelier Séguier, était non d'implorer la grâce des rebelles mais de les contraindre par la menace à se tenir cois. Quant aux « gens de condition » qui s'étaient faits leurs alliés, il fallait confisquer leurs biens et raser leurs demeures pour les dissuader de « retomber dans leurs premières fureurs ».

Le premier souci de La Valette fut de répartir ses forces dans diverses localités de quelque importance. En second lieu, il fit décrocher toutes les cloches de la province, sous prétexte que le tocsin donnait le signal de la révolte.

Les représailles ne s'arrêtèrent pas là. La Valette désigna, parmi les prisonniers capturés à La Sauvetat, une dizaine de pauvres bougres qu'il fit brancher au milieu de la grand-place de Bergerac. Les principaux meneurs, à commencer par le général, ne furent pas poursuivis. Il faut dire qu'ils se cachaient bien.

Sur la fin juin, la grâce royale arriva sous forme d'une abolition pure et simple. La première conséquence de cette mesure fut que l'on ne tarda pas à voir reparaître les affameurs, cette fois-ci accompagnés d'escortes d'archers. Comme me le confia un gentilhomme de mes amis, ces gabeleurs « étaient pires que la famine, la peste et la grêle réunies ». J'ai moi-même eu affaire à eux pour quelques biens que je possède dans le Paréage et n'oublierai jamais leur morgue insolente et leurs menaces. Dieu me pardonne ! à plusieurs reprises, l'envie me prit de sortir mon pistolet et de leur brûler la cervelle ou de leur faire subir le même traitement que j'avais réservé au petit lieutenant qui avait osé s'en prendre à Mondine.

La Valette ne resta qu'un mois à Périgueux. Il ne s'y sentait pas à l'aise : on évitait de le saluer lors de ses sorties en ville ; les bourgeois lui faisaient sentir leur mépris, le populaire son ironie lorsqu'il se hasardait sur le marché de La Clautre.

Il écrivit à son père pour lui confier son amertume. Il était surpris du nombre de gens, et pas seulement du populaire, qui gardaient leur sympathie aux rebelles. Il concluait en ces termes : « Ceux qui m'ont soutenu sont très peu nombreux. »

Il n'était pas au bout de ses déceptions.

4

RENDS-TOI, BUFFAROT !

Il faut être bien *nice,* comme la plupart de ceux qui vivent dans mon entourage, pour confondre les aboiements des chiens sauvages avec les hurlements des loups !

– Cette nuit, monsieur, me dit Nanon, on a entendu chanter le loup.

– Même, a ajouté Clairette, qu'il avait une drôle de voix.

– Je crois plutôt, a précisé Adèle, qu'il s'agissait des chiens sauvages…

C'étaient bien les chiens sauvages. Je les ai entendus moi aussi. Ce concert de voix rauques venait de Saint-Richemont. Il a duré près d'une heure, entrecoupé de silences qui donnaient à la nuit une dimension et une nature mystérieuses. Ce n'est pas la première fois que nous les entendons, mais à chacun de ces concerts, mon sang se fige. Ce n'est pas la mélopée du loup, cette plainte modulée qui semble venir du fond des âges, profonde, pathétique comme l'expression de la misère humaine. Les lamentations des chiens sauvages, c'est une chanson plus proche de nous, peut-être parce que nous savons ce que ces animaux familiers, devenus des fauves, sont pour nous. Ils viennent des fermes des environs, d'où les paysans affamés les ont rejetés pour les laisser libres d'aller chasser pour leur compte. Pour peu qu'il s'agisse d'une chienne et qu'elle ait ses chaleurs, c'est tout de suite une ribambelle qui parcourt la campagne pour former des hardes, avec un chef, comme pour les loups ou les meutes. Ces troupes se font la guerre entre elles, s'attaquent parfois aux loups et aux hommes. Agressés et mordus par un groupe d'une dizaine de chiens errants, un charbonnier et sa famille ont été déchiquetés près de Nontron. Et l'on ne compte plus les ravages qu'ils font dans les troupeaux.

J'ai hâte, comme chaque matin, de reprendre le fil de mon récit et d'en finir au plus tôt, persuadé que, lorsque j'aurai formulé la salutation finale, au bout de la dernière ligne, je me sentirai soulagé, comme d'un poids trop lourd à porter, et libéré de cette émotion qui fait trembler ma main.

Ces deux épisodes de la longue révolte des Croquants ne sont que les préliminaires à d'autres événements qui ont ébranlé l'autorité royale. Ce que j'ai ouï relater du conflit qui, ayant débuté en l'an 1635, devait durer trois ans semblait annoncer une paix durable.

Illusion…

Lorsque son fils partit en campagne contre les croquants, le vieux duc d'Épernon soignait ses crises de goutte dans sa résidence de Cadillac. On dit qu'en apprenant la victoire de son fils il se souleva dans son fauteuil d'infirme, repoussa la canne qu'on lui tendait et parcourut, les bras levés en signe de ferveur, toute la grande salle. On cria au miracle.

L'une de ses réflexions m'est venue aux oreilles. Il aurait déclaré, à la suite des événements de La Sauvetat : « Dommage que ces paysans qui ont combattu contre mon fils n'aient pas été au service du roi et n'aient pas pris les armes contre les Espagnols ! » Je ne garantis pas la forme de ce propos, mais il prit plus tard l'apparence d'une prophétie. Ces paysans que l'on avait relégués au rang de sous-hommes, d'esclaves, pour tout dire, avaient démontré qu'en s'unissant ils pouvaient constituer une force capable de faire plier un pouvoir tyrannique.

Ce qui surprenait le roi et le cardinal et leur

posait des problèmes, c'étaient l'amplitude et la violence de ces soulèvements, cet élan de solidarité qui, de hameau en hameau, s'étendait à toutes les provinces de Guyenne, de Gascogne, et touchait la Normandie. Un paysan se levait pour protester ? dix paysans se rangeaient à ses côtés, puis cent, puis mille ! Ils formaient une sorte de fraternité cimentée par la misère, inentamable, animée par une conviction profonde : constituer, face, non au roi qu'ils respectaient mais aux affameurs à son service, une véritable forteresse humaine.

On imagine sans peine – M. de Bourdeilles me le confirma – quel vent de panique souleva à la cour l'annonce de ces rébellions successives qui embrasaient le quart du royaume. Le cardinal y perdait son sommeil, le roi son goût pour ses égéries – je n'ose dire ses maîtresses –, le chancelier Séguier crevait de rage froide.

La déclaration de guerre du roi Philippe d'Espagne, la ruée de ses armées sur la route menant à Paris, leur arrivée à Corbie, ville proche d'Amiens, les menaces qu'elles continuaient à faire peser sur les frontières des Alpes et des Pyrénées ajoutaient à l'angoisse qui planait sur la cour de France.

Et voici que, soudain, alors que le royaume avait besoin de toutes ses forces vives, des armées de gueux sortant de la tourbe et du fumier menaçaient l'équilibre intérieur. Pour réprimer ces troubles, renvoyer ces chiens enragés à leur niche, il eût fallu distraire des points névralgiques des dizaines de milliers de soldats et d'officiers prestigieux !

Ceux qui avaient accueilli avec un sourire narquois la victoire de La Valette à La Sauvetat eurent tort : nouveau gouverneur depuis deux ans, à la place de son père, le duc n'avait pas seulement tué, emprisonné, humilié des milliers de croquants, il avait – semblait-il – marqué un coup d'arrêt à l'insurrection dans cette partie de son gouvernement.

Quelques-uns des chefs rebelles, comme je l'ai fait, avaient échappé, par amnistie ou en se dérobant, à la justice. Certains, comme le général de Lamotte, s'étaient soumis ; d'autres, comme Madaillan, Buffarot, le Turc, s'étaient enfuis et se terraient on ne savait où.

La Valette n'avait que mépris pour cette tourbe de hobereaux de province, ces *larronneaux,* comme on dit, qui sont la honte de leur caste. On pouvait compter sur les doigts des deux mains ceux qui, l'ayant soutenu dans son expédition, lui avaient témoigné leur fidélité. Certains, pris entre la porte et le battant, hésitaient encore à se rallier à lui, mais ils ne pouvaient ignorer que La Sauvetat avait sonné le glas de l'insurrection, même s'il restait encore quelques braises dans les cendres chaudes et que l'on dût s'attendre à un retour de flammes.

Si le général de Lamotte avait raccroché son épée avec l'espoir de ne plus faire parler de lui, d'autres étaient bien décidés à ne pas rester sur une défaite humiliante. Marc de Laval, sire de Madaillan, était de ces derniers.

Au cours des troubles qui allaient renaître l'année suivante avec une ampleur accrue, j'eus l'occasion de le rencontrer. Alors que je cheminais, seul, en dépit du danger, sur le grand chemin qui va de Périgueux à Bergerac, je vis soudain déferler vers moi, sortant de la forêt de Chalagnac, au nord de Vergt, un groupe d'hommes, mousquet au poing.

Je n'eus aucune peine à reconnaître en eux des croquants et n'en conçus aucune crainte : ils ne pouvaient se confondre avec ces gabeleurs qui battent la campagne et sont toujours accompagnés d'une escorte. Celui qui les commandait me fit mettre pied à terre et me posa les questions rituelles : qui j'étais, quel était mon titre, où je me rendais…

– Tu as de la chance, me dit le chef. Si tu avais

été un gabeleur, tu ne serais déjà plus de ce monde. Suis-moi !

Il me conduisit dans la ruine d'un manoir incendié, posé sur le flanc d'une colline au milieu d'un fouillis de végétation sauvage, dont ils avaient fait leur repaire. Madaillan m'attendait, assis sur une murette en balançant ses grosses jambes, la pipe aux lèvres, un sourire en coin.

Il écouta ce que le petit chef qui m'avait arrêté lui glissa à l'oreille, rejeta sur ses yeux son feutre orné d'un brin de paille et me lança :

– Donne tes pistolets, Donnadieu ! On n'est jamais assez prudent…

Je posai mes armes sur la murette. Il ne m'inspirait pas confiance, et moins encore ces brigands qui l'entouraient et ne me quittaient pas de l'œil. Il m'annonça à qui j'avais affaire, ajoutant que j'étais bien téméraire de m'aventurer ainsi, seul, sur ce qu'il appela *son domaine.* Il se prenait pour le seigneur de la forêt de Vergt.

– Je vous croyais, dis-je, disparu, oublié par la justice, après l'affaire de La Sauvetat.

– Disparu, oui. Oublié, non. Et j'espère faire de nouveau parler de moi sans tarder.

À ma requête, il me raconta quelques épisodes de la bataille ; par la suite ils me furent utiles pour mon récit. Il avait choisi dans l'armée de Lamotte (il ne le nomma jamais par son titre de général) les plus mauvais sujets qu'il pût y trouver, les fortes têtes que l'on avait du mal à maîtriser à Bergerac. Il s'en était fait une sorte de garde prétorienne.

– Avec eux, dit-il, j'étais sûr de mon coup. L'ennui, c'est que nous n'avons pas eu le temps de mettre la ville en défense. Nous aurions pu tenir La Valette en échec si Lamotte et Buffarot étaient arrivés à temps, mais ils étaient trop occupés à banqueter à Eymet !

Il me convia à boire une chopine de piquette et à tailler dans le pain et le lard.

– Il s'en est fallu de peu, ajouta-t-il, que nous ne repoussions les dragons. Si nous avons perdu la bataille, c'est la faute à ce pleutre de Lamotte. Je ne lui pardonnerai jamais cette dérobade. Jamais !

Accompagné d'une poignée de compagnons, il avait réussi à traverser le Dropt encombré de cadavres et à se réfugier au château de Puyderempion, où il savait trouver du secours. Puis, comme la contrée devenait dangereuse, il s'était rendu chez un ami, le marquis d'Aubeterre.

– Depuis, ajouta-t-il, nous tenons le pays : moi ici, lui entre Chalais et Ribérac.

Le jour déclinait et j'avais une mission à remplir pour M. de Bourdeilles. Lorsque je demandai à prendre congé, il me laissa partir, non sans m'avoir soulagé d'un de mes pistolets (pour la *cause,* précisa-t-il).

– Je compte sur ta discrétion, dit-il en me tendant la main. S'il te venait à l'idée de trahir ma retraite, tu ne tarderais pas à le regretter. La « boutonnière anglaise », tu connais ?

Il passa le tranchant de sa main sur sa gorge.

Je promis de tenir ma langue et ne parlai à personne de cette rencontre.

L'animosité qui régnait entre Madaillan et Lamotte tient, je l'imagine, à un sentiment de jalousie de la part du premier.

Héritier d'une modeste famille noble portée à la huguenoterie, qui avait son domaine non loin d'Eymet, aux abords de l'Agenais, à Saint-Romain, Madaillan avait porté les armes pour le roi puis pour la Suède : il avait participé, avec le grade de lieutenant-colonel, aux batailles de Leipzig et de Breslau, avant de regagner sa province. Dans l'armée des croquants, il portait le grade de maréchal de camp.

Quelques semaines après la défaite de La Sauvetat, ses pas l'avaient conduit auprès de Buffarot, qui faisait la bravade devant Cahors, en Quercy. Il s'était rendu maître de la redoutable forteresse de Mercuès, proche de la ville. Un différend entre le tisserand de Capdrot l'avait ramené en Périgord.

Ce n'était pas un personnage recommandable. On le disait mauvaise tête, frondeur, hypocrite, luxurieux (il entretenait un harem de bohémiennes et avait fait sa maîtresse favorite de sa propre fille, Jeanne). Peut-être a-t-on ajouté quelques calomnies à sa mauvaise réputation. Il est vrai qu'on ne prête qu'aux riches…

J'ignore les circonstances qui ont abouti à la capture de Buffarot. Celui qui se faisait appeler « capitaine des communautés du Sarladais » était, comme je l'ai dit, un simple meneur d'hommes, sans expérience militaire. Ce qui l'a poussé à mettre au repos son métier de tisserand pour partir en campagne, personne ne put me le révéler, pas plus que ses débuts. Ce que je sais, en revanche, c'est que ce diable d'homme exerçait un étrange pouvoir sur ses proches : ils lui obéissaient comme des chiens, le vénéraient en dépit d'un caractère exécrable et d'un physique ingrat, ce qui était de peu d'importance. On prétend que son autorité lui venait de son regard d'un bleu d'acier d'une singulière fixité, et de sa voix puissante et autoritaire.

Retour de son équipée dans les parages de Cahors en compagnie de Madaillan, dont il n'allait pas tarder à se séparer, il avait battu la campagne dans les riches contrées entre Villeréal et Monpazier, deux puissantes bastides en marge de l'Agenais. La victoire de La Valette ne lui occasionna, semble-t-il, qu'un désagrément passager : il gardait la certitude d'une grande bataille qui ferait de lui un héros reconnu de tous.

Un jour qu'il se trouvait à Monpeyran, village proche de Villeréal, ses vigiles lui annoncèrent de la visite : un parti de royaux conduits par Pierre Molinier de Lacan s'avançait *balin-balan* vers le village. Il mit en défense la maison forte qui l'abritait et attendit les événements.

Avec cet excellent capitaine qu'était Molinier, il fallait s'attendre à perdre du cuir et du poil. La compagnie de gendarmes à cheval qu'il commandait se mit en position et attaqua sans sommation, jugeant sans doute cette politesse superflue. En moins d'une heure, sous les jets de grenades incendiaires, la maison flambait du sol au grenier, sans que les défenseurs renoncent à leur tir, qui avait déjà couché sur le carreau une dizaine de gendarmes.

Lorsqu'il jugea qu'il était maître de la situation, Molinier s'avança gaillardement entre les balles et s'écria :

– Rends-toi, Buffarot ! Tu vois bien que tu es foutu !

Le tisserand répliqua en langue du pays :

– *Noun, pas tant qué mé restaro uno tourto et un contel !* (« Non, pas tant qu'il me restera une tourte et un morceau d'une autre. »)

Le malheureux n'eut pas le loisir d'attaquer le *contel.* Une charge des gendarmes enfonça la porte, se répandit dans la place d'où jaillissaient flammes et fumée et mit les derniers résistants en joue. Buffarot et ce qu'il restait de ses partisans durent mettre bas les armes. Capturé, jugé, il fut une semaine plus tard conduit à Monpazier pour y être exécuté.

Lors de la grande foire de l'Assomption, date choisie pour le supplice, la grand-place de la bastide était noire d'une foule venue de dizaines de lieues à la ronde pour assister à ce spectacle rare, du fait qu'il ne s'agirait pas d'une simple pendaison mais que le condamné allait être roué vif. Toute cette assistance pour assister à la punition d'un pauvre tisserand qui n'avait commis d'autre crime que de défendre la justice et la liberté !

L'échafaud avait été dressé au milieu de la place centrale bordée d'arcades et des rescapés de la compagnie du capitaine Molinier, en grande tenue.

Aussi curieux qu'il paraisse, le populaire ne manifesta aucun mouvement de colère ou de haine. Sur le trajet qui conduisait le chef des croquants de sa prison au lieu de son supplice, aucune insulte ne jaillit de la foule. Peut-être le regard glacé du condamné exerçait-il une dernière fois sa fascination. Étendu sur la roue, il ne laissa pas échapper la moindre plainte lorsque le bourreau lui brisa les membres un à un, avec une lenteur étudiée, se tournant à chaque coup vers la foule pour en recueillir des vivats qui ne vinrent pas. Un seul cri s'échappa des lèvres de Buffarot : ce fut lorsque l'homme au chapeau rouge lui broya le visage, ce qui entraîna la mort immédiate.

Les gens de Belvès avaient réclamé sa tête : on la leur envoya dans un *toupi* de grès pour qu'on l'exposât le jour de la foire. Les membres du supplicié furent accrochés aux quatre coins de la bastide et le tronc pendu à un cerisier du village de Bernadet.

Antoine Ribeyreix, dit le Turc, capitaine du comté de Grignols, porte-parole des croquants lors de l'assemblée de La Vernide, fut capturé à Bergerac peu avant la bataille de La Sauvetat et conduit à Périgueux pour y avoir la tête tranchée, au milieu de la liesse populaire : il s'était attiré la haine des bourgeois de Périgueux qu'il avait humiliés par ses insolences et ses déprédations.

Plus que Lamotte, Madaillan, le Turc et quelques autres chefs de rebelles, Buffarot est demeuré un personnage de légende. Aujourd'hui encore, six ans après son supplice, les paroles proférées peu avant sa capture sont restées dans la mémoire populaire. L'autre semaine, dans l'auberge de Saint-Crépin, j'ai surpris deux joueurs de cartes reprenant à leur compte le dialogue que le chef des croquants avait eu avec Molinier. L'un lançait à son adversaire : « Rends-toi, Buffarot ! » et l'autre répliquait : « *Noun, pas tant qué mé restaro uno tourto et un contel !* »

Deux ans après les événements que je viens de relater, je me rendis à Monpazier pour un conflit de bornage. Comme il me restait un peu de temps libre, j'ai poussé à cheval jusqu'à la colline sur laquelle est juché le village natal de Buffarot. On prétend, et je le crois volontiers, que l'héroïsme nourrit mieux les âmes qui respirent l'air des hauteurs que celles qui stagnent dans les vallées. Si Buffarot avait l'âme héroïque, il le devait peut-être à ce village d'altitude, et son côté dominateur au panorama qu'il avait sous les yeux à toute heure du jour.

Le curé me guida jusqu'à l'atelier du tisserand, qui occupait un corps de logis à trois pans, proche de l'église. La porte grinçait en s'ouvrant sur une grande pièce mal éclairée, d'autant que les araignées avaient tapissé la fenêtre de leurs toiles qui s'ajoutaient à la poussière. La mèche d'un chaleil à huile pendait au-dessus du métier à tisser que personne n'avait songé à réutiliser, par respect pour l'ancien propriétaire. Il y avait encore du vin dans une bouteille posée à terre, à côté d'un *chandelou* de cire jaune à demi consumé.

Cette chopine, je l'ai emportée ; elle figure encore dans notre vaisselier, près des assiettes et des plats d'étain de M. de Brantôme. De temps à autre, je verse dans mon verre, mêlées à mon vin, quelques gouttes de ce liquide qui a tourné vinaigre mais qui est épais comme du sang et a gardé sa belle robe violette.

Troisième livre

1

UN DIMANCHE À SAINT-MAYME

Lorsque je suis venu retirer Mondine du domicile de M. de Bessot, l'occasion me fut donnée de m'entretenir avec lui, devant un verre de genièvre, des événements dramatiques que nous avions vécus. Homme d'ordre que la moindre ride à la surface du temps met dans les transes, il a dû passer des nuits blanches et des jours de fièvre en voyant les croquants faire la bravade devant le pont de Tournepiche et les émeutiers massacrer et jeter dans un puits le pauvre Séguy.

Il m'a confié l'exécration qu'il voue aux agitateurs et sa crainte de voir renaître cette guerre civile.

– Dieu sait, me dit-il, que la colère est mauvaise conseillère et que je m'en méfie. Pourtant, lorsque j'appris que l'on avait confié la garde de Vercelli à Pierre Grellety, j'ai cru que ces messieurs de la cour avaient perdu la boussole !

Il a essuyé avec son mouchoir la sueur qui

perlait à son front et à ses joues lisses et grasses, avant de poursuivre :

– Je suis désolé d'apprendre que vous me retirez cette enfant pour la donner à ce repris de justice.

– La justice, répliquai-je d'un ton bourru, a rendu son arrêt et il ne nous appartient pas de le contester. J'ai peu connu Pierre Grellety mais je suis certain qu'il a été entraîné dans cette guerre, à son corps défendant, pour une question d'honneur.

Devant son émotion qui risquait de tourner à la colère, je n'en dis pas plus et me levai pour me retirer.

– Je vous dois mille mercis, maître Bessot, pour avoir pris soin de ma fille durant ces quelques mois. J'ai la certitude qu'elle gardera le meilleur souvenir de vous et de votre famille, et qu'elle sera heureuse là où elle va.

– Dieu vous entende… soupira-t-il.

J'eus affaire jadis, je l'ai dit, avec Guillaume Grellety, le père de Pierre et de Joseph, pour une transaction concernant quelques rangs de vigne près de sa terre des Coustaudous, dans la paroisse de Saint-Mayme, au sud du Paréage.

J'estimais cet homme et sa famille : ces laboureurs aisés payaient sans rechigner impôts et redevances. Pierre et Joseph étaient de beaux hommes dans la force de l'âge, un peu réservés mais d'esprit subtil, à ce qu'il me semblait. Lors des événements de l'année 1635 et de la grande assemblée des croquants à La Vernide, un lieutenant du général de Lamotte, Sadoulet, je crois bien, est venu les trouver pour requérir leur présence. Le père avait répondu à l'émissaire :

– Nous n'avons rien contre cette révolte, mais si vous m'enlevez mes deux drôles, je n'ai plus qu'à vendre mon bien. Ma femme et moi n'y tiendrions pas…

Sadoulet s'était contenté de cette réponse et avait dit aux deux fils :

– Réfléchissez. Si vous changez d'avis, demandez à voir Sadoulet, à l'auberge de Vergt, près de la halle. J'y suis connu comme le loup blanc.

Durant les trois années qui suivirent, agitées comme on le sait, les Grellety ne firent pas parler d'eux. Lorsque les fourrageurs de Lamotte passaient par chez eux et leur demandaient quelque subsistance, ils ne repartaient pas les mains vides.

Il en alla tout autrement lorsque, au mois de décembre de l'année 1638, un capitaine de l'armée régulière, accompagné de trois sergents, arriva aux Coustaudous en sortant de sa manche un billet de logement pour une durée d'une semaine. Le père Grellety fronça les sourcils et répondit d'une voix ferme :

– Passez votre chemin ! Il n'y a pas de place chez moi. Vous en trouverez à l'auberge.

C'était le genre de réponse que le capitaine Barricade n'aimait pas entendre. Il le prit de haut, répliqua que ce billet était signé du duc de La Valette et qu'il fallait s'y plier de gré ou de force. Comme ce n'était pas de gré, ce serait de force.

Sans se départir de son calme, Guillaume Grellety décrocha les trois mousquets placés au-dessus de la cheminée et ordonna à ses fils d'allumer la mèche à la braise.

– Morbleu ! jura le capitaine, c'est bien la première fois qu'on m'accueille comme si j'apportais la peste…

– Vous avez la peste, capitaine ! répliqua le vieux. C'est pourquoi ni vous ni vos hommes ne coucherez sous mon toit.

Comme il s'exprimait en patois, la seule langue qu'il pratiquât, le capitaine, qui avait un fort accent poitevin ou saintongeais, je ne sais, se faisait traduire ses propos par un de ses hommes, qui était de Périgueux. Il replaça le billet dans sa manche en maugréant :

– Les gens de Puynaud, vos voisins, ont fait

moins d'histoires. Quant à vous, père Grellety, vous aurez de mes nouvelles...

Le dimanche suivant était jour de marché à Saint-Mayme. Guillaume Grellety et ses deux drôles s'y rendirent avec leur carriole attelée à une haridelle pour y vendre quelques paniers de châtaignes et de noix. Il gelait à pierre fendre et le chemin craquait de toutes ses fondrières sous les roues du véhicule.

Sur la place, devant l'église dont la façade est aussi plaisante qu'une porte de prison, c'était l'assemblée d'un dimanche de marché ordinaire, sauf qu'on y préparait les fêtes de la Nativité et que des odeurs de buis et de genévrier avaient envahi la nef.

Leurs paniers vides, les trois Grellety se rendirent à l'auberge pour y commander un vin chaud et un *trempil.* Il y avait là, outre des gens de connaissance, quelques militaires attablés. Parmi eux, le capitaine Barricade, qui menait grand bruit, lutinait les servantes en avalant verre sur verre. Lorsqu'il aperçut les Grellety, il changea de comportement, s'écria d'une voix de stentor qu'il y avait dans les parages de mauvaises gens qui refusaient d'héberger les soldats du roi, des traîtres qui méritaient de passer en justice.

Le père Grellety fit signe à ses drôles de vider leur pichet et de le suivre. La voix claironnante de Barricade les accompagna jusqu'à la porte.

– Oui, Grellety ! c'est à toi que je m'adresse. Poltron ! Tu n'as garde de riposter ! Je t'avais bien dit que nous nous retrouverions !

Pris de vin, il se leva pesamment et, titubant entre les tables sous les rires des clients, se rua au-dehors. Il y avait devant l'auberge quelques femmes qui, en attendant leurs hommes, sabotaient pour se réchauffer les pieds en parlant avec le curé, Michel Gibiat. Ils entendirent le butor vociférer :

– Grellety, je te parle ! Réponds-moi, sinon, gare à ta peau !

Il arma son pistolet, visa sa cible mais tira d'une main tremblante, si bien que la balle alla s'écraser contre le mur de l'église. Il vomit des « morbleu » et des « tudieu » en rechargeant son arme quand il battit des bras et s'écroula, le nez dans la boue neigeuse, une balle de mousquet en pleine caisse, tandis que les femmes s'éparpillaient comme une volée de grolles.

Pierre Grellety remit son arme fumante à la bretelle et s'apprêtait à monter dans la carriole quand le curé le retint par le bras et l'entraîna dans l'église.

– Malheureux ! dit-il, il faut fuir, te cacher !

Les soldats sont sans doute en train de te chercher, et…

Il n'avait pas achevé sa phrase que des coups retentirent contre la porte qu'il avait fermée au verrou.

– Suis-moi, ajouta le prêtre. Tu sortiras par la sacristie et tu prendras le large. Surtout, ne remets pas les pieds aux Coustaudous. C'est là qu'ils vont se rendre dans l'heure qui vient.

– Je ne peux pas abandonner les miens ! répondit Pierre. Si les soldats ne me retrouvent pas, ils se vengeront sur eux.

– Je me charge de les innocenter, et toi de même. Ça sera facile. Il y avait des témoins. Ils affirmeront que l'agresseur était Barricade, non ton père.

D'autres coups de crosse retentirent contre la porte latérale. Il était temps pour Pierre de filer. La sacristie donnait sur un jardinet plein de choux montés, panachés de givre. En ployant l'échine, il se glissa, entre deux haies de buis, jusqu'aux latrines du curé. Puis il prit le large au pas de course.

Revenu sur la place, Michel Gibiat indiqua à un sergent la route de Bassac où, prétendit-il, il avait aperçu le fuyard. Le sergent envoya trois hommes sur la piste du criminel, en laissa trois autres dans le bourg pour fouiller les maisons, tandis que deux autres allaient porter le cadavre du capitaine, jeté en travers d'une selle, au château de Vergt, où le régiment avait pris ses quartiers.

Au soir tombant, alors que les soldats avaient rejoint leur cantonnement, Pierre Grellety revint gratter à la porte du curé. Ils se connaissaient depuis l'enfance et entretenaient des relations communes avec des paysans et des nobliaux des parages. Michel Gibiat le fit souper, le cacha pour la nuit dans son grenier. Au matin, il lui dit :

– Tu connais les Blanchet de Grun ? Ils possèdent une borderie abandonnée, aux Quatre-Chemins. Tu pourrais…

– Quatre chemins, c'est trois de trop.

– Le curé de Bordas, Vigne, pourrait t'héberger un jour ou deux.

– Sa gouvernante est bavarde comme une pie.

– J'ai un frère à Périgueux. Si tu viens de ma part…

– Périgueux… Ce serait me jeter dans la gueule du loup. Je préfère me débrouiller seul. Merci de ton, aide, curé, et *additias* !

– Quoi que tu décides, dit le prêtre, tu sais que ma maison est la tienne. Dieu te garde !

Pierre trouva au fond du pré qui longeait le jardin du curé une piste fangeuse comme un sentier d'abreuvoir, traversa une *garissade* où la dernière neige avait laissé des bourrelets grisâtres, remonta vers une pinière coiffant la colline : il aurait de là-haut une vue large sur le pays et pourrait voir venir de loin. De la dalle de pierre qui témoignait de la présence des hommes des origines, il avait une vue superbe. Par temps clair, on devait découvrir l'étendue du vaste monde, des collines et encore des collines qui se chevauchaient et se fondaient dans des couleurs de paradis, jusqu'à ressembler à des nuages.

Il passa la nuit sous un abri de roche et, le matin venu, après avoir mangé le chanteau de pain, le lard et l'oignon que lui avait donnés le curé, il reprit sa route au jugé. Il ne souffrait pas du froid dans la grosse houppelande de pâtre tricotée par sa mère, la bonne Janille. En redescendant de la butte, c'est à elle qu'il songeait : elle avait préparé la soupe pour ses hommes et l'avait mise à mitonner sous la couette.

Pour la nourriture, il pourrait tenir le coup. Il marchait à bonne allure en se répétant : « J'ai tué un homme, et cet homme était un soldat… »

Dans les fêtes de village, après boire, il avait eu des querelles et échangé des torgnoles vite oubliées avec des hommes de son âge, aussi ivres que lui. Il lui arrivait de jouer les coqs de paroisse, de s'en prendre aux filles, mais on le laissait faire car il avait les poings lourds comme les marteaux du forgeron. Dans les *barailles,* il pouvait se montrer violent, mais jamais l'idée ne lui était venue qu'il pourrait tuer son adversaire.

Pierre était veuf et ne songeait pas à reprendre femme. La fille d'un métayer des sires de Cablanc, qu'il avait épousée alors qu'il avait vingt ans, était morte quelques mois plus tard d'un esquire au ventre. Il en attendait des enfants qui n'étaient pas venus. Quelques passades ne l'avaient pas conduit devant le curé. Il se disait parfois qu'il finirait célibataire. Il venait d'avoir quarante ans.

Son frère cadet a eu plus de chance, mais la chance est capricieuse. Il a épousé une bachelette de Fauchiéras, fille des Brunetaud, des ladres verts qui se prenaient pour des barons. Zabelle nichait dans ce nid bourbeux comme une tourterelle dans celui du corbeau. Joseph l'épousa contre l'avis de sa famille et s'en trouva bien : elle devait lui donner deux petits drôles dont l'un est billetier à une porte de Périgueux et l'autre marié en Saintonge. À l'heure où se déroulait le drame dont je viens de parler, Zabelle avait depuis trois ans rejoint le chœur des anges. Les Brunetaud répandirent le bruit qu'elle avait été victime de sévices de la part du père Grellety, qui, il est vrai, n'aimait guère sa bru, et réclamèrent la dot, qui leur fut refusée, ce qui accentua la brouille entre les deux familles.

J'ai souvent entendu parler de ces Brunetaud de Fauchiéras, de mauvaises gens qui se font une montagne d'une taupinière et se croient persécutés par la terre entière. Joseph m'a confié qu'elle était morte d'un mal de poitrine et qu'il l'avait beaucoup pleurée.

Il me parla de même d'une affaire qui, après le meurtre du capitaine Barricade, allait faire grand bruit dans le pays, la mort mystérieuse d'un avocat, maître Jay de Jonjay, sire de Boiras.

J'en dirai deux mots en son temps.

Au fort de l'hiver, par un froid de fin du monde, dans une solitude qui ouvrait mille portes dont aucune n'était vraiment sûre, Pierre Grellety se demandait si, tout bien considéré, il n'eût pas été préférable qu'il aille se livrer à la maréchaussée. Il y aurait suffisamment de témoins pour dire la vérité sur le meurtre du capitaine.

Cette idée lui avait tourné dans la tête dès le lendemain de sa fuite, mais il l'avait chassée : il connaissait assez la justice pour savoir que, malgré ces témoignages favorables, il ne couperait pas à la corde.

Il fallait d'abord songer à subsister, et il n'avait plus le moindre croustet de pain dans sa besace, juste une chopine de vin, sa pipe et son tabac.

Il se trouvait dans les parages de Bordas, à un quart de lieue du chemin qui va de Pont-de-Cerf à Montagnac. De cette position, qui dominait une jolie pente de garenne que les premières ombres de la nuit teintaient d'un bleu de pervenche, il pouvait distinguer, à quelques éclats métalliques à travers les peupliers dénudés, le cours du Vern où naguère, en compagnie de son frère, il allait pêcher la truite et l'écrevisse.

Comme il n'avait pas l'intention de passer la nuit à rêver de truites, d'écrevisses et d'un joli croustet de pain frais, il déblaya dans la fougère un espace suffisant pour y faire un feu. Il laissa les premières flammes envelopper ses mains gelées et se dit qu'il n'était pas le plus malheureux des hommes. Il y avait à deux pas une borie où il passa la nuit, son mousquet à portée de main.

Lorsqu'il repartit au petit matin, le pays autour de lui était figé dans un bloc de cristal où jouaient les roses et les violets de l'aube. Après avoir jeté un regard aux alentours, il descendit jusqu'au Vern et, brisant la glace, se mit en quête de quelque truite. Il en attrapa une de belle taille sous une souche et la ramena à sa borie pour la faire griller.

Il se demanda où il allait porter ses pas.

Première précaution : changer de visage. Il affûta son couteau sur une pierre, se coupa les cheveux et se raccourcit la barbe.

En repartant au hasard, il se souvint qu'il avait eu affaire, pour une vente de noix, à un homme de Bordas nommé Gorgetorte, un sobriquet pour un pauvre bougre de laboureur dont la tête penchait sur le côté comme la tour de La Vermondie. Il était franc du collier s'il ne l'était guère dans son apparence. Sa demeure se situait à quelques portées de mousquet de Bordas, ce qui évitait au fuyard de traverser le village.

Gorgetorte et sa femme étaient en train d'éplucher des châtaignes. Gardant son couteau à la main, il se leva lentement.

– Salut la compagnie ! lança Pierre.

– Salut, l'homme ! répondit Gorgetorte. Qu'est-ce qu'il y a pour ton service ? Tu cherches du travail ?

– Le travail ne me fait pas peur, mais c'est le dernier de mes soucis. Pour dire le vrai, c'est moi qu'on cherche. Tu ne me reconnais pas ? Je suis Pierre Grellety, des Coustaudous.

– Par exemple ! s'écria Gorgetorte. Si je m'attendais à ta visite, avec cette lune… Quel bon vent t'amène ?

– Un mauvais vent, mon ami. J'ai la maréchaussée aux fesses. Tu as dû entendre parler de l'affaire de Saint-Mayme. L'homme qui a tué le capitaine Barricade, c'est moi.

– *Boundiou !* jura Gorgetorte. En voilà, une affaire… Assieds-toi. Peyronne va te faire réchauffer la soupe. Tu dois être gelé.

– J'ai faim, surtout. Pour ainsi dire, je n'ai rien

mangé depuis trois jours, et j'ai dormi sous des pierres, comme les loups.

– Tu es ici chez toi. Le coin est tranquille. Il y a un petit poste à Bordas, trois hommes qui ne quittent guère le coin du feu que pour aller pisser. J'ai échappé au logis d'étape, comme on dit.

Gorgetorte ajouta :

– Quand tu auras fini ta soupe et ton chabrol, tu me remplaceras pour la corvée de châtaignes, si c'est pas trop te demander. Moi, avec mes grosses pognes, ça m'est difficile. Inutile de te dire que tu es ici chez toi, avec ou sans billet de logement. Mais, quand tu te décideras à repartir, où est-ce que tu iras traîner tes socques ?

– Du côté de Vergt. Un nommé Sadoulet est venu me voir jadis, pour le rassemblement de La Vernide. J'ai refusé. Trop de travail à la maison. Mais je sais où le trouver.

– Jacques Serre, dit Gorgetorte en se grattant le menton. Sadoulet… J'ai entendu parler de lui. Je crois que tu peux lui faire confiance, mais gare : à Vergt, les royaux grouillent comme des vers sur une charogne. Sûr qu'il va te proposer de prendre du service. La croquandaille, comme disent les bourgeois, n'a pas désarmé. Pour tout te dire, moi non plus. J'ai caché mon mousquet sous les fanes de haricots, dans le grenier, avec une petite réserve de grenaille et de poudre. J'attends mon heure…

Pierre resta une semaine dans la « chambre verte » – la grange de Gorgetorte. Il n'en sortait que pour se dégourdir les jambes, mettre les pieds sous la table et fendre des bûches. Malgré la présence de son compagnon qui venait converser avec lui et proposer une partie de cartes qui s'éternisait, Pierre s'ennuyait. Il n'y eut qu'une alerte le matin où un dragon vint acheter une oie qu'il paya en monnaie de singe : des pièces noires espagnoles qui traînaient dans sa poche.

La neige qui tomba en abondance dans les premiers jours de janvier brisa le gel : lorsqu'elle se transforma en pluie, la température devint supportable.

Retour de Vergt où il était allé vendre des oies et des fromages de chèvre, Gorgetorte avait son visage des mauvais jours.

– Il y a du nouveau, dit-il, et pas du bon. Les juges de Périgueux viennent de te condamner à mort par contumace et la maréchaussée est sur les dents. Elle est persuadée que tu te caches dans les parages de Bordas. Les dragons ont reçu l'ordre de fouiller toutes les maisons. Je le regrette, mais tu vas devoir nous tirer ta révérence. C'est ton intérêt comme le nôtre.

– Je partirai cette nuit. Vergt n'est pas très loin.

– Vergt ? Tu rigoles ? C'est le piège à éviter, pour le moment. Voici ce que je te propose : tu connais la forêt de Jaure ? tu y trouveras un charbonnier nommé Canteloube, qui fait aussi un peu de feuillardage à la saison. C'est un huguenot de la vieille école, mais il est des nôtres. Avec lui, tu risques rien que de tomber sous le charme de ses trois filles, de jolies garces et qui n'ont pas froid aux yeux, comme on dit, mais qui auraient plutôt le feu là où je veux dire. C'est le seul risque.

– J'ai de quoi l'affronter, dit Pierre en riant.

Lesté d'une miche de pain frais qui ferait bien deux ou trois jours, de fromages et d'oignons auxquels Gorgetorte ajouta une bouteille de son vin, Pierre partit à la tombée de la nuit sous une pluie diluvienne. Il ne prit pas la direction de Jaure mais celle des Coustaudous, afin de prendre des nouvelles de sa famille. Il craignait le pire.

Il marcha toute la nuit, dormit une partie de la matinée dans une borie et arriva dans la soirée, crotté comme un canard brennous, en vue de sa demeure. Il faillit pleurer de joie en constatant qu'une fumée sortait de la cheminée et qu'une lumière brillait à la fenêtre. Par prudence, il fit le tour de la bâtisse, trouva les parages déserts et glissa un regard par la fenêtre : autour de la table, la famille était en train de souper. Il écarta le chien qui lui faisait fête et heurta à la vitre. Ils se levèrent tous trois d'un bond. Joseph décrocha le mousquet, puis le père ôta le *barrou* de la porte.

– Toi ! dit Joseph.

– Moi ! dit Pierre. S'il reste un peu de soupe…

– Nous étions inquiets, dit le père. On te recherche plus que jamais, comme si tu avais tué le cardinal. D'où sors-tu ? Qu'as-tu fait durant ces deux semaines ?

– Ce que fait un proscrit, dit Pierre en s'attablant. Un ami de Bordas m'a recueilli durant quelques jours. Avant de repartir sur la route, je voulais prendre de vos nouvelles. Vous avez été inquiétés ?

– C'est peu dire, répondit Joseph. Nous avons eu la maréchaussée sur le dos durant une semaine, et même la visite du procureur de Périgueux. Nous ne lui avons rien dit de toi parce que nous n'avons rien à lui dire. Ils ne vont pas tarder à revenir…

Pierre lampa avidement sa soupe, l'arrosa d'un chabrol généreux.

– Rassurez-vous, dit-il. Je ne resterai que cette nuit, et je dormirai dans la grange.

– Tu dormiras ici, dit la vieille Janille. J'ai préparé ton lit.

Nouveau courrier de Joseph Grellety ce matin envoyé de La Tour-du-Pin, sur la route de Chambéry, juste avant la traversée des Alpes.

Les nouvelles sont bonnes, à part un incident qui aurait pu avoir des conséquences graves : à la sortie de Lyon, la caisse de Mondine a dérapé sur le verglas et s'est renversée dans un ravin, heureusement peu profond ; ma fille s'en est tirée avec une foulure à l'épaule sans gravité, mais il a fallu abattre le cheval, qui avait une patte cassée, en trouver un autre et changer une roue brisée. Deux jours perdus, mais, comme le ciel est radieux malgré le froid, ils rattraperont vite le temps perdu à réparer les dégâts.

Joseph a joint à ce pli un feuillet séparé, preuve qu'il a tenu à le soustraire à l'attention de Mondine. Il écrit :

« Maître Donnadieu, je tiens à vous dire mon avis au sujet de votre fille. Vous m'avez laissé entendre, au cours de nos entretiens à Richemont, qu'elle se montrait dans la vie courante réservée en affection, pour ne pas dire indifférente. Je puis vous assurer que cette apparence est trompeuse. Le départ de Richemont a été pour elle un déchirement, même si elle ne l'a guère montré.

« Elle veut toujours en savoir plus sur mon frère et sa façon de vivre, si bien que, lorsque nous arriverons à Vercelli, elle en saura autant que moi. Chaque jour lui semble une éternité. Elle est toute joyeuse le matin et triste le soir.

« Il nous reste encore une semaine de voyage, à condition que nous n'ayons pas à subir les tempêtes de neige qui sont fréquentes sous ce climat et que quelque autre traverse ne vienne pas contrarier notre trajet.

« Vous dirai-je, maître Donnadieu, la surprise et le ravissement de votre fille lorsque nous traversons quelque grande cité, comme Lyon ? Ne vous laissez pas abuser par la sécheresse apparente de ses billets : ils dissimulent par pudeur la grande affection qu'elle vous témoigne.

« Au départ de Chambéry nous nous joindrons à un convoi militaire en route pour le Piémont et les quelques places fortes que nous avons reprises à l'ennemi et que, grâce à Dieu, nous conserverons pour le service de Sa Majesté. J'ai bien l'honneur... »

Je vais reprendre d'un cœur léger le cours de mon récit là où je l'ai laissé il y a trois jours, au moment où notre proscrit s'apprêtait, ayant eu des nouvelles de sa famille, à prendre la route de Jaure.

Au cours de cette année 1639, soit deux ans après la bataille de La Sauvetat, notre province fut bouleversée par des événements d'une grande importance.

Qu'est devenu, me demanderez-vous, le sire de La Valette ? Ce pauvre homme n'était pas au bout de ses peines. Le cardinal lui avait pardonné ses rapports avec une camarilla de comploteurs conduits par le duc de Soissons pour renverser Son Éminence et le pouvoir royal, ainsi que l'incompétence dénoncée par le prince de Condé sur les marches d'Espagne. Avant de l'envoyer sur le front des Alpes, le cardinal, son oncle par alliance, je le répète, lui avait écrit : « Je veux que vous soyez aussi heureux contre les Espagnols que vous l'avez été contre ces malheureux paysans ! » Le duc a-t-il été sensible à l'ironie contenue dans cette fin de phrase ? J'en doute ! La vanité, chez lui, prend constamment le pas sur la jugeote. Il se croit un foudre de guerre, ce qu'assurément il n'est pas.

Bref, ce lourdaud a repris la route des Alpes, en compagnie de Mlle de Lartigue qu'il ne quitte pas plus que son épée et ses braies. Une querelle les a séparés, en cours de route, pour des raisons que j'ignore. Toujours est-il qu'il compensa ses déboires sentimentaux par une activité guerrière brouillonne. Il en fit tant et si mal qu'il se vit rappeler et, au lieu d'aller faire amende honorable à la cour, prit la route de l'Angleterre, peut-être pour se faire oublier. Il semble qu'il n'en soit pas encore revenu. Le tort du cardinal est de s'être laissé abuser par ce batteur d'estrade qui ne ressemblait à son père que par un détail physique : un nez en forme de courge. On ne fait pas de la bonne huile, dit-on chez nous, avec des noix creuses. M. de La Valette avait la tête creuse comme un tambour.

Il avait une bonne raison, entre autres, de mettre de la distance entre lui et la cour : son remplaçant dans le gouvernement de Guyenne, le prince de Condé lui-même, s'apprêtait à faire son entrée dans Bordeaux. Le duc d'Épernon, lui non plus, ne tenait pas à assister à la démonstration de la faillite familiale. Pour s'abstenir d'assister à cette cérémonie solennelle, il quitta Cadillac, trop proche de Bordeaux, pour une autre de ses demeures, à Plassac, en Saintonge, en prétextant une crise de goutte.

Au temps où Pierre Grellety, après avoir erré de fortune en infortune, commençait à sortir de sa coquille, j'eus l'occasion d'assister aux préludes de la nouvelle insurrection.

Au printemps de l'année 1639, alors que rien n'indiquait une reprise imminente des troubles, les soldats, la maréchaussée, la gentilhommerie se tenaient sur le qui-vive. Il semblait que l'on pût circuler librement à travers le Paréage, qui passe à juste titre pour un repaire de séditieux. Il fallut déchanter.

À la requête de M. de Bourdeilles, j'avais à accomplir une mission qui n'avait rien à voir avec la situation. Mon maître faisait fond sur ma compétence, mon dévouement, ma disponibilité pour gérer ses affaires. Les quelques missions qu'il me confiait suffisaient à occuper mon temps, car la famille a beaucoup de biens dans la province.

Ce jour-là, il m'avait confié, à l'intention du châtelain de Vergt, une lettre dont j'ignore le contenu. Je devais la remettre en main propre à son destinataire, avec une corbeille de truffes et un tonnelet de vin des Balands.

Entre Périgueux et Église-Neuve, j'avais croisé quelques compagnies d'infanterie qui marchaient en bon ordre, au tambour, bannière au vent, ce qui me rassura. Après Église-Neuve, plus personne ! Je passai au large du Ronlet, un hameau sans importance, du moins le pensais-je, quand une voix montant d'un ravin me héla d'un ton autoritaire et m'intima l'ordre de mettre pied à terre en levant les bras. J'obtempérai sans barguigner.

J'avais pris l'habitude déplorable, j'en conviens, de me déplacer sans escorte, persuadé d'être protégé par mon innocence et le caractère anodin des messages que je transportais.

Bref, je saute de ma selle, mains levées, convaincu qu'une explication suffira à justifier ma présence. Un rustre armé d'un pistolet de cavalerie, une paille à son chapeau, s'avance vers moi d'un air menaçant et me met en joue. Là, j'avoue avoir senti la peur sécher ma gorge, d'autant qu'un groupe d'hommes armés s'avance vers moi avec des cris qui n'ont rien de rassurant.

– Un gabeleur !

– On en tient un !

– Il faut le pendre !

Je proteste que je ne suis pas un de ces mange-misère mais le secrétaire et l'intendant de M. de Bourdeilles. Un mot de trop ! On m'entoure, on me bouscule, on me presse de questions. Un de ces gueux enlève les pistolets de mes fontes, un autre subtilise ma sacoche qui contient la lettre et quelques autres papiers, un troisième s'empare des truffes et du vin. Le grand diable qui m'avait intercepté me lance :

– Tu sais ce qu'on fait des gabeleurs ?

Je réponds que je le sais mais que je n'en suis pas un, sinon je voyagerais sous escorte. J'ajoute même que je réprouve leurs méthodes. Les drôles ricanent, s'interrogent du regard, me demandent de prouver mes dires.

– Comment diable voulez-vous que je vous le prouve puisque je n'en suis pas ? Si vous me le démontrez, je veux bien être pendu !

Un des gredins ouvre la sacoche, en retire la lettre et les autres papiers en criant :

– Et ça, c'est des lettres d'amour, peut-être ?

Je riposte que ce n'est rien d'autre qu'un courrier de mon maître à l'intention de messire Pierre de Grant, châtelain de Vergt. Le reste des formules de quittance, des notifications à l'intention des métayers. Des papiers sans importance.

– Vous pouvez vérifier !

Ils en seraient bien en peine, ces malheureux

étant incapables de distinguer le A du B. Ils sortent les papiers, les dispersent en s'exclamant :

– Ça sent la gabelle ! C'est du papier de Paris ! Il faut le pendre !

Ils piétinent la paperasse, la déchirent, me lient les mains dans le dos. L'un d'eux lance la corde pour l'enrouler à un baliveau ; un autre proteste faiblement :

– Faudrait peut-être prévenir Piédefer.

On se met en quête du dénommé Piédefer, qui était en train de faire la sieste dans un *cluzeau.* Il m'examine de la tête aux pieds en bâillant, une main passée dans sa ceinture d'étoffe rouge où émergent quatre crosses et le manche d'un poignard.

– Qu'est-ce que cette *baraille* ? dit-il. Et d'abord, toi, qui es-tu ?

Je répète ma chanson. Ses yeux se plissent quand je parle de Bourdeilles et de Grant. Il ne doit guère aimer le premier, qui a juré de débarrasser le Paréage des rebelles, pas plus que le second, qui a fait pendre quelques paysans insolents dans son domaine de La Tour-Blanche, voisin de Richemont. Il me confirme cette impression en me disant :

– Tu as tort de te vanter d'être sous les ordres du sénéchal : il ne nous aime guère et nous le lui rendons bien. Tu serais pas Donnadieu, des fois ?

– Si fait, et je n'ai rien à voir avec vos affaires.

– Ne t'énerve pas ! Je sais que tu ne nous veux pas de mal.

– C'est vrai. Alors, je peux reprendre ma route ?

– Oui, mais en sens inverse. Nous gardons ce courrier. Il peut contenir des choses intéressantes. Quant au vin et aux truffes… *Miladiou !*

Il donne de la gueule et du poing pour me faire restituer ma marchandise. Le panier de truffes est à moitié vide et le vin a complètement disparu dans des gosiers assoiffés.

Si j'ai relaté cet épisode sans grandes conséquences sur le cours de mon récit, c'est pour montrer la méfiance des croquants à l'encontre des étrangers à leur insurrection et de tout ce qui est écrit, qui, dans leur esprit inculte, constituait une menace. Cette haine pour la paperasse, ils en ont témoigné en la déchirant et en la brûlant avec une jubilation féroce. Si ces pauvres gens avaient pu avoir accès à l'écriture et à la lecture, ils eussent agi autrement. Combien de secrets, de trésors, de messages importants ont dû ainsi disparaître entre leurs mains calleuses qui n'ont jamais ouvert un livre ? Combien d'ouvrages imprimés ou manuscrits, de livres de raison, de registres, d'actes qui eussent enrichi nos connaissances ?

Autant qu'il m'en souvienne, Pierre Grellety, après une nuit passée aux Coustaudous, prit la direction de Jaure, que lui avait indiquée Gorgetorte.

À peine en vue de la clairière du charbonnier, il faillit rebrousser chemin : il avait aperçu, dans la vallée, au bord d'un *rivelet* qui va se jeter plus loin dans le Vern, un moulin entre de grands cierges de peupliers. Il s'avança néanmoins vers Canteloube, lui confia ses appréhensions. Le charbonnier le rassura.

– Tu n'y verras pas grand monde. On dit le Moulin-Neuf, mais il est vieux comme le temple de Salomon et abandonné depuis belle lurette. Il a été incendié par les gens de Lassagne au temps de la première révolte des croquants. Le meunier lui avait refusé un sac de farine et les avait traités d'égorgeurs. Ils ne l'ont pas démenti et ont fait brûler son moulin avec sa femme et son bourricot. Depuis, il n'est habité que par des hiboux et des vipères. Peut-être bien aussi par les mauvais esprits qui y viennent la nuit, mais je n'ai pas eu la curiosité de vérifier.

– Il sera habité par moi, dit Pierre.

Trapu, noir de visage comme un racleur de cheminée, avec des yeux sombres comme des baies de genièvre, lent de gestes et d'élocution comme un moine, le père Canteloube logeait avec sa famille, en été, dans des huttes de branchages, à la manière des sauvages du Canada. En cette saison, ils s'entassaient dans la masure d'une ancienne borderie qui appartenait aux sires de Jaure, tous les cinq, avec une demi-cloison de torchis pour les séparer du bouc, des chèvres, des moutons et du chien – une sorte d'arche de Noé échouée au milieu de ce désert dans le grand silence de l'hiver.

– C'est ce que tu as de mieux à faire, dit Canteloube. Ma bicoque n'est pas plus grande que la tente du roi David et l'on y est un peu serrés.

Une autre raison avait incité Pierre à choisir le moulin : il régnait dans la sentine du charbonnier une odeur qui prenait à la gorge, avec une épaisse fumée, et il y faisait noir comme au fond d'une marmite.

– Tu auras du travail, ajouta Canteloube, si tu veux vivre commodément. Pour la nourriture, tu pourras compter sur nous. C'est pas qu'on en ait de trop, mais faut bien s'entraider. Si tu n'as pas de quoi payer ton écot, j'en ferai pas une histoire.

Pierre s'employa durant trois jours à nettoyer un coin du moulin épargné par le sinistre. La cheminée, simple cavité dans la muraille, avec un tronc à demi calciné en guise de linteau, tirait convenablement, et le bois ne manquait pas. Avec des branches entrelacées de genêt et de bruyère, il dressa une cloison suffisante contre le *vent nègre.*

Le premier jour, alors qu'il était occupé à se constituer une paillasse, une voix de femme s'éleva près de lui et le fit sursauter.

– Eh, l'homme, montre-toi un peu !

Il mit le nez au *fenestrou* de la souillarde et aperçut une drôlesse qui revenait de la rivière avec un *chambalou,* ce cercle de bois supportant deux seilles, le même dont la mère Grellety se servait pour aller à la fontaine.

Il s'avança vers elle en soulevant son chapeau.

– D'où sors-tu ? dit-il. Je ne t'avais pas encore vue.

– D'où veux-tu que je sorte ? De là-haut, pardi ! Je suis l'aînée des filles. On m'appelle Esther. Mes sœurs, c'est Judith et Rachel.

Cela sentait son huguenot. Pierre avait observé que, sans parler le « langage de Canaan », comme on dit des gens qui font des manières, Canteloube parlait souvent par citations de l'Ancien Testament. Une grosse bible trônait sur le manteau de la cheminée ; il la lisait en famille, à la veillée, sous la chandelle.

– Si tu viens pour m'aider, dit Pierre, sois la bienvenue ! Le travail ne manque pas, comme tu vois.

– Je reviendrai, dit Esther. On se verra ce soir, à la soupe. Ma mère t'invite.

Ils soupèrent, entassés autour d'une table basse garnie d'une venaison qui sentait fort, de platées de haricots et de fromages cussonnés. Ce balthazar débuta par une prière.

La femme de Canteloube, la Mionne, maigre comme un chou monté, flottait dans une sorte de houppelande de drap noir que l'usure avait fait virer au vert.

– Si ça te fait plaisir, dit-elle à Pierre, tu peux venir partager nos repas quand il te plaira. C'est pas très raffiné, mais au moins tu mangeras à ta faim. Demain, je ferai des châtaignes blanchies…

On ne parlait guère chez le charbonnier, sinon pour dire des choses essentielles ou urgentes. Le repas se déroula au seul bruit des mâchoires qui allaient bon train, et du *grommelo* des bêtes endormies. Il n'y avait pas de vin, mais Pierre savait s'en passer. Durant toute la soupée, il sentit peser sur lui le regard des filles, d'Esther, surtout : elles ne devaient pas recevoir beaucoup d'étrangers à leur table.

Malgré l'hiver, on ne chômait pas. Le charbon de bois serait pour le printemps. Les brasses de rondin tranchées au hachereau séchaient depuis des mois sous un auvent de genêt. L'activité de la mauvaise saison consistait en la confection de paniers et de *palissous* destinés aux boulangers et aux ménages qui faisaient eux-mêmes leur pain. Cette activité ne rapportait guère, mais quelques sous par-ci, par-là n'étaient pas à dédaigner. Deux ou trois fois par semaine, la Mionne, accompagnée d'une de ses filles, partait avec un chargement aussi volumineux qu'elles, mais dont elles supportaient le poids sans effort.

La Mionne rapportait des nouvelles. Ça commençait à bouger dans le Paréage : on parlait d'une importante assemblée de croquants, prévue au Tach, à quelques lieues au sud de Vergt ; on disait aussi que Marc de Madaillan, sorti de sa cachette, allait prendre la tête de ce nouveau soulèvement.

– J'ai le sentiment, dit Pierre, que je ne resterai pas longtemps dans ce moulin. Gorgetorte sait où me trouver. Il ne tardera pas à me faire signe, et alors, salut la compagnie !

– Nous te regretterons, mon gars, dit le charbonnier, mais il est bon de répondre à l'appel du roi David quand il engage la lutte contre les Philistins.

Janvier s'achevait en brassant une sombre lessive de brume et de pluie qui ne rappelait en rien les déserts de Judée.

De temps à autre, Esther pointait son museau à travers ce qui avait été la porte du moulin et n'était plus qu'une brèche. Elle ne venait jamais les mains vides : c'étaient des pommes, des crêpes de blé noir, un reste de viande… Il interrompait les menues tâches auxquelles il se livrait pour tromper son ennui plus que par nécessité, s'asseyait près d'elle devant la cheminée. Ces moments paisibles ressemblaient au bonheur. Les seize ans d'Esther promettaient un épanouissement généreux ; elle semblait émerger d'une coquille de feuilles et de fleurs, comme la chrysalide qui s'apprête à devenir papillon.

Un jour, par jeu, elle lui tendit la pomme dans laquelle elle venait de mordre en y laissant l'empreinte de ses dents, petites et blanches comme des bourgeons de lis. Il goûta la pomme et appuya ses lèvres sur les siennes. Le lendemain, elle se donnait à lui.

– Je veux que tu restes, dit-elle en se réajustant. Je comprends pas grand-chose à cette histoire de révolte des peuples d'Israël contre les Philistins dont parle mon père. Pourquoi tu devrais partir ? Qu'est-ce qui t'y oblige ?

Il lui expliqua en lui tenant les mains qu'il avait tué un Philistin, pour parler comme son père, parce qu'il voulait tuer le sien. Depuis, il vivait en proscrit.

– Si tu restes ici, insista-t-elle, personne ne te retrouvera. On dira que tu es mon frère, ou mon mari, si tu veux bien de moi pour femme.

– Cesse de rêver. Me marier alors que je suis recherché par la maréchaussée et l'armée… Tu n'y penses pas sérieusement ?

Elle essuya une larme sur sa joue. Il la consola, promit qu'il ne l'oublierait pas, que, la paix revenue, ils se retrouveraient, et qu'alors… Elle lui avoua qu'elle avait confié son intention à son père. Elle attendait une grosse colère. Canteloube avait posé ses grosses mains noires sur les épaules de sa fille et lui avait dit :

– Si c'est ton intention, c'est que Dieu l'a voulu. Sois heureuse. Mais je crains que cet homme parte et ne revienne jamais.

– Il reviendra. Il me l'a promis.

– Alors, s'il a promis, il reviendra. C'est un homme d'honneur.

Ces menus faits, je les tiens de Joseph Grellety, à qui son frère s'est confié. Ils montrent que Pierre n'était pas seulement le personnage légendaire qu'il est devenu aujourd'hui, mais un homme, tout simplement, avec ses petites et ses grandes passions.

Pierre n'allait pas tarder à comprendre que l'on comptait sur lui et qu'on l'attendait.

Un matin, alors qu'il aidait la Mionne et ses filles à fendre des tiges de ronces pour en faire paniers et *palissous*, il vit surgir Gorgetorte accompagné de deux acolytes harnachés comme pour une battue au loup.

– C'est le moment de bouger tes fesses ! lui lança joyeusement son visiteur. Dans trois jours, nous nous rassemblons au Tach. Faut que tu y sois.

– Et pourquoi moi ?

– Parce que nous avons besoin d'un chef.

– Un chef, moi ? Tu rigoles ? Vous avez Madaillan…

– Madaillan… Personne n'a confiance en lui : il est franc comme un diamant du Canada. J'ai parlé de toi à quelques compagnons : nous te voulons pour prendre la tête du rassemblement.

– Mais… pourquoi ?

– Fais pas l'innocent ! Parce que tu sais lire et écrire, que tu connais le pays mieux que quiconque, que tu as du courage à revendre et que tu auras avec nous l'occasion de prendre ta revanche.

À ce propos, il est bon de mettre fin à une légende selon laquelle Pierre serait illettré et ne parlerait que notre patois, une rumeur qui a couru pour le rabaisser, en faire une sorte de sauvage.

– Une chose me tracasse, ajouta Gorgetorte en se grattant la barbe. J'ai entendu dire que tu aurais réglé son compte à Jacques Jay de Jonjay, seigneur de Boiras, avocat à Périgueux et cousin de maître Pierre de Bessot. Tu le connaissais ?

Pierre haussa les épaules : il avait eu affaire à lui quelques mois auparavant, pour une anodine affaire de procès. Depuis, il n'en avait pas de nouvelles.

– Nous étions adversaires, pas ennemis jurés. Je vois pas pourquoi je l'aurais tué !

– C'est bien ce que je pensais, mais on peut pas empêcher les gens de parler. Tu as tué un homme… Tu aurais bien pu en trucider un autre. On prête qu'aux riches, comme on dit…

Jay de Jonjay était un proche voisin des Grellety pour quelques journaux de vigne et exerçait à Périgueux la profession d'avocat. Un paysan l'avait découvert, un coup de pistolet dans la caisse, à Peyrafon, près de Vergt. Le bruit avait couru que ce ne pouvait être que Pierre Grellety, recherché qu'il était par la maréchaussée.

– Ridicule ! grogna Gorgetorte. Toi, abattre un homme sans défense, de sang-froid...

– Il faudra qu'on me rende justice de cette accusation ! s'écria Pierre. Cela dit, je vais pas pleurer la mort de ce tyranneau de village, de cet avocat véreux.

– Il n'empêche... C'est une raison supplémentaire de sortir de ta coquille au lieu de te déguiser en courant d'air.

On a beaucoup glosé sur le meurtre de ce Jonjay. Mais on ignore encore aujourd'hui qui a fait le coup, par défaut de preuves. On a bien accusé un certain Loyseau, mais aussi un des Brunetaud de Fauchiéras, voisins et parents des Grellety. Les soupçons se sont portés principalement sur le gendre de Guillaume Grellety. Il avait affirmé devant ses juges avoir aperçu Pierre dans les parages de Peyrafon, telle nuit, à telle heure, à la lumière de la lune. J'ai consulté mon almanach : il ne pouvait reconnaître Pierre, la lune était nouvelle !

La mesure édictée par La Valette d'avoir à déposer les cloches du Paréage n'a guère eu d'effet : pour annoncer le premier rassemblement de la nouvelle insurrection, la plupart des cloches des dix-huit paroisses se mirent en branle.

Je me trouvais alors non loin de Vergt, dans les parages de Grun, et j'en eus le cœur chaviré, comme si j'assistais à la résurrection des corps. Ces sonorités graves et lentes se répandant de clocher à clocher comme le coucou tressaient, dans les bouffées du *vent nègre,* une sorte de banderole sonore brandie pour annoncer un grand événement. Dieu sait que ma nature ne me porte guère à l'insubordination, mais là, dans ce creux de vallée où je cheminais, je me sentais porté par ce tapis de sons comme ceux sur lesquels voyagent les sultans et les poètes dans les royaumes d'Orient.

Sur les hauteurs du Tach, Pierre fut accueilli comme un héros sortant de sa tente tout armé. On acclama en lui le proscrit qui avait mis en échec la maréchaussée et l'armée royale. Au sortir du désert de Jaure, la tête devait lui tourner lorsqu'il se vit pressé de toutes parts, acclamé par des milliers de paysans qui agitaient leurs chapeaux ou leurs bonnets au bout de leurs mousquets ou de leurs bâtons ferrés, en criant sur son passage le nom des paroisses dont ils étaient originaires.

– Ceux de Beauregard te saluent !

– Nous venons à dix de Cendrieux !

– Les gars de Breuilh sont avec toi !

– Tu nous reconnais ? Nous sommes comme toi de Saint-Mayme !

Les larmes lui montèrent peut-être aux yeux lorsqu'il vit son frère, Joseph, venir vers lui, bras tendus, radieux.

– Toi aussi ! dit Pierre, la gorge nouée, en le serrant sur sa poitrine. Ça me fait rudement plaisir de te voir, mais tu as eu tort de quitter les Coustaudous. Qui va protéger nos vieux, les aider pour le travail ?

Joseph révéla à son frère qu'il en était au même point que lui. Les dragons avaient fait leur réapparition à la ferme. Ils s'étaient saisis du père, lui avaient fait ôter ses socques et s'apprêtaient à lui chauffer les orteils pour lui faire avouer où son fils se trouvait.

– J'ai brisé un tabouret sur la tête du premier, percé d'outre en outre le second avec son épée. J'étais fou de rage, comme toi lorsque tu as abattu Barricade.

– Qu'as-tu fait des cadavres ?

– Je les ai enterrés au fond de la *garissade* et je les ai recouverts d'une bonne brasse de rondins. Leurs armes, je les porte sur moi.

– Misère… gémit Pierre. D'autres dragons reviendront sûrement, et c'est pour le coup que nous aurons à craindre pour nos vieux.

– C'est ce que j'ai pensé avant de foutre le camp. Mais le père et la mère ont refusé de me suivre comme je le leur demandais. Ils auraient pu trouver refuge chez le cousin Castanet mais tu connais le vieux : têtu comme une mule ! Il a dit que, avec l'âge qu'il avait, il se foutait qu'on le jette en prison, ou pire encore, pourvu que nous, ses fils, nous échappions aux argousins.

Cet événement s'était déroulé trois jours plus tôt. La route de Joseph était toute tracée : il devait se faire oublier. C'est alors, le lendemain, qu'il avait appris, au marché de Vergt où il s'était rendu en rasant les murs, ce grand rassemblement du Tach. Il s'y était rendu en marchant de nuit, dans la neige.

– Pierre, dit-il avec des graviers dans la voix, nous ne nous quitterons plus. Plus jamais…

Gorgetorte prit Pierre aux épaules et lui annonça qu'il allait le conduire à Marc de Madaillan.

– Ce sera lui notre chef ? demanda Pierre.

– Non, dit l'infirme. Notre chef, ce sera toi.

Il ajouta que des responsables de la nouvelle insurrection avaient tenu un conciliabule durant la nuit. Il y avait là quelques rescapés qui s'étaient battus sous les ordres du général Lamotte : Thony Aubarbier, dit Queue-de-rat, Jacques Serre, dit Sadoulet, Piédefer, Fagot, le cousin Castanet, Paponnet et d'autres têtes chaudes. Ils étaient convaincus que Madaillan, en vertu de ses antécédents militaires, pourrait leur être utile, mais unanimes à considérer qu'il faudrait se méfier de ce satrape.

– Le chef… protesta Pierre. Je n'en ai pas les capacités. Pourquoi pas toi, Gorgetorte ?

– On me prendrait pas au sérieux. Avec ma dégaine de mal foutu, je fais peur ou je fais rigoler. Toi, je te le répète, tu as tout ce qu'il faut pour nous commander et, de plus, tu parles couramment le *franchiman.* Joseph sera ton lieutenant. Pour ce qui est de Madaillan, on en fera je ne sais quoi. On pourra peut-être, si tu es d'accord, le charger de mettre au point les opérations. Tu seras notre général et lui une espèce de colonel ou de maréchal de camp, comme il l'était au temps de Lamotte…

Madaillan était assis contre sa selle, sous une avancée de roche qui l'abritait de la pluie fine mêlée de neige. Il rédigeait des notes sur le couvercle d'une écritoire posée sur ses genoux. Il tenait, dit-il, le « rôle de l'armée », interrogeant les paysans qui se présentaient, notant nom et origine et donnant quelques consignes sommaires. Il se conduisait comme un général.

Marc de Madaillan n'était pas un inconnu pour Pierre. Ils s'étaient rencontrés à plusieurs reprises. La dernière fois, c'était à l'occasion d'une procession à Notre-Dame de Bassac.

Après qu'il lui eut glissé quelques mots à l'oreille, Gorgetorte fit signe à Pierre de s'avancer. Madaillan se présenta, la main tendue.

– Content de te voir, compagnon, dit-il.

Il lança aux paysans qui attendaient leur tour :

– Portez pas peine ! Revenez dans un moment. J'ai affaire avec Pierre Grellety qui vient de nous rejoindre.

Il le précéda sous un auvent de genêt qui avait dû servir de refuge à un *pastour*, le convia à boire un verre de vin mis à chauffer sur la braise et à se tailler une tranche de pain et de lard. Son visage large et carré posé sur un cou puissant imposait mais contrastait avec son regard trouble et sa voix de tête claironnant volontiers. Il bourra sa pipe, tendit sa blague à Pierre, qui fit de même.

– Content que tu sois venu, répéta-t-il en français. Ensemble, nous allons faire du bon travail.

– Je crains de vous décevoir, bredouilla Pierre. Je ne suis qu'un simple laboureur, et ce n'est pas parce que je sais lire, écrire, parler le *franchiman* que je pourrai commander un régiment.

– Tu dois me tutoyer ! Sinon, nos hommes trouveraient que nous jouons les marquis. Tu n'as pas l'habitude du commandement et de la guerre, mais ça viendra vite. Nous aurons l'appui de certains de mes amis, des gens de petite noblesse mais qui ont le sens de la justice. Pour ne rien te cacher, ils espéraient que je prendrais la tête du soulèvement, que je ferais office de général, comme ce pauvre Lamotte.

Il eut un petit rire de geai.

– Général… Général de cette armée de culs-terreux… C'est drôle, tu ne trouves pas ? Ça sonne comme un tambour crevé ! J'ai refusé ce titre pour deux raisons : primo, ce n'est pas une véritable armée que nous aurons sous nos ordres ; secundo, ces paysans se méfient de moi. Je sais de quoi je parle et tu le sais aussi bien que moi. Je ne suis pas des leurs, contrairement à toi. C'est là que je place un tertio : nos talents et notre nature peuvent se compléter. J'ai l'expérience de la guerre et toi celle des paysans. À nous deux nous formerons le meilleur des commandements possible. Si tu es d'accord, tope là, compagnon !

Il cracha dans sa main, y traça une croix et demanda à Grellety de faire de même. Il s'exécuta de mauvaise grâce : le mot de « culterreux » lui restait en travers de la gorge.

Leur apparence contrastait étrangement : Pierre emmitouflé dans sa pelisse de pastour, besace au côté et mousquet à l'épaule, pieds nus dans ses socques, la culotte lacée à mi-jambe ; Madaillan coiffé d'un large feutre à ruban violet où détonnait un brin de paille, son demi-manteau de mousquetaire laissant apparaître une casaque de cuir jaune, ses chausses bouffantes plongeant dans des bottes évasées dotées d'éperons…

Le moment des harangues venu, Madaillan se hissa sur un tas de rondins, et, de sa voix perçante, tint aux paysans ébahis un langage d'une sécheresse toute militaire. Pierre Grellety s'exprima dans la langue du pays, sans fioritures héroïques et sans éloquence. Ils déclenchèrent un délire d'ovations avec les cris que l'on entendait d'ordinaire contre gabeleurs et monopoleurs.

– Nos hommes sont prêts à nous suivre, dit Madaillan en descendant de sa tribune. Nous pourrions les mener au bout du monde, comme les légions d'Alexandre.

– Si nous les menons devant Périgueux et Bergerac, ajouta Grellety, ce sera déjà une victoire. Quant aux légions dont tu parles, je crains que quelques compagnies de dragons ne suffisent pas à les disperser. Si tu veux mon avis, nous sommes trop nombreux.

– Paradoxal mais juste ! s'exclama Madaillan. Nous devrons faire un tri, garder les plus décidés, ceux qui ont servi dans les armées royales et qui possèdent de vraies armes. On ne se bat pas contre les dragons avec des faux emmanchées à l'envers !

Il remonta sur sa tribune improvisée, réclama le silence et s'écria :

– Mes compagnons, vous allez vous disperser et rentrer chez vous, sauf ceux dont nous allons faire l'appel.

– À Périgueux ! lança une voix.

– À Bergerac ! proféra une autre.

– Nous n'irons, répondit le chef, ni à Périgueux ni à Bergerac, du moins pour le moment. Notre but n'est pas de conquérir des villes, mais de vivre dignement et de nous faire respecter ! Si nous n'y arrivons pas, ce sera la guerre ouverte. N'oubliez pas que notre révolte n'est pas dirigée contre Sa Majesté mais contre ses commis qui vous mangent le cœur du ventre et les soldats qui vous brutalisent !

Il descendit majestueusement de son perchoir dans un tonnerre de vivats.

– Bien parlé ! dit Pierre. Tu les as fascinés.

On se pressait autour d'eux ; des paysans les

embrassaient ou leur tapaient sur l'épaule. Une femme vint baiser les mains de Grellety ; il la repoussa, disant qu'il n'était pas le Christ.

Il avait beau dire : pour cette masse de miséreux, il était le Christ armé du glaive de la vengeance, qui allait les délivrer des mange-misère et des soldats. Ils témoignaient leur ferveur à Pierre mais se montraient plus réticents avec Madaillan.

– Je trouve ces marques de vénération exagérées, dit Pierre. Madaillan risque d'en prendre ombrage.

– C'est déjà fait, dit Gorgetorte. On dirait un chien qu'on aurait privé de sa soupe…

2

LES MAÎTRES DU PARÉAGE

Pierre prit la tête d'Esther entre ses mains et couvrit de baisers son visage qui sentait la fumée et le graillon ; elle pleurait des larmes grises qui avaient le goût de la suie. Elle était belle comme un matin de brume et de pluie.

– Je t'avais promis que je reviendrais, dit-il. Tu vois, j'ai tenu parole.

– … et tu ne tarderas guère à repartir !

– Il le faudra bien. Les paysans ont fait de moi leur chef, et, sans chef, plus d'armée.

– Je suis fière de toi, Pierre. Mon père, ma mère, mes sœurs de même. Je veux te suivre.

Il sursauta, l'écouta ajouter du ton le plus naturel :

– Oui, te suivre, t'accompagner où que tu ailles. Il doit bien y avoir quelques femmes pour tous ces hommes. Il faut préparer leur manger, les soigner s'ils sont malades ou blessés. S'il n'y en a pas encore, je donnerai l'exemple !

Son visage se ferma lorsqu'il éclata de rire.

– J'ai un cadeau pour toi, dit-elle en retrouvant sa gaieté : cette bouteille que j'ai enveloppée de clisse de ronces où mettre du brandevin ou ce que tu voudras. Je veux qu'à chaque gorgée tu penses à moi. Je serai près de toi, de toute manière. Mon père est d'accord pour me laisser partir.

– Ton père est un brave homme, mais il n'a pas le sens commun ! Je lui parlerai.

– Ça sera inutile. Il dit que le Seigneur sait ce qu'Il fait, qu'Il dicte nos pensées et nos actes. Il souffrira de me voir partir mais il me laissera libre de le faire.

– C'est un raisonnement trop facile ! Ça veut dire que nous pouvons faire n'importe quoi, que nous sommes d'avance pardonnés ! Ton père est un drôle de paroissien...

À la veillée, devant une large platée de châtaignes et de raves, Pierre s'entretint avec Canteloube de la volonté manifestée par Esther et ne se priva pas de lui reprocher l'accord qu'il avait donné si facilement.

– Que veux-tu que je te dise ? répondit le charbonnier. Si je laisse partir Esther, j'en aurai le cœur meurtri, le Seigneur m'en est témoin. Si je refuse, c'est elle qui souffrira. J'aime pas voir pleurer mes filles...

Pierre promit de réfléchir. Rien ne pressait. Pour le moment, aucune femme ne s'était jointe au mouvement, mais il était vrai que, plus tard, lorsque la guerre annoncée aurait débuté, elles pourraient sans doute rendre des services.

Le lendemain, au moment du départ, il annonça qu'il ne tarderait guère à revenir dès que possible.

– Ça veut dire quoi : dès que possible ? s'insurgea Esther. À Pâques ou à la Trinité ? Et où je vais te trouver si j'ai besoin ou envie de te revoir ?

– Tu le sauras sans tarder. Aujourd'hui je ne peux rien te dire. Ça pourrait être dangereux...

Gorgetorte avait eu raison de le dire : Pierre Grellety ne resterait pas les deux pieds dans le même sabot. Il était tombé d'accord avec Madaillan, Gorgetorte et les autres chefs, sur un plan d'action.

Première précaution : faire du Paréage un territoire contrôlé par la rébellion ; en second lieu, procéder à des coups de main contre les postes occupés par l'armée, afin de se procurer des armes et des munitions ; ensuite, s'en prendre à des localités comme Vergt, Marsaneix, Cendrieux, Bassac, et s'y fortifier. Plus tard, si l'on en avait les moyens, on s'attaquerait aux villes... On éviterait les erreurs commises, trois ans auparavant, par Lamotte, qui avait envoyé ses troupes au massacre.

Il ne fallut guère plus d'une quinzaine pour que tout le Paréage fût sous la coupe des croquants. Chaque paroisse avait son chef, responsable d'une compagnie, son dépôt d'armes, de munitions et de vivres. On pouvait faire confiance à Sadoulet · ce diable d'homme savait - Dieu sait par quels moyens ! – comment se procurer le nécessaire pour substituer et s'armer convenablement. On ne faisait jamais en vain appel à ses services Il était pour l'armée des croquants la Providence incarnée.

Se procurer des vivres était la grande affaire. Les hommes qui, en permanence, suivaient les chefs, au nombre de deux à trois cents, ne pouvaient être à la fois au four et au moulin, travailler leurs terres et rester sous les armes. Fort heureusement, la saison froide n'imposait pas de travaux urgents.

Grellety fit appeler Gorgetorte et lui dit :

– Pour tenir nos hommes et assurer leur subsistance, je ne vois que deux moyens : lever chez les habitants une modeste contribution en vivres ou s'en prendre aux marchands qui vont de Périgueux à Bergerac et *vice versa*. Il faudra peut-être faire parler la poudre. Je m'en charge.

Il mit en œuvre sans barguigner les méthodes de tous les brigands du monde : guetter le passage des convois, les arrêter, les dépouiller, se retirer dans la forêt…

Pour son coup d'essai, il eut la main heureuse. Entre La Juillerie, La Trémouille et le château de Pouzelande, il intercepta, avec une vingtaine d'hommes, deux voitures chargées de céréales, destinées sans doute aux rations de Bayonne, convoyées par quatre mousquetaires à cheval. Comme le dit Gorgetorte, c'était l'occasion d'employer les « grands moyens » et d'éprouver la combativité des croquants. La poudre parla haut et fort dès que les soldats eurent allumé leur mèche. L'escorte perdit deux hommes, le reste fuyant à bride abattue. Outre le chargement, on se saisit de deux chevaux, mais, par politesse, on laissa quelques sacs au fond des carrioles. Grellety fit entreposer cette manne dans un *cluzeau,* aux mines de Ratias, en attendant mieux.

Ce guet-apens, je m'en souviens, fit grand bruit à Périgueux, à Bergerac, et jusqu'à Bordeaux. L'événement suscita des réunions de consuls, l'envoi de courriers de M. de Bourdeilles au prince de Condé, chef des armées pour la Guyenne, et au nouveau gouverneur, Charles d'Escourbeau, marquis de Sourdis, remplaçant du duc d'Épernon. Interrompre les relations entre Périgueux et Bergerac, c'était priver les marchands d'un commerce fructueux et les mener à la ruine.

L'insurrection prenait corps. À de rares exceptions près, la population des campagnes était acquise aux croquants et les aidait de son mieux.

Le Paréage n'était une contrée libre qu'en apparence : il restait encore, dans de gros villages, quelques compagnies de l'armée royale. Peu à peu, par sécurité, les soldats renonçaient à loger chez l'habitant pour se regrouper dans des postes qu'ils mettaient en défense.

– Nous allons leur montrer qu'ils ne sont pas les plus forts ! dit Pierre Grellety.

Il s'aboucha avec Madaillan, qui se tenait dans une maison forte, le manoir de Besse, au cœur de la forêt des Grandes Terres, dans l'intention de procéder à un coup de main sur Vergt, la position la mieux défendue du Paréage. Une centaine d'hommes s'y trouvaient rassemblés, avec un peu de cavalerie, mais sans la moindre bouche à feu.

– Ces bougres doivent s'ennuyer, dit Gorgetorte. Nous allons leur donner un petit bal à notre façon !

– Doucement ! dit Grellety. Un bal, ça se prépare.

Il décida d'envoyer son cousin Castanet, un brave homme très connu dans la région, sous prétexte d'y faire quelques emplettes, en fait pour récolter des détails utiles et savoir où l'on allait mettre les pieds.

Castanet partit à la fin de janvier, *balin-balan*, un panier vide au bras. C'était un garçon plein de finesse, qui ne laissait pas son jugement dormir comme dans un coffre. Sur le marché, à l'auberge, au cabaret, chez des gens de connaissance, il collecta ce qu'il put d'informations.

– C'est avec de petits détails, dit Paponnet, l'un des meilleurs lieutenants de Grellety, qu'on mène à bien les grands projets.

Avec les morceaux de laine récoltés par Castanet, Grellety tricota un plan subtil. On entrerait dans la bourgade avant le petit matin. De l'avis de Castanet, on devrait s'y introduire par le Vern, un *rivelet* large comme un compas de jambes, clair comme de l'eau de roche en amont, mais, sauf votre respect, tout merdeux à la sortie. Après, à la grâce de Dieu…

Grellety n'avait cure, comme l'avait fait le général de Lamotte avant la prise de Bergerac, d'aller faire retraite à Notre-Dame-des-Vertus. Il jugea préférable et plus agréable d'aller prononcer ses vœux, si l'on peut dire, à Jaure, où Esther se morfondait dans l'attente de la visite annoncée. Ils passèrent la nuit dans le Moulin-

Neuf qu'elle gardait propre et ordonné, comme s'ils allaient y finir leurs jours.

En reprenant la route, Esther accrochée à sa ceinture, il voulut laisser à Canteloube un pistolet et quelques balles. Fidèle à ses convictions religieuses, le bonhomme refusa : il n'avait jamais possédé une arme et n'allait pas s'en munir sur ses vieux jours.

– Esther, dit Pierre, je t'avais promis de revenir, et j'ai tenu parole. Je reviendrai bientôt, et alors, peut-être…

– Tu m'emmèneras avec toi ?

– J'ai bien dit « peut-être », si nous avons besoin de femmes pour préparer la tambouille et soigner nos blessés. Porte pas peine, ma jolie, je ne t'oublie pas…

Il pleuvait à seaux lorsque Grellety et les quelque trente compagnons qui l'accompagnaient abordèrent la bourgade de Vergt. La nuit était si épaisse qu'on n'aurait pu « distinguer, dit Gorgetorte, un curé d'un évêque ». Guidés par Castanet, ils entrèrent dans le lit du Vern qui était en période de grosses eaux et leur mouilla le cul.

Lorsque, ayant passé sous un ponceau, ils débouchèrent sur une placette noyée de pluie, Grellety dit à Gorgetorte :

– Tu vois cette sentinelle, là-bas, sous le lumignon ? Tu vas lui faire la boutonnière anglaise.

– J'ai affûté mon couteau avant de partir, répondit l'infirme. Il n'aura que le temps de faire « ouf ».

Gorgetorte exécuta sa mission avec autant de naturel qu'il eût mis à saigner un poulet. Il dit en revenant :

– Il n'a même pas fait « ouf ». La voie est libre.

Ils se glissèrent à travers la ville où pas une autre lumière ne clignotait à travers la bourrasque. Le corps de garde était proche de la halle où Castanet était allé faire son marché. Il savait y trouver une vingtaine d'hommes qui, en principe, devaient se tenir sur le qui-vive, le reste de la petite garnison étant cantonné chez l'habitant d'où l'on devrait la déloger.

Les croquants s'alignèrent le long du mur, de part et d'autre de l'entrée du corps de garde. Paponnet, qui avait un joli filet de voix, se planta devant et entonna la chanson de Biron. On entendit le bruit de la barre que l'on soulevait, celui de la porte qui s'ouvrait. Un soldat surgit et lança à l'intrus :

– Fous le camp, ivrogne, si tu veux pas que je te botte le cul !

D'un coup de sifflet, Grellety donna le signal. Ses hommes et lui pénétrèrent en force dans la salle de garde. Quelques soldats dormaient sur des panouilles de blé d'Espagne, à même le sol, tandis que d'autres se chauffaient devant la cheminée en jouant aux cartes ou aux dés.

La consigne était de ne pas faire de quartier ni de tirer un coup de feu pour ne pas donner l'alerte au reste de la garnison. On attaqua donc à l'épée et au couteau. Un homme, qui paraissait être le chef, n'eut que le temps de sortir son pistolet de sa ceinture : Gorgetorte lui fendit le crâne avec une bûche.

– L'affaire, dit Castanet, se présente mieux que je ne pensais. Qu'en dis-tu, Pierre ?

Grellety s'était assis sur un escabeau, les mains rouges de sang pendant entre ses genoux, l'œil hagard en contemplant cette hécatombe. Un petit sergent qui, n'ayant pas eu le temps de se défendre, s'était écroulé contre le montant de la cheminée semblait le regarder fixement.

– Eh, Pierre ! lança Gorgetorte, tu rêves ?

Les aboiements des chiens avaient alerté les habitants. Des volets claquèrent, des lueurs de chandelles fleurirent aux façades. Un homme en chemise, coiffé d'un bonnet, sonda l'espace autour de lui et, n'observant rien d'insolite, retourna se coucher.

Pour obliger les militaires dispersés dans le bourg à sortir de leur logis, les croquants se regroupèrent sous la halle qui occupe le centre de la ville. Elle les abritait de la pluie. Pierre prit le temps de la réflexion, mais il faudrait agir rapidement car le jour n'allait pas tarder à se lever.

– Alors, s'impatienta Piédefer, on attend le déluge ?

– Porte pas peine, souffla Castanet. La curiosité, comme la faim, fait sortir le loup du bois. Suffit d'exciter un peu les chiens.

Il prit un caillou et le lança contre une porte. Des aboiements retentirent, se répercutèrent dans toute la bourgade, repris en chœur, si bien qu'on vit les lumières s'allumer une à une et que, de nouveau, des dormeurs s'encadrèrent aux fenêtres, s'interrogeant sur l'origine de cette alerte.

Les soldats ne tardèrent pas à surgir, rajustant leurs chemises et leurs braies.

– Tous à plat ventre ! lança Grellety. Chacun son homme, si c'est possible.

La consigne fut de faire ce que Castanet appelait la « tactique du sac de blé » : rester à terre et faire le mort. Gorgetorte émit un léger sifflement et constata avec satisfaction que l'un des soldats se dirigeait vers lui à tâtons.

– Viens, mon mignon ! souffla-t-il.

Il l'appelait comme pour faire venir un chat. À peine le dragon eut-il pénétré sous la halle,

Gorgetorte lui enfonçait son couteau sous la ceinture et, de l'autre main, lui bâillonnait la bouche. Un autre soldat qui fonçait sur la salle de garde tomba dans le même piège et subit un sort identique. On eut moins de chance avec le troisième : il se débattit en hurlant, si bien que l'alerte générale gronda à son de trompe.

– Nous sommes cuits ! jeta Paponnet. Pierre, qu'est-ce que tu décides ?

Pierre interpella Thony Aubarbier, dit Queue-de-rat.

– Va falloir attirer le plus de monde possible au corps de garde. C'est là que les dragons vont se porter en premier. Tu as les grenades ? Bien. Alors fais-moi un joli feu d'artifice contre la porte.

Thony s'éloigna à travers l'ombre et la pluie, parvint, à proximité du corps de garde, à allumer sa grenade. Elle fit une brèche fracassante dans la porte. Un bref moment plus tard, une vingtaine de soldats s'immobilisait devant la bâtisse en attendant que l'épaisse fumée se fût dissipée.

– C'est le moment ! s'écria Pierre Grellety. Allons-y, les gars !

Ils sortirent en courant de la halle, se mirent en position à une dizaine de toises du corps de garde et firent un feu roulant qui ne laissait aucune chance aux dragons d'avoir la vie sauve.

Constatant qu'on voulait les attirer dans un piège, les soldats qui accouraient firent volte-face et se dispersèrent dans les jardins et la forêt. Il était trop tard pour leur donner la chasse, car, déjà, le jour se levait sur la colline de la Jaumarie. Il fallait décamper sans plus attendre pour ne pas risquer d'avoir sur le dos un peloton des cavaliers qui logeaient au château.

L'attaque de Vergt était pour nos croquants une première victoire. D'autres allaient suivre.

Dans le cabinet de M. de Bourdeilles que je quittais de moins en moins souvent, les missions à l'extérieur étant de plus en plus dangereuses, j'apprenais les nouvelles de l'insurrection au jour le jour, parfois heure par heure.

Peu à peu, les forces rebelles s'organisaient, sous la conduite de Grellety et de Madaillan. Ils avaient renoncé à attaquer les convois et se contentaient d'imposer les marchands d'une taxe du cinquième de leurs marchandises. Cela arrangeait tout le monde, les margoulins se rattrapant par des majorations de leurs produits, les insurgés, quant à eux, donnant à ces prélèvements l'apparence de la légalité.

Les croquants devenus collecteurs d'impôts ! Cela eût donné à rire si beaucoup n'avaient eu plutôt envie de pleurer.

3

LES PROMENADES DU SÉNÉCHAL

C'est en cette même année 1639, peu après l'attaque surprise des croquants de Grellety sur la bourgade de Vergt, que, sur ordre de mon maître, je dus me rendre à Périgueux. Je devais y rencontrer maître Pierre de Bessot pour un procès que le sénéchal faisait au maître de forges de Valeuil, sur la Dronne, non loin du hameau dévasté de la Lande, où Martille et moi allions jadis retrouver Martial, le déserteur devenu ermite. Le maître de forges en prenait à son aise en ouvrant des coupes claires dans les bois des Bourdeilles.

Bref, je restai trois jours à Périgueux et y serais demeuré plus longtemps, car une sœur de l'avocat me faisait les yeux doux.

La ville vivait en état d'alerte. Les exploits des croquants du général de Lamotte, il y avait quatre ans de cela, étaient encore vivaces dans la mémoire des bourgeois et des notables. Il s'en fallut de peu que l'on élevât une stèle à Séguy, le secrétaire du premier consul, jeté vivant dans un puits par des émeutiers.

Pierre de Bessot avait insisté pour me donner le gîte et le couvert, les auberges étant inconfortables et peu sûres. J'acceptai son hospitalité généreuse. Sa belle demeure de la rue Neuve n'était pas un palais, mais, quelle que fût la misère des temps, on n'y manquait de rien.

Au premier soir de mon séjour, afin d'honorer en ma modeste personne l'émissaire de messire le sénéchal, gouverneur de la province, l'avocat, qui partageait sa profession avec la charge de contrôleur de l'élection (il prononçait à l'ancienne : « contre-rôleur »), avait invité à sa table le procureur du roi, dont le nom m'échappe, le maire de la cité, Jean-Baptiste de Chancel, et son fils, un jeune officier du nom de La Veyssonie, ainsi que le lieutenant criminel du consulat, Martial d'Alesme.

Ce beau monde, auquel les épouses s'étaient jointes, avait eu à pâtir des exactions de ce qu'ils appelaient avec mépris la *croquandaille.* Exception faite du procureur, tous avaient souffert des excès de ces bandits : maisons incendiées, récoltes dévastées, manants enrôlés dans la horde malfaisante…

Je ne tardai pas à comprendre ce que ces messieurs attendaient de moi, sans que cela me fût confié expressément. Le concert de doléances qui s'éleva me confirma dans l'idée qu'ils avaient à se plaindre de l'apathie du sénéchal envers cette racaille.

Il est vrai que M. de Bourdeilles passait le plus clair de son temps à peser le pour et le contre, à couper en deux des poils de chèvre, comme on dit, sans parvenir à prendre un parti, ce qui était dans sa nature. Certains soirs où il abusait du brandevin après avoir lutiné ses concubines, il m'avouait d'un air désabusé que les problèmes dont souffrait son gouvernement lui faisaient passer des nuits blanches sans lui montrer la bonne voie.

Il m'avait confié récemment :

– Mon bon ami (c'est ainsi qu'il m'appelait lorsqu'il était en veine de confidences), mon bon ami, je suis dans la plus belle embrouille qui soit. Mon devoir de sénéchal m'ordonne de faire respecter l'ordre dans mon gouvernement, mais la prudence me conseille de prendre mon mal en patience. Je dispose, vous le savez, de forces suffisantes pour ramener les croquants à la raison en les étrillant, mais j'y répugne. D'ailleurs, si j'en fais massacrer cent, il en sortira mille de la forêt ! Mon bon ami, pourquoi en est-on arrivé là ? Si ces braves gens sont sortis de leur réserve et ont pris les armes, ce n'est pas de gaieté de cœur mais parce qu'on les y a poussés, en les traitant comme les esclaves de Pharaon ! Après avoir été pressés comme citrons par la noblesse, ils ont été affamés par les commis du roi. Que voulez-vous, mon bon Gratien, quand la coupe est pleine et qu'on en rajoute, elle déborde. Jugez de mon embarras…

Il ne m'avait pas demandé comment j'agirais à sa place, mais je devinais cette question dans son regard et dans sa dernière phrase.

– J'avoue, monseigneur, qu'il y a de quoi se faire du mauvais sang. Pourtant…

– Dites, mon ami !

J'avais appris récemment, au cours d'une mission à Chalagnac, que Pierre Grellety ne le tenait nullement pour complice des excès commis contre les paysans et qu'il manifestait publiquement le respect que le sénéchal lui inspirait. On m'avait même confié qu'il aurait répugné à prendre les armes contre sa troupe.

– Poursuivez, mon ami. Que me conseillez-vous ?

– De rassembler une centaine d'hommes et de traverser de bout en bout la forêt de Vergt.

– Tudieu ! Vous plaisantez ?

– Nullement, monseigneur ! J'ai la conviction que les croquants ne bougeront pas. Outre qu'ils n'ont rien contre vous, ils hésiteraient à engager une bataille rangée, ce qu'ils ont exclu de leur tactique. Ils mènent une guérilla, pas une guerre.

M. de Bourdeilles avait bougonné pour la forme et m'avait congédié d'un geste sec, mais je n'avais pas eu de peine à deviner que ma suggestion ferait son chemin dans sa tête.

Le lendemain, il m'avait convoqué dans son cabinet, m'avait serré contre sa poitrine, un geste qui ne lui était pas coutumier car il ne montrait guère ses sentiments, et m'avait confié que j'étais son *ange gardien,* ce qui m'avait gonflé de vanité, comme la grenouille dans la fable d'Ésope, mais sans me faire éclater. J'étais parvenu, par un simple mouvement de bon sens, à le faire triompher de cette dualité qui s'est toujours partagé son esprit.

Il m'avait révélé qu'il venait de prendre une décision *énergique* – un mot qui me surprit dans sa bouche – et qu'il allait sans plus tarder mettre sur pied une expédition dans la forêt de Vergt.

Je ne m'attarderai pas à parler de la soirée chez Pierre de Bessot, sinon pour dire que chacun y alla de ses soupirs, de ses larmes et de ses griefs contre le sénéchal. De toutes ces cassolettes brandies autour de moi montait un fumet qui n'avait pas l'odeur de l'encens. Je me gardai de révéler en détail le projet de M. de Bourdeilles, ce que les convives eussent accueilli par un concert de satisfaction. Je me contentai de supposer qu'il ne tarderait pas à mettre le cul en selle.

On me promit pour le lendemain un spectacle de choix. Une patrouille de dragons avait capturé, près de Coulomiers, deux croquants armés. On leur avait fait subir la question sans rien en tirer, avant de les exposer au pilori sur la place de la Clautre. On allait les pendre.

Je devais apprendre par la suite qu'il s'agissait de deux partisans de Grellety dont j'ai oublié le nom. Ils ne seraient pas les premiers ni les derniers à être branchés aux fourches d'Escornebœuf. Les autorités se donnaient, par cette exécution capitale, un avant-goût des massacres qu'ils espéraient.

Comme ce genre de divertissement m'est insupportable, je prétextai une affaire urgente pour m'y dérober.

Le lendemain, avant mon départ, je poussai jusqu'à l'Isle pour faire une petite visite à ma sœur. Je la trouvai comme d'ordinaire entourée d'une marmaille de diabloteaux criards et turbulents, auxquels elle distribuait avec générosité coups de gueule et mornifles.

Depuis que j'avais pris du service auprès du sénéchal, son attitude à mon égard s'était modifiée : elle me considérait comme une de ces *robes longues* qui se nourrissent de la misère du peuple. Je tentais de la dissuader, mais elle s'obstinait et me cornait aux oreilles, en brandissant le crochet qui sert à rapprocher la gabare de la rive :

– Tu vois cette *vergade* ? Elle peut devenir une arme redoutable ! Lorsque le peuple se soulèvera contre ton sénéchal de merde et tous les gens qui nous oppriment, je n'en ferai pas une fainéante…

Lorsque je retournai à Bourdeilles, mon maître était dans tous ses états. Il avait envoyé le capitaine de la place, La Grave, effectuer une levée chez quelques gentilhâtres de son gouvernement et dans les milices de Périgueux pour compléter ses propres forces, éventuellement, sous sa bannière aux pattes rouges de griffon.

Il me chargea de rédiger le texte d'une sommation aux paysans du Paréage pour leur intimer l'ordre de rentrer dans leurs foyers et de s'y tenir cois. Je fis en sorte, en évitant les termes comminatoires ou méprisants, que ce libelle ne fût pas un brûlot. À mon avis, mieux valait user de diplomatie que de menaces. Mon maître se rangea à cette opinion.

L'expédition quitta Périgueux sous les flonflons de la musique militaire, au milieu d'un grand concours de population, dans les derniers jours de janvier, par un temps clair et doux. Le sénéchal avait réussi à réunir environ deux mille soldats et comptait sur l'appui éventuel d'une troupe de *bonnets verts,* des paysans hostiles aux croquants, que devait commander le capitaine Jean Chaleppe, cette tête creuse qui, par étourderie, quatre ans auparavant, avait suscité les émeutes que l'on sait.

M. de Bourdeilles et son fils François se mirent à la tête de cette armée, flanqués du vice-sénéchal Hélie de Jehan et du maire de la ville, M. de Chancel. Il scinda le contingent en deux corps qui allaient s'engager de part et d'autre de la grande route qui traverse le Paréage. L'un alla camper à Atur et l'autre à Coursac, en tirant vers l'occident.

Pour ne pas donner aux partisans de Grellety l'impression que l'on menait contre eux une expédition punitive, on avait décidé de ne pas forcer l'allure.

M. de Bourdeilles avait tenu à m'avoir à son côté, entre Chancel et Jehan. C'était un grand honneur pour moi, simple intendant. Cela me permit de suivre de bout en bout ce que je considérais comme une simple promenade militaire et une démonstration de force, l'ayant moi-même suggéré à mon maître. Poltron comme je le suis, je n'en menais pas large, malgré ma conviction qu'il ne se passerait rien, et je priai le

Seigneur de n'avoir pas à faire usage de mes armes.

Pour sacrifier aux consignes, nous marchions au pas, en bon ordre, bannières déployées, précédés des tambours, tandis que de petits détachements sondaient les parages parallèlement à notre progression. De temps à autre, des détonations nous prévenaient de quelque engagement, avec les *fumières* des inévitables représailles qui s'ensuivaient, mais ces menus événements ne tiraient pas à conséquence.

Pourtant, à la tombée de la nuit, lorsque nous établissions notre campement, le bilan de la journée se révélait inquiétant : les détachements ramenaient cadavres et blessés, ainsi que quelques prisonniers conduits à Périgueux sous bonne escorte. Au retour de ces opérations, les officiers annonçaient des massacres qui n'existaient que dans leur imagination et n'avaient pour but que de s'attirer des compliments. L'ennemi, qui suivait l'armée en demeurant invisible, faisait un feu de roulement et se retirait prestement sur ses bases. C'étaient des tireurs redoutables ; comparés à eux, les gens de la milice n'étaient bons qu'à tirer les pigeons.

Un soir, un cavalier déboula sur nous alors que l'on installait le bivouac dans les prairies d'Église-

Neuve. Il tira un coup de pistolet en l'air en s'écriant :

– Nous venons de capturer Grellety !

– Tudieu ! jura M. de Bourdeilles, en voilà une nouvelle ! Si la chose est vérifiée, le combat va changer d'âme, comme M. de Corneille l'a écrit dans *Le Cid*...

Les cavaliers jetèrent à ses pieds un pauvre bougre qui avait encore le visage noir de poudre.

– Ton nom ? demanda le sénéchal.

– Piédefer, monseigneur.

– Ce n'est pas un nom mais un sobriquet ! Je te demande ton nom de famille.

– Piédefer, répéta le croquant.

– Ton nom, s'écria M. de Bourdeilles, je le connais : tu es Pierre Grellety, le chef des croquants !

– C'est beaucoup d'honneur que vous me faites, répliqua Piédefer, mais je ne suis pas celui que vous pensez.

Un jeune officier de la troupe du chevalier de Cablanc, un domaine proche de Saint-Mayme, s'avança et affirma qu'il s'agissait bien de Grellety, des Coustaudous. Il l'avait rencontré à plusieurs reprises. Il est vrai qu'il s'était rasé la barbe, mais on ne pouvait s'y tromper. Le croquant persista dans ses dénégations et s'écria :

– Grellety, vous ne l'aurez jamais ! il est courageux comme un loup et prudent comme un renard !

– Conduisez-le à Périgueux ! ordonna le sénéchal, et dites qu'on le mette à la question. Il finira bien par avouer…

Alors que se déroulait cet événement, j'étais parti avec un groupe de fourrageurs collecter quelques vivres. Si j'avais été présent, j'aurais pu confirmer les dires de Piédefer : je n'avais pas oublié la réception qu'il m'avait faite quelques mois auparavant.

À aucun moment de cette expédition, qui dura une semaine, avec une autre semaine pour le retour, après un bref séjour à Bergerac, le gros de la troupe ne connut la moindre alerte. Nous avions traversé des lieues et des lieues de forêt où il eût été imprudent de s'enfoncer, sans autre résultat que le massacre ou la capture de quelques maladroits pris les armes à la main. Lorsque nous passâmes à Saint-Amand-de-Vergt, j'entendis mon maître bougonner :

– Dommage que le temps presse et qu'il faille se résoudre à mettre l'arme au pied. J'aurais bien aimé faire une petite visite aux parents de ce maudit Grellety, qui demeurent près de Saint-Mayme, à ce que je crois. Ils ne perdent rien pour attendre…

Un signal de fumée apprit à Pierre Grellety qu'un accrochage s'était produit dans les parages d'Église-Neuve entre les croquants et les détachements envoyés dans la forêt par M. de Bourdeilles. Lorsque les rescapés le rejoignirent, ils lui annoncèrent la capture de Piédefer. Pierre blêmit, chancela. Comment était-ce possible ? Piédefer était l'un de ses meilleurs lieutenants.

– Par la Vierge de Bassac, dit Castanet, c'est une terrible nouvelle !

– Les soldats qui l'ont fait prisonnier en encerclant son poste sont persuadés de t'avoir pris, dit l'un des survivants. Il s'en est défendu, mais ceux qui l'ont emmené criaient qu'il mentait.

– Il serait bon, dit Gorgetorte, qu'ils continuent à s'imaginer que c'est toi qu'ils ont capturé. Ils vont se faire des illusions, croire que la partie est jouée. Nous allons leur montrer qu'ils se trompent.

– Piédefer... balbutia Grellety. Piédefer... On

peut pas le laisser entre leurs mains ! Faut aller le délivrer !

– Trop tard et trop risqué, objecta Paponnet. Il nous faudrait des chevaux pour rejoindre l'escorte qui doit le conduire à Périgueux.

– Je sais ce que tu ressens, Pierre, dit Gorgetorte. C'est ce que nous ressentons tous : une grande pitié. Mais l'heure n'est pas aux attendrissements. Nous avons encore du pain sur la planche.

Campé sur les crêtes, le petit groupe mené par Grellety suivit de l'œil le long cheminement de l'armée. On renonça à ces observations peu après Beauregard, avant d'atteindre les territoires placés sous l'autorité des consuls de Bergerac, puis on mit le cap sur le château de La Roussille, non loin de Sarlat, où les croquants avaient installé leur quartier général et leurs réserves de vivres et de munitions.

Cette forteresse démantelée, plantée au cœur d'une épaisse forêt, avait été la propriété, dans les temps anciens, d'Archambaud, comte du Périgord, dans les temps les plus sanguinaires de la Guyenne. Elle se présentait comme un enchevêtrement de murailles écroulées, de salles à ciel ouvert, de caves, de souterrains et de *cluzeaux*. Quelques postes disposés dans la forêt et des sentinelles au sommet de ce qui restait du donjon assuraient la sécurité de ce fantôme de pierre.

Le premier soin de Grellety, en retrouvant ce refuge, fut de prendre des nouvelles des blessés qu'on y avait transportés sur des civières de fortune. Il s'entretenait avec l'un d'eux sur les conditions de l'accrochage quand il aperçut, sous une fenêtre à demi voilée de lierre, une silhouette de femme qui lui sembla familière. Penchée sur son patient, elle renouvelait la charpie du pansement.

– Esther ! s'écria-t-il. Toi, ici ?

– Moi… dit-elle. Ça te surprend ? Je pouvais plus rester à Jaure. C'est miracle que je sois arrivée jusqu'ici.

Le troisième jour de l'expédition, M. de Bourdeilles avait envoyé une colonne d'une vingtaine de *bonnets verts* conduits par Chaleppe, vers le château de Jaure dont on disait qu'il était un repaire d'insurgés. Ils firent le coup de feu, en délogèrent quelques-uns mais ne purent les rattraper après qu'ils se furent dispersés dans la petite vallée du Vern.

Chaleppe allait s'en retourner, furieux de n'avoir mis la main que sur du maigre gibier de potence, quand, passant près du Moulin-Neuf, il constata que cette ruine avait servi de repaire à des rebelles : tout était en place, comme si ces hommes étaient partis pêcher et n'allaient pas tarder à revenir. Avisant une *fumière* montant d'une clairière voisine, il tomba sur Canteloube et l'interrogea sans ménagement. Le vieux fit la sourde oreille, déclara qu'il n'avait pas vu l'ombre d'un croquant sur ses terres, que le moulin ne servait d'abri qu'aux chasseurs et aux pastours. Chaleppe n'aimait pas qu'on le prenne pour un naïf. Il gifla le vieux, le fit rouer de coups et, comme il protestait qu'il disait vrai, les gueux l'attachèrent à une échelle et lui brisèrent les membres avec un manche de pioche, sans qu'ils pussent rien en tirer sinon des *Gloire au Seigneur,* et *Terre sainte.* Ils l'achevèrent en l'égorgeant. Avant de quitter les lieux, ils tuèrent le chien et firent brûler la masure avec les bêtes qu'elle abritait. Ils repartirent en emmenant la mère Canteloube et ses trois filles. À la faveur de la nuit, Esther était parvenue à fausser compagnie à ses gardiens en rongeant ses liens de corde mais n'avait pu délivrer les autres prisonnières.

– J'ai couru des lieues et des lieues pour savoir où je pourrais bien te trouver, ajouta Esther. Le curé de Saint-Mayme, ton ami Michel Gibiat, dont tu m'as souvent parlé, n'en savait rien. Il m'a conseillé de me renseigner à l'auberge de Vergt où tu as des amis. Le patron m'a dit que je te trouverais peut-être ici. Alors me voilà, Dieu soit loué ! Ça fait trois jours que je t'attends. Les journées m'ont paru longues.

Dès son arrivée, elle s'était proposée pour soigner les blessés et préparer leur nourriture. On ne manquait de rien : La Roussille était une véritable caverne d'Ali Baba, sur laquelle veillait Sadoulet.

– Je redoute le pire pour ma mère et mes deux sœurs, dit-elle. Que va-t-on leur faire ?

– Peut-être les mettre à la question, mais elles sont robustes et supporteront bien ces épreuves. D'ailleurs, on n'a pas trouvé d'armes chez toi.

Il ajouta, en la serrant contre lui :

– Esther, il faut être raisonnable. Ta place n'est pas ici, tu le sais. La vie que nous menons, le danger que nous courons… Et puis mes hommes verraient d'un mauvais œil que leur chef ait sa maîtresse avec lui, eux qui sont privés de leurs épouses ou de leurs compagnes.

– Et Madaillan ? Il ne vit pas avec des femmes, peut-être ? On dit même que ce sont des putains !

– Il a tort mais il fait ce qui lui plaît, sans se soucier des consignes, et quand il part en opération il est seul.

Il ajouta :

– Après le retour de l'expédition à Périgueux nous connaîtrons une trêve. J'en profiterai pour te trouver un refuge convenable. Des gens que je connais se chargeront de t'héberger.

Février macérait dans une brouillasse glacée. Des hauteurs de La Roussille on dominait un espace de pays qui s'enfonçait, colline après colline, dans un néant grisâtre. Certains jours, le ciel se déchirait comme un drap sale et de longues coulées de soleil faisaient émerger les coteaux bordant la radieuse vallée de la Dordogne.

Un matin, Esther rejoignit Pierre, en train de compulser le registre de ses effectifs, auquel Madaillan avait joint le sien propre. Il était assisté de son frère, devant un grand feu qui éclairait la voûte d'une salle éventrée.

– Nous avons perdu une trentaine d'hommes, dit-il en soupirant, mais nous en aurions perdu davantage si nous avions commis l'imprudence de livrer bataille au sénéchal, comme le voulait Madaillan.

Elle s'approcha de lui, pesa des deux bras sur ses épaules et lui glissa à l'oreille :

– Tu vas avoir une nouvelle recrue, Pierre.

– De qui veux-tu parler ? Où est-elle ?

Elle posa ses deux mains à plat sur son ventre.

– Elle est là, dit-elle, depuis moins de trois mois, mais je la sens bouger, ou du moins j'en ai l'impression. Dès que possible je ferai un pèlerinage à Notre-Dame-des-Vertus pour que ce soit un drôle.

– Toi, implorer la Vierge de Sanilhac ? Tu oublies que ta religion te l'interdit !

– Je le sais, mais je crois que mon père m'aurait laissée libre de le faire. Il disait que Dieu est le même pour tous et qu'il ne fait pas de différence entre huguenots et catholiques.

Elle ajouta en se renfrognant :

– Ça ne semble pas te faire plaisir !

Détrompe-toi, riposta-t-il avec vivacité. Je suis heureux de cette nouvelle, même si je le montre pas. Si c'est un garçon, je ferai un soldat de ce fils de proscrit. Mais, d'ici là…

Ils connurent des jours de bonheur, du moins je me plais à le croire. Joseph m'en a dit suffisamment durant nos longues veillées à Richemont pour que je puisse en douter. Esther, me dit-il, paraissait transfigurée, dans la plénitude de sa beauté ; son visage s'était affiné sans perdre ses couleurs.

Une récente escarmouche entre les hommes de Madaillan et un détachement d'Hélie de Jehan, près de Campsegret, avait amené à La Roussille quelques blessés ou éclopés.

– Et tu voudrais te débarrasser de moi ! s'écria Esther. C'est toi, peut-être, qui vas t'occuper d'eux, renouveler leurs pansements, leur faire des attelles, leur préparer des remèdes ? Que ça te plaise ou non, je reste !

4

« C'EST UN DÉMON QUE CET HOMME-LÀ ! »

Pierre de Bessot

Au mois de mai de cette année-là, j'assistai à une rencontre entre M. de Bourdeilles et le comte de Talleyrand-Périgord, seigneur de Grignols. L'entrevue se déroulait dans la grande salle des sénéchaux qui donne sur le moulin de la Dronne et l'ancien jardin d'Adèle.

André de Grignols était détesté de bon nombre de gens de tout milieu. Sa couardise n'avait d'égal que son goût pour le pillage et sa vanité. Je connaissais bien son repaire, une forteresse dressée entre Pissot et Neuvic-sur-l'Isle, pour y avoir négocié un achat de *brébiales.* Il n'était un secret pour personne, à commencer par mon maître, que ce personnage odieux nourrissait l'ambition de lui ravir son titre de sénéchal. Comme on dit à la cour, il *muguettait* auprès des hautes autorités de Guyenne, et notamment de son oncle M. de Sourdis, pour obtenir satisfaction. En vain. On le connaissait trop bien pour lui faire cet honneur.

Ce malotru portait l'orgueil et la prétention

jusque sur son visage, qui rappelait la tête d'un bouc dont il avait la barbiche. De même sur sa tenue : chapeau à l'allemande, constellé de médailles pieuses, casaque de buffle mordorée, aux tresses d'argent, sous un mantelet de mousquetaire

À peine avait-il mis pied à terre, accompagné de ses serviteurs comme d'une meute, une corde enroulée au pommeau de sa selle pour le cas où il trouverait quelque rebelle à pendre, il prit à partie mon maître, occupé à me dicter son courrier. Sur un ton ironique, en mordillant sa moustache, il glapit :

– Monsieur le sénéchal, je vous souhaite le bonjour ! Vous avez une mine de jouvenceau. Il semble que votre *promenade* dans le Paréage vous ait été profitable…

– Ma promenade, dites-vous ?

– Eh bien, quoi ? Quel autre nom donner à cette expédition dont on se gausse dans toute la province ? Et quels en furent les résultats ? Quelques escarmouches ? Autant dire que vous avez fait buisson creux. Et ce ne sont pas les quelques malheureux que vous avez capturés et fait rouer à Périgueux qui pourraient vous autoriser à pavoiser !

Je vis mon maître se lever lentement, avec effort, car il souffrait de la hanche, et balayer son visage d'un geste nerveux qui annonçait une lourde colère.

– Monsieur, dit-il, si vous venez céans pour m'insulter, mieux vaut que nous rompions sans plus tarder. Si vous voulez pousser plus avant, je suis votre homme !

Je surpris sur les traits du maroufle un tic nerveux qui faisait remonter convulsivement un coin de sa moustache et agitait sa barbe de bouc. Il reprit d'un ton plus accommodant :

– Ce que pensent beaucoup de gens, c'est que vous tenez à épargner les rebelles, à ménager la chèvre et le chou. On vous accuse même d'être leur complice, mais je ne puis le croire.

– Et qu'auriez-vous fait à ma place, monsieur le censeur ?

– J'aurais livré bataille à ces rustres, monsieur, et sans barguigner !

– Livrer bataille contre qui, je vous prie ? Bien qu'elles en aient eu l'occasion, les troupes de Grellety n'ont rien tenté contre moi. Pour livrer bataille, il faut être deux. Je n'ai vu des croquants que les rares qu'on a pu capturer. On ne se bat pas contre des ombres, monsieur de Grignols !

– Ces ombres, comme vous dites, vous ont tué une trentaine d'hommes ! Et je ne parle pas des blessés…

– Sans doute ne me feriez-vous aucun reproche

si j'en avais massacré quelques centaines ! Brisons là, monsieur. J'ai bien l'honneur…

Ce congé proféré d'une voix puissante, celle dont mon maître sait user dans des circonstances provoquant sa colère, laissa le pauvre Grignols pantois. Il fit trois pas en arrière et, au lieu de s'incliner en ôtant son chapeau à l'allemande, répliqua d'une voix aigrelette :

– Sachez, monsieur de Bourdeilles, que je n'en resterai pas là. Vos explications n'ont pu me satisfaire. J'en référerai à qui de droit, et vous aurez sous peu de mes nouvelles ! Je vous salue, monsieur !

– Et moi, monsieur, je m'en abstiendrai.

Il faut convenir que l'attitude de M. de Bourdeilles, au cours de son expédition, pouvait prêter le flanc à la critique. À Bordeaux, dans le cabinet de M. de Sourdis, on s'interrogeait sur les capacités du sénéchal à faire face à une situation qui, en dépit de ses aspects tragiques, tournait au ridicule : une poignée de croquants mettant en échec deux mille soldats ! On minorait à plaisir le nombre des insurgés, alors qu'ils se comptaient par milliers en Périgord et dans les contrées voisines, prêts à prendre les armes.

M. de Bourdeilles faisait mine d'ignorer ou de mépriser ces remontrances et ces critiques.

Sommé de se rendre à Bordeaux, il décida que je l'accompagnerais. C'est d'un autre dialogue, moins âpre, que je fus témoin entre le gouverneur et le sénéchal. Je ne puis qu'en rapporter l'esprit et l'essentiel.

M. de Sourdis n'était pas le premier venu. Estimé de Sa Majesté le roi Louis, il était soutenu dans ses ambitions et ses projets par le cardinal. À la fois administrateur et homme de guerre, il avait hérité du gouvernement de Guyenne après avoir exercé les fonctions de lieutenant général chargé des armées royales. L'année précédente, à Fontarabie, il avait infligé à la flotte espagnole une défaite cinglante, mais un retour de flamme l'avait désarçonné. Il avait rejoint à Bordeaux son frère, le cardinal François, dont le titre de gloire, outre d'avoir fait assécher des marécages entourant la ville, avait été de célébrer en la cathédrale Saint-André le mariage entre le roi Louis et Anne d'Autriche. Monseigneur François de Sourdis avait eu une mauvaise querelle avec le duc d'Épernon, qui, en public, l'avait injurié et roué de coups.

Oncle d'André de Grignols, le marquis de Sourdis avait été le premier informé de l'expédition dans la forêt de Vergt et de son échec. Qu'il en demandât raison au sénéchal était dans l'ordre des choses, et mon maître ne s'en offusqua nullement.

– Monsieur de Bourdeilles, dit le marquis, il m'est venu aux oreilles certains propos vous accusant d'avoir fait preuve, dans cette campagne, d'une singulière complaisance envers les croquants. Comme je connais bien vos états de service, qui sont irréprochables, j'ai peine à croire, de votre part, à de la faiblesse et moins encore à de l'incompétence...

M. de Bourdeilles cacha une grimace derrière sa main. Il était aisé de comprendre que ces coups de fleuret, même mouchetés, l'humiliaient, mais il était de taille à répondre, et il ne s'en priva pas, encore qu'il fût moins à l'aise qu'avec ce butor de Grignols.

Il rappela d'une voix posée le soin qu'il avait pris d'intimer aux croquants l'ordre de retourner dans leurs foyers, en menaçant de sanctions ceux qui eussent refusé d'obtempérer. Une copie de ces ordonnances avait d'ailleurs été communiquée au gouverneur. Discrètement, il rappela les motifs de cette révolte, sans pour autant pardonner aux rebelles.

Je sentais le marquis impatient de pousser plus avant. Il s'était levé et, de temps à autre, glissait un regard distrait sur le jardin de l'Ombrière d'où montaient, dans le soleil de février, des cris et des rires d'enfants. Il promena autour de son visiteur, comme pour l'investir, une obésité qui menaçait de faire craquer les coutures de son gilet de soie, puis, posant une fesse sur le rebord de sa table de travail, écarta d'un geste lent le crucifix de bronze qui voisinait avec l'encrier et reprit :

– Les sanctions dont vous venez de parler, monsieur le sénéchal, n'étaient-elles pas que d'intention ? Je ne sache pas que vous avez souhaité un engagement avec l'ennemi…

Le mot « ennemi » était de trop. M. de Bourdeilles se trémoussa sur son siège, prêt, semblait-il, à riposter, ce qui me donnait des sueurs froides. J'entendis mon maître reprendre le couplet qu'il avait entamé face à Grignols : il proclama qu'il avait pacifié le Paréage et capturé le chef des croquants, le nommé Pierre Grellety. Là, je sursautai : mon maître ne pouvait ignorer que le *cheffaillon* de deuxième ordre sur lequel on avait mis la main n'était pas Grellety mais Piédefer. Je craignais que M. de Sourdis ne fût informé de cette bévue. Il n'en dit rien et continua :

– Quoi qu'il en soit, monsieur le sénéchal, nous attendions une bataille et une victoire exemplaires sur ces manants. Pourquoi n'ont-elles pas eu lieu ?

M. de Bourdeilles, qui avait lu *Le Cid,* de Corneille, déclara sans se démonter :

– Je pourrais vous répondre que le combat cessa faute de combattants, mais en fait il n'y eut pas de combat parce qu'il n'y avait pas de combattants. On s'est plu à faire des contes sur ces rassemblements de paysans affamés et humiliés, mais la réalité est différente. Il est vrai que, de temps à autre, des croquants vont faire la bravade sous les murs de Périgueux, qu'ils pillent quelques convois. Autant dire du vent. Cette prétendue révolte n'est que de la poudre aux yeux !

Là, je frémis d'indignation. Mon maître savait pertinemment que les soulèvements de milliers de croquants en armes constituaient une menace permanente pour la province et que ce n'était pas de la poudre aux yeux. Ce n'était pas en minimisant les risques qu'il allait les écarter ! Par bonheur, le marquis ne semblait pas très bien informé de la situation, sinon, il eût réagi vertement. Il devait être préoccupé davantage du sort des armées qui défendaient nos frontières et de l'opinion qu'on avait de lui à la cour.

Le marquis ajouta d'un ton sévère :

– Monsieur, il faut en finir avec cette affaire et employer les moyens nécessaires à éteindre cette rébellion ! Installez une solide garnison à Vergt, qui, m'a-t-on dit, occupe le centre du Paréage, et organisez une nouvelle campagne. Les rebelles, dit-on, se cachent dans la forêt ? Eh bien, il faudra la détruire, l'incendier !

Détruire l'immense forêt de Vergt ! Mon Dieu, que de naïveté ou d'ignorance chez ce grand serviteur du roi ! Il poursuivit :

– Je veux des résultats, monsieur le sénéchal, et le plus tôt sera le mieux ! Dans les courriers qu'il m'adresse fréquemment, Son Éminence le cardinal de Richelieu me fait part de son impatience et de celle de Sa Majesté d'en finir avec cette rébellion qui prive nos armées de contingents qui seraient plus utiles aux frontières.

Il frappa du plat de la main sur la table et conclut d'une voix autoritaire :

– J'exige que vous capturiez tous les chefs de la rébellion, dans un mois ou deux au plus tard !

Ce ne furent pas les chefs de la rébellion que M. de Bourdeilles livra au gouverneur, mais un personnage qui touchait l'un d'eux au plus près. Et je dois dire que cette action n'ajouta rien à sa gloire et à son honneur.

C'est le curé de Saint-Mayme, Michel Gibiat, que je rencontrais parfois à la foire de Vergt, qui m'a parlé le premier du drame des Coustaudous.

– Les deux pauvres vieux qui vivaient là, me dit-il, auraient dû écouter leur fils et trouver un refuge où personne n'aurait pu les importuner. Le père Guillaume protestait que lui enlever sa maison et sa terre, c'était comme lui arracher la peau. Je suis moi-même intervenu sans arriver à le faire changer d'avis. Je le vois encore, planté devant moi, droit comme les ormes du château de Pelvézy et faisant « non » de la tête, obstinément. Voyez-vous, Donnadieu, ce bonhomme me ressemblait, au fond : il appartenait à sa terre *cum sudore, sanguine et carcere* – « par sa sueur, son sang et son cœur ».

Guillaume Grellety avait donc choisi de rester accroché à sa tenure avec sa vieille épouse, son chien et ses bêtes. Il faut dire qu'il avait atteint un âge où l'on ne peut attendre de la vie d'autre don que la vie elle-même, et qu'il s'était mal remis des épreuves que lui avaient fait subir les soldats.

– Il m'a fallu longtemps, a ajouté le curé, pour savoir qui avait guidé les soldats envoyés par M. de Bourdeilles jusqu'aux Coustaudous. Vous devinez peut-être de qui il s'agit ?

– Des gens de Fauchiéras ! Des Brunetaud !

– Tout juste ! Un des beaux-frères de Pierre, j'ignore lequel, a fait ce beau travail. Pierre n'a pas tardé à se venger et n'y est pas allé de main morte.

Bref. Voici les « reîtres » de M. de Bourdeilles, comme dit le curé, en campagne pour découvrir cette terre et cette maison des Coustaudous. Ils savaient où aller frapper pour trouver de l'aide : chez les Brunetaud de Fauchiéras, bien sûr ! Un des fils se fit un plaisir de guider ces messieurs. Peut-être agissait-il sans malice, le sergent qui menait le groupe prétendant porter au vieux Guillaume une simple assignation.

En fait d'assignation, le sergent, ayant poussé la porte, pointa son pistolet sur la tempe du vieux. J'imagine aisément le dialogue.

– C'est toi, Guillaume Grellety ?

– C'est moi. Que me veut-on encore ?

– Te faire faire un petit voyage à Périgueux.

– Rien à foutre à Périgueux.

– Suis-nous. Un geste de travers et tu es mort.

Là, Guillaume dut flairer l'embrouille. Il protesta et se débattit. Une torgnole l'envoya dans la cheminée, tandis que la vieille gémissait :

– Laissez-le tranquille ! Il a rien fait de mal !

– Il est le père de deux criminels. Ça suffit !

La Janille s'accrocha à son Guillaume avec tant de force qu'il fallut user de violence pour lui faire lâcher prise.

– Porte pas peine, dit-il tandis qu'on lui liait les mains dans le dos et qu'on lui entravait les pieds. Comme on n'a rien à me reprocher, on me relâchera vite.

– Voire ! dit le sergent.

On le poussa dehors à coups de pied et de poing. Les hommes s'attardèrent à vider la maison de tout ce qui pouvait s'y trouver de nourriture, de vêtements, de linceuls et de pots.

– Toi, la vieille, dit le sergent, tu vas monter dans ton grenier, rabattre la trappe et fermer ton clapet. Si tu bouges, ton homme est mort !

Il envoya ses hommes chercher des sarments et des fagots entreposés sous l'auvent et les entasser à l'intérieur. Ils y mirent le feu, bloquèrent la porte, tandis que le sergent et l'un de ses hommes maîtrisaient d'une main ferme le vieux qui se débattit en hurlant et que les cris de la vieille sortaient du grenier.

– Ils sont restés là, dit le curé, à regarder brûler

la maison, à écouter les bêtes se débattre dans l'étable et la vieille se lamenter dans son grenier. Ils ont attendu pour s'éloigner que l'incendie ait tout dévoré.

Ce qui devait suivre, je l'ai appris d'autre source.

Le sénéchal livra le père Guillaume au lieutenant criminel de Périgueux, Martial d'Alesme, qui, depuis l'incendie de sa belle demeure de Meycourby, gardait rancune aux croquants. Bien qu'on n'eût pas grand-chose à tirer du vieux, ignorant qu'il était de l'endroit où se trouvaient ses deux fils, on lui fit subir les tourments d'usage, à commencer par le cordil : on lui fit enjamber un chevalet en lui liant les poignets d'une corde liée à un treuil et l'on procéda à l'étirement. Comme on le questionnait en *franchiman* et qu'il ne savait que le patois, il ne comprenait toujours pas ce qu'on attendait de lui. Il gémit quand ses muscles se déchirèrent, mais sans proférer d'autres mots que : *Que volès ?* (« Que me voulez-vous ? ») Des bras on passa aux jambes. Au sixième étirement, alors que ses membres étaient désarticulés, il tomba en syncope.

Quelques jours plus tard, après de nouvelles épreuves sans autre résultat, on le hissa dans une charrette, en compagnie de Piédefer, pour les conduire à Bordeaux. Ils étaient l'un comme l'autre tellement perdus dans leurs douleurs et leur misère qu'ils n'échangèrent pas un mot de tout le trajet.

Piédefer passa le premier sur la roue, dans le grondement des tambours. On dut hisser le père Grellety sur l'échafaud car il ne tenait plus sur ses jambes. Il fallut au bourreau trente coups de barre de fer pour arracher la vie au corps de granit de ce vieil homme.

Grellety était à Villamblard, en train de ferrer son cheval, quand Gorgetorte vint lui annoncer la nouvelle. Il chancela, blêmit, laissa échapper le fer porté au rouge, qui tomba au fond du baquet et, ce qui n'était pas dans ses habitudes, poussa un juron. Il s'éloigna seul à travers la bourgade, en quête d'un cabaret, s'y enivra et, au retour dans la nuit, eut du mal à retrouver le chemin de La Roussille. Il réveilla Joseph, le mit au courant et annonça son intention de tirer vengeance de cette exécution qui témoignait de l'impuissance des autorités à mettre la main sur lui.

– C'est un acte stupide et lâche ! dit-il. Nous ne pouvons le laisser impuni.

– Je t'aiderai, dit Joseph.

Gorgetorte lui demanda ce qu'il comptait faire pour se venger.

– Ça me regarde ! dit Pierre d'une voix sombre.

– Pas de bêtises, hein ? Une vengeance, ça se prépare. Si tu veux…

– Laisse-moi, je te dis ! C'est notre affaire, à mon frère et à moi, et à personne d'autre !

Esther elle-même ne put en tirer rien de plus. Lorsque, le lendemain, elle le vit seller sa monture, placer ses mousquets dans ses fontes et ses pistolets dans sa ceinture, elle lui demanda où Joseph et lui comptaient se rendre.

– Joseph ne bougera pas d'ici, dit-il. Il faut bien que quelqu'un reste. Porte pas peine : je serai revenu dans quelques jours si tout se passe bien.

Prenant par la forêt, il piqua droit sur les Coustaudous. Une âcre odeur de fumée le prit aux narines quand il aborda la pièce d'eau précédant la maison. Il trouva à l'intérieur le cadavre calciné de sa vieille mère, pleura longtemps, à genoux, sur ce qui restait du parquet. Dans sa couverte de soldat, il rassembla les restes de sa mère et alla les enterrer à proximité, avec une petite croix de bois sur cette tombe improvisée. Au retour, il chassa les chiens sauvages qui s'acharnaient sur les charognes des bêtes.

Après avoir passé la nuit dans la grange épargnée par l'incendie, il alla rendre visite au curé de Saint-Mayme et bavarder avec quelques connaissances. Un pastour raconta qu'il l'avait vu, le même jour, rôder autour de la ferme de Fauchiéras. Trois jours après, il était de retour.

Une semaine plus tard, on retrouvait, une balle dans la caisse, au creux d'un fossé, le cadavre du Brunetaud qui avait guidé les soldats, à deux pas de sa demeure qui venait de brûler.

Ceux qui vivaient dans l'entourage de Pierre et le rencontraient à toute heure, le trouvant toujours de belle humeur, songèrent que, depuis le drame des Coustaudous, il n'était plus le même. La moindre contrariété le jetait dans des colères froides. Il usait même d'un langage d'une rare brutalité envers des paysans qui arrivaient en retard à un rendez-vous. Ni Joseph, ni Esther, ni Gorgetorte n'échappaient à ces humeurs.

Au cours des rares engagements qui se déroulèrent ce printemps-là, il combattit comme un fauve, insoucieux des balles qui lui sifflaient aux oreilles, semblant jeter un défi à la mort. Lui qui avait toujours répugné à tuer se sentait gagné par une joie mauvaise en jouant du mousquet ou de l'épée. Il entrait dans la bataille comme dans une danse de mort, indifférent aux conseils de ses proches, sourd aux supplications de ceux qu'il passait par les armes.

Les images qu'il avait vues aux Coustaudous, celles qu'il imaginait de son père livré à ses tortionnaires puis au bourreau le hantaient le jour et la nuit, il s'éveillait brusquement, se mettait à geindre ou à hurler. Esther l'apaisait, le berçait comme un enfant malade, lui rappelait qu'elle était passée par les mêmes épreuves.

Un jour, à quelque temps de là, il s'en prit, Dieu sait pourquoi, à son frère, lui reprochant d'avoir abandonné la ferme alors que sa présence dans l'armée des croquants ne s'imposait pas. Joseph eût pu riposter vertement ; il se contenta de répondre :

– Crois-tu que je ne souffre pas, moi aussi ? Mais que veux-tu, personne ne nous ramènera nos vieux. Ce qui est fait est fait. Cesse de te ronger les sangs et de te conduire comme un sauvage. Dis-toi que nous trouverons notre vengeance dans la réussite de notre mission.

– Notre mission ? dit Pierre d'un air égaré. De quelle mission parles-tu ?

Ce mot qui l'avait exalté, qu'il prononçait lui-même souvent, lui semblait creux. Il semblait avoir perdu toute confiance et tout espoir de voir la rébellion maîtresse du Paréage puis de la province tout entière. Il avait brassé les utopies, avait rêvé Dieu sait quoi, une principauté, peut-être, où il ferait régner la tolérance, l'équité, la prospérité – la « Terre de Canaan » dont Michel Gibiat lui parlait jadis sous le gros tilleul de son jardin en lui apprenant à lire et à écrire. Il y avait cru ; il n'y croyait plus. Si un tel paradis existait, ce ne pouvait être que dans un autre monde.

Pour l'heure, il en allait tout autrement.

Pierre et Joseph régnaient sur un désert que les troupes du sénéchal traversaient pour ainsi dire sans encombre. Les seuls succès dont ils pouvaient se prévaloir, outre la bataille sanglante de Vergt, c'étaient des escarmouches de brigands dont on ne tirait aucun profit notable et les subsides imposés aux négociants de passage.

Cela méritait-il le nom de victoire ?

Un matin de mars, alors qu'il cheminait botte contre botte avec Joseph, Pierre lui dit :

– Dieu m'est témoin que j'avais du respect pour le sénéchal et qu'il me le rendait en sympathie, mais je ne puis lui pardonner la mort de nos vieux et l'humiliation qu'il nous inflige en prétendant être le véritable maître du Paréage. J'ai parfois envie d'aller frapper à sa porte pour connaître le fond de son sentiment à notre égard.

– Ce serait une imprudence et une sottise inutiles. Bourdeilles serait trop heureux de te mettre la main au collet et de t'envoyer sur la roue. Ne va pas lui donner à la fois ce plaisir et cette gloire !

Pierre avait appris la visite que le sénéchal avait faite au gouverneur et ce qu'il en était résulté : l'ordre de M. de Sourdis de capturer les chefs des croquants, et pas le pauvre Piédefer, qui n'était qu'un modeste lieutenant.

– J'ai bien réfléchi, dit-il. Nous ne pouvons, après ce qui s'est passé, rester l'arme au pied indéfiniment. Je veux montrer au sénéchal qu'il se trompe en nous mésestimant et s'il croit nous impressionner en torturant et en tuant nos parents et nos compagnons… Nous allons lui montrer que nous existons et qu'il doit compter avec nous. Si nous parvenons, par un coup d'éclat, à rabattre son orgueil et sa prétention, nous finirons peut-être par nous faire craindre de lui et mériter sinon son amitié, du moins son estime.

Ils chevauchaient sur les hauteurs de Beaumont d'où le regard, où qu'il se porte, découvre l'immensité d'un monde qui leur appartenait.

Lors de son bref séjour à Richemont, Joseph Grellety m'a raconté l'entrevue orageuse que son frère avait eue avec le sinistre Madaillan.

L'ancien officier de l'armée royale suédoise, devenu maître de camp du général de Lamotte, avait établi ses quartiers dans les parages de Sainte-Alvère. Il occupait la gentilhommière dont il avait expulsé le propriétaire, ennemi déclaré des rebelles. Il menait là une vie de satrape et semblait avoir oublié, dans les délices de cette Capoue périgourdine, le conflit dans lequel il s'était engagé.

Ce qui avait provoqué la colère de Pierre et motivé cette entrevue, c'est son refus d'obtempérer à une convocation.

– Je comptais sur ton appui, dit-il d'un ton âpre, pour le coup de main que nous avons tenté contre le poste militaire de Cendrieux. Tu as brillé par ton absence, si bien que l'affaire a failli tourner mal. Cela porte un nom : refus d'obéissance !

Rouge de colère, Madaillan avait bondi en s'écriant :

– Pour qui te prends-tu, Grellety ? Pour un généralissime ? As-tu oublié que nous partageons le commandement de notre armée et que je n'ai pas d'ordre à recevoir de toi ? Tu sais que je n'étais pas d'accord pour cette opération sur un poste qui comportait un fort détachement et des couleuvrines !

Il fallut que Joseph intervînt pour éviter qu'ils n'en viennent aux mains. Soufflant comme un bœuf, les traits tirés, Pierre laissa la colère refluer en lui et fit un pas de clerc.

– Soit ! dit-il. Je retire le *refus d'obéissance,* mais il reste que tu nous as fait faux bond sous de mauvais prétextes. Tu as préféré, plutôt que de risquer ta peau, paillarder avec tes catins ! Pendant que nous nous battions, le « fier Madaillan », comme on dit, lutinait ses drôlesses !

– Tu ne peux me reprocher de rester inactif ! hurla Madaillan. J'ai attaqué, tu le sais, le poste de Salon…

– … et tu as pris la poudre d'escampette quand les mousquets se sont mis à péter ! Comme dans l'affaire de La Sauvetat !

Joseph se dit que, cette fois, l'entretien risquait de se terminer par un duel. Si l'on en était arrivé à cette extrémité, son frère n'eût pas eu la partie belle, son adversaire ayant la réputation d'excellent bretteur. Il intervint de nouveau pour les séparer, ajoutant :

– Le mieux, si vous voulez mon avis, est que vous n'ayez plus de rapports de parité et que vous meniez le combat chacun de votre côté et à votre convenance. Êtes-vous d'accord ?

– Je ne vois pas d'autre solution, dit Pierre.

– Je suis d'accord, ajouta Madaillan. Je te laisse le commandement dans le Paréage et je reste vigilant sur le sud de la province.

– Tu n'as pas la plus mauvaise part, observa Pierre.

– Peut-être, mais toi, Pierre, tu as intérêt à te tenir à carreau. Je viens d'apprendre que le sénéchal a décidé de frapper un grand coup, cette fois-ci avec la troupe de Grignols. Il veut ta peau ! Je te souhaite bonne chance. Si d'aventure mes services et ma compétence peuvent t'être de quelque utilité, tu pourras toujours frapper à ma porte. Nous sommes embarqués dans la même cause, ne l'oublie pas.

Décidément, ces deux hommes étaient irréconciliables.

Les chiens sauvages sont revenus cette nuit et ont mené grand tapage. L'odeur de mes moutons doit exciter leur appétit, car, durant deux heures, ils n'ont cessé d'aboyer, de hurler et de geindre devant la bergerie.

Sur la mi-nuit, j'ai pris mon mousquet et, par une fenêtre ouvrant sur la forêt, j'ai tiré deux coups de feu dans la masse grouillante de ces affamés. Je suppose qu'ils se sont rués sur les blessés pour les dévorer, car, au matin, je n'ai retrouvé que des restes de charogne. Je sais qu'ils ne tarderont pas à revenir.

Cela va faire trois jours que je n'ai pas de nouvelles de Mondine et de Joseph. À l'heure qu'il est, ils doivent franchir les Alpes où l'on dit que la neige vient plus tôt que chez nous. Dans une semaine, ils devraient être rendus à Vercelli. Dieu les garde.

J'ai poussé ce matin jusqu'à Bourdeilles sur mon bourricot. Il fait un de ces agréables temps d'automne, chauds comme une miche sortie du four, mais j'ai la tristesse au cœur. On vient d'enterrer l'épouse de mon maître, cette Madeleine de La Chastre qui a laissé dans ma mémoire des traits de feu et l'amorce d'une passion charnelle, au temps où mon Adèle était dans sa fleur et où nous badinions dans le potager du moulin.

Mme de Bourdeilles était devenue énorme, avec un teint jaune comme de la mauvaise cire de curé. Impotente, on peut le dire, ou presque. Elle souffrait surtout du ventre. Il était comme un champ de bataille plein de bruits étranges et dérangeants car, malgré l'âge, ou peut-être à cause de lui, elle était devenue une forte mangeuse : un poulet entier ne lui faisait pas peur et il lui fallait deux bouteilles de vin des Balands à chaque repas. Lors de ma dernière visite, elle m'entretint de ses maux en se faisant éventer par le négrillon que le sénéchal lui avait acheté, à Bordeaux, au patron d'un navire de « bois d'ébène », pour son anniversaire. Elle avait ses vents, comme elle disait, et devait se lever fréquemment pour aller se soulager sur la terrasse.

À ma visite de ce matin, j'ai trouvé M. de Bourdeilles abattu, le teint verdâtre, la barbe négligée sur son visage verruqueux. Il était accroché aux bras de son fauteuil comme s'il allait sombrer. Et c'est bien l'image d'une noyade qu'il donnait.

Avec l'âge, il rabâche. Nous avons passé une heure à creuser dans le puits aux souvenirs, mais ce sont toujours les mêmes qui remontent à la surface : ses *promenades* dans la forêt de Vergt, la trouble sympathie qu'il manifeste à Grellety, la détestation qu'il voue à ceux qui dérangent l'ordre dont il a toujours la charge, les batailles de l'année 1640, dont j'aurai à parler… Je l'ai écouté patiemment en hochant la tête et en ajoutant à ses vaticinations quelques détails qu'il avait oubliés. Dieu merci, j'ai une meilleure mémoire que lui.

Il s'est débarrassé de la plupart de ses domestiques : son palefrenier qui le trompait sur l'avoine, le négrillon qu'il avait revendu à perte aux Grant de La Tour-Blanche, et même cette grande fillasse qui lui faisait des gentillesses quand son vieux sang s'échauffait.

À ma grande surprise, il m'a parlé de son oncle, Pierre de Brantôme, en me demandant – comme s'il l'ignorait ! – où se trouvent ses manuscrits. Oubliant leurs mauvais rapports, il me dit :

– Il faudra vous préoccuper de faire imprimer ces ouvrages, mon ami. Il ne manque pas de libraires à Paris, en province ou dans les Pays-

Bas, qui pourraient s'en charger. Je n'ai jamais eu l'occasion de me plonger dans ces écrits, mais je suis convaincu qu'ils méritent d'être connus. Qu'en pensez-vous ?

Que répondre ? Je me sens incapable et trop vieux pour prendre en main une affaire de cette importance. Me voit-on partant pour Paris ou les Pays-Bas, traînant la malle de clisse sur ma mule ? D'autres s'en chargeront, si cette œuvre passe à travers les mailles de la censure du roi et de l'Église, car certains livres, comme la *Vie des dames galantes,* sont d'une insigne immoralité et ne pourraient se répandre que sous le manteau. Naguère, je feuilletais ces écrits avec un plaisir trouble. En d'autres temps, ils auraient fini leur carrière dans un autodafé, sous le signe de la croix.

Le temps chaud, quelques petites pluies vespérales promettent une bonne récolte de truffes pour la fin de l'année. Je suis passé récemment dans ma truffière des environs de La Tour-Blanche et j'ai constaté que ces promesses ne tarderont guère à se concrétiser.

5

UN PRINTEMPS DE GUÉRILLAS

L'année 1639 avait débuté avec la prise d'armes des croquants sur la colline du Tach ; elle se poursuivit au printemps et en été par des escarmouches, des attaques de postes par les rebelles, des exécutions de prisonniers à Périgueux.

À Sarlat, une brève mais fulgurante épidémie de peste emporta un tiers de la population. J'appris que maître Bouyssou, le père de ma première épouse, qui venait d'entreprendre la construction d'un couvent de cordeliers, y perdit la moitié de sa famille. Devenu veuf, il abandonna son chantier pour se retirer dans son village de Monpazier. On ne sait en vertu de quelle fantaisie la peste, ayant sévi à Sarlat, se retira au bout d'une semaine ou deux en laissant de la terre remuée dans le cimetière dominé par la lanterne des morts.

Pierre Grellety restait sur le qui-vive. Il attendait, sans impatience semble-t-il, les batailles que Madaillan lui avait annoncées. D'où le satrape tenait-il ce renseignement ? Je l'ignore, mais ce personnage douteux devait avoir des accointances avec les autorités. J'en mettrais ma main au feu, informé que je fus par la suite du double jeu qu'il menait dans le dos et à l'encontre de son ancien associé.

S'il ne fit guère parler de lui durant l'été que j'évoque, il allait se rattraper par la suite...

À la fin du printemps de cette année, Esther donna naissance à un garçon que l'on prénomma Guillaume pour rappeler la mémoire du grand-père. Ce tardillon – Pierre avait passé la quarantaine – était potelé, vif et rose comme un porcelet dont il avait, me dit Joseph, toute l'apparence, sauf qu'il avait les traits délicats de sa mère. Les parents étaient aux anges. Guillaume poussa dru sous le regard attendri de ses parrains et marraines : Joseph, Gorgetorte et deux femmes de Sainte-Alvère qui avaient pris du service pour soigner les blessés.

Chaque matin, dans une poudre de soleil, Pierre quittait son refuge pour aller inspecter les petites unités installées dans les hameaux, les villages ou au cœur de la forêt.

Depuis la naissance de Guillaume, il avait bien changé. La bête fauve qu'il était devenu après la mort de ses vieux avait fait place à un personnage plus humain. Aucun événement n'aurait pu provoquer en lui la moindre faiblesse mais il restait tolérant envers son entourage. Jamais il n'avait été aussi populaire dans le Paréage, où l'on n'aurait pu trouver une trentaine de paysans capables de le trahir. Ceux qui, talonnés par la misère, montaient demander asile à La Roussille étaient accueillis comme des frères malheureux. S'ils ne restaient pas tous à ses côtés ils ne repartaient pas sans avoir reçu des secours.

Il veillait à ce que les hommes dispersés à travers la forêt – environ deux cents seulement, mais de vrais soldats – eussent tout à leur convenance et pour leur sécurité.

À leur corps défendant, ce sont les bourgeois de Périgueux qui permettaient à la rébellion de survivre : qu'il s'agisse d'un convoi de charbonniers, de marchands d'étoffes provenant des ateliers de la cité, de négociants en fer façonné dans les forges de l'Isle, ils devaient cracher au bassinet et payer l'impôt du cinquième sous peine de se voir enlever tout leur chargement. C'est ainsi qu'à La Roussille et dans tous les postes les rebelles ne manquaient de rien.

Les autorités de Périgueux s'impatientaient : que faisait le sénéchal ? Pourquoi se contentait-il de ces promenades militaires inutiles et ridicules ? Qu'attendait-il pour organiser une véritable expédition ? Certains le taxaient de mansuétude envers les paysans ; d'autres l'accusaient de collusion. Et Périgueux était pour ainsi dire en état de siège et coupée de ses rapports avec Bergerac ! Le Paréage ressemblait, disait-on, à cette contrée sauvage du Limousin, le plateau de Millevaches, où aucune force armée n'osait s'aventurer.

Du haut de la cathédrale Saint-Front et des demeures bordant le pont de Tournepiche, des guetteurs surveillaient les alentours, prêts à faire donner le beffroi. De temps à autre on voyait surgir, tambour en tête et bannière au vent, un parti de croquants venant battre l'estrade devant les remparts. On hissait le pont-levis, on barrait les portes, mais, le temps de prévenir la milice bourgeoise, les brigands avaient pris le large.

Le jour où ils incendièrent un moulin de l'Isle, le meunier leur ayant refusé un sac de farine, on se dit que la coupe était pleine.

D'autres soucis, et non des moindres, allaient accabler les habitants.

Les pluies diluviennes de l'hiver firent déborder ruisseaux et rivières, emportant ponts et chaumières. Certaines vallées se transformèrent en marécages ou en lacs où le bétail restait figé, avec de l'eau jusqu'au paleron. L'Isle faillit balayer le pont de Tournepiche et le moulin de Cachepoil, qui eut sa roue arrachée par le torrent. À Bourdeilles, la Dronne, ne voulant pas être en reste, nous enleva trois moulins qui, depuis, sont restés à l'état de ruines. Peu avant Noël, nous repêchâmes, vivant mais mal en point, sous le village de Valeuil, un *roumiou* qui allait vénérer le saint suaire de Cadouin et la sainte épine de Montréal.

De tout cet hiver, pas une seule opération militaire ne fut entreprise par le sénéchal ou les gentilshommes. La plupart restèrent à souffler les charbons en attendant la fin du déluge.

À La Roussille, on craignit pour la santé du petit Guillaume. Il souffrit durant une quinzaine de ce que le mire de Sainte-Alvère appelait une *toux de terrier*, pour dire qu'elle venait du plus profond de la poitrine. Seul, dit-il, le lait d'ânesse était capable de le guérir. Pierre envoya Castanet en chercher une qui eût encore du lait ; il la trouva dans les collines de Campsegret et la paya fort cher. Le remède fut bénéfique : dans les premiers jours de février, le petit Guillaume se remit à gazouiller et à faire des risettes à cette grande brutasse de Gorgetorte qui en avait les larmes aux yeux.

Toujours campé dans son manoir de Sainte-Alvère, Madaillan ne se manifestait auprès des Grellety que pour réclamer sa part des péages prélevés sur les marchandises en transit. Il faisait alterner ses bamboches et ses amours orientales avec des *boumianes* de passage. Ivre du matin au soir, il semblait se soucier comme d'une guigne de reprendre les armes le printemps venu.

La Guyenne n'était pas la seule province de France à connaître les affres de la guerre civile.

Au cours de son voyage à Bordeaux, à la requête du gouverneur, M. de Bourdeilles m'informa des événements qui se déroulaient en Normandie. Des bandes organisées, les Nu-Pieds, s'étaient rendues maîtresses de la plus grande partie du territoire, ainsi que de cités aussi importantes que Périgueux.

Alerté par les dimensions que prenait cette insurrection paysanne, le Conseil royal décida d'y envoyer, plutôt que des troupes composées de Français, des mercenaires étrangers qui se montreraient moins complaisants avec ces révoltés. Il y eut des villes prises d'assaut, des batailles rangées, puis une trêve, mais le feu couvait sous la cendre.

M. de Bourdeilles avait ajouté :

– Je réprouve ces méthodes cruelles. Que des

soldats s'affrontent, s'étripent, c'est leur affaire. Qu'ils s'en prennent à la population, je ne puis l'admettre. Il y a eu, dans cette campagne, des abus terrifiants. Ce ne sont pas les insurgés qu'on aurait dû pendre mais les officiers !

Comme je l'écoutais, bouche bée, stupéfait, sans réagir, il me lança :

– Eh quoi ! me preniez-vous pour un monstre ?

Durant ce même hiver, en dépit des intempéries, j'eus l'honneur d'assister à un grand événement : le mariage du comte de Grignols et de Marie de Courbon, fille du sire de Roumégoux. J'ai gardé dans l'oreille la voix claironnante du hobereau emplumé et dans ma mémoire ses vantardises : il se proposait de nettoyer la région de la vermine qui la rongeait. Il voulait parler des croquants, on l'aura compris. Il y eut des sourires dans l'assistance et des quolibets en coulisses. Mon maître, lui, ne souriait pas, persuadé que cette hâblerie était dirigée contre lui. Grignols en voulait à son titre.

Peu après l'affaire des Coustaudous, la demeure des Grellety, ou du moins ce qu'il en restait, ainsi que leurs terres furent l'objet d'une vente aux enchères. Il se trouva beaucoup de monde sur les lieux, mais ces biens ne trouvèrent pas d'acheteur, les croquants s'étant, par solidarité avec les victimes, opposés par la menace à cette transaction. Il planait d'ailleurs sur cet endroit une sorte de malédiction qui serait longue à se dissiper.

Au début de l'année 1640, le vent tourna sur les frontières, au détriment des Espagnols. Arrivés devant Corbie trois ans auparavant, ils avaient dû faire retraite vers les Flandres, talonnés par une armée que commandaient le roi et le cardinal en personne. En Piémont, les troupes françaises réoccupaient une à une les places prises par les gens du roi Philippe. En Roussillon, le fort de Salses tomba entre nos mains. Portée à plus de cent mille combattants, notre armée affirmait sa puissance sur tous les fronts.

Et pourtant, avec deux échardes dans les talons, la guérilla dans la Normandie et le Périgord, l'autorité royale boitait bas. En Normandie, après les sévices des mercenaires étrangers, le chancelier Séguier avait décidé de prendre lui-même l'affaire en main et d'employer les grands moyens pour ramener l'ordre. En Périgord, la rébellion semblait somnoler ; elle ne dormait que d'un œil.

Durant ce printemps 1640, les messieurs de Périgueux firent une fête pour célébrer la première offensive sérieuse qui se dessinait contre la croquandaille. On déploya les banderoles de la dernière Saint-Jean, on fit sur la place de la Clautre des libations qui dégénérèrent en beuverie, et l'on fit bénir les troupes par l'évêque. Le matin du départ, trois mille badauds se pressaient pour assister au défilé des troupes précédées par la fanfare.

Je ne pouvais manquer d'être présent à cet événement qui semblait annoncer d'heureux résultats. J'avais les larmes aux yeux en écoutant la musique militaire et en voyant le capitaine La Grave s'avancer et lever la main pour donner le signal de la marche : il commandait un escadron de deux cents cavaliers, et pas des novices, semblait-il.

« Cette fois, me dis-je, les Grellety n'ont qu'à bien se tenir ! »

Quelques semaines auparavant, M. de

Bourdeilles avait été informé d'un mouvement de troupes insurgées dans les parages du gros bourg de Marsaneix, au nord du Paréage, en tirant vers la grand-route de Chignac. Il s'était dit que cela présageait d'événements graves, qu'il convenait de prendre les insurgés de vitesse et que le moment était venu de faire litière des suspicions qui pesaient sur sa conduite.

Il eût été fort aise de se mettre lui-même à la tête de cette expédition, mais il souffrait d'un flux de ventre qui lui interdisait toute chevauchée. Il me proposa de me joindre à la troupe pour le tenir informé des événements, méfiant qu'il était à juste titre des vantardises et des mensonges des militaires. Je refusai poliment ce qu'il considérait comme un honneur et moi comme une insupportable corvée. Il insista au point que je dus céder. Je le priai de m'exonérer du port d'armes pour le cas où les choses tourneraient mal et où je serais pris. Je n'eus par la suite qu'à me louer de cette précaution.

La Grave, capitaine de Bourdeilles, n'était pas de mes amis. Je lui vouais même de l'exécration, depuis le jour où je l'avais surpris à torturer un malheureux pèlerin qu'il avait pris pour un espion. Il partageait les mêmes sentiments à mon encontre, car il détestait les gens de plume et méprisait tout ce qui ne relevait pas du métier des armes.

Le premier soir, nous dressâmes nos tentes à Atur, sous une pluie diluvienne. Le lendemain, après une marche harassante dans la boue des chemins, nous prîmes nos quartiers à Charapy, entassés dans les granges et les greniers de ce modeste village.

À la demande du capitaine, j'interrogeai les paysans sur la présence de l'ennemi. Ils répondirent qu'ils n'avaient pas vu le moindre de ces bougres depuis des mois. Quant à ce qui se passait dans les parages de Marsaneix, ils n'en avaient jamais entendu parler.

À l'aube, la pluie ayant cessé, nous reprîmes notre route d'un cœur léger par une piste transformée en marécage. Par La Tuilière et La Pierre-Blanche, nous arrivâmes en fin d'après-midi en vue de Marsaneix, sans avoir été le moins du monde inquiétés et sans avoir vu âme qui vive. Ce gros bourg, que je connaissais bien, tassé autour de son église haut perchée, domine un cirque de collines qui donnent l'image d'une grande solitude.

La Grave envoya vers le village une reconnaissance armée de mousquets. L'officier qui la commandait interrogea les habitants, comme je l'avais fait à Charapy : ils avaient eu vent de groupes de rebelles qui traînaillaient dans les environs, sans qu'aucun se fût hasardé jusqu'au bourg. Il fit sonder quelques demeures de la cave au grenier, sans rien découvrir de suspect.

Le seul bénéfice de cette reconnaissance fut que l'officier repéra, au lieu dit Charran, une vaste grange abandonnée en marge du bourg : il la jugea assez vaste pour abriter les cavaliers, le reste de la troupe étant dirigé par La Valade vers Église-Neuve, à une ou deux lieues de là.

Nous prîmes nos quartiers dans cette bâtisse alors que la nuit tombait dans un ciel d'une pureté de source, avec une moisson d'étoiles.

Afin de noter pour mon maître les menus événements de cette campagne, je m'installai avec une chandelle, le plus commodément que je pus, et relevai quelques notations amusantes dont je savais qu'il se délecterait.

Avant que La Grave ne fît sonner l'extinction des feux, je sortis pour respirer l'air de la nuit. Des odeurs de printemps précoce, âpres et aigres, me venaient par bouquets des prairies gorgées d'eau et des forêts sombres où s'accrochaient, comme des motifs de tapisserie, des semis de cerisiers sauvages d'une blancheur de lait. Deux parties de ma personne me faisaient souffrir : mes fesses meurtries par trois jours de chevauchée et ma tête agitée par de vieilles terreurs, face à cette nuit où tout pouvait arriver. Je ne pouvais chasser de moi cette obsession : les croquants devaient nous épier.

Je sursautai au contact d'une main sur mon épaule.

– Eh bien, Donnadieu, me dit La Grave, tu contemples le paysage ? Peu rassurant, hein ? Tu dois te dire ce que je me dis à moi-même : qu'ils sont là et ne perdent rien de nos gestes. Mais rassure-toi : s'ils nous attaquent, nous saurons nous défendre.

– J'en suis persuadé, dis-je. Nos cavaliers les tailleront en pièces au premier assaut. Cette bataille, si elle a lieu, pourrait bien sonner le glas pour les Grellety.

– Tout juste, Auguste ! Nous allons donner une fameuse leçon à cette merdaille, et nous reviendrons à Périgueux, la tête haute, avec des prisonniers. Il faudra faire de la place au gibet d'Escornebœuf !

Lorsqu'il eut donné le signal de la couchée, des cavaliers allèrent pisser en chœur sur les braises et firent leur lit dans la paille et le foin qu'ils trouvèrent dans l'immense grenier. Comme la nuit était douce, la plupart se couchèrent en chemise.

La première ronde menée par La Valade en

personne se déroula sans anicroche : aucun feu, aucune fumée ne trahissait la présence de l'ennemi, ce qui n'aurait pu rassurer que des naïfs. De même lors de la deuxième ronde que dirigeait l'un des fils de Pierre de Grant du Pouzet, seigneur de La Tour-Blanche.

Le cadet d'un consul de Périgueux, dont j'ai oublié le patronyme mais qu'on appelait Sans-souci, prit la relève pour une troisième ronde, passé la mi-nuit. Des soucis, soit dit en passant, il allait en avoir.

Il revint pourtant sans histoire de sa tournée jusqu'en haut du village où tout dormait, sauf les chiens que ces mouvements insolites agitaient. Il descendait la piste brenneuse menant à la grange de Charran quand il constata qu'un buisson de houx s'agitait d'étrange façon, étant donné qu'il ne soufflait pas le moindre ventoulet. Il s'avança, pistolet au poing, lança une sommation et aperçut un groupe d'ombres qui s'égaillaient dans le guéret. Il tira un coup de feu à l'aveuglette, fit prendre position à ses hommes et envoya prévenir La Grave en gueulant :

– Nous allons être attaqués ! Ils sont là ! J'en ai repéré une cinquantaine !

La peur porte à l'exagération. J'ignore combien pouvaient être nos assaillants, mais sûrement pas plus d'une dizaine. Ce pauvre garçon qui manquait d'expérience fit tant et si mal qu'il déclencha un mouvement de panique parmi les dormeurs. Ils se réveillèrent en sursaut, se mirent à travers l'ombre à la recherche de leurs tenues et de leurs armes, tandis qu'au-dehors crépitait une première mousquetade.

J'appris par la suite que le groupe aperçu par Sans-souci n'était qu'une reconnaissance envoyée par Pierre Grellety, tandis qu'entre deux rondes il disposait ses compagnons dans les parages de la grange et le bourg.

Je ne saurais dire de combien d'hommes il disposait, d'une centaine tout au plus, mais qui se démenaient comme des diables, dans un charivari effrayant, mêlant vociférations et pétarades. La tactique était habile. Grellety ne pouvait ignorer que, si les cavaliers sont les maîtres sur un champ de bataille, ils ne valent pas grand-chose privés de leurs montures. Pris de panique, ils tournoyaient dans l'ombre comme des chauves-souris, tentaient d'allumer des chandelles au risque de mettre le feu à la litière, y parvenaient mal, se chamaillaient.

Les premiers qui se ruèrent hors de la grange furent abattus dans une tornade de feu. D'autres, en chemise et en culotte, tentaient de fuir par l'arrière en sautant dans une fosse à purin, mais ils étaient attendus. Dans ce tumulte, la voix de

La Valade semblait venir des enfers. Il criait qu'il ne fallait pas bouger, qu'on se battrait mieux en restant dans la grange, qu'en sortant on se ferait massacrer. Peine perdue : la peur n'a pas d'oreilles.

Poltron comme je suis et bien décidé à ne pas faire don de ma personne à La Valade, j'avais, en montant me coucher à la paillade, avisé au fond du grenier un coffre démantibulé, un antique *tamisadour,* comme on dit dans le pays, dont on se servait pour tamiser les céréales. Celui-ci avait été vidé de son mécanisme intérieur, si bien qu'on pouvait s'y loger. Tandis que les soldats battaient le briquet, hurlaient, se démenaient dans une danse de Saint-Guy, je me blottis dans ce refuge en priant Dieu et Notre-Dame-des-Vertus qu'il ne soit pas mon *salvadou,* mon cercueil.

Je ne pus, et pour cause, noter sur mon carnet la suite des événements, mais j'en appris suffisamment par la suite. Pour la faire brève, les croquants tuèrent ou massacrèrent la moitié des effectifs de La Grave, mirent en fuite ceux qui échappèrent à leurs mousquetades, capturèrent une vingtaine de malheureux qui priaient pour qu'on les épargnât, et récupérèrent les chevaux qu'ils allèrent revendre dans l'Agenais car ils n'en avaient que faire.

J'aurais pu rester dans ma cachette jusqu'à la saint-glinglin, si, le jour venu, je n'avais vu avec terreur mon couvercle se soulever et un homme au visage noir de poudre apparaître et se mettre à crier :

– Les gars, j'ai trouvé une *clouque* en train de couver ! Tu peux sortir, ma jolie…

Grelottant de peur, je parvins à m'extraire, tout ankylosé, de ce refuge inconfortable, et demandai que l'on me conduisît au chef. Je ne devais pas sembler bien dangereux car celui qui venait de me découvrir ne jugea pas utile de me lier les mains ni de me mettre son pistolet sur la tempe.

Ce n'est pas à Pierre Grellety qu'on me conduisit, comme je l'espérais, mais à l'un de ses lieutenants, Gorgetorte. Il était assis sur un muret, son mousquet en travers des genoux, en train de manger une frotte à l'ail, une bouteille de vin à ses pieds. Il me jeta un regard torve et me dit :

– C'est toi, la *clouque* ? Tu as dû pondre et couver une belle merde ! Ton nom ? Qu'est-ce que tu foutais là ? Qu'est-ce que tu trimballes dans cette sacoche ?

Il m'écouta sans sourciller lui répondre point par point, sa tête d'infirme penchée sur son épaule.

– Fichtre ! dit-il. L'homme de confiance du sénéchal. Belle prise… Je pourrais te faire passer par les armes ou demander une rançon.

Je lui fis remarquer que j'étais présent à titre d'observateur, que je n'étais pas armé, que personne ne daignerait payer une rançon pour le modeste intendant que j'étais.

Il marmonna :

– Observateur… Foutre ! C'est bien la première fois que j'ai affaire à un observateur. Tes observations, je suppose que tu les ranges dans ta sacoche. Montre !

Il posa sur la pierre son couteau et son *croustet* de pain aillé, renifla l'intérieur de la sacoche, fit mine de lire les feuillets qu'elle contenait. Comme il ne savait ni A ni B, il dispersa mes notes autour de lui.

– Ces paperasses, dit-il, je m'en torche ! La sacoche, je la garde pour y mettre mon manger.

Quand je lui demandai à rencontrer le chef, il fronça les sourcils.

– Le chef, dit-il, c'est moi ! Pierre Grellety m'a confié cette opération. Tu peux constater qu'elle a réussi. Je vais sûrement prendre du galon !

Comme je m'informais du sort réservé au

capitaine La Valade, il me montra un prunier de la pointe de son couteau.

– Ce *cheffaillon* de merde, tu le trouveras là-bas, sous cet arbre. Tu auras du mal à le reconnaître : c'est celui qui a la gueule à demi arrachée par un coup de mousquet.

Il but quelques rasades à la bouteille, s'essuya les lèvres d'un revers de poignet et hocha la tête.

– Qu'est-ce qu'on va faire de toi, Gratien Donnadieu ? Comme je suis dans un bon jour, je t'éviterai le pire. Quant à la rançon, c'est des mœurs de l'ancien temps, et nous ne sommes pas des brigands. En conséquence, tu es libre. Allez, du vent, mon gars, et mes amitiés à M. de Bourdeilles !

Je demandai un cheval ; il éclata de rire.

– Et quoi encore ? Tu voudrais pas une escorte, des fois ? Fous le camp, sinon, tu auras ma botte au bas de ton cul merdeux. Tu trouveras de la compagnie en cours de route, des hommes en chemise et en caleçon, comme toi. Prie le Ciel qu'il pleuve pas…

Je regagnai Périgueux à pied. Comme l'avait prévu le lieutenant de Grellety, je rattrapai en chemin quelques rescapés. La pluie nous épargna mais il nous fallut trois jours avant d'apercevoir le clocher de Saint-Front. Nous fîmes une entrée moins glorieuse que le départ.

Dans l'après-midi, un lieutenant du vice-sénéchal me ramena à Bourdeilles. La colère de mon maître lorsqu'il me vit en tenue de nuit, avec une couverte de cheval sur le dos... Blême d'indignation, il écouta avec des mouvements désordonnés le récit que je lui fis de cette malheureuse expédition, chargeant sans scrupule le capitaine La Valade, qui, dans cette affaire, avait fait preuve d'une singulière négligence.

– Ce pauvre La Valade... soupira mon maître. Il était courageux mais sot comme une oie. Paix à ses cendres...

Je lui confiai les feuillets de notes dont je ne m'étais pas séparé. Il ne prit pas le temps de les lire et les jeta dans la corbeille où je les récupérai le lendemain.

Mon avis concernant cette guerre qui n'osait pas dire son nom était net : au lieu de s'escrimer à traquer un personnage insaisissable, n'eût-il pas mieux valu entamer avec lui une négociation ?

Cette idée, je me gardai de la confier à mon maître, persuadé d'avance qu'il la rejetterait. Au lieu de cela, on s'obstina dans la poursuite de Pierre Grellety, ce personnage mystérieux qui tressait sa légende avec les bouts de laine de l'histoire, et dont certains se demandaient si ce n'était pas un mythe, comme le Jean Nu-Pieds des Normands.

J'ai longtemps regretté de n'avoir pu, à Marsaneix, alors que l'occasion était favorable, rencontrer Grellety et avoir un entretien avec lui. J'aurais pu tenter de lui démontrer qu'il fallait en finir avec cette guerre, proposer une négociation, mettre bas les armes dans l'honneur et sous certaines conditions. Je suppose qu'il m'aurait répondu que cette proposition n'aurait pu venir de lui car c'eût été un signe de faiblesse, qu'il devait attendre d'avoir fait pleinement la preuve de sa puissance, peut-être à l'issue d'une grande bataille.

Cette bataille, il n'allait pas tarder à la livrer : elle fut sanglante mais elle ouvrit la voie à la paix.

La noblesse du Périgord ne désarmait pas. Ces va-t-en-guerre tenaient des assemblées, brandissaient leurs armes comme les enfants leurs épées de bois, se juraient loyauté et solidarité dans le combat qu'on allait poursuivre contre cette gueusaille qui les humiliait par son arrogance.

J'ai assisté, en présence de mon maître, à certaines de ces réunions et j'en ai tiré chaque fois une conclusion identique : si ces gens ne manquaient pas de courage, ils risquaient de s'embarquer dans une aventure qui leur serait fatale.

Le fils de Lavandier, procureur du roi à Périgueux, partit, flamberge au vent, à travers le Paréage avec une trentaine d'hommes à sa solde. Il n'en revint pas.

La Veyssonie, l'un des rejetons de M. de Chancel, maire de Périgueux, dont j'avais pu mesurer la sottise et la prétention, partit, plume au chapeau, par un matin d'avril. On ramena quelques jours plus tard son corps farci de plomb.

Pierre de Grant du Pouzet, qui avait pu réchapper de l'affaire de Marsaneix où il avait semé la panique en donnant prématurément l'alerte, décida à son tour de tenter la chance. Il partit avec deux ou trois compagnies de gens de pied, s'engagea gaillardement dans le Paréage en prenant soin de se faire précéder d'un détachement à cheval, à un quart de lieue de distance, persuadé que cet appât, proposé comme une chèvre à la faim des loups, allait faire sortir les croquants de leur réserve.

Il promena sa chèvre durant une semaine à travers la forêt sans voir autre chose que des paysans à leurs champs, des boutiquiers sous leurs auvents et des femmes à l'église. Quant à obtenir des renseignements sur les positions de l'ennemi, autant s'adresser à des murs…

De guerre lasse, il reprit la route de Périgueux en se disant qu'il venait de vivre un cauchemar, que les fables que l'on colportait sur ce capitaine fantôme et ses armées invisibles devaient receler une part de vérité.

Un qui ne désespérait pas, malgré ces expériences malheureuses, d'étouffer l'insurrection, c'est André de Grignols.

Il m'affirma un jour, au cours d'un repas chez le maire de Périgueux, que ce que le chancelier Séguier avait fait en Normandie contre les Nu-Pieds, il pourrait le faire contre les croquants. Il jugeait sévèrement ceux qui l'avaient précédé dans cette ambition : des incapables, selon lui, tout juste bons à escorter des convois ou à veiller sur les remparts de Périgueux, les pieds au chaud. Lui, on allait voir de quel bois il se chauffait !

Il écarta l'idée de partir sur un coup de tête, sans plan de campagne, comme ceux qui l'avaient précédé. Une expédition de cette importance, dont on parlerait à la cour de France et dans l'antichambre du cardinal, devait être précédée d'une intense préparation et réunir une véritable armée.

Il fit part de son projet à son oncle, le gouverneur, avec tant de conviction et de chaleur que M. de Sourdis dut se dire : « Voilà l'homme qu'il me fallait ! » Il voulait des régiments aguerris ? Il les aurait. Des armes ? On ne les lui mesurerait pas. Lorsqu'il fut question du commandement, l'entretien prit une tournure plus raide. M. de Sourdis connaissait bien son neveu : il le savait plein d'idées, courageux mais inapte à la moindre organisation, étourdi comme un hanneton. Il avança le nom de M. de

Bourdeilles. Fureur du neveu ! Confier une telle armée à cet officier qui avait déjà un pied dans la tombe, dont on connaissait l'incompétence et la collusion avec l'ennemi, lui proposer, pour ainsi dire, la victoire ? Plutôt renoncer !

– Si c'est votre idée, mon oncle, dit sèchement le bellâtre, vous vous passerez de mes services. J'ai bien l'honneur…

Le marquis le rattrapa par le fond de son mantelet. Allons ! Allons ! On n'allait pas se fâcher ? Son neveu voulait le commandement de cette armée ? Il l'aurait ! À une condition : qu'il accepte les conseils de ses officiers.

– Je pourrais vous affecter, dit l'oncle, quelques détachements des régiments de Ventadour et de Tonneins, avec un peloton des fameux cavaliers de Massin. Ce sont des officiers et des hommes de troupe qui ont fait leurs preuves. Vous devrez ménager leur susceptibilité, ne pas les traiter comme des subordonnés. Si vous échouiez, si le défi que vous allez lancer aux Grellety tournait mal…

– Nous ne pouvons échouer, mon oncle, avec une telle armée !

– … si l'affaire, dis-je, tournait mal, il faudrait passer à cet autre projet : détruire la forêt du Paréage.

Grignols regagna sa forteresse d'un cœur léger. Son premier soin fut de faire rédiger par son secrétaire une sommation en bonne et due forme aux chefs des croquants, sur un ton comminatoire, ce qui ne surprend pas quand on connaît le personnage. Il fit même courir le bruit qu'il aurait dix mille hommes sous ses ordres, que le roi, le cardinal, la cour auraient l'œil sur lui.

Lorsqu'un exempt vint déposer à la maison de ville de Vergt la sommation à lui transmettre et qu'il en eut pris connaissance, Pierre Grellety devint soucieux. Sous la rodomontade, il devinait quelque réalité redoutable. Il ne croyait pas que M. de Sourdis pût aligner plus d'un millier d'hommes alors qu'on en manquait aux frontières, mais il convenait de prendre cette affaire au sérieux.

Il réunit à La Roussille ce qu'il appelait son « conseil de guerre » et parla d'un ton ferme.

– Les échecs que le général de Lamotte a subis en affrontant des troupes régulières et en prenant Bergerac nous ont servi de leçon. Le bon sens exige plus que jamais que nous menions la guérilla, pas la guerre. Nous sommes aujourd'hui les maîtres du Paréage, mais combien de temps cela peut-il durer ? À quoi aboutirait notre insurrection si elle s'éternisait ?

Gorgetorte l'interrompit avec vivacité.

– Eh là, compagnon, où veux-tu en venir ? Vas-tu nous proposer de mettre bas les armes devant cette ganache de Grignols ? Je pourrais te répondre, comme ce pauvre Buffarot, que nous ne nous rendrons pas « tant qu'il nous restera une tourte et un contel ».

– Laisse-le poursuivre ! lança le vieux Constantin. Tu parleras après !

– L'idée ne m'est pas venue, poursuivit Pierre, de renoncer au combat sans avoir la certitude que l'on tiendrait compte des raisons de notre révolte et qu'on y portera remède. Nous n'en prenons pas le chemin. Le torchon que m'a adressé Grignols et que j'ai cloué à cet arbre n'est pas fait pour nous convaincre de mettre bas les armes. C'est un défi pur et simple ! Alors, je vous le demande, mes amis, comment allons-nous y répondre ? Allons-nous attendre qu'il vienne nous déloger ? Allons-nous le combattre à visage découvert ?

– Sait-on, demanda Sadoulet, s'ils auront de l'artillerie ?

– J'en doute : elle retarderait leur avance et serait inefficace étant donné notre dispersion.

– Seront-ils dix mille comme on le dit ? demanda Thony Aubarbier.

– C'est impossible, répondit Pierre. Je compte qu'ils seront mille, tout au plus, sauf s'ils font appel aux milices mais vous savez ce qu'elles valent, et aux *bonnets verts,* mais ils en trouveront peu, et ils déserteront aux premiers coups de feu.

– Mille soldats, dit Gorgetorte en se grattant la barbe, c'est pas rien ! De combien d'hommes tu pourras disposer ?

– De deux cents tout au plus, mais pas des mauviettes. Ça nous suffira.

Joseph fit taire le concert de protestations qui montait autour de Pierre.

– Mon frère a raison, dit-il. Mieux vaut deux cents combattants aguerris et bien armés que deux mille qui nous encombreraient et seraient difficiles à manœuvrer.

– Ça peut se discuter, convint le vieux Constantin.

– D'ailleurs, poursuivit Joseph, il n'y aura pas de bataille rangée ni d'escarmouches isolées. Nous avons mis au point, mon frère et moi, une tactique dont vous serez informés en temps voulu.

Ils retournèrent dans leur cantonnement avec un doute au cœur : certes, ils étaient prêts à suivre Pierre Grellety au bout du monde car il avait montré ses capacités de chef, pour ce qui était de la tactique dont avait parlé Joseph, il faudrait voir…

On venait d'entrer dans le plein d'été. En juillet, d'autres inondations avaient ravagé le pays, causant une disette qui menaçait de tourner à la famine. En se retirant, les eaux de la Dordogne, de l'Isle, de la Dronne laissaient apparaître des campagnes couvertes de boue que le soleil revenu faisait fumer comme des solfatares. L'air empestait l'odeur des charognes et les fièvres commençaient à courir le pays. Avec les chaleurs d'août, on craignait le retour de la peste et du choléra.

À La Roussille, les insurgés connaissaient des jours difficiles. Leurs réserves de vivres s'épuisaient rapidement et le réapprovisionnement ne se faisait pas. Dans les postes alentour comme au quartier général, on avait réduit les rations de pain, sanctionné les contrevenants et le gaspillage. Les frères Grellety et les principaux chefs de l'insurrection prêchaient d'exemple et se contentaient, en plus du rare gibier qu'ils parvenaient à abattre, de la soupe de chien servie aux hommes. Pierre, en revanche, refusait de faire subir au petit Guillaume la moindre privation. À trois mois de sa naissance, il avait mal supporté le sevrage, boudait la *poue,* cette bouillie d'avoine dont je raffolais dans mon enfance, et rejetait le lait d'ânesse, qui, d'ailleurs, tarit rapidement.

Entre deux patrouilles dans les parages, Gorgetorte faisait halte devant la niche abritée par un sureau où Esther avait aménagé une chambre rudimentaire abritant le berceau de vime qu'elle avait tressé pour son enfant. Il prenait son filleul dans ses bras, le laissait jouer avec sa barbe et les dents de loup de son collier, lui faisait des grimaces et des mômeries, lui chantait à mi-voix une chanson d'énoisillage ou une comptine qui disait :

Celui qui travaille
Mange la paille
Celui qui fait rien
Mange le foin…

Il le faisait sauter jusqu'aux extrêmes branches du sureau, le rattrapait dans un grand rire. Esther le rabrouait :

– Grand sauvage ! Tu vas le faire pleurer. Et si tu le laissais s'échapper… Laisse-le tranquille !

Il disait, en rendant le petit drôle à sa mère :

– Faut m'excuser. Tu comprends : j'ai jamais pu avoir de petiot, et ça me manque. J'ai même eu beaucoup de peine à trouver une femme, avec la gueule que j'ai. J'aurais bien épousé la fille des

Barbessou de Cendrieux qui avait comme moi un air penché sauf que c'était pas du même côté. Alors, avoir une femme et pas pouvoir lui faire la bise… Les autres rigolaient quand je leur troussais la robe. Tu me diras : il y a bien les putains de Périgueux. Elles ne font pas d'histoires, elles, que l'on soit bossu ou cul-de-jatte, mais elles sont plus portées sur la monnaie que sur le sentiment, et moi il me manque toujours trois deniers pour faire un sou… Alors je me suis mis en ménage avec une drôlesse qui n'est pas de la première jeunesse, mais elle risque pas de me faire porter les cornes et elle tient bien notre maison.

Le vieux Constantin inventait pour l'enfant des distractions moins frustes et plus attrayantes. Il avait quitté dans sa jeunesse la maison de famille de Chignac pour courir le pays avec une troupe de baladins, avait appris à sauter à la renverse, à faire des pirouettes sur un pied, à marcher sur une corde, à faire des opérations de magie. Il faisait faire à ses mains des tours splendides, vous tirait un écu de l'oreille, une toise de ruban de votre poche, une tourterelle de sous la jupe des filles. Guillaume ne se lassait pas de le voir opérer. Ses qualités militaires n'étaient pas à l'avenant : Pierre ne le gardait près de lui que parce qu'il savait ranimer par ses facéties le moral de ses hommes et qu'il avait l'esprit fin et léger d'un Italien.

Un matin du début d'août, Grellety envoya Gorgetorte avec deux hommes à Beauregard, où se tenait la foire. Il ne s'attendait pas à le revoir revenir avec de la marchandise en abondance, mais quelques livres de haricots et de lard fumé seraient les bienvenues.

Vêtu d'une souquenille de paysan, armé seulement d'une peau d'anguille bourrée de grenaille de plomb dont il avait fait une arme redoutable, Gorgetorte fit son marché comme une bonne ménagère, sans trop attirer l'attention. Il remplit son panier, fit signe à ses hommes de reprendre la route quand il sentit une main sur son épaule et entendit une voix joyeuse lui glisser à l'oreille :

– Alors, Gorgetorte, on a fini ses emplettes ?

En se retournant, il changea de mine : il se trouvait en présence d'une vieille connaissance qu'il n'avait pas revue depuis des lustres.

– Salut, Chaleppe ! répondit-il. Heureux de te revoir. Qu'est-ce qui t'amène dans ce trou ? Tes emplettes, comme moi ?

– Comme toi ! Mais y aura pas gras dans ma soupe, ce soir. Misère de misère ! Les temps sont durs pour le pauvre monde…

– Tu te portes pas trop mal. Ta belle trogne fait plaisir à voir, capitaine, et tu as pris du galon, à ce que je vois.

– C'est vrai : j'aurais tort de me plaindre. La solde est maigre mais je me rattrape autrement. Et toi ?

– Oh, moi… Je gratte la terre, j'élève quelques *brébiales.* Je vis de peu mais ça me suffit.

Chaleppe l'invita à aller sécher une cruche à l'auberge. Méfiant de nature, Gorgetorte avait fait signe à ses deux compagnons de repartir sans lui. Les deux hommes poursuivirent leur bavardage. Jean Chaleppe parla de sa carrière : archer du vice-sénéchal, il avait reçu le grade de capitaine chargé de transmettre aux autorités locales les commissions du gouverneur. Le temps était loin où cet étourdi avait déclenché une émeute en divulguant des fausses nouvelles. Gorgetorte sentit venir le vent. Il savait que Chaleppe était l'ennemi juré des croquants et que ses prétendues missions n'étaient que des opérations de police. Il se leva, porta la main à son chapeau et remercia pour le vin et la compagnie.

Chaleppe lui agrippa le poignet et le força à se rasseoir.

– Je t'ai connu plus causant, dit-il. J'aurais eu plaisir à tailler une bavette avec toi. J'aurais aimé, par exemple, que tu me donnes des nouvelles de Grellety…

– Si tu veux parler du chef des voleurs, tu apprendras qu'il n'est pas de mes amis. Je l'ai jamais vu. On dit même qu'il existe pas !

– À d'autres ! Tu l'as quitté ce matin et tu vas le rejoindre ce soir. Tu as beau te déguiser en paysan, avec ta gueule de travers, tu passes pas inaperçu. Alors, je t'écoute. Dis-moi où je pourrais trouver ce Greletty et tu n'auras plus de souci à te faire pour le reste de tes jours…

– … et si je parle pas, ce sera du pareil au même ! Je connais tes méthodes.

– Que veux-tu ? Nous sommes en guerre et je dois faire mon devoir. Alors tu vas te tenir tranquille et me suivre à Périgueux. Tu verras : c'est une jolie ville, même quand on la voit derrière des grilles.

Il fit signe à deux hommes qui étaient en train de battre la carte ou faisaient semblant. Lorsqu'ils tentèrent de lui lier les mains, Gorgetorte décrocha la peau d'anguille de sa ceinture et envoya d'une volée les deux hommes s'effondrer au milieu des tables. Il allait se retourner vers Chaleppe quand il sentit le froid du métal sur sa nuque.

– Tsss… tsss… fit Chaleppe. C'est pas des manières. Un geste de plus et tu es cuit. Tu sais que je badine pas.

Maîtrisé, ligoté en un tournemain, Gorgetorte fut poussé dehors et hissé sur un cheval. Il jeta un regard autour de lui et constata avec satisfaction que ses deux compagnons avaient pris le large : Grellety, vite informé de l'enlèvement de son vieil ami, tenterait de le délivrer.

Apprenant la nouvelle en l'absence de Pierre, Joseph avait sauté sur l'un des chevaux pris à Marsaneix et, à francs étriers, armé de deux pistolets et d'un mousquet, avait foncé sur la route de Vergt. Il ne s'arrêta que pour interroger les paysans : aucun convoi n'était passé par là depuis la veille.

Devinant que la réaction des croquants ne tarderait guère, Chaleppe avait pris la direction de Périgueux en passant par Saint-Amand et Cendrieux.

De plusieurs semaines, personne, si ce n'est le lieutenant criminel Martial d'Alesme ou le bourreau Duluc, n'aurait pu donner des nouvelles du plus éminent lieutenant des Grellety.

Il avait disparu comme dans un gouffre.

6

QUE PAS UNE BALLE NE SE PERDE !

À la fin de la première semaine d'août 1640 eut lieu, au domicile de M. de Chancel, un grand banquet. Il réunissait André de Grignols, les capitaines des régiments de Tonneins, de Ventadour, de la cavalerie de Massin, ainsi que des notables : Martial d'Alesme, les lieutenants criminels Vincenot et Salleron, receveurs des tailles de l'élection, le vice-sénéchal Hélie de Jehan et l'avocat Pierre de Bessot.

On célébrait ce soir-là le départ, prévu pour le lendemain, de l'expédition qui allait conduire l'armée de M. de Grignols au cœur de la forêt de Vergt. Tout était prêt ; il ne manquait aucun bouton aux uniformes, aucune charge dans les cartouchières.

La soirée était chaude et paisible. Un peu d'orage couvait derrière le clocher de Saint-Front qui émergeait des toitures, avec, de temps à autre, des colères de gros chat. Du jardin qui occupait l'arrière de la maison montaient les réprimandes de la gouvernante qui courait après les garçonnets et les filles pour les mener aux cuisines.

M. de Chancel avait des larmes dans la voix en levant son verre au succès de l'expédition.

– Mes amis, dit-il, une place restera vide à cette table : celle de mon cher fils, Géraud Chancel de La Veyssonie, mort en courant sus aux rebelles. Je vous demande de le venger en nous ramenant Grellety mort ou vif !

– Nous vous ramènerons ce hors-la-loi et quelques autres de ses complices ! s'écria M. de Grignols. Nous avons déjà capturé l'un de ses lieutenants, ce rustre puant de Gorgetorte ! Bientôt, toute la croquandaille sera à genoux pour demander grâce !

Il laissa au vice-sénéchal, dont il avait fait son lieutenant, le soin de détailler l'organisation de la campagne. L'armée comptait deux mille hommes ; c'était la plus importante qu'on ait jamais vue opérer dans toute la Guyenne, même du temps où Blaise de Monluc battait la campagne pour pendre les huguenots. On comptait surtout sur l'infanterie pour débarrasser la forêt de la vermine qui en avait fait son refuge.

– Bien que ce bandit de Gorgetorte ne se soit guère montré bavard, dit le procureur, nous connaissons le chiffre des troupes que nous aurons à combattre : deux cents hommes, messieurs ! Autant dire que la partie est gagnée d'avance.

– Cela demande réflexion, ajouta le vice-sénéchal. Ou Grellety est un fou dangereux, ou il fait divulguer, pour nous berner, un nombre de fantaisie. Deux cents hommes seulement..., je ne puis y croire !

– Peu importe ! s'écria M. de Chancel, il faudra balayer cette gueusaille, messieurs ! Et alors, vous, Vincenot, vous, Salleron, vous pourrez vaquer à vos fonctions sans craindre pour votre vie !

– Pour vous marquer la confiance que je porte à votre expédition, dit Martial d'Alesme, j'ai fait ôter des gibets d'Escorneboeuf et des Deux-Écus les pendards qui y restaient suspendus et fait édifier d'autres potences. Mes amis, notre bourreau, maître Duluc, va avoir du travail.

Tout Périgueux était dans la rue ou aux fenêtres lorsque l'armée, fanfare en tête avec ses tambours galonnés d'or et ses trompettes à glands rouge et vert, défila à travers la ville jusqu'à la porte de Taillefer où l'on avait suspendu de longues draperies que soulevait le vent frais après l'orage. L'air avait un goût d'aventure, et la course des nuages semblait montrer la direction de la victoire. La traversée de l'Isle, marquée par une joyeuse mousquetade, mit les badauds en joie.

Dressé sur ses étriers, M. de Grignols donna le signal du départ. Il était radieux. Le bonheur qui palpitait dans sa poitrine se reflétait dans son regard où l'émotion faisait monter des larmes heureuses.

On allait avoir chaud. L'orage de la nuit, accompagné de lourdes ondées, avait laissé dans la campagne des bouquets de brume qui seraient lents à se dissiper. L'Isle fumait comme une meule de charbonnier entre les gabares qui descendaient paisiblement le cours de la rivière, les mariniers, debout à la poupe, agitaient bonnets et *vergades.*

En écrivant ces lignes, je songe à Martille. Elle devait ronger son frein, seule dans sa masure, ses deux derniers drôles ayant pris le fil de la rivière avec leur père, deux de ses filles s'étant mariées et la troisième partie je ne sais où vivre sa vie. Il me semble l'entendre pester contre cette populace qui attendait, comme celle qui envahissait les cirques de Rome, qu'on lui ramenât de quoi distraire son ennui et satisfaire son goût du sang.

À moins d'une lieue de la ville, au village de Pommier, la population avait dressé des tables. À défaut de victuailles, trop rares et chères par ces temps de disette, les soldats y trouvèrent de quoi étancher leur soif. Le même accueil attendait l'armée à Atur.

M. de Grignols prit la mouche : outre que ces simagrées faisaient perdre du temps, elles risquaient d'indisposer les hommes de troupe qui faisaient honneur au vin plus que de raison. En quittant Atur, les chansons de route se faisaient moins sonores et plus discordantes, et, sur les arrières, on traînait les pieds dans la poussière. Le chef fit observer une halte à Notre-Dame-des-Vertus et plaça cette expédition sous le signe de la Vierge en la faisant bénir par l'évêque de Périgueux, comme à la messe du matin.

L'armée prit ses quartiers entre La Trémouille et Pouzelande sans que l'on ait aperçu l'ombre d'un croquant. La forêt était d'un calme virgilien.

C'est alors que Grignols commença à concevoir quelque inquiétude sur la suite de cette campagne. S'il allait, comme M. de Bourdeilles avant lui, devoir traverser ce désert vert sans avoir à tirer un coup de feu ? Si ce déploiement de force n'était qu'un coup d'épée dans l'eau ? Des frissons lui couraient l'échine en imaginant le retour à Périgueux, sans avoir le moindre croquant à jeter aux pieds du lieutenant criminel ! C'est pour le coup qu'il aurait des comptes à rendre à M. de Sourdis et à affronter sa colère et sa vindicte !

Une quinzaine après la capture de Gorgetorte, Pierre Grellety gardait en sa poitrine une boule d'émotion qui lui remontait à la gorge et lui tirait des larmes. Son lieutenant avait été le compagnon de la première heure ; il n'avait jamais douté de sa mission et se serait fait tuer pour elle : c'est d'ailleurs ce qui l'attendait.

Pierre avait envoyé Jacques Sadoulet à Périgueux pour chercher comment s'introduire dans la ville sans attirer l'attention et envisager le moyen de tirer le prisonnier des geôles du consulat, une véritable forteresse. Il aurait fallu un millier d'hommes, et des bouches à feu pour l'investir et forcer ses portes. Il revint sans aucune nouvelle du prisonnier ; on n'en aurait que le jour où Gorgetorte serait traîné sur la voie publique pour y être exécuté.

Le temps n'était plus aux regrets mais à l'action.

Les premiers éléments des régiments de Tonneins et de Ventadour affluaient déjà à Périgueux pour la grande offensive et leurs tentes se dressaient sur le bord de l'Isle, dans la prairie de l'évêché.

– J'ai appris, dit Sadoulet, que cette armée

comptera deux mille hommes, avec les milices et les *bonnets verts* de Chaleppe. Ça donne à réfléchir…

– C'est tout réfléchi ! dit Pierre. Mon plan est établi. Il est dans ma tête. Ces deux mille soldats ne me font pas peur. C'est leur nombre à leur opposer, mais des meilleurs, avec une consigne : que pas une balle ne se perde. La sottise de Grignols est d'engager des cavaliers contre nous. C'est la meilleure façon de mettre la panique dans la troupe à la première escarmouche.

Il ajouta :

– La tactique que j'ai prévue se résume en un mot : « barricades ». Je ne puis t'en dire plus pour le moment…

Il y eut un grand rassemblement de croquants à Vergt. Ce poste tenu par une vingtaine de réguliers avait été attaqué une nouvelle fois, de nuit, et enlevé selon la stratégie utilisée à Marsaneix. Près de deux mille hommes se retrouvèrent autour de la halle.

Monté sur l'estrade où se tenaient d'ordinaire les collecteurs, Grellety leur lança :

– Mes amis, des événements graves se préparent. Il est probable que le combat qu'on s'apprête à nous livrer sera le dernier. Souhaitons qu'il ne sonne pas le glas de nos espoirs. Vous allez repartir chez vous, vaquer à vos travaux comme si de rien n'était mais en gardant l'arme au pied, afin de répondre à la première sommation. Je ne garderai avec moi que deux cents combattants, Jacques Serre, dit Sadoulet, va faire l'appel.

Il refusa de révéler l'endroit où l'on attendrait l'armée et la stratégie qu'il comptait adopter. Les deux cents hommes qu'il avait désignés pour l'accompagner se massèrent sous la halle, mousquet en bandoulière. C'étaient bien les meilleurs : d'anciens soldats, tireurs redoutables, mauvaises têtes souvent mais qui ne se ménageraient pas le moment venu. Pas des enfants de chœur, comme on dit.

De retour à La Roussille à la tête de sa petite troupe, Pierre ordonna à Esther de préparer la soupe, fit distribuer des seaux de vin, des tourtes de pain, des tranches de lard, des oignons et du tabac.

Il tira Esther à l'écart et lui dit :

– Tu partiras demain, à la pique du jour.

– Pourquoi je partirais, répondit-elle, et pour aller où ?

– Parce que ta place n'est plus ici. Nous allons nous battre. Tu te rendras dans un *cluzeau* que je t'indiquerai, près de Pissot, un ancien poste de guet. Tu y trouveras un abri sûr et de quoi vivre convenablement. Pour ce qui est de la nourriture, tu n'auras pas de tracas à te faire. Les gens de Pissot me sont fidèles et ils ont eu cette année une bonne récolte de haricots. Tu resteras là avec ton drôle jusqu'à ce que je te fasse signe. Ça demandera guère plus d'une quinzaine.

Protester eût été inutile, elle le savait et dit simplement :

– J'aurais aimé te suivre. J'ai appris à recharger un mousquet et un pistolet, et même à tirer. Je pourrais me battre comme un homme. Je regrette que tu ne me fasses pas confiance.

– Tu auras à veiller sur notre bien le plus précieux : notre petit Guillaume. Si je ne revenais pas, il me plairait de savoir que vous me survivrez...

Organiser des barricades, ce n'était pas faire des pâtés de sable : il y fallait une certaine science et du temps.

Pierre Grellety se fit accompagner d'une cinquantaine de gros bras qu'il arma de pelles et de pioches. Il avait porté son choix, pour attendre l'armée de Grignols et arrêter sa marche, sur un passage, dans une vallée proche d'Église-Neuve, entre des pentes de forêt et de falaises creusées de profondes excavations où nichaient des grolles et des freux.

Une barricade, se disait-il, se conçoit comme une place forte. Ce n'est pas un simple entassement d'arbres abattus, de charrettes et de charretons, de futailles vides et de sacs de terre : il y faut des retranchements, des sauts-de-loup, des dégagements en cas de retraite précipitée. Il convient d'y ajouter une sorte de passion. Pierre tenait cette science récente de la stratégie d'entretiens qu'il avait eus avec Madaillan avant leur discorde : il l'avait accueillie et exploitée sur les champs de bataille de l'Europe alors qu'il se battait dans l'armée suédoise. Pierre avait mis ces révélations à profit en les appliquant au milieu particulier qu'il connaissait bien pour y avoir toujours vécu.

Les arbres qu'il fit abattre ne suffisaient pas. Il y fit adjoindre des sacs de terre, des moellons, des poutres, des meubles vermoulus et quelques véhicules prélevés dans les masures abanbonnées. Il y ajouta – Madaillan l'avait conseillé – des futailles remplies de caillasse.

Jugeant qu'une seule barricade, risquant d'être emportée par un assaut de dragons, ne suffirait pas, Pierre Grellety en fit édifier deux autres, échelonnées en hauteur, avec entre elles des fossés assez profonds pour que les cavaliers hésitent puis renoncent à y engager leurs montures.

Il sonda les parages immédiats et repéra quelques emplacements propices à de petits postes d'où les mousquets pourraient effectuer des tirs latéraux : de gros baliveaux, des blocs de rocher détachés des falaises, des excavations. Au-delà s'étendaient la forêt et des halliers denses où les cavaliers ou même des gens de pied hésiteraient à s'engager.

Il était assez content de lui.

Lorsque Paponnet, envoyé en éclaireur, vint le prévenir que l'armée avait quitté Périgueux,

Pierre se dit que tout était prêt pour la recevoir dignement. Restait à combiner quelques astuces pour l'attirer vers l'endroit qu'il avait choisi. Rien de plus simple. Quelques petits détachements feraient le coup de feu de part et d'autre de la route pour montrer à Grignols la bonne direction.

Pierre accorda à ses hommes une journée de détente. Il en profita pour se rendre au *cros* de Pissot, où Esther était arrivée sans histoire. Elle était en train de faire griller du lapin à la broche.

– Il y a plus malheureux que nous, dit-elle.

Elle le serra dans ses bras et l'attira vers la paillasse qui lui servait de lit, près de la *beneste* d'osier.

M. de Grignols avait beau se gendarmer, il ne parvenait pas à priver ses hommes des réconforts qu'on leur proposait à chaque étape. Sur le trajet entre La Trémouille et Pouzelande, des paysans vinrent les saluer comme des sauveurs et lui comme le Messie, leur offrant d'abondance vin et brandevin.

– Ces diables de manants ! bougonnait-il. Ils vont faire de cette belle armée une horde d'ivrognes !

Pour l'exemple, il fit donner la sanglade de baguette à une dizaine de bougres qui cuvaient leur vin dans le fossé. Des bas officiers protestèrent : on ne pouvait exiger la sobriété de soldats qui traînaient leurs bottes ou leurs grègues dans la poussière depuis des lieues, sous un ciel de plomb ; certains, comme on dit chez nous, avaient même *attrapé le soleil*, et on avait dû les jeter dans les chariots qui, à l'arrière, véhiculaient les vivres et les réserves de munitions et de poudre.

Les premiers coups de feu qui partirent de la forêt lui mirent du baume au cœur. Il se dit qu'on tenait le bout du fil et qu'il suffirait de tirer dessus pour arriver sur le gros des insurgés. Les innocents ! Ces tirs lui montraient la bonne route. Il s'écriait en brandissant son chapeau :

– Tirez, brigands ! Nous vous donnerons bientôt la réplique !

Lorsqu'il sentit des balles lui siffler aux oreilles, il lui vint une idée. Afin de tromper les croquants qui, ayant repéré son bel uniforme, ne manqueraient pas de le prendre pour cible, il le fit revêtir à son page, le jeune Renaud, le coiffa de son chapeau et lui confia son cheval, tandis que lui-même adoptait la tenue du garçon qui, le pauvre innocent, riait de plaisir. Son maître lui dit en manière de plaisanterie :

– C'est toi qui commandes notre armée à présent ! Tiens-toi fier !

Sur le coup de midi, M. de Grignols, debout sur ses étriers, lança au capitaine du régiment de Ventadour :

– Tudieu ! Si je ne me trompe, nous arrivons au terme de notre équipée. Regardez ce qui se dessine au loin, derrière cette rangée de peupliers. Ne dirait-on pas…

– Une barricade, monseigneur. Il semble que nous soyons attendus.

– J'en vois trois, rectifia le vice-sénéchal. Une véritable forteresse. Voilà qui n'a rien de rassurant !

– Détrompez-vous, repartit Grignols. Une charge de cavalerie suffira à balayer l'obstacle. Les rebelles vont se débander comme s'ils avaient le diable aux trousses. En moins d'une heure, nous serons maîtres de la place et nous pourrons poursuivre notre marche.

M. de Grignols avait, entre autres défauts, celui de parler trop, et pas souvent à bon escient. Le vice-sénéchal lui fit remarquer que les coups de feu qui les avaient salués pourraient bien n'avoir qu'un but : les attirer vers un traquenard.

– Un traquenard, dites-vous ? Mes amis, où voyez-vous un traquenard ? Je ne vois que des barricades que nous allons balayer !

Il fit donner le tambour et avancer une compagnie de mousquetaires de Tonneins. Ce qui eût pu lui donner quelque souci s'il n'avait eu l'esprit brouillé par la gloriole, c'est que ces obstacles paraissaient déserts. Ces barricades semblaient abandonnées, comme ces entassements de branchages que l'on voit s'amasser aux piles des ponts. Lorsque Hélie de Jehan lui en fit la remarque, il haussa dédaigneusement les épaules et répliqua :

– Je vous répète que ces barricades ne me font pas peur ! Les croquants ont dû prendre le large en nous voyant arriver…

– Au moins, ajouta le vice-sénéchal, prenez quelque précaution. Au lieu des soldats de Tonneins, faites effectuer une reconnaissance par les *bonnets verts* de Chaleppe. Si c'est une ruse et que les croquants nous attendent, ils hésiteront peut-être à faire feu sur leurs congénères.

C'était l'avis des capitaines de Ventadour et de Tonneins. Pas celui de Grignols. Il vociféra :

– De quoi vous mêlez-vous ? Souhaitez-vous commander à ma place ? Je sais d'où vous tenez ces conseils de prudence : de cette vieille ganache de Bourdeilles !

– Je ne vous permets pas d'insulter monseigneur le sénéchal ! riposta Hélie de Jehan.

– Pour la première fois, monsieur, je vous ordonne de vous taire ! Faites avancer cette compagnie de mousquetaires, mèche allumée !

Les soldats allumèrent leur mèche et s'avancèrent au pas de charge vers la première barricade. Ils l'escaladèrent avec peine, en raison de sa hauteur, en s'accrochant aux aspérités. Pas un coup de feu ne les accueillit, pas un croquant ne montra le bout de son mousquet. Ils se regroupèrent sur l'esplanade, ébahis, considérèrent avec inquiétude la muraille constituée par la deuxième barricade ; elle semblait aussi déserte que celle qu'ils venaient d'escalader. Autour d'eux, enveloppée dans l'épaisse chaleur et un silence de cimetière, pas une feuille ne bougeait, pas un murmure ne montait de l'épaisseur végétale.

Les mousquetaires s'avancèrent jusqu'au bord du fossé qui succédait à la barricade. Ils restèrent un moment dans l'expectative. Soudain, le lieutenant qui menait l'opération s'écria :

– Gare ! Un mousquet à main gauche !

Il s'apprêtait à faire feu avec son pistolet quand il s'écroula, une balle dans la tête. Un roulement de tonnerre suivit cette première décharge.

Depuis le matin, Pierre Grellety se tenait en état d'alerte. De temps à autre, Joseph, qui précédait à bonne distance l'armée royale en surveillant sa progression, l'avait tenu informé.

– Ils ont quitté Pouzelande. Ils hésitent sur la direction à prendre. Nous les avons attirés vers le bas de La Juillerie… Ils sont arrivés en vue de La Parélie…

Il faisait à cheval, au galop, la navette entre les premiers éléments de l'armée royale et les barricades.

– C'est bien, lui répondait Pierre. Continue à les observer et fais en sorte que nos tirailleurs les dirigent sur nous.

Jamais le temps ne lui avait paru aussi long. Il fumait pipe sur pipe au risque d'en avoir les idées brouillées ; sa bouche était sèche comme de l'amadou et il devait cligner des yeux pour y voir clair.

Joseph venait à peine de repartir au galop pour une quatrième navette, quand Pierre vit venir à lui une sentinelle précédant une femme qu'il ne reconnut pas tout de suite à travers la pénombre du sous-bois. Quand il vit qu'il s'agissait d'Esther, il poussa un juron, la prit aux épaules et la secoua violemment avant de lui souffler au visage :

– Je t'avais interdit de me rejoindre ! Qu'as-tu fait de notre drôle ?

Elle l'avait laissé aux laboureurs de Pissot qui élevaient une marmaille, parmi laquelle une adolescente à qui Esther avait confié son enfant. Ils n'avaient pas à s'inquiéter ; il était en de bonnes mains.

– Eh bien… soupira-t-il, puisque tu es là, mieux vaut que tu serves à quelque chose. Tu as appris à charger une arme ? C'est ce que tu feras. Tu n'auras plus besoin de tout cet arsenal que tu portes sur toi…

Il sourit en la regardant, toute fiérote, harnachée de pistolets, de cartouchières, d'une poire à poudre en corne de vache et d'une vieille arquebuse empruntée sans doute aux gens de Pissot. Sans sa forte poitrine, son fondement généreux et sa crinière de Sarrasine, on l'eût prise pour un homme.

– Tu ne me lâcheras pas d'un pouce ! dit Pierre, et je t'interdis de faire du zèle. Si l'affaire prend vilaine tournure pour nous, tu files par la piste que tu viens de prendre et tu te mets à l'abri. La bataille terminée, si je suis encore de ce monde, nous nous retrouverons à Pissot.

Il ajouta :

– Montre voir comment tu t'y prends pour charger un mousquet…

Elle lui fit une démonstration magistrale, battit le briquet, alluma la mèche, souffla dessus, l'approcha du bassinet…

– Eh là ! fit-il, c'est pas à toi de donner le signal de la bataille !

Elle reposa son arme, se pencha vers lui.

– Fais-moi un *chatouil,* dit-elle. J'en rêve chaque nuit depuis que je t'ai quitté.

Il lui caressa le cou avec ses moustaches, lui mordilla le lobe de l'oreille, l'écouta gémir doucement.

– Ce soir, dit-il, nous fêterons la victoire à notre façon.

Joseph, qui remplissait l'office de cornette de cavalerie auprès du chef, venait de surgir sous la bannière blanc et bleu piquée à sa selle. Planté devant la première barricade que Pierre venait de faire évacuer, il s'écria en agitant son chapeau :

– L'armée ! Elle est en vue ! On peut la voir, derrière ces peupliers…

Juché sur une avancée de rocher, il avait eu le souffle coupé en voyant l'avant-garde surgir au détour de la route, toutes bannières déployées derrière les tambours qui faisaient un gros bourdon de ruche. Aussi loin que portait son regard, il pouvait apercevoir, sous un léger voile de poussière jaune, défiler par compagnies les trois régiments qui avançaient mollement, dans la grande chaleur, derrière leurs enseignes, puis les pelotons de cavalerie et, traînaillant sur les arrières comme des lambeaux de charpie, la milice de Périgueux et la horde des *bonnets verts* du capitaine Chaleppe, qui n'avaient d'autre enseigne qu'un fagot de genêt planté sur une fourche.

– *Miladiou !* jura-t-il, si je ne connaissais pas mon frère comme je le connais, je dirais qu'il est mûr pour les petites maisons.

Immobile sur son cheval qui se trémoussait comme devant l'imminence d'un danger, il ne pouvait se résoudre à abandonner son poste d'observation. Lorsqu'il retrouva le chemin, à une centaine de toises de l'avant-garde, il piqua des deux pour rejoindre son frère.

– Alors, l'interrogea Pierre, comment est-ce que l'affaire se présente ?

– Nous aurons du mal. On nous avait annoncé deux mille hommes. Apparemment, le compte y est, mais ils avancent lentement et semblent dormir en marchant.

– Eh bien, dit Pierre, nous allons les réveiller !

Par quelques coups de sifflet modulés envoyés à droite et à gauche, il avertit ses hommes d'avoir à prendre position et à se tenir prêts. Il fit évacuer les croquants qui se trouvaient en observation derrière la première barricade, de façon à en faire un trompe-l'œil, une sorte de leurre. Lorsque Grignols trouverait le nid vide, il se poserait des questions. Or, quand on va engager une bataille, il n'est pas bon de s'interroger. Pierre vit sans surprise une compagnie de jolis mousquetaires, qui semblaient sortir de l'hôtel de Bourgogne, se diriger au pas de charge vers les barricades, escalader avec peine la première, se retrouver sur le terre-plein et s'immobiliser, le nez en l'air, devant un fossé creusé de frais qui sentait encore la terre remuée.

Il sursauta quand il entendit un lieutenant s'écrier en brandissant son pistolet :

– Un mousquet à main gauche !

Il vit l'officier battre l'air de ses bras et s'écrouler. Un feu nourri étouffa son cri.

M. de Grignols ne se posait plus de questions : il savait que l'ennemi était là, invisible mais présent, et que ces barricades ressemblaient fort au traquenard dont avait parlé Hélie de Jehan.

La mousquetade des croquants ayant creusé des vides dans la première compagnie, M. de Grignols demanda à la suivante de se préparer à l'assaut. Lorsqu'elle eut escaladé le premier obstacle, elle faillit rétrograder : les tirs des croquants avaient fait autant de victimes, morts ou blessés, qu'il y avait de combattants.

D'où était partie cette première mousquetade ? De partout et de nulle part. Les bouquets de fumée qui s'accrochaient aux arbres se rejoignaient, si bien que l'on ne pouvait riposter qu'en tirant au jugé.

M. de Grignols, debout dans ses étriers, s'égosillait :

– Tirez ! Mais tirez donc, nom de Dieu !

Des salves se perdirent dans les ramures de la châtaigneraie. La riposte des croquants fut immédiate : des traits de feu sabrèrent l'épaisseur de la forêt, laissant s'échapper des floches couleur de cendre. Une vingtaine d'assaillants basculèrent en hurlant dans le fossé précédant la deuxième barricade.

On entendit tonner la voix du vice-sénéchal :

– Osez vous montrer, poltrons ! Sortez de votre cachette ! L'armée du roi vous attend !

Une balle fit sauter son chapeau et cesser ses vociférations.

Le capitaine Massin s'avança vers M. de Grignols pour lui proposer d'envoyer sa cavalerie de part et d'autre des barricades afin de débusquer les tireurs et d'ouvrir un chemin pour contourner l'obstacle.

– Très judicieux ! dit le chef. Nettoyez-moi ces pentes mais faites vite ! Il me tarde de passer outre.

Plus facile à dire qu'à faire. Les trois barricades occupaient toute la largeur du chemin en s'appuyant aux contreforts des collines escarpées, si bien qu'il ne restait que peu d'espace pour l'évolution des cavaliers. Quant à s'engager dans la forêt truffée de postes, à travers la masse des baliveaux et les taillis serrés de jeunes pousses, ce n'était pas une partie de plaisir. Les premiers chevaux qui ouvrirent la manœuvre se cabraient, donnaient de la tête en hennissant et sabotaient frénétiquement sous la bride qui leur battait les flancs et les éperons qui leur labouraient le ventre.

Pour les croquants, ces cavaliers téméraires constituaient des cibles idéales : il était facile de blesser le cheval, et sans sa monture, le cavalier a du mal à combattre à pied.

La superbe cavalerie de Massin dut battre en retraite avec de lourdes pertes.

J'ignore ce que cet étourdi de Grignols dut se dire à ce moment précis de la bataille. Je suppose qu'il ne se sentait pas très glorieux et qu'il dut en rabattre de son arrogance. Il attendait une bataille rangée, s'imaginait tournoyant sur son cheval dans une tourmente héroïque, sabrant les croquants comme Blaise de Monluc l'avait fait des huguenots, pas très loin d'ici, dans la forêt de Vergt, au siècle dernier. Et voilà qu'il se voyait tenu en échec par des bastions de fortune curieusement vides et une forêt peuplée de combattants invisibles !

Je n'ai guère de peine non plus à imaginer dans quel état d'esprit pouvaient se trouver les régiments et leurs capitaines. L'exaltation du départ avait fait place à la fatigue d'une marche harassante, la fatigue à l'inquiétude et l'inquiétude au désarroi. Les chefs de l'armée avaient derrière eux deux mille soldats dont ils ne savaient que faire.

C'est le vice-sénéchal, une tête froide, qui réagit le premier alors que la mousquetade marquait une trêve.

– Nous n'allons pas attendre Noël, monsieur de Grignols ! s'écria-t-il. Allez-vous vous décider à lancer un assaut général ?

M. de Grignols n'avait rien décidé, tant était grande sa confusion. Il fit donner le tambour et la trompette afin de montrer que le moral n'avait pas fléchi. On allait voir ce qu'on allait voir !

Le capitaine du régiment de Ventadour n'était pas de cet avis, estimant qu'un assaut général se traduirait par un massacre et une panique.

– Peut-être avez-vous raison, répliqua M. de Grignols, mais j'aimerais bien savoir ce qui se cache derrière les deux autres barricades. Les rebelles n'ont pas effectué ce travail simplement pour faire impression…

Pierre tendit son mousquet fumant à Esther, prit celui qu'elle avait armé. Il s'approcha de Joseph, qui exultait : il venait d'envoyer à terre un sergent qui tentait l'escalade de la deuxième barricade.

– Nous n'en sommes qu'aux entrées, dit-il en riant. Nos amis ne vont pas encore quitter la table, bien que nous leur ayons coupé l'appétit !

– Nous allons leur proposer le premier service, dit Pierre. Tu vois cet officier à cheval, avec le plastron mordoré et le plumail rouge ? C'est M. le comte de Grignols. Si nous le rayons de la liste des invités, ça fera un fameux chambard ! Tu es meilleur tireur que moi. Tâche de ne pas le rater.

Joseph ajusta la cible, son mousquet dans la fourche de deux basses branches, visa longuement, pressa la gâchette. La fumée dissipée, il vit le pauvre Grignols s'incliner à droite puis à gauche sur sa selle et vider les arçons. Une grande clameur monta autour de lui et, avant même que Pierre eût donné le signal, des coups de mousquet éclatèrent de toutes parts autour d'eux. L'avant-garde recula, des chevaux blessés se cabrèrent et s'abattirent, tambours et trompettes s'égaillèrent sur les bas-côtés et se jetèrent à plat ventre dans les buissons. On entendit un jeune tambour se lamenter sur sa caisse crevée.

– Mon page… bredouilla M. de Grignols. Ce pauvre garçon… Il est mort à ma place, en héros. Nous lui ferons de belles obsèques.

– Cet accident risque de se retourner contre nous, dit Hélie de Jehan. Les croquants doivent s'imaginer qu'ils vous ont abattu. Ça risque de leur donner un regain de combativité. Écoutez-les ! Ils sont en train de chanter victoire…

M. de Grignols frottait nerveusement ses moustaches cirées, signe qu'il envisageait de grandes décisions.

– Ils ne tarderont pas à déchanter ! dit-il. Nous allons faire avancer une centaine de piquiers du régiment de Ventadour, appuyés par des mousquetaires de Tonneins. Je ne puis croire que les deux autres barricades soient aussi désertes que la première, ce qui n'aurait aucun sens. Cette racaille nous tient depuis trop longtemps le bec dans l'eau…

Sortis de leurs fossés, les trompettes entrèrent en action avec ardeur. Les piquiers de Ventadour s'avancèrent en traînant les pieds. M. de Grignols les salua d'une de ces harangues qu'il savait si bien trousser.

– Imaginez, leur dit-il, que votre femme ou votre maîtresse soit en train de regarder la feuille à l'envers derrière cette estacade. Vous allez lui courir sus et la prendre en flagrant délit. Si vous trucidez l'infidèle et son amant, vous aurez ma bénédiction, et une belle médaille en plus !

Un rire plat courut dans la troupe : l'heure

n'était pas à la gaudriole. Hélie de Jehan haussa les épaules et tourna son regard vers le ciel avec un air apitoyé. Ce pauvre Grignols ne savait qu'inventer pour se faire tourner en ridicule !

Un coup de trompette et un roulement de tambour sonnèrent la charge. Le premier obstacle fut franchi dans un élan irrésistible, mais, lorsque les piquiers se trouvèrent sur le terre-plein, au bas de la muraille de détritus de la deuxième barricade, ils durent sentir des frissons leur courir dans l'échine : le sol était tapissé de cadavres et de blessés qui demandaient du secours dans un concert de voix brisées.

La deuxième barricade était plus élevée que la première, et le fossé était tellement encombré de corps sans vie ou de blessés qu'on ne savait où mettre les pieds.

C'est un sergent qui donna l'exemple. Agrippé aux aspérités de la muraille, il parvint à se hisser sur la crête, avec sans doute l'espoir qu'il trouverait un terre-plein déserté. Plusieurs hommes le suivirent.

Ils s'apprêtaient à sauter et à se ruer sur la troisième barricade, dans l'espoir de la franchir aussi aisément que les deux précédentes, quand ils furent accueillis par un feu nourri partant de la muraille, tandis qu'une vingtaine de croquants dévalaient vers eux, armés d'épées et de couteaux.

Il s'ensuivit un combat au corps à corps d'une sauvagerie extrême, mais peu favorable aux royaux, embarrassés de leurs piques.

– Ils en tiennent ! s'écria M. de Grignols. Nous sommes dans la place. Les croquants décampent.

Il venait d'apercevoir un groupe en train de se replier hâtivement sur la pente et disparaître sous les couverts. Il fit tirer sur eux par les mousquetaires de Ventadour qui en abattirent quelques-uns et fit de même contre un peloton qui, sur l'autre pente, faisait retraite en tiraillant. Il calcula que cette mousquetade avait dû faire une vingtaine de victimes. Une vingtaine sur deux cents, c'était déjà une petite victoire.

Il la salua en avalant quelques gorgées de brandevin à sa gourde.

Il se faisait des illusions.

Le théâtre des opérations ne se situait pas seulement sur l'avant-garde. Pierre avait installé des tireurs sur les flancs de l'armée, et ils ne patientaient pas en jouant aux cartes.

Castanet s'était posté avec une cinquantaine d'hommes face à la position tenue, sur l'autre flanc, par Thony Aubarbier, avec un nombre d'hommes équivalent. Ils creusaient des vides dans la troupe en choisissant leur cible comme pour un jeu de massacre. Constantin et Sadoulet tenaient des postes sur les arrières de l'armée, avec l'ordre de faire des vides dans la masse des miliciens conduits par un fils de Pierre de Bessot, et des *bonnets verts* du capitaine Chaleppe.

Proche des arrières de l'armée, au niveau des chariots de ravitaillement, un groupe d'une dizaine de croquants avait reçu de Pierre Grellety une mission particulière : tirer sur le véhicule contenant les barils de poudre et les faire exploser. Ils firent plusieurs tirs sans succès, les balles ricochant sur les planches abritant la réserve.

– Je sais comment m'y prendre, dit Paponnet, responsable du poste. Bourdeloux, tu vas me suivre. Il vaut mieux être deux.

Alors que le combat faisait rage dans le deuxième bastion, ils se rapprochèrent du plus près qu'ils purent du chariot. Accroupis derrière un buisson de houx, ils examinèrent le terrain. Quatre hommes montaient la garde autour du véhicule, mousquet à l'épaule, mèche éteinte. Paponnet et Bourdeloux étaient armés chacun de deux pistolets, en plus de leur mousquet : plus que suffisant pour neutraliser les gardiens. Ils choisirent chacun les leurs et firent mouche coup sur coup.

Paponnet battit le briquet sur quelques brindilles sèches qui libérèrent une flamme claire. Il balaya le menu brasier dans son chapeau de cuir, et sautant sur le chemin, jeta son brûlot sur le chariot en y joignant sa corne à poudre.

L'explosion fut quasi immédiate et si violente qu'on dut l'entendre à Sanilhac et à Église-Neuve. La fumée dissipée, Bourdeloux chercha des yeux son acolyte : il était accroché aux basses branches d'un fayard, disloqué comme une poupée de son.

Lorsqu'il entendit la détonation et qu'il vit, sur les arrières de l'armée, s'élever une épaisse fumée, Pierre se dit que ce diable de Paponnet avait réussi sa mission.

Les croquants avaient fait taire leurs armes sur les deux pentes proches des barricades. Dans la bataille qui faisait fureur sur le deuxième bastion, il était difficile de distinguer les soldats des rebelles, dont certains avaient revêtu les uniformes des soldats pris dans les embuscades. La mêlée était inextricable et il en montait des cris de damnés comme dans un chaudron de l'enfer. La consigne était de rompre, afin d'éviter des pertes trop sévères, mais ces bougres s'accrochaient à chaque pouce de terrain. Les rescapés, dont certains portaient des blessures graves, s'arrêtaient pour boire une gorgée à leur gourde, la *bouteille d'Angleterre,* comme on dit chez nous, et revenaient gaillardement au combat.

Chargé comme une mule, Sadoulet passait d'un poste à l'autre pour les alimenter en munitions, en poudre et en vin, si bien que les croquants ne manquaient de rien.

– Esther, dit Pierre, tu as fait ce que tu jugeais bon de faire. Maintenant, repos ! Il va y avoir de la *baraille,* et je ne sais comment ça va tourner. Les forces de Grignols sont à peine entamées et nous avons perdu beaucoup d'hommes. Alors tu vas filer en vitesse. Le petit Marot te remplacera pour charger le mousquet. Tu remontes jusqu'à la crête de la colline, tu redescends sur la route et tu piques droit sur Pissot. Tu connais le chemin. Exécution !

Esther était si lasse qu'elle obtempéra à cet ordre tout militaire. Elle jeta un baiser dans la barbe de Pierre, imprégnée d'une lourde odeur de poudre et de tabac, avant de prendre le large. Au lieu de gagner le haut de la colline, elle se dirigea vers un petit poste situé sous un abri de roche, occupé par une poignée de combattants, sous le commandement de celui qu'on appelait Crapal parce qu'il avait le visage couvert de pustules et d'étranges yeux verts.

– Pierre m'envoie en renfort, dit-elle. Je sais recharger les mousquets.

– Pas besoin de renfort, grogna Crapal.

– Je fais qu'obéir aux ordres, alors, que ça te plaise ou non, je reste. Je rechargerai ton mousquet.

– J'aime pas avoir une femme dans mon dos ! bougonna le croquant. Je les préfère devant. Mais si c'est un ordre du chef…

L'explosion du chariot de munitions avait causé un début de panique dans l'armée. Terrifiés, les hommes qui se trouvaient proches de l'accident, des miliciens et des paysans pour la plupart, jetaient leurs armes et prenaient la fuite. Il fallut envoyer un peloton de cavalerie pour les ramener à la baguette. On vit passer en trombe des chevaux affolés que leurs cavaliers ne parvenaient pas à maîtriser.

– Je reconnais que c'est un coup de maître, dit M. de Grignols, mais ces canailles vont le payer cher. Ventadour, où en sont vos piquiers ?

– Les croquants lâchent pied et fuient comme des rats, monseigneur. Nous serons bientôt maîtres de la place.

– Fort bien. Il restera à prendre le troisième bastion. Et, là, je crains que ces hors-la-loi ne nous donnent du fil à retordre.

Tonneins proposa de faire distribuer des rations de brandevin aux soldats qui, l'arme au pied, attendaient le signal d'un nouvel assaut. M. de Grignols s'y opposa : on leur avait offert trop de vin en cours de route, si bien que la plupart étaient ivres et incapables de viser juste. Ils avaient de l'eau dans leurs gourdes pour étancher leur soif !

La bataille durait plus d'une heure, après les premiers flottements. Entre les aires de silence succédant aux tirs de roulement des mousquets, la forêt bruissait d'un chant profond, continu, d'une étrange sérénité, qui contrastait avec le tumulte précédent. De lourdes vagues de chaleur coulaient sur la futaie et la lande, avec des odeurs de poudre et de feuilles rissolées.

Lorsque M. de Grignols aperçut, sur la crête de la deuxième barricade, l'un des piquiers de Ventadour brandissant son chapeau en signe de victoire, il dut se dire que c'en était fini et qu'on tenait la victoire.

Le soldat laissa échapper son arme et bascula dans le fossé.

Joseph fit passer aux postes alentour, jusqu'à celui qu'avait tenu Paponnet, la consigne de son frère, qui était de se rapprocher sans délai des barricades et de prendre position à peu de distance, pour, en cas de besoin, se regrouper et faire face à l'adversaire.

La troisième barricade avait été conçue par Pierre avec un soin tout particulier. Il avait, dans l'épaisseur de cette muraille de débris, ouvert des pertuis, comme autant de meurtrières pour le passage des armes, et dégagé une esplanade assez vaste pour l'évolution d'une centaine d'hommes ; des murettes de terre derrière lesquelles, à plat ventre, on pouvait faire le coup de feu la bornaient des deux côtés et ouvraient directement sur la forêt où l'on pourrait se réfugier en cas de repli.

– Nous avons perdu combien d'hommes ? demanda Pierre.

– Environ une cinquantaine, dit Joseph.

– C'est beaucoup. Et Grignols ?

– Au moins le double.

– C'est peu.

La bataille de la deuxième barricade, dont les royaux s'étaient rendus maîtres avec de lourdes pertes, avait donné à Pierre le sentiment que, si sa stratégie s'était révélée judicieuse, elle risquait à la longue, étant donné l'importance des forces adverses, de tourner à son désavantage. Le temps jouait contre lui.

Lorsqu'il songeait à Gorgetorte, son cœur se serrait. Il imaginait sans peine avec quelle ardeur son lieutenant l'aurait secondé. Il lui semblait parfois entendre retentir dans son dos sa voix bourrue de vacher lorsque Pierre tardait trop à prendre une décision et discutait sur un poil de chèvre. Sans ce meneur d'hommes, que l'on comparait parfois à Buffarot, ce combat perdait un peu de son âme et beaucoup de son allant.

Pierre sursauta : des coups de sifflet le prévinrent que l'opération de repli qu'il avait commandée était en cours et se développait convenablement.

Il ne restait qu'à attendre le dernier assaut.

M. de Grignols arborait un large sourire devant ses capitaines. L'explosion du chariot de poudre et de munitions l'avait laissé un moment désemparé, mais la prise de la deuxième barricade lui avait redonné du cœur au ventre.

– Nous avons fait un grand pas, dit-il d'un air suffisant, et nous allons poursuivre, si Dieu le veut. Nous allons donner l'ordre au capitaine Chaleppe et à ses *bonnets verts* de s'enfoncer dans la forêt et d'en déloger ce qui reste de croquants.

Les chefs qui l'entouraient échangèrent un regard de stupéfaction.

– Le capitaine Chaleppe ? dit Hélie de Jehan d'un air embarrassé. Mais, monseigneur, il a été tué dans l'explosion.

– Diable ! Et qui le remplace ?

– Nous l'ignorons, dit Ventadour. Le gros de sa troupe, terrorisé par l'explosion, s'est débandé.

– Diable… diable… Alors nous enverrons la milice.

Le vice-sénéchal toussa et reprit :

– C'est que… nous venons de l'apprendre, le capitaine de Bessot a été blessé et ramené sur Périgueux. M'est avis que ses gens refuseront d'aller affronter les croquants sur leur domaine.

– Nom de Dieu ! rugit Grignols, nous n'allons pas envoyer dans la forêt la troupe royale ! J'aurais dû écouter mon oncle, M. de Sourdis, quand il me mettait en garde contre ces vilains et ces bourgeois. Ce sont des lâches ! Eh bien, nous nous passerons d'eux !

L'heure n'était plus aux regrets ni aux remords.

Le temps passait. Le ciel, par-dessus les collines, prenait la couleur laiteuse des soirs de grande chaleur. M. de Grignols se dit qu'il aurait bien aimé en finir avant la nuit et profiter de l'allégresse donnée à ses hommes par leur succès.

On se battait depuis plus de deux heures et les croquants tenaient toujours leurs positions dans la forêt, par petits groupes, M. de Grignols gardait un œil sur cette troisième barricade qui semblait le narguer. Il la lui fallait, et sans tarder ! Il ne doutait pas qu'une seule vague d'assaut parviendrait à enlever cette accumulation de débris, mais il se méfiait de ce qu'elle pouvait cacher. Pourquoi avait-il renoncé à doter son armée des bouches à feu que les autorités de Périgueux lui auraient volontiers prêtées ? Pourquoi ? Elles auraient ralenti son allure ? Allons donc ! Les libations de vin, en cours de route, avaient été bien plus néfastes. Deux ou trois couleuvrines, un canon, quelques gargousses, et ce rempart aurait volé en éclats avec tout ce qu'il abritait !

– Nous allons déclencher un assaut général contre cette estacade ! lança-t-il à Hélie de Jehan. Ventadour, Tonneins, Massin, tenez vos compagnies prêtes et faites passer la consigne à vos officiers et à vos hommes : pas de quartier !

Il s'avançait vers les bastions lorsqu'il poussa un cri en portant une main à son épaule, où une balle venait de se loger. Descendu de cheval, il réclama le chirurgien qui accompagnait l'armée. Le bonhomme examina la blessure et hocha la tête : la balle était restée dans la chair ; il allait falloir l'extraire avant que l'infection ne se déclare.

– Pas le temps ! grogna le chef. Faites-moi un pansement. Nous aviserons par la suite.

Il parvint à se hisser sur sa selle alors que les premières unités du régiment de Ventadour arrivaient aux abords de la première barricade, sur laquelle on avait planté les étendards du roi. Un voile opaque passait de temps à autre sur ses yeux et il sentait son cheval tanguer sous lui comme une barque dans la tempête. Il serra les rênes et lança d'une voix enrouée :

– Pour le roi ! Pour la France ! En avant, mes amis !

Il bascula sur sa selle et s'écroula sur le sol, tandis que le piétinement d'orage de la troupe, les chants de guerre et les vociférations des soldats résonnaient autour de lui.

Pierre sentit un mauvais frisson lui courir au creux des reins. Il ne pouvait ignorer que Grignols ne considérerait pas comme une victoire définitive la prise de deux barricades sur trois, mais de là à imaginer cette masse d'hommes en train de progresser dans un nuage de poussière où palpitaient les étendards de régiments célèbres, ce tonnerre de chants et de vociférations mêlés au grondement des tambours…

Il avait donné l'ordre à Aubarbier, à Castanet et aux meilleurs de ses lieutenants de les rejoindre, lui et Joseph, derrière la troisième barricade, en laissant quelques pelotons sur les pentes pour faire le coup de feu contre les assaillants.

Ils se retrouvèrent là une centaine environ, disposés en étages. Une centaine contre plus de mille soldats qui semblaient avoir retrouvé leur ardeur. Les premiers éléments de Grignols travaillaient à démanteler la barricade initiale, de manière à laisser le champ libre à la troupe. Des salves parties des pentes en abattaient quelques-uns mais d'autres accouraient à la rescousse, si bien que deux larges ouvertures furent pratiquées à travers le monceau de détritus. Les soldats s'y engouffrèrent en hurlant.

La même opération sur le deuxième obstacle se révéla plus difficile, car elle était surélevée et il eût fallu poser des échelles pour accéder à la crête et rejoindre la compagnie des piquiers de Ventadour qui piétinaient à sa base sous les tirs des croquants. Quant à contourner l'obstacle, il ne fallait pas y songer : les cavaliers de Massin, qui avaient tenté la manœuvre, y avaient laissé des plumes et du poil – on entendait encore hennir sous les couverts les chevaux à l'agonie. Quant à envoyer les miliciens et les paysans, on savait ce qu'il en était.

La ruée des soldats avait donné aux croquants un regain de pugnacité : ils tiraient sans discontinuer depuis la troisième barricade et les pentes creusant des vides parmi les assaillants pressés comme harengs en caque et piétinant les morts et les blessés de la première charge. Les soldats semblaient assaillis par des essaims de frelons et ne savaient plus où donner de la tête. Répondre à ces tirs ? Certes, mais sur quelles cibles ? Les défenseurs de la barricade étaient invisibles et ceux des pentes inaccessibles. Des innocents réclamaient à hauts cris des échelles dont on était dépourvu car on ne s'attendait pas à affronter les épreuves d'un siège en règle !

Alors, que faire ? Se laisser massacrer sur place ou rétrograder ? Ils rétrogradèrent, mais en bon ordre.

Où les compagnies de Ventadour avaient échoué, peut-être celles de Tonneins réussiraient-elles ? Quant à la cavalerie de Massin, elle se tenait à l'arrière, de manière à affronter les croquants s'ils se risquaient à déborder l'infanterie en sortant de leurs repaires.

M. de Grignols avait fini par accéder à la requête de Jehan : il fit distribuer aux soldats de Tonneins des rasades de brandevin et une belle harangue en prime.

– Mes enfants ! s'écria-t-il en remontant avec peine sur sa selle, ne vous laissez pas impressionner par cette racaille ! Dites-vous que le roi de France a l'œil sur vous. Montrez-lui que vous êtes l'élite de ses armées !

Ce beau discours, prononcé d'une voix rauque, passa par-dessus la tête des soldats. Ce n'étaient pas des pleutres : beaucoup s'étaient battus avec honneur contre les Espagnols et portaient d'honorables blessures, mais là, devant ces défenses qui crachaient le feu, face à ces sauvages qui s'y accrochaient. ils se sentaient du mou dans les jambes.

En fait, alors qu'on leur servait le brandevin à pleins seaux, les tirs se raréfièrent puis se turent. Fallait-il en conclure que les croquants, ayant renoncé à défendre leur dernière position, songeaient à la retraite ? Ou était-ce de leur part une ruse destinée à donner le change ? Allez savoir ! Je penche, connaissant bien les Grellety, pour la ruse, et cela devait se vérifier bientôt.

Pierre ne tarda pas à regretter d'avoir congédié Esther. Marot était un gentil garçon, de bonnes manières et courageux, mais, pour recharger le mousquet, il était moins rapide et moins habile qu'elle. Il fallait donner de la gueule pour qu'il presse le mouvement et mesure convenablement la poudre dans le canon. À la moindre réprimande, ses mains se mettaient à trembler.

Après le retrait de la compagnie de Ventadour, qui avait perdu une trentaine d'hommes et comptait presque autant de blessés, les coups de sifflet de Pierre avaient demandé que l'on cessât le feu. Il comptait sur ce silence pour impressionner l'attaquant et lui donner l'illusion d'une retraite. Il vit, le cœur serré, les compagnies de Tonneins s'avancer à leur tour, en bon ordre, derrière leurs officiers. Il était occupé à une estimation sommaire des forces qui allaient fondre sur lui, quand, comme pour répondre aux chants de guerre des soldats, les croquants entonnèrent, d'un bord à l'autre de l'étroite vallée, la chanson de Biron.

Aro, leben nous tous, mous frayres
Din la capelle de Biroun
Anen prega bel fils, bel payre
Parloun de lour Glorio bien loun...

Cette chanson, je l'ai chantée aux noces de ma sœur Martille ; j'en connais tous les couplets et le refrain, et je la chantonne souvent en me promenant sur ma mule à travers ma campagne.

Bref, le dernier écho de ce chant de révolte venait de se perdre dans les frondaisons quand on entendit la voix puissante de Grellety lancer par-dessus la dernière barricade sur laquelle il s'était juché :

– Soldats, vous êtes des nôtres ! Sachez que nous n'avons pas pris les armes contre le roi mais contre ses commis qui oppriment et affament le peuple des villes et des campagnes ! Vous n'êtes pas nos ennemis ! Retirez-vous et jetez vos armes !

Un jeune lieutenant qui, blessé, n'avait pu se retirer avec le ressac des compagnies de Ventadour se dressa à quelques pas de Grellety et découvrit sa poitrine en s'écriant :

– C'est contre l'armée royale que vous vous battez ! Vous êtes des hors-la-loi, que ça vous plaise ou non. Tirez sur moi si vous l'osez !

Pierre donna l'ordre de ne pas faire feu sur ce brave ; il ne fut pas entendu : atteint d'une balle dans le ventre, le lieutenant fit trois pas en avant et s'écroula en criant :

– Soyez maudits ! Vous êtes perdus !

Ce fut comme si un orage d'une rare violence se déclenchait sur la forêt et brouillait ses éclairs dans le creux de la vallée.

Les premiers éléments du régiment de Tonneins se mirent en marche sans interrompre leur chant de guerre, la brûlure du brandevin dans la gorge. Ils passèrent aisément par les ouvertures, derrière la première barricade, et, parvenus au pied de la seconde, s'échinèrent à pratiquer d'autres passages, ce qui leur ouvrit l'accès à l'esplanade, assez vaste pour leurs évolutions. Là, ils marquèrent un arrêt et se concertèrent, en dépit des coups de feu qu'avait déclenchés leur intrusion. Ils étaient là, une bonne centaine, à se demander comment ils allaient enlever ce dernier rempart, haut comme deux hommes et vigoureusement défendu.

L'intervention d'un lieutenant mit un terme à leur perplexité. Il s'écria :

– Si vous attendez les échelles, vous vous mettez le doigt dans l'œil, les gars ! Les échelles, ce sera vous ! Vous allez m'escalader ce tas d'ordures et chasser ces chiffonniers !

Et l'escalade débuta, les soldats s'aidant les uns les autres pour accéder à la crête. Ils ne purent y parvenir que grâce à un feu roulant qui la nettoya des défenseurs qui, debout, leur tiraient dessus à bout portant.

Il faudrait des pages et des pages pour conter par le menu la mêlée sauvage qui s'ensuivit. Les témoignages que je pus recueillir patiemment, à quelques mois de cet engagement, ne m'ont guère apporté de lumière et je constatai qu'ils étaient souvent contradictoires.

Bref, je ne puis prétendre relater ces faits en détail, ce qui, d'ailleurs, serait fastidieux. Ce que je puis dire, c'est que ce combat, dans un espace si réduit, tournait à la tuerie aveugle et que les combattants étaient tellement encombrés de morts et de blessés qu'ils avaient du mal à se servir de leurs armes blanches, les mousquets étant inutilisables.

M. de Grignols dut se résoudre à sonner la retraite. À demi inconscient du fait de sa blessure qui lui avait fait perdre beaucoup de sang, il fut des premiers à prendre le large, tandis que, maîtres du terrain, les croquants chantaient victoire.

– Ce n'est pas sans de lourdes pertes, m'a confié Joseph, que nous sommes restés maîtres de notre territoire. Les régiments royaux dispersés, en retraite sur Périgueux, la brillante cavalerie de Massin réduite de moitié, la retraite s'imposait. On a fait le compte des pertes chez l'adversaire : environ quatre cents hommes de troupe et un bon nombre d'officiers. Quant à nous, c'est une soixantaine des nôtres que nous avons perdus, et je ne parle pas des blessés…

Le souvenir de ce combat farouche et de cette victoire difficile lui mettait le rouge au visage. Il ajouta :

– Ce pauvre niais de Grignols ! Il s'imaginait qu'il allait nous affronter en bataille rangée, ce qui lui aurait assuré une victoire facile.

Son visage s'assombrit, sa voix s'embourba lorsqu'il me parla d'Esther.

– Elle est morte victime de sa désobéissance. Pourquoi n'a-t-elle pas obéi aux ordres de Pierre ? C'est le dénommé Crapal qui vint annoncer la triste nouvelle à mon frère, alors que nous partagions le vin de la victoire. Il ramenait le corps de cette pauvre créature, que Dieu ait son âme. Elle était méconnaissable, ayant reçu une charge de grenaille en plein visage. Afin que mon frère ne pût la voir dans cet état, je lui recouvris la tête de mon chapeau, mais je ne pus l'en empêcher. Ah ! mon pauvre Donnadieu, le chagrin qu'il a eu… Il protestait que ce ne pouvait être elle, puisqu'il l'avait envoyée à Pissot, mais il dut se rendre à l'évidence en reconnaissant la médaille de Notre-Dame de Bassac qu'il lui avait offerte. Nous avons dû lui arracher ses pistolets. Il menaçait de se faire sauter la tête…

Il y eut entre nous un silence lourd comme un soir d'orage. Je l'ai rompu en demandant des nouvelles du petit Guillaume. Joseph me rassura sur son sort : il était resté à Pissot, chez ces braves laboureurs qui l'ont élevé sans faire de différence avec leur propre progéniture. Il y est encore.

Cette victoire avait eu pour les croquants un autre avantage, et pas des moindres : ils avaient fait parmi les cadavres des officiers et des soldats une ample moisson d'armes et de munitions, à laquelle s'ajoutaient de menus chapardages et quelques chevaux rescapés du massacre.

Les drapeaux, enseignes, étendards qu'ils avaient pris aux vaincus furent rassemblés en l'église de Vergt lors d'une petite messe de *Te Deum* dite par le curé Michel Gibiat.

Ils ne devaient pas y rester longtemps.

7

LES DERNIERS FEUX

Nous connaissons ici, m'écrit Joseph, *le plus bel automne du monde. Les grandes pluies qui tombent d'ordinaire en cette saison, souvent avec la neige, ne nous ont pas trop importunés durant notre traversée des Alpes. Je vous écris ce mot d'un lieu nommé Val d'Aoste où nous avons rencontré de nos troupes en cantonnement. Nous allons descendre à petites journées vers le Piémont...*

J'ai sauté quelques lignes pour en venir au petit mot que Mondine a ajouté à cette longue lettre. Elle se porte « du mieux qu'il se peut ». J'aurais aimé qu'elle en dise davantage, mais elle n'a guère de penchant pour les sentiments et l'écriture, du moins pour nous, ses parents, par pudeur, comme je l'ai dit.

Deux ou trois fois par semaine, Adèle va faire brûler un cierge à l'église de Saint-Crépin et, chaque matin, elle fait une prière dans la chapelle de Richemont, afin d'écarter la malencontre autour de notre fille.

Cela va faire une quinzaine que Mondine

nous a quittés. Le vide qu'elle a laissé dans notre existence, loin de se réduire, s'élargit de jour en jour, et le babil de Nanon et de Clairette le rend plus difficile à supporter. Plus nous allons, plus nous nous refusons à croire qu'âgés comme nous le sommes nous ne la reverrons jamais.

J'ai cherché dans les ouvrages de M. de Brantôme où peut bien se trouver ce Val d'Aoste. Il se situe dans un dédale de montagnes et de vallées où une truie ne retrouverait pas ses petits. J'ai découvert de même, entre Torino et Milano, au cœur du Piémont et d'une région riche en rivières et en lacs, la petite ville de Vercelli, sur la rivière Sessia qui semble née dans le mont Rose, loin vers le nord.

J'ai fait ce matin, dans notre truffière de La Tour-Blanche, une promenade avec l'intention d'y découvrir quelques signes avant-coureurs de la bonne maturation des tubercules. Sur la fin de l'automne, il est tombé quelques tièdes pluies d'orage propres à favoriser la bonne récolte que j'attends et qui remplira mon escarcelle en période de basses eaux. Sans me vanter, je suis l'un des meilleurs rabassiers d'entre Nontron et Périgueux et mes truffes font prime sur les marchés. La truffe et moi, c'est l'histoire d'une longue passion.

Il n'y a pas que dans les monts d'Italie que l'automne est superbe. Chez nous, il est paré comme un reliquaire de couleurs fondantes, voilées, qui vont du pourpre au violet en passant par toutes les gammes du bleu, en attendant les ors et les cuivres qui vont le faire flamber comme dans le poème de M. de Ronsard que M. de Brantôme me lut un jour.

Les échos de la bataille du Paréage, qui ont retenti comme un glas de Périgueux à Bergerac, ont causé une vive émotion à Bordeaux et du trouble à la cour. On en parlait, m'a-t-on dit, dans les cabinets du cardinal et du chancelier, en se demandant comment deux cents paysans avaient pu mettre en déroute deux mille soldats. Qui était donc ce Grellety qui commandait une troupe de hors-la-loi ? Avait-il jadis pris les armes dans l'armée royale ? Sinon, d'où tenait-il ses talents ? N'était-il pas un mythe, comme ce Jean Nu-Pieds qui avait soulevé les paysans de Normandie ?

Les croquants avaient laissé les soldats emporter leurs blessés et leurs morts et avaient fait de même peu après, si bien qu'en quelques heures l'été avait repris possession de la forêt. Ils avaient également enlevé des barricades tout ce qui pouvait brûler et entassé les pierres et la terre sur les bas-côtés de la route rendue libre mais où il ne passait guère de monde, les voyageurs préférant prendre par Marsaneix pour éviter ce lieu maudit.

Un qui dut vivre de mauvais jours à la suite de la bataille, c'est le comte de Grignols.

Il donna congé à ce qu'il restait des trois régiments puis s'enferma dans sa forteresse dominant l'heureuse vallée du Vern. Je l'imagine passant des heures à ruminer ses remords et ses regrets, à méditer sur ses faiblesses, à se débattre, la nuit, contre des cauchemars. Il en était, dit-on, au point qu'il ne sortait plus de chez lui pour ne pas risquer d'humiliations.

Il attendait en les redoutant des nouvelles de son oncle et protecteur, M. de Sourdis.

Elles lui parvinrent dans la semaine qui suivit le désastre, sous forme d'un ordre fort raide de se rendre dès que possible à Bordeaux pour le rencontrer. Il y reçut une sanglade verbale dont sa fierté dut garder longtemps les marques car, de ce jour, il ne fit guère parler de lui.

J'ignore ce que le marquis put dire à son neveu, mais il est facile d'imaginer qu'il ne dut pas se montrer tendre. Ce que j'ai appris de cette entrevue, c'est que, refusant de laisser l'autorité de la rébellion se substituer à la sienne, il avait décidé de prendre l'affaire en main. Une semonce du cardinal et du roi ne lui laissait pas d'autre choix.

– Je sais, lui avait dit Son Éminence, les liens de famille qui vous attachent au comte de Grignols, mais vous avez eu tort de lui faire confiance. Le Périgord est terre de haute noblesse et de soldats réputés. Qu'êtes-vous allé choisir cet incapable pour une opération d'une telle importance ? Les régiments défaits par ces paysans auraient été utiles aux frontières. Que comptez-vous faire pour ramener ces manants à leurs terres ?

Ce que M. de Sourdis allait faire ? Son plan était déjà dans sa tête : il fallait détruire la forêt, faire du Paréage une terre brûlée. Le cardinal avait haussé les épaules : ce procédé ne lui disait rien qui vaille, car faire un désert de cette contrée, c'était jeter dans la misère des centaines de foyers dont la plupart vivaient de la forêt, mais enfin, si le marquis y tenait... Il lui confia un autre projet qui parut plus séduisant à Son Éminence : faire appel, pour une nouvelle campagne, à un militaire originaire de la province, mais qui serait moins flambard que ce pauvre Grignols et qui, connaissant bien les gens du pays, pourrait avec plus de compétence mener le combat en utilisant leurs propres méthodes.

– Je vous laisse opérer à votre guise, monsieur le marquis, dit Son Éminence, mais je vous mets en garde : une nouvelle bévue contrarierait votre carrière…

Sentant sa fin prochaine, le cardinal ne voulait pas disparaître avec cette épine au talon, qui était une marque de faiblesse pour son gouvernement. En d'autres temps, il eût envoyé à la Bastille l'oncle, le neveu et quelques-uns de ces hobereaux qui commandaient les régiments en Guyenne. À l'heure présente, il se fût heurté au roi, qui tenait M. de Sourdis en haute estime.

Fils de paysans des environs de Bergerac, Roger de Lavergne était un grand diable de capitaine du régiment de Tonneins, déhanché par un tir de mousquet qui l'avait mordu à la hanche. Il avait gardé sous l'uniforme des allures et des manières de paysan, avec une vulgarité de langage qui égayait ses hommes mais faisait froncer les sourcils à ses supérieurs. S'il n'avait pas participé à la bataille du Paréage, c'est qu'il était cloué au lit par une attaque de goutte. Il éclata d'une violente colère en apprenant le désastre et jura par tous les saints du Périgord que, s'il eût été présent, les choses auraient tourné autrement.

Les paysans du Paréage se dirent qu'après la cinglante défaite des royaux ils allaient enfin connaître quelques mois de tranquillité. Ils vendangèrent leurs vignes, gaulèrent leurs noix, ramassèrent leurs champignons et firent leurs labours dans la paix du Seigneur.

Quelle ne fut pas leur surprise en voyant une troupe de royaux venant de Périgueux traverser la moitié du Paréage sans rencontrer le moindre obstacle et s'installer au cœur de la contrée, à Vergt, pour y tenir garnison.

Le bruit avait couru que, le Paréage étant pacifié, les Grellety avaient licencié leur troupe et raccroché leurs mousquets. Avec les bougres qui venaient d'arriver, la population se dit qu'il fallait s'attendre au pire. Elle ne fut pas déçue.

Le premier soin du capitaine Lavergne fut d'entamer des contacts avec les familles de notables de la bourgade et des villages environnants, disant qu'il apportait à tous la paix du roi et n'espérait rien d'autre des habitants que leur soumission… en attendant le retour des collecteurs qui prospecteraient sous sa conduite pour éviter les abus.

Bien que le capitaine parût se montrer accommodant, qu'il parlât le langage du pays et qu'il ne se fît pas prier pour partager avec les paysans la soupe au lard et la cruche de vin, il n'y avait rien de réjouissant dans ces perspectives. Lavergne avait les manières familières des croquants mais ses intentions étaient bien arrêtées.

Il logea ses hommes chez l'habitant, comme c'est la coutume, en leur recommandant d'éviter les excès et les prédations communs aux gens de guerre. Il donna l'exemple durant le séjour d'une semaine qu'il fit à Vergt, dans le calme virgilien du bel automne, mais il ne se berçait pas d'illusions : il ne pouvait ignorer que les moindres de ses gestes et de ses sorties hors du bourg étaient surveillés.

Être surveillé, d'ailleurs, c'est ce qu'il voulait.

Quand il jugea le moment venu de passer à l'action, il fit sonner le rassemblement sous le prétexte de faire prendre un peu d'exercice à ses hommes. Son idée, qu'il ne révéla qu'à ses lieutenants, était de prendre la route de Grignols passant par Bordas. Ce serait bien le diable si, en chemin, on ne tombait pas sur quelque parti de rebelles. On en ferait de la charpie.

La troupe se mit en route en chantant *La Mistenlaire* et *La Tamboure.* Peu après avoir quitté la plaine de Vergt et s'être engagés dans les collines par des chemins qui ressemblaient à des pistes, les soldats commencèrent à donner des signes d'inquiétude : ils se poussaient du coude en se montrant la profondeur des forêts où l'on voyait passer des ombres suspectes.

Un soir, entre Bordas et Grun, en installant son bivouac, Lavergne se dit que le moment était propice à en découdre. Attendre une attaque de la part des croquants eût été une dangereuse erreur ; il préférait leur tendre un piège.

Il fit rapidement l'état des lieux, tandis que les soldats préparaient la tambouille. Le bivouac occupait le creux d'une combe où vivotait, entre Le Puy et la ruine dite du Moine, un modeste hameau de trois feux : Le Châtelet. Il avait appris d'un paysan auquel on avait un peu frotté l'échine que des croquants rôdaient dans les parages en nombre *important.* Ils n'étaient pas loin : on les avait vus prendre position sur une éminence tapissée de *garissades* et de pinières.

« Voilà qui fait mon affaire ! » dut se dire Lavergne. La ruse élaborée en cours de route était d'une extrême simplicité. Le matin, après le départ, il diviserait son unité en deux groupes : le premier prendrait la direction prévue, celle de Grignols ; le second marcherait en retrait et attendrait que le loup, sortant du bois, fondît sur lui. Le premier groupe reculerait et prendrait les rebelles de flanc et de front pour les enfermer dans un étau. C'était assez bien calculé.

Au jour naissant, il fit exécuter à sa troupe les

mouvements prévus. La fortune lui parut favorable. Quand le premier groupe se fut éloigné, ne laissant sur place que quelques dizaines de combattants, le loup sortit du bois sous forme d'un parti de croquants armés de mousquets. Les soldats se mirent en position de tir et déclenchèrent un feu nourri. Passant d'un arbre à un autre pour se rapprocher, les croquants ripostèrent avec une telle vigueur que les soldats furent sur le point de se débander.

Heureusement pour eux, suivant la stratégie qu'il avait élaborée, Lavergne vola à leur secours. Il dispersa sa troupe du côté de la piste par où les croquants venaient d'attaquer et sur l'autre versant de la colline pour débusquer ceux qui devaient attendre leur heure.

Accompagné d'un petit détachement, il se porta dare-dare au secours du deuxième groupe, qui reculait en faisant le coup de feu, quand, assailli par des rebelles tapis dans un creux de terrain, il dut lui-même rompre son élan et se replier sur Le Châtelet. Il arrivait à la première maison quand un feu nourri le fit reculer : les croquants, à la faveur de la nuit, avaient pris position dans le hameau d'où, avec les forces dont il disposait, il ne fallait pas songer à les déloger. En remontant à cheval, il jeta un regard autour de lui : les pelotons qu'il avait envoyés sur les pentes se débandaient en jetant leurs armes.

– Nous sommes foutus ! dit-il. Le mieux est que nous nous dispersions. Dites aux rescapés de se rendre au château de Rossignol, où ils me retrouveront. La partie n'est pas perdue, mes amis !

Il allait lancer son cheval au galop quand il reçut une balle dans l'épaule.

Située sur la grand-route de Périgueux à Bergerac, en marge de la forêt de Vergt, en direction de l'ouest, cette demeure était la propriété d'une famille adversaire des croquants. Elle était habitée pour l'heure par une vieille dame, la comtesse de Fonlongue, cousine du comte de Grignols, qui avait eu maille à partir, en diverses circonstances, avec la rébellion. Grellety avait donné l'ordre à ses hommes de laisser en paix cette vieille folle.

Le capitaine Lavergne savait trouver à Rossignol un abri sûr. En prévision d'un siège qui ne se produirait que dans son imagination, la vieille dame faisait garder son domaine par quatre serviteurs armés en permanence et une meute de molosses. Plus personne n'osait franchir les limites de sa terre, si ce n'est quelques vieilles connaissances du voisinage ou de la parentèle, venus disputer des parties de passe-dix ou de reversi.

Lorsque Lavergne se présenta sur son cheval fourbu, il se trouva encadré par quatre gaillards armés de pétoires anciennes et quelques molosses qui montraient les crocs, menaçant de mordre les jambes de sa monture.

Une voix de femme partit d'une fenêtre :

– Descends de cheval et jette tes armes ! Qui es-tu et que veux-tu ?

Il répondit :

– Ce que je suis, vous le voyez bien : un capitaine de l'armée royale. Ce que je demande, c'est que vous m'abritiez.

– Ton nom !

– Capitaine Lavergne, du régiment de Tonneins. J'étais en mission contre les croquants.

– Et ils t'ont étrillé, à ce qu'il semble. Avance !

Elle porta deux doigts à ses lèvres et siffla pour calmer les chiens et faire baisser leurs pétoires aux domestiques. Descendue de son perchoir, elle s'avança d'une allure cassée de vieille poupée vers son visiteur. Avec ses cheveux gris et plats sous le bandeau, son visage lisse et brun comme la peau d'un tambour, on l'eût prise pour une servante, dont elle avait la tenue. Elle portait deux pistolets passés dans la ceinture de son devantal.

– Tu es blessé ! dit-elle. Montre-moi ça !

Elle le fit entrer dans la cuisine, arracha le pansement de fortune que Lavergne avait confectionné en cours de route, avec autant de délicatesse que s'il se fût agi d'un cheval. Lavergne gémit lorsqu'elle versa du brandevin sur la plaie qu'elle recouvrit de pétales de lis.

– Tu as de la chance, dit-elle : la balle est ressortie. Tu peux remercier le bon Dieu !

Il lui annonça qu'elle ne tarderait pas à recevoir d'autres visites – celles des rescapés. Ils arrivaient à pied.

– Combien ? dit-elle.

– Au diable si je le sais ! Une vingtaine peut-être. Nous avons été surpris par les croquants que je croyais surprendre.

– À malin, malin et demi ! Tu me raconteras ça. Tes hommes coucheront dans la grange. Je n'ai à leur donner que du pain et de l'eau. Toi, puisque tu es le chef, tu auras un régime de faveur. De plus, tu connais mon cousin Grignols, je suppose ? Cet imbécile en a fait de belles dans le Paréage !

Les hommes de Lavergne arrivèrent en ordre dispersé pour ne pas se faire remarquer. Harassés, la mine longue, ils puaient la sueur et la fatigue.

– Je ne vous garderai pas plus d'une semaine, dit Mme de Fonlongue. Mon château n'est pas une maison de charité, et pas davantage une caserne.

Trois jours après l'arrivée à Rossignol des rescapés de la bataille, les chiens, pris d'une nouvelle frénésie, se mirent à aboyer dans le petit matin. Les domestiques inspectèrent les parages mais ne trouvèrent rien de louche.

– Et moi je vous dis, protesta la comtesse, que ça sent le croquant. Mon cher Lavergne, je ne serais pas surprise qu'ils vous aient suivi. Mes chiens ne se trompent jamais. S'ils aboient de cette façon, c'est qu'il y a anguille sous roche. Et celle-ci doit être de belle taille !

Au cours de la matinée, des coups de feu partirent, accompagnés d'un concert de gémissements et de hurlements, de la futaie de châtaigniers jouxtant le potager du château. Un chien seulement s'en revint en traînant la patte, blessé à l'arrière-train. Il fallut l'achever. Les domestiques, sommés par la comtesse d'aller fouiller le bois, refusèrent avec une belle unanimité : ils tenaient à leur peau.

Les croquants ne tardèrent pas à se montrer. À en juger par les ombres que l'on voyait passer à travers la fougère, ils pouvaient être une vingtaine. En guise d'avertissement, ils tirèrent une salve dans les fenêtres et les portes. Hardiment, la comtesse leur lança, du premier étage :

– Qu'est-ce que vous me voulez, bande de *Sarrazis* ?

Un homme se détacha d'un bouquet de buis, fit quelques pas et demanda qu'on lui livrât les soldats de Tonneins et le capitaine Lavergne qu'elle hébergeait. S'ils se rendaient sans histoire, il ne leur serait fait aucun mal.

– J'héberge qui je veux ! répondit-elle. Ces gens sont sous ma protection. Foutez le camp !

Cette affaire semblait l'exciter. Elle distribua des armes aux soldats qui en étaient dépourvus, ne gardant pour elle qu'une vieille haquebute datant des guerres de Religion et qui avait envoyé en enfer un bon compte de huguenots. Ce siège qu'elle trouvait divertissant débuta comme une partie de cache-cache.

Les croquants avaient pris position derrière une murette limitant la cour au niveau de l'allée. Durant près d'une heure, ils restèrent en place, faisant de temps à autre un feu d'enfer contre les fenêtres dès qu'ils y voyaient passer une ombre.

La comtesse se conduisait comme un capitaine. Elle distribuait armes et munitions, proposait aux soldats des rasades de brandevin, ne se privant pas elle-même de lever le coude en s'écriant :

– Visez bien, mes amis, mais n'épargnez pas vos munitions : j'en ai un plein grenier !

Elle donnait l'exemple, ivre de plaisir, tirant à découvert avec sa lourde haquebute qui dispersait sa terrible grenaille sur deux toises de large.

Elle lança de la fenêtre, avec une voix de perroquet :

– Grellety, si tu es là, ose te montrer !

– Je suis là ! répondit Pierre. Prenez garde : mes hommes ont bonne vue et ratent rarement leur cible. Il pourrait bien vous arriver malheur.

Un éclat de rire lui répondit, suivi d'un coup de tonnerre qui fit se jeter les croquants à plat ventre derrière leur abri.

L'imprudence de la comtesse allait lui coûter la vie. Alors qu'avec un souverain mépris du danger elle rechargeait son arme à la baguette, une balle l'atteignit au visage. Elle lâcha sa pétoire qui tomba dans la cour, battit des bras et fit un bond en arrière.

– Cette vieille folle… murmura Grellety. À son âge, on reste à son tricot, on ne joue pas à la guerre !

Il ajouta :

– Nous risquons de rester longtemps devant cette bicoque. Il faut trouver le moyen de déloger ces bougres sans trop de pertes de notre côté.

Il envoya Constantin faire le tour du château pour y découvrir une issue facilement accessible. De retour de son inspection, il ramenait une bonne nouvelle : il avait découvert une porte vermoulue qui semblait ouvrir sur une cave. Elle était fermée par une chaîne et un cadenas, mais on en viendrait à bout avec une charge de poudre.

Grellety laissa un groupe de cinq hommes continuer à faire le coup de feu et put, sans attirer l'attention, contourner la bâtisse avec les autres, au nombre d'une quinzaine. Faire sauter le cadenas, pénétrer dans la cave, trouver l'escalier menant à l'étage furent un jeu d'enfant. La cuisine était déserte, la porte solidement barrée, et les volets de la fenêtre étaient clos. Dans le *cantou,* un couple de vieux domestiques, immobiles dans la pénombre, semblaient étrangers aux événements.

À pas de loup ils montèrent par un large escalier à vis jusqu'au premier étage, pénétrèrent dans une chambre où l'on avait traîné le cadavre de la comtesse, qui se vidait de son sang. Deux hommes étaient postés dans les encoignures de la fenêtre ; ils n'eurent que le temps de se retourner : deux coups de feu les couchèrent sur le parquet.

Le reste fut facile. Ce qu'il restait des soldats se

regroupa autour du capitaine Lavergne. Ils tentèrent de recharger leurs mousquets mais n'en eurent pas le temps : cinq d'entre eux s'écroulèrent ; les autres jetèrent leurs armes et levèrent les bras.

– Lavergne, dit Pierre, tu nous as fait courir, mais je ne le regrette pas puisque te voilà mon prisonnier. Allons, jette ton arme ! Nous allons t'embarquer et te faire respirer le bon air de cette forêt de Vergt où tu te plais tant. Toi et les survivants, vous nous servirez d'otages contre quelques-uns de nos hommes emprisonnés à Périgueux.

Lavergne le prit de haut.

– Je ne suis pas un traître, Grellety. Je préfère mourir que d'être entre tes mains.

Il sortit son pistolet de sa ceinture, visa Grellety.

Une balle lui fracassa le crâne.

Si la mort de mon maître m'a peiné, elle ne m'a guère surpris. Lourd comme il était devenu avec l'âge (ses adversaires l'appelaient le « gros Bourdeilles »), il aurait dû être porté en terre bien avant ce mois de mars de l'année 1641 où son fils, François, m'a fait prévenir de ce malheur.

En visite dans son domaine de La Feuillade, aux confins occidentaux de notre province, monseigneur Henri avait été pris d'un malaise alors qu'il lutinait une servante. On l'a ramené d'urgence à Brantôme, où il est mort entouré par les religieux de l'abbaye, un matin de ce printemps frileux traversé d'aigres averses.

Sénéchal et gouverneur du Périgord, seigneur et abbé commendataire de Brantôme, Henri de Bourdeilles était d'illustre famille. Il prétendait avec quelque suffisance descendre de Nicanor, général syrien d'avant le Christ et ennemi des Juifs, dont il fut la victime. Prétention excessive : les Bourdeilles n'ont guère brillé sur les champs de bataille. S'ils doivent laisser une trace dans la mémoire collective, ce sera grâce à M. Pierre de Brantôme, en tant qu'homme de lettres.

À peine prévenu de cette triste nouvelle, j'ai pris avec ma carriole la route de Brantôme où je suis arrivé en même temps que le *salvadou* hissé dans une charrette tirée par des bœufs. On se hâta d'ensevelir le corps qui commençait à se putréfier, après un office funèbre de deux heures d'horloge. Le deuil, comme le veut la coutume, allait durer quarante jours.

J'étais inquiet pour mon avenir. Mon maître m'avait toujours gardé son estime. Trouverais-je la même disposition chez messire François ? Il ne m'avait montré jusqu'à ce jour qu'un visage froid, qui marquait un peu trop ostensiblement, à mon goût, ses distances avec le modeste intendant que je suis. M'eût-il donné congé, j'en aurais été chagriné. Tant de souvenirs m'attachent à Bourdeilles et à Richemont !

François ne m'a rassuré qu'à demi.

– Mon bon Donnadieu, m'a-t-il dit, je sais en quelle estime mon père vous tenait. Sans vous, il est probable que nos biens s'en fussent allés à vau-l'eau, car mes parents avaient d'autres soucis en tête. J'ai donc décidé de vous confirmer ma confiance. Nous reverrons à tête reposée le contrat qui nous lie, et je ferai en sorte que vous ne perdiez rien, *ou peu de chose* de vos avantages.

Il tint parole et ne me retira que *peu de chose* des amabilités que mon maître m'avait témoignées en m'accordant des bénéfices sur certaines terres, et notamment les truffières de La Tour-Blanche. Je me contentai de ce que le nouveau contrat m'octroyait et ne me sentis pas trop lésé. Dieu merci, à mon âge, on n'a guère de besoins, et aujourd'hui que ma fille est partie avec sa dot, j'en ai moins encore, si ma bourse est plus légère.

Nous célébrâmes notre entente par une libation de ce vin des Balands qui était la fierté du sénéchal. La bouteille, à quelques mois près, portait la date de naissance de François. Le vin avait mal vieilli, mais nous ne fîmes qu'en sourire.

Mon nouveau maître me confia ses ambitions, la première étant de succéder à son père au titre de sénéchal. Il y employait tout son entregent, hantait les couloirs de l'Ombière, faisait le siège du nouveau gouverneur, M. de Schomberg, remplaçant de M. de Sourdis, révoqué à la suite de la bataille du Paréage. Il ne craignait plus la candidature du comte de Grignols, perdu de réputation à jamais.

Lorsqu'il me parlait de son père, je devinais qu'il était obsédé par son attitude déconcertante envers les insurgés. Il m'avoua même que ces tergiversations l'excédaient. J'ai répondu, avec toute l'indulgence que je pouvais mettre dans mon propos :

– Votre père avait un sens profond de la justice et se refusait à tricher avec sa conscience, partagé qu'il était entre son honneur de sénéchal, qui lui imposait d'être fidèle au roi, et des sentiments de clémence pour les paysans, dont vous connaissez, monseigneur, la condition misérable. Cette honnêteté est tout à son honneur.

En lui livrant mon avis je donnais à François, implicitement, une leçon dont j'espérais qu'il tirerait profit.

– Ce qui m'agace, bougonna-t-il, c'est que ces scrupules, qui, certes, l'honorent, le mettaient en fâcheuse position : on doutait, à la cour, de sa volonté d'en finir avec les rebelles et les paysans se méfiaient de lui du fait des représailles auxquelles il s'était livré.

Il ajouta, debout contre la fenêtre, en tapotant de ses mains ses fesses maigres sous le pourpoint :

– Oui ou non, mon père a-t-il connu ce Grellety ?

– Ils ne se sont jamais rencontrés, je puis vous l'assurer, mais je crois que l'un et l'autre le souhaitaient. Il y avait entre eux une sorte de respect qui n'osait pas dire son nom, mais un rapprochement, un simple entretien entre l'un et l'autre eût semblé suspect aux autorités comme aux paysans. Monseigneur, quand les passions se sont durcies à ce point il est difficile d'y glisser le moindre fil de raison.

Je cherchai dans ma mémoire à quelle situation puisée dans l'Antiquité pouvait bien se rattacher celle que nous venions de vivre, et ne trouvai rien.

François paraissait sensible aux propos que j'avais tenus sur son père : ils le changeaient des incompréhensions et des médisances qui avaient accablé son géniteur et qu'on ne lui épargnait pas. Je le vois encore, tournant autour de sa table de travail, la pipe aux lèvres, s'arrêtant pour la rallumer à une braise et, d'un geste de la main, me faisant signe de poursuivre.

Lorsqu'il me donna congé, il avait les larmes aux yeux.

À quelques semaines de cet entretien, lors d'une visite qu'il me fit à Richemont, François m'a demandé si je savais ce qu'étaient devenus les écrits de son grand-oncle, M. de Brantôme. Je n'ignorais pas l'hostilité qu'il avait héritée de son père pour cet illustre personnage, sans en connaître les raisons. Je l'ai conduit dans la chambre qu'occupait mon ancien maître, et j'ai ouvert la petite porte donnant sur le réduit où dormait le secrétaire, Mathau. Je soulevai le couvercle de la malle de clisse, qui me sembla pousser un gémissement plus aigu que d'ordinaire. Les rats ont grignoté un coin de la malle mais sans atteindre les précieux manuscrits.

François a passé une journée entière à feuilleter ou à lire ces écrits, assis dans le fauteuil à oreillettes, au coin de la fenêtre donnant sur un taillis. Je le surpris à plusieurs reprises à bougonner :

– Ces Mémoires sont un tissu d'insanités qui ne font pas honneur à notre famille. Donnadieu, il faut les faire disparaître. Jetez-les au feu et qu'on n'en parle plus !

Ce n'est pas de gaieté de cœur que j'ai dû trahir la confiance de mon maître. Livrer ces écrits au feu ? non ! Les faire disparaître ? oui, mais d'une certaine façon, afin qu'un jour, peut-être…

Je me suis fait aider de Baptiste pour descendre à la cave ce précieux dépôt. Nous l'avons dissimulé derrière l'antique pressoir à cerneaux et recouvert de fagots. Quant à dire s'il sortira de sa cachette pour être livré au jugement du public – à la grâce de Dieu… ou du diable !

Les exploits de la « bande à Grellety », comme on disait dans nos campagnes, sonnaient avec l'insistance d'un glas aux oreilles des autorités, notamment à celles du marquis de Sourdis, avant qu'il ne fût mis en congé de ses fonctions de gouverneur au profit de M. de Schomberg. La débandade de son neveu dans la bataille du Paréage, les coups de main des croquants contre ce qu'il restait des armées du roi et de la noblesse loyale l'avaient décidé à prendre le taureau par les cornes.

Lorsqu'il prétendait anéantir la forêt où se cachait l'ennemi, on se demandait s'il n'avait pas perdu la tête ou s'il ignorait l'étendue de celle-là. Il se contentait de sourire, répétant qu'on allait être bien surpris.

Il avait prévu de livrer cette forêt aux flammes. Las ! les premières pluies d'automne l'en dissuadèrent. Autant livrer au feu de la paille humide : il n'en sortirait que de la fumée. Il fallait l'abattre, en faire du petit bois, déloger *manu militari* la vermine qui s'y terrait…

Il préleva quelques compagnies dans les régiments déjà éprouvés par la bataille et qui, repliés sur Périgueux, attendaient d'être reconstitués pour être envoyés aux frontières. Il les mena lui-même à Vergt, base de cette opération, les y installa chez l'habitant, au grand dam de la population. Il avait fait fabriquer dans les forges de l'Isle quantité de fers de hache et de scies. Transformés à leur corps défendant en bûcherons, les hommes rechignèrent et s'attaquèrent sans ardeur à cette tâche ingrate et gigantesque. Quand il demanda aux paysans le secours de leur expérience et de leurs bras, ils répondirent qu'ils avaient leurs propres corvées et qu'elles leur suffisaient à occuper leur temps, l'époque des labours et des semailles étant venue.

Lorsqu'on arriva à l'été de la Saint-Martin, avec ses jours tissés de soie dans les dernières ardeurs de la saison, les bûcherons improvisés se mirent à la tâche, bien décidés à ne pas s'y épuiser. Les paysans considéraient d'un œil goguenard ces pauvres bougres ahanant sur les baliveaux ; ils se frottaient les mains : après les brûlis, ces espaces dégagés feraient de bonnes terres.

On vit avec un sentiment de surprise amusée le marquis en culotte et chemise retrousser ses manches pour payer de sa personne. Il en fit trop, renonça après une journée d'effort et regagna Bordeaux en se disant qu'après tout ceux qui se gaussaient de son initiative avaient sans doute raison.

Il eut une autre idée, moins saugrenue, pour se débarrasser de la croquandaille.

Ce qui faisait la force de ces misérables, c'était leur groupement en petites unités dans des villages et des hameaux situés à peu de distance les uns des autres, de manière à pouvoir se porter secours mutuellement en cas d'alerte. Il se dit que la leçon était profitable et que la bonne stratégie consistait à vaincre la rébellion avec ses propres méthodes.

Il installa à Vergt une solide compagnie, bien remparée dans les demeures des habitants, avec quelques barricades en divers points du village. Il dispersa le reste sur plusieurs postes avec la même consigne : effectuer patrouille sur patrouille et devancer ainsi ceux qui espéraient leur faire de mauvaises surprises.

Informé de ces nouvelles dispositions, Pierre Grellety riposta par une autre consigne : faire le mort. Il avait perdu trop d'effectifs dans la récente bataille et répugnait à faire appel à de nouveaux volontaires, pris qu'ils étaient à la préparation des terres pour les récoltes futures. Les hommes dont il disposait encore devaient se contenter de faire de temps à autre le coup de feu contre les fourrageurs de l'armée royale ou des soldats isolés qui ramassaient des champignons.

L'hiver se passa dans un calme relatif.

Les Grellety n'avaient gardé avec eux que quelques petites unités et une sorte de garde prétorienne composée des éléments les plus sûrs. Les chefs et leurs hommes s'ennuyaient ; c'étaient de véritables soldats : occupés à des tâches dérisoires, à des jeux qui remplissaient mal leurs journées, ils finissaient par trouver le temps long et tournant leurs regards vers le large. Quelques-uns n'y purent tenir et demandèrent leur congé.

Que faire ? Attendre. Mais attendre quoi ? Que le marquis envoyât contre eux de nouvelles troupes ? Il n'y paraissait pas décidé, et pour cause : le gros des régiments reconstitués allait partir pour le Languedoc.

Pierre se rendait une fois par semaine à Pissot pour s'incliner sur la tombe d'Esther et embrasser le petit Guillaume qui poussait dru comme un chêne vert. Il passait chez les paysans amis une journée ou deux, aidait à la veillée à peler les châtaignes et à faire la *nougailla* (l'énoissage) sur la lourde table de chêne où résonnait le bruit sec des maillets de bois et des coquilles éclatées. C'étaient des heures bien calmes, propres à lui faire oublier les drames passés et les incertitudes à venir.

Au cours de ce même hiver, celui de l'année 1640-1641, il se rendit à trois reprises sur la tombe de sa mère, aux Coustaudous. Sur la terre affaissée avait poussé une végétation sauvage qui, s'il n'y prenait garde, aurait tôt fait d'effacer jusqu'à la moindre trace de cette modeste sépulture. Les ruines semblaient lui parler : il retrouvait, sur les murs enduits de suie et de plâtre grisâtre, des signes de sa présence et de celle des siens. Un chaleil pendait encore au manteau de la cheminée, quelques vitres subsistaient au *fenestrou* donnant sur la vallée. Une famille de renards avait élu domicile sur l'emplacement du lit qu'il avait partagé avec Joseph ; il les laissa en paix car c'était un peu de vie sauvage dans cette ruine peuplée de fantômes.

Joseph ne s'absentait de La Roussille que pour inspecter, une fois ou deux par semaine, une réserve de vivres et de munitions rassemblée au lieu dit Boudant, devenu ce qu'on appelait le *cros* de Grellety. Ce *cluzeau* était si bien caché que même les paysans l'ignoraient et que les soldats n'auraient pu y accéder, sauf sur une dénonciation.

Tout laissait présager un hiver d'inertie quasi totale, lorsque Constantin, retour de son village, entre Périgueux et Saint-Astier, dit à Pierre :

– Je t'apporte une nouvelle qui va sûrement t'intéresser…

Il s'agissait d'un château à prendre, à Razac, sur le bord de l'Isle. Pierre haussa les épaules : un château ? qu'en ferait-il ?

Constantin tenait à son idée.

– Tu sais, insista-t-il, ce qu'on pense et ce qu'on dit de toi, entre Périgueux et Bergerac ? Que tu as mis bas les armes, que tu t'avoues vaincu, que tu vas bientôt lécher les bottes du gouverneur. Alors, si tu tentes un coup de force sur cette place, si tu l'occupes ne serait-ce qu'une journée, ça fera du bruit. Il n'y a dans ce château qu'une poignée de soldats qui n'en mènent pas large, à ce qu'on dit. M. de Razac est absent : il passe l'hiver à Périgueux. Avec une dizaine d'hommes, tu te rendras maître de cette place. Tu imagines la tête des gens de Périgueux et de Bordeaux ?

Pierre se gratta la barbe. Ça demandait réflexion. Cette idée n'était pas à rejeter sans examen, mais il se méfiait un peu de ce baladin qui prenait trop souvent ses rêves pour des réalités et les vessies pour des lanternes. Il devait néanmoins convenir que, mousquet à la main, il se conduisait avec courage.

Grellety ne s'attarda pas longtemps à peser le pour et le contre. Au charbon de bois, sur une large pierre de lauze, Constantin dessina un croquis sommaire des défenses de Razac : un fossé facile à franchir en y jetant au besoin quelques fascines, des poternes aisément accessibles... On entrerait là comme dans un moulin. Voire...

Ils partirent peu après le Premier de l'an, par un temps de neige et de brume qui n'encourageait guère aux exploits guerriers. Un calme de cimetière baignait la campagne qu'animaient seuls des vols de grolles et des fumées montant droit comme des cierges dans l'air froid et immobile.

Ils traversèrent de nuit le village de Razac et dormirent dans une grange. Le matin, Pierre fit le tour de la place en se dissimulant sous les couverts des taillis de chênes.

Le jour était à peine levé quand les croquants prirent position, en face d'une poterne dont le battant semblait branler dans ses gonds. On n'eut pas à jeter de fascines dans le fossé : ce qui restait d'eau et de vase était gelé au point que l'on pouvait s'y hasarder sans risque. Le battant de la poterne tint ses promesses et céda sans trop gémir à la première poussée. Elle donnait sur une cour enneigée entourée de bâtiments sinistres où nulle lumière ne clignotait et ne laissait échapper le moindre fil de fumée.

Pierre distribua ses hommes le long des divers bâtiments d'habitation. La porte donnant sur un escalier à vis était ouverte ; il s'y engagea à pas de loup et se trouva nez à nez avec deux soldats attablés devant une soupière fumante. Ils répondirent à la sommation par des jurons et dégainèrent leurs pistolets. Deux coups de feu leur firent piquer du nez dans leur assiette.

Peu fier de cet exploit, Pierre sonda le logis de fond en comble sans trouver aucun occupant. Il se demanda ce qu'il allait faire s'il ne trouvait personne d'autre en face de lui : aller répandre la nouvelle de cette pauvre victoire dans le village, envoyer l'un de ses hommes à Périgueux pour y jeter l'alarme, conserver la place et la défendre avec une dizaine de combattants ?

Encombré de cet exploit dérisoire, il en était là de ses réflexions quand un de ses hommes, envoyé aux remparts pour y observer les parages, redescendit en coup de vent, disant qu'on était trahi, qu'une centaine de soldats venaient de se déployer devant les fossés.

– Constantin, dit Pierre, ton affaire était véreuse. Nous sommes tombés dans un piège a rats ! À qui as-tu parlé de ce projet, à part moi ?

– À personne, bredouilla le baladin. Enfin, si..., au cabaretier de Razac, en lui recommandant le silence. Il m'avait fait boire, et...

– Imbécile ! lui jeta Pierre.

Une gifle envoya le pauvre Constantin à terre. Il se releva en battant sa coulpe, annonça qu'il allait se racheter, se battre jusqu'à la limite de ses forces. Il conseilla à Pierre de prendre la fuite, seul, afin de garder son chef à la rébellion qui, sans lui, péricliterait. Pierre se dit que son vieux compagnon avait pensé juste : loin de constituer une lâcheté, cette fuite était une mesure de sagesse.

– Défends-toi comme tu sais le faire ! dit-il, et tâche de t'en tirer. Je te pardonne. Que Dieu fasse de même !

Il avait pris ses précautions. La brève inspection du matin avait suffi à lui révéler une possibilité de retraite en cas de surprise : une brèche dans un mur limitant le jardin potager, sous le donjon, et, au-delà, une végétation sauvage qui le déroberait à l'attention des assaillants et lui permettrait de gagner le large.

Il réunit ses hommes et leur parla :

– Vous avez le choix : ou me suivre ou défendre cette place sans beaucoup d'espoir de vous en sortir.

– Te suivre ne serait pas le bon choix, dit

Constantin. Seul, tu t'en tireras. En groupe, nous nous ferions vite repérer. Je reste.

– Nous de même, répondirent les hommes.

Pierre disparut alors que des soldats s'occupaient à placer une gargousse devant la grande porte et le manteau du pont-levis. Pour ne pas s'encombrer, il n'avait gardé que son pistolet à trois coups. Son cœur se serra lorsqu'il entendit la déflagration et les coups de feu de ses acolytes perchés sur les remparts.

Devant lui, l'espace était libre. Il s'y enfonça et disparut.

À quelques jours de là, il fit prendre par Castanet des nouvelles de Razac et apprit avec tristesse que les assaillants n'avaient pas fait de quartier. Il s'agissait bien d'un traquenard : averti par le cabaretier, M. de Razac avait monté illico une petite expédition. Comme il n'y avait, de Périgueux à son château, qu'un couple de lieues, il ne lui fallut pas deux heures pour s'y rendre.

Ce cabaretier était un mauvais, qui n'en était pas à son coup d'essai. Tout dévoué au comte de Grignols dont il était l'obligé, il s'était fait payer largement ses services au temps où le général de Lamotte conduisait ses troupes devant Bergerac.

Personne ne le pleura lorsque, à peu de temps de là, on le retrouva dans son jardin, une lardoire dans le ventre.

Quatrième livre

1

LE MARÉCAGE DE PARIS

Penchez-vous dans l'ouverture d'une citerne asséchée par l'été. Prenez une grosse pierre et laissez-la tomber au fond. Le contact brutal avec les dalles fera un bruit d'enfer. Vous en aurez plein les oreilles, ça résonnera comme un tambour, avec des échos très secs qui se répondront jusqu'à n'être qu'un frisson sonore. Le silence total ne reviendra qu'insensiblement, et la citerne ne sera plus qu'une crypte.

On peut dire qu'il en était de même en ce début d'année 1641, quelques mois avant la mort de M. de Bourdeilles. L'affaire de Razac avait fait un tumulte de tous les diables. On se disait que cette bravade inutile et périlleuse démontrait que Grellety avait du plomb dans l'aile et qu'il n'allait pas tarder à mettre bas les armes.

On en parla durant quelques jours, puis de moins en moins, puis plus du tout. On avait d'autres soucis en tête : la guerre en Europe, les petites comédies qui se jouaient aux frontières entre Français et Suédois, se transformant en tragédies lorsqu'ils s'étripaient dans les plaines septentrionales.

Cette situation inextricable était rendue plus dangereuse pour notre pays du fait de la trahison du demi-frère du roi Gaston d'Orléans.

On avait donc, en Périgord, d'autres soucis que cette incompréhensible affaire de Razac dont les échos s'éteignirent au bout de quelques semaines. Les Grellety tenaient toujours le Paréage sous leur autorité, mais ils n'agissaient guère. Les patrouilles de soldats royaux pouvaient aller et venir en toute sécurité et se livraient entre deux opérations à la destruction de la forêt.

Les « bûcherons du roi », comme on disait par dérision, étaient devenus un divertissement de choix. Les paysans y venaient en famille, faisaient cercle autour des chantiers après la messe dominicale et contemplaient les soldats-bûcherons. Ils les encourageaient de la voix.

– Hardi, les gars ! taillez ferme !

– Encore un petit effort !

– Attention quand l'arbre va s'abattre !

À ce rythme, à supposer que les paysans acceptent de leur prêter la main, ce qui était rarissime et ne se faisait que sous la menace, ils n'en auraient pas fini avec la saint-glinglin. Les croquants auraient disparu depuis belle lurette.

C'était l'époque où le marquis de Sourdis préparait son bagage et faisait le compte de ses illusions. Son projet de raser la forêt du Paréage n'allait pas tarder, comme lui, à passer à la trappe.

Un matin de mars, au *cros* de Grellety, en compagnie de son cousin Castanet et de Joseph, occupé à faire le recensement de ses armes et de ses provisions, Pierre vit une forme sombre se profiler entre deux blocs de rocher.

Il distribua à ses hommes les mousquets pendus au râtelier contre une paroi de la grotte, leur fit signe de le suivre en silence et de s'embusquer derrière les pans de la falaise et les baliveaux.

Emmitouflé d'une pelisse de berger qui le protégeait d'une lourde averse, avec un capuchon qui lui cachait le visage, le visiteur ne semblait pas animé de mauvaises intentions. Il traînait d'une main une vieille mule et tenait de l'autre un objet qui ressemblait à un couteau.

Pierre sortit de sa cachette, se planta devant lui et le mit en joue en criant :

– Arrête-toi ! Un pas de plus et tu es mort !

– Cette mort, répondit tranquillement le visiteur, tu l'aurais sur la conscience jusqu'à la fin de tes jours. Oserais-tu tirer sur un prêtre qui porte la croix ?

Il montra le crucifix qu'il tenait à la main et fit basculer son capuchon dans son dos.

– Michel ! s'écria Pierre. Heureux de te voir, et mille pardons ! Je ne t'avais pas reconnu sous cette pelisse. Qu'est-ce qui t'amène ?

– Des nouvelles… dit le prêtre. Des nouvelles qui… Enfin, de bonnes nouvelles, je pense. Mais laisse-moi reprendre mon souffle. Cette pauvre mule devrait me porter et c'est moi qui la tire.

Il s'avança jusqu'à la grotte, défit sa pelisse alourdie par la pluie et accepta de bon cœur le vin chaud et le *trempil* que lui servit Joseph. Personne ne lui demanda comment il avait découvert cette cachette : Pierre et Joseph n'avaient pas de secret pour lui. À tout moment, il savait où les trouver. L'été précédent, qui avait été marqué par des accrochages avec les royaux, il avait soigné des croquants blessés et en avait enterré quelques-uns dans son petit cimetière planté de noyers dont il tirait l'huile du saint sacrement.

Lorsque, quelques mois plus tard, je rencontrai Michel Gibiat, il me relata cette entrevue.

– J'avais, me dit-il, le sentiment d'être le messager de la Providence. Cette mission me donnait des ailes ! J'étais fier comme Artaban, moi, simple curé d'une pauvre paroisse, car je portais à Pierre une lettre de M. de La Force...

Revenons au *cros* de Grellety.

Le curé se chauffe les pieds et les mains, boit son vin brûlant à petites gorgées. On le laisse se réconforter sans le presser de questions. Quand il a fini, il tire une lettre de sa ceinture, la tend à son ami. Elle porte le sceau du duc de La Force, l'un des quatre barons du Périgord. Pierre en prend connaissance, siffle entre ses dents, renverse son chapeau sur sa nuque en bredouillant :

– Mes amis, pour une nouvelle, c'est une nouvelle. Quant à dire si elle est bonne...

– Elle l'est, dit le curé, je peux t'en donner ma parole. Elle ne cache rien, si c'est ce que tu penses.

Ce qui rassure Pierre, c'est que Jacques Nompar de Caumont, duc de La Force, maréchal de France, est aussi, à sa manière, rebelle à son roi. Ce huguenot de haute tige était toléré et fort apprécié dans l'entourage du roi Henri, mais, avec Louis, le vent avait tourné, peu disposé qu'il était à renier ses convictions religieuses.

Âgé de quatre-vingt-deux ans, sourd mais portant beau malgré ses infirmités, le duc régnait sur ce qu'il appelait son *petit peuple,* les huit fils que lui avait donnés sa femme. Il l'avait épousée alors qu'elle avait quatorze ans et lui dix-huit ; ils avaient connu une longue liaison sans orage. Devenu veuf, il partageait une existence morose entre sa demeure de la rue d'Autriche, proche du Louvre, et le château dominant l'opulente vallée de la Dordogne, entre Bergerac et Sainte-Foy, dont l'orangeraie était célèbre dans la province.

Il avait dû, depuis sa retraite, s'intéresser activement à la révolte des Croquants. Il savait à quoi s'en tenir sur les méfaits des fermiers de l'impôt et de ses agents, ainsi que sur les abus des troupes logées chez l'habitant. Respectueux de l'autorité royale, il se réservait de juger ceux qui l'appliquaient sans discernement et par goût du profit, et il aimait trop ses paysans pour combattre ceux qui les défendaient. En quelque sorte, il raisonnait comme M. de Bourdeilles, sauf qu'il s'abstint de prendre les armes.

Bref, la lettre du maréchal proposait une entrevue à Pierre Grellety.

– Ce qui me gêne dans cette invitation, dit Pierre, c'est l'allusion que fait M. de La Force au sire de Pontbriant. Le moins qu'on puisse dire, c'est que ce personnage ne nous porte pas dans son cœur. C'est, si je ne me trompe, une créature de Grignols.

– C'était… rectifia Michel Gibiat. Il a tourné casaque, et c'est en toute bonne foi qu'il a proposé au maréchal de tenter cette démarche. Il a des relations à la cour et sait que le roi et le cardinal veulent en finir avec la rébellion.

– Soit, dit Pierre, mais qu'allons-nous faire ?

– Rien, dit le curé. Attendre.

Il fallut patienter une semaine, Michel Gibiat remonta au *cros* de Grellety afin de convenir d'une date pour rencontrer un émissaire du maréchal, le juge Jamet, un magistrat connu pour son sens de la justice.

La rencontre eut lieu dans une ferme des environs de Vergt, que Pierre avait lui-même désignée. Malgré le secret qui devait l'entourer, il prit la précaution de disposer dans les parages quelques mousquets et quelques chevaux pour fuir au plus vite en cas de traquenard.

Pierre fronça les sourcils lorsqu'il vit s'avancer un peloton de cavaliers. L'un d'eux descendit de sa monture, ôta son chapeau et se présenta.

– Capitaine Chassaing, du régiment de Tonneins, dit-il. Je venais m'assurer que tout se passera sans histoire. Je vous demande de comprendre la méfiance de M. le juge, comme il comprend la vôtre. La présence de vos hommes ne m'a pas échappé.

– Où est le juge ? demanda sèchement Pierre.

– Il ne tardera guère. Pour tout vous dire, je suis chargé d'alerter sa suite au cas où tout ne serait pas dans l'ordre.

Pierre le fit entrer, l'invita à se sécher dans la cheminée. Le capitaine ôta ses gants, se frotta les mains au-dessus de la flamme. Il manquait trois doigts à l'une d'elles.

– Un souvenir de la bataille du Paréage… dit-il. Rude journée ! Vous et vos croquants vous êtes bien battus. Vous avez surpris le monde par votre courage. Il convient maintenant de le faire par votre sagesse. Poursuivre votre combat serait une faute grave : elle vous mènerait à la potence ou au billot. Il va falloir mettre bas les armes. Quand on est au bord du gouffre, on ne refuse pas une main tendue.

Pierre le prit de haut.

– Qui vous dit que nous sommes au bord du gouffre ? Je puis faire, sur un signe, lever dix mille paysans prêts à reprendre la lutte, et…

Le capitaine l'interrompit brutalement.

– J'espère que nous n'en viendrons pas là ! Quoi qu'il en soit, j'en ai trop dit. Je voulais simplement m'assurer, avant que vous ne rencontriez M. Jamet, de votre désir de paix. Au juge de vous dire les raisons de cet entretien…

M. Jamet était un de ces magistrats peu portés

aux sentiments, qui jugent les hommes plus sur leurs intentions et leurs actes que sur leur nature ou leurs convictions. Il était tassé sur lui-même comme s'il portait sur son dos le poids des affaires qu'il avait à traiter. Il entra sans préambule dans le cœur du problème avec une raideur qui faisait impression.

– Monseigneur Jacques de La Force m'envoie vers vous pour faire appel à la fois à votre raison et à votre intérêt, dit-il. Il vous conjure de mettre bas les armes et de licencier vos troupes. La reconnaissance de Son Éminence se traduira par une lettre d'abolition générale pour vous et vos hommes et une somme d'argent dont vous aurez à discuter.

Pierre sursauta.

– De l'argent ! dit-il. Je n'en ai nul besoin. Mon honneur ne se marchande pas.

– Soit. Son Éminence a un autre projet pour vous, au cas où vous accepteriez de mettre bas les armes. Vous auriez mauvaise grâce et grand tort de refuser. Je ne suis pas autorisé à vous en dire plus. M. de La Force s'en chargera. Sachez que nul ne songe à vous tendre un piège. Je m'en porte garant car je n'ai qu'une parole.

– Dois-je attendre dans mon repaire qu'une compagnie de mousquetaires royaux vienne me chercher pour me conduire à M. de Schomberg ?

– Je vous répète que vous n'avez pas à craindre un piège ! Vous êtes libre et le resterez. Il faudra vous rendre non à Bordeaux mais au château de La Force, comme le maréchal vous y invite. Ne lui faites pas faux bond : c'est votre ultime planche de salut.

– Ce n'est pas mon intention, répondit Pierre. J'ai trop de respect pour M. le maréchal. J'attendrai la date qu'il me proposera.

– Elle ne tardera guère, dit le juge, mais ce ne sera qu'une étape. Il faudra vous préparer à l'idée de rencontrer le cardinal. Lui non plus ne tardera guère à vous faire signe…

Il m'est difficile de croire que Pierre Grellety ait pu se plier de bonne grâce à la requête du cardinal, dont il connaissait la nature fourbe. Informé qu'il avait à préparer son voyage à Paris en compagnie du capitaine Chassaing, il regimba : le paysan rusé qu'il était ne pouvait accorder un plein crédit à cette proposition qui sentait l'embrouille. La cour était un tel repaire de malandrins prêts à tout pour satisfaire Son Éminence ou Sa Majesté que le moindre faux pas, la moindre inattention risquaient de lui être fatals. Il ne répugnait pas – il l'avait montré à l'occasion – à un combat ouvert, mais il envisageait avec appréhension un attentat dans un corridor obscur du Louvre, la torture à la Conciergerie ou la pendaison au gibet de Montfaucon.

Il allait devoir patienter près d'un mois avant que M. de La Force lui donnât signe de vie.

Pierre n'avait plus de nouvelles de Marc de Madaillan depuis des semaines.

Ce bougre se cachait bien. Il prétendait rester dans l'expectative, prêt à faire front avec une centaine de partisans à des attaques qui pourraient venir de l'Agenais, mais, en fait, il avait d'autres soucis : un destin national l'attendait, songeait-il. La guérilla dans la forêt n'avait guère plus d'importance pour lui qu'une querelle de chiffonniers.

Un matin de printemps, quelques semaines après l'entrevue de Pierre Grellety avec le capitaine Chassaing et le juge Jamet, il arriva *balin-balan* à La Roussille, pomponné comme un marquis, monté sur un cheval digne des écuries royales, précédé d'un écuyer portant ses armes et suivi d'une escorte de dix croquants revêtus d'uniformes de diverses armes, ce qui en faisait un défilé de carnaval.

– Ma parole, pesta Pierre, tu es devenu fou ! Traverser le Paréage avec seulement dix hommes alors que les patrouilles de Tonneins parcourent sans relâche le pays !

Madaillan sourit, descendit lentement du cheval qu'il confia à son écuyer et s'épongea le front avec son mouchoir. Il avait forci ; sa bedaine débordait de sa ceinture flanquée de deux pistolets de parade.

– Je n'ai vu en cours de route que des bûcherons, pas des soldats, dit-il. D'ailleurs, j'avais de quoi donner la réplique à une patrouille.

Il réclama du vin pour lui, de l'eau pour ses hommes et ses chevaux.

– Mazette ! fit-il. Je savais où tu te cachais mais je ne te voyais pas jouant les châtelains dans une caverne d'Ali Baba. Tu ne manques de rien, à ce qu'il semble ! La vie de croquant a du bon.

– Trêve de sarcasmes ! dit Pierre. Je suppose que tu n'es pas venu pour me provoquer, alors que je pourrais te demander des comptes. On ne t'a pas vu souvent les armes à la main. Tu avais sans doute trop à faire de ton côté ?

– Tout juste, et plus que tu ne crois ! Allons, Grellety, trinquons à nos retrouvailles. Je me languissais de toi après l'affaire de la bataille contre cette ganache de Grignols.

Madaillan but seul et n'en parut pas affligé. Il s'assit dans un vieux fauteuil qui montrait son crin et se mit à bourrer sa pipe.

– Le but de ma visite, dit-il en tirant les premières bouffées, n'est pas de me moquer de toi ni de te chercher querelle. Tes exploits devant l'armée royale m'ont laissé pantois. Tu as l'étoffe d'un excellent capitaine. J'ai parlé de toi à quelques amis de haut plumage. Ils souhaiteraient utiliser tes compétences.

– Tes amis, j'ai de bonnes raisons de m'en méfier.

– Tu as tort. Avec un peu de chance et des hommes de ton acabit, ils pourraient être demain les maîtres du pays…

Joseph m'a longuement parlé de cet entretien auquel il a assisté de bout en bout.

Deux ombres planaient sur le Louvre : celle d'un complot et celle de la mort. Les rebelles qui, huit ans auparavant, avaient failli tuer le cardinal n'avaient pas désarmé ; quant à la mort, elle guettait en coulisses deux proies : le roi et le cardinal, dont la santé donnait des alarmes à la cour.

En ce printemps de l'année 1641, la France était lasse de la guerre et vouait aux gémonies le cardinal, responsable, disait-on, des malheurs et de la misère qui accablaient le pays. Louis de Bourbon, comte de Soissons, se croyait appelé à devenir le palladium d'une révolte qui débuterait par l'éviction du ministre. Il était entouré de complices de haut plumage, comme Gaston d'Orléans, le marquis de Saint-Mars, le duc de Guise, les ducs de Beaufort et de Vendôme. Il avait obtenu de Gaspar de Guzmán, comte d'Olivares, favori du roi d'Espagne, promesse d'un appui armé.

Dans la ville de Sedan, devenue la place forte de cette conspiration, la plus brillante noblesse de France se donnait des fêtes d'illusion qui fleuraient le patchouli plus que la poudre à canon.

Ces insurgés nourrissaient des ambitions outrées et dangereuses. L'armée promise par Olivares était précédée de présents du roi Philippe : des centaines de milliers d'écus destinés à préparer une levée de régiments et à satisfaire des appétits particuliers.

Soissons avait son idée : on marcherait sur Paris, on affronterait avec succès ce qu'il restait à l'intérieur des armées royales et, avec l'appui des prisonniers de la Bastille que des complices s'étaient engagés à libérer, on entrerait dans la capitale tambour battant...

Ce programme alléchant bénéficiait d'un élément capital, la santé du roi et du cardinal. Le premier souffrait de flux de ventre, le second de fièvres récurrentes. Ils n'étaient plus que l'ombre du pouvoir.

Porté aux complots, Marc de Madaillan n'avait pas tardé à songer que la gloire qu'il n'avait pu récolter dans cette province de culs-terreux l'attendait peut-être à Sedan. Lorsqu'on lui fit miroiter une nouvelle carrière sous le harnois, il donna son accord et entra dans la conspiration.

Cette digression ne nous a pas éloignés de La Roussille, où nous avons laissé le « fier Madaillan » faire des effets de manchette en savourant le vin des Grellety.

– Mon cher ami, dit-il, nous menons ici une guerre perdue d'avance. À ce jour, nous n'avons pas subi de sérieux revers, mais cela risque de changer sans tarder.

Il parla à demi-mot du complot qui se tramait à Sedan, où, dit-il, « naissait l'espoir de temps nouveaux ». De grands événements se préparaient sous la conduite du comte de Soissons et de Gaston d'Orléans. D'ici peu, ils marcheraient sur Paris, et…

– Cesse de tourner autour du pot ! bougonna Pierre. Qu'est-ce que tu attends de moi ?

– Que tu nous rejoignes ! Nous menons le même combat que les insurgés de Sedan, sauf que nous piétinons dans cette foutue forêt. Nous pourrions faire valoir nos talents sur un terrain plus honorable.

– Plus honorable… dit Pierre. C'est à voir.

– L'Espagne apportera son concours au complot, sous forme d'une armée, pour marcher sur Paris. Ce n'est pas de gaieté de cœur que Soissons a dû faire appel à une puissance étrangère, mais la victoire est à ce prix.

Lorsque Joseph vit son frère mettre la main à la crosse de son pistolet, il fronça les sourcils et se disposa à intervenir. Pierre se contenta de dire à Madaillan :

– Tu viens de confirmer l'opinion que j'ai toujours eue de toi : un fieffé coquin, un traître, un officier de pacotille. Nous allier aux Espagnols contre le roi… Comment as-tu pu supposer que j'accepterais de participer à cette infamie ?

Madaillan bredouilla :

– Je comprends tes scrupules, mais il faut songer à ton avenir, ne pas repousser sans réfléchir la dernière chance qui s'offre à toi de devenir un grand capitaine. D'ailleurs…

Il sortit de sa manche un pli qu'il lui tendit.

– Le comte de Soissons m'a chargé de te remettre cette lettre pour appuyer ma requête. Elle témoigne de l'estime dans laquelle il te tient et des espoirs qu'il fonde sur toi.

Pierre fit sauter le cachet, lut la lettre, la tendit à son frère, qui se gratta le menton d'un air perplexe.

– Cette lettre est très flatteuse, j'en conviens, dit Joseph, mais ce n'est pas le sceau du comte de Soissons qu'elle porte. Je te soupçonne de l'avoir écrite toi-même et d'avoir brouillé le sceau de manière qu'on ne puisse le déchiffrer.

Confondu, penaud, Madaillan dut en convenir et balbutia :

– Je l'avoue, mais cette machination n'avait qu'un but : vous décider à nous rejoindre. Ne prenez pas ce subterfuge en mauvaise part. Le comte de Soissons table vraiment sur vous. Il vous confiera un régiment. Je l'affirme sur l'honneur.

– Comment peux-tu parler de ton honneur ! s'écria Pierre. On sait ce qu'il vaut, et tu viens de nous en donner une nouvelle preuve. Jamais je ne porterai les armes contre le roi. Maintenant, déguerpis !

– Tu le regretteras ! lança Madaillan.

Furibond, il remonta en selle et fit signe à son escorte de tourner bride.

– Je crains que nous n'ayons à nous méfier de ce traître, dit Joseph. Il va nous jouer un tour à sa façon. Tu l'as humilié. Il ne te le pardonnera pas. Cette lettre, il faut la garder. Elle pourra nous servir pour confondre ce maroufle.

Le lendemain de cette entrevue orageuse, le capitaine Chassaing arriva à La Roussille, accompagné de Michel Gibiat, pour confier à Pierre, en main propre, son ordre de mission pour Paris.

– Vous aurez le temps de vous préparer et d'aller faire au maréchal de La Force la visite qu'il attend. Vous ne serez reçu au Palais-Cardinal que dans le courant de juillet. D'ici là, je vous conseille de ne rien entreprendre qui puisse faire échouer la chance qui vous est offerte. Votre frère pourra vous accompagner.

– Joseph restera dans la forêt pour veiller au grain, dit Pierre. Ce n'est pas que je doute de la parole de Son Éminence, mais ceux qui l'entourent ne m'inspirent guère confiance.

Malgré l'envie qui le démangeait, il ne souffla mot de la visite de Madaillan et de la lettre qu'il lui avait laissée. Ce traître méritait un autre châtiment de sa part qu'une dénonciation, méthode à laquelle il répugnait.

Joseph poursuivit :

– Le printemps et l'été qui ont suivi la dernière visite du capitaine Chassaing nous ont paru interminables. La plupart de nos hommes sont retournés à leur foyer. De temps à autre nous allions, mon frère et moi, prêter nos bras aux fenaisons et aux moissons, sans être inquiétés.

Ni Pierre ni Joseph n'eurent à regretter d'avoir éconduit Madaillan.

Le vent avait tourné à l'orage pour les conspirateurs de Sedan. La brillante armée franco-espagnole marcha sur Paris et tout semblait sourire aux princes rebelles : on les accueillait avec des fleurs et des discours dans le bel été de guerre qui s'annonçait. On n'allait faire qu'une bouchée de l'armée royale conduite par le maréchal de Châtillon, conclure la paix avec l'Espagne, chasser le cardinal…

Un matin, peu après le passage de la Meuse, l'armée de Sedan trouve en face d'elle les Français adossés au bois de la Marfée, bien décidés à en découdre. Quelques charges de cavalerie les dispersèrent. Les rebelles chantaient victoire lorsque le bruit courut que le comte de Soissons avait été tué par un traître qui avait, au fort de la bataille, soulevé avec le canon de son pistolet la visière du casque de Soissons et fait feu à bout portant.

La victoire se transforma en panique puis en déroute. Les Espagnols se retirèrent dans les Flandres et ce qu'il restait des troupes de Gaston à Sedan.

On croyait le complot enterré : il renaquit l'année suivante, sans plus de succès. Gaston d'Orléans y perdit son honneur et le beau Saint-Mars sa tête blonde.

Les deux moribonds qui tenaient encore les rênes du pouvoir avaient tout lieu de se réjouir.

J'ai peine à imaginer ces deux grands malades : le roi et son ministre, suivant le train des armées en Catalogne. M. de Richelieu s'était installé dans un édifice ambulant dont il avait fait son bureau, pour lui et son secrétaire, sa chambre et ses nécessités. Il fallait une trentaine de colosses pour porter cette luxueuse mais pesante roulotte. En certaines circonstances, il fallut élargir les portes des villes pour lui livrer passage.

Je ne puis qu'admirer le courage et la résistance de ce ministre. Il souffrait de fièvres fréquentes, d'hémorroïdes et d'une rétention d'urine insupportable. Il assumait sans se plaindre ce calvaire quotidien et continuait à gérer le royaume d'une main de fer.

Le roi, lui, n'était plus qu'un spectre. Au cours de ses campagnes il ne se tenait à cheval que par un miracle de la volonté. Les médicastres qui se succédaient à son chevet étaient impuissants à combattre son entérite, ses crises d'épilepsie et son ulcère au ventre. Le bégaiement contracté dans son enfance avait tourné au supplice, et plus personne n'osait s'en moquer lorsque, incapable de s'exprimer, il laissait sa langue sortir de sa bouche.

Je présume que la duchesse d'Aiguillon, nièce du cardinal, son enfant chérie et sa confidente, prit une part importante à la démarche de son oncle visant à remettre les croquants sur la bonne voie. Je tiens de Joseph qu'elle s'intéressait fort à leur misère et à leur révolte et voulait en connaître les véritables raisons.

Marie-Madeleine de Vignerot, cette bonne dame âgée aujourd'hui de quarante ans, reçut, il y a cinq ans, des mains de son oncle un magnifique apanage : le duché d'Aiguillon, en Vendée. Devenue veuve et riche, elle se consacra aux missions en Nouvelle-France et fonda à Québec un hôtel-Dieu ouvert aux miséreux. L'honnêteté et la charité se conjuguent en sa personne.

– Sans trop m'avancer, me confia Joseph, je suis convaincu que nous lui devons beaucoup : la grâce du roi et les honneurs du cardinal. Bénie soit-elle !

Cette grâce, cet honneur ont failli être remis en cause. Par qui ? mais par ce fourbe de Madaillan. Pierre et Joseph avaient la conviction qu'à la suite de l'échec de la conspiration de Sedan il allait disparaître de leur horizon et qu'ils n'entendraient plus parler de lui. Ils durent déchanter. Madaillan était de ces rapaces qui ne lâchent jamais la proie convoitée.

La bataille de la Marfée ayant sonné le glas des espoirs des conspirateurs, Madaillan avait regagné ses pénates en ruminant déception et rancœur. Singulièrement, il tint rigueur aux Grellety de leur refus de l'accompagner dans cette aventure insensée. Il entrait dans son comportement une part de jalousie : à la cour de France, on ne parlait, en évoquant la révolte des Croquants, que des frères Grellety ; lui, on l'ignorait. Il aurait dû s'en réjouir ; il s'en offusquait.

La vindicte lui dicta sa revanche.

J'en arrive à un point de mon récit où les chevaux qui mènent les événements semblent s'emballer, où les protagonistes sombrent dans la confusion.

À revenir sur mes notes relatives à ces événements, j'éprouve l'impression d'un inextricable jeu d'embrouille. J'ai dû me contenter de survoler les préludes des événements qui ont conduit Pierre au Palais-Cardinal. Entre ordres et contrordres, allers et retours, tergiversations et chausse-trapes, accusations vraies ou fausses des uns contre les autres, il y a de quoi perdre son latin.

Nous sommes, je le rappelle, à l'été de l'année 1641. Grellety et son frère Joseph vont d'une ferme à l'autre prêter la main aux grands travaux, dans l'attente d'un ordre du cardinal.

Les semaines passent et Pierre ne voit rien venir. En revanche, ils ont reçu de Michel Gibiat des nouvelles peu rassurantes. Il tenait d'un ami, chanoine au chapitre de Saint-Front, que l'initiative du cardinal, suite aux pressions de sa nièce et aux interventions du maréchal de La Force, avait soulevé chez les autorités de Périgueux des protestations et des menaces.

Les protestations venaient du gouverneur Schomberg, indigné de ce que les tractations se soient faites sans qu'il en fût informé, si ce n'est par ouï-dire. Les menaces émanaient de Jean-Baptiste de Chancel, maire de Périgueux et conseiller au présidial, dont le fils, Géraud de La Veyssonie, avait été tué lors d'une opération dans la forêt de Vergt. Donner des lettres d'abolition à ce brigand était une infamie ! On allait en entendre parler entre Bordeaux et Périgueux...

Plus méfiant que jamais, Pierre aurait dû se réjouir de l'attente dans laquelle le cardinal le laissait macérer. Il ne craignait rien pour lui mais redoutait les événements qui pourraient se produire en son absence. Il avait certes confiance en son frère, mais c'est en lui que les paysans croyaient ; lui disparu, ils seraient retournés à leurs terres et auraient tendu le cou au licol, comme par le passé.

Afin de savoir où il allait devoir porter ses pas, il envoya son cousin Castanet en reconnaissance à Paris. Ce n'était pas un voyage d'agrément qu'il lui proposait : le trajet était long, difficile, périlleux ; il risquait, en se retrouvant à la cour, d'avoir à affronter un nid d'embrouilles et toutes sortes de coquins. Lui, Pierre, tenait à poser les pieds sur un sol ferme car il n'entendait rien aux intrigues.

– Tu vas avoir, mon cousin, dit-il à Castanet, à parler à des juges, à des ministres, peut-être même à Son Éminence. Ton nom sera porté sur les actes et passera à la postérité.

– Ces honneurs, dit Castanet d'un air sombre, je m'en passerais bien…

Il fit le voyage en compagnie de Chassaing et d'un personnage sur lequel il ne comptait pas, Marc de Madaillan, avec lequel il n'eut que des rapports de convenance. De son voyage, des gens qu'il rencontra à Paris, je ne puis rien dire car j'en ignore tout. Il accomplit sa mission sans faillir à ce qu'il semble. Si le trajet se fit sans encombre, il menait à une vasière plus riche de grenouilles, de crapauds et de serpents que de cygnes et d'oiseaux-mouches.

– J'en ai appris beaucoup sur Madaillan, dit-il à Pierre. C'est une ignoble charogne ! Il a fait courir le bruit à la cour que tu es mandaté par le duc d'Épernon et La Valette pour assassiner le roi et le cardinal ! J'ai appris ces manigances la veille de mon départ. C'est dire si j'étais pressé de reprendre la route ! Je serais resté une journée de plus, je me retrouvais à la Bastille !

Cette nouvelle remettait tout en question. Pierre s'était bien douté que ce traître de Madaillan n'oublierait pas de sitôt leur affrontement récent, la jalousie qu'il nourrissait contre lui, qu'une grâce royale ne pouvait qu'exacerber.

– J'aurais dû, s'écria Pierre, l'écraser comme une vipère ! Que faire pour l'empêcher de poursuivre ses menées ?

– Attendre, dit Castanet. La vérité finira bien par éclater.

Cette révélation ne cessa de harceler Pierre dans les jours qui suivirent. Que faire ? Accepter, le moment venu, de prendre la route de Paris, c'était risquer sa vie. Repousser cette convocation, c'était donner du crédit à ce dont on l'accusait. Il ne pouvait compter, pour se disculper, sur le vieux duc d'Épernon, qui était à l'article de la mort, vivait dans une semi-disgrâce et avait intérêt à se faire oublier. Quant à son fils, il guerroyait, on ne savait où, aux frontières.

Grellety décida, pour en avoir le cœur net, d'en référer aux hautes autorités de la province. À Schomberg ? Il eût été flatté de cette attention, mais il n'avait pas l'oreille de la cour. Il se décida pour le maréchal de La Force.

2

LES ORANGERS DE M. DE LA FORCE

Alors que l'été tirait à sa fin, Pierre partit seul, avec quelques précautions pour n'être pas reconnu. Une eau violâtre suintait des villages et des hameaux et l'air était saturé d'une odeur de moût. Il coucha pour trois sols dans une auberge à La Monzie et, au petit matin, alla frapper à l'huis du maréchal. Il se heurta à des cerbères qui lui mirent la pointe de leurs piques sur le ventre en le priant de passer au large. Il insista, montra le message que M. de La Force lui avait fait transmettre. Un moment plus tard, un secrétaire vint à sa rencontre et le conduisit sur la terrasse où son maître somnolait dans la lumière de la matinée, entouré d'orangers plantés dans des caisses de bois peintes en vert qui répandaient une odeur de paradis.

– Je dois vous prévenir, dit le secrétaire, que M. le maréchal est sourd et que vous devrez, pour vous faire entendre, parler d'une voix haute et claire.

Grâce à Joseph, à qui Pierre s'en ouvrit, j'ai pu

reconstituer la conversation qu'eurent les deux hommes. Elle fut brève mais laborieuse.

Sec et noueux, avec un ventre qui faisait boule sous le pourpoint, le maréchal agitait ses mains longues, aux articulations proéminentes, avec une grâce de duelliste, comme pour aider les mots à s'extraire de ses lèvres minces et violettes à travers une barbe buissonneuse. Outre qu'il était sourd comme un *toupi,* il s'exprimait avec une voix d'emphysémateux ponctuée de soupirs.

– Pierre Grellety... dit-il. Peufff... Je désespérais de vous voir répondre à mon appel. Je vous croyais à Paris.

Il fit signe à son secrétaire de proposer un siège à son visiteur, qui s'installa au plus près du vieillard.

– Si j'hésite à me rendre auprès du cardinal, dit Pierre, c'est en raison de certaines calomnies répandues à la cour, qui me visent, ainsi que mon frère. On nous accuse de collusion avec le duc d'Épernon et son fils dans un complot imaginaire contre Sa Majesté et Son Éminence.

Le vieil huguenot battit des paupières sur ses yeux chassieux. La main en cornet contre son oreille, il se fit répéter cette révélation puis éclata de rire entre deux quintes de toux.

– Épernon... La Valette... Peufff... L'un est presque dans la tombe et l'autre on ne sait où, au diable Vauvert en tout cas. Peufff... D'où vient cette fable stupide ?

– D'un personnage que vous connaissez sans doute : de Marc de Madaillan. On dit qu'il rebat les oreilles de Son Éminence de cette invention.

Cette fois, Pierre crut que le vieil homme allait s'étrangler d'indignation, dans un accès de feulements pitoyables. Il interrogea du regard le secrétaire, qui le rassura d'un clignement de paupières.

– Madaillan... gémissait le maréchal. Le baron de Madaillan... Peufff... Cet incapable, ce triste sire ! On m'a raconté son comportement à la bataille de La Sauvetat et sa fuite, peufff... honteuse. Mon ami, voilà ce que vous devez faire : aller à Paris dès que Son Éminence vous confirmera votre rendez-vous et lui exposer votre cas. Je vous remettrai d'ailleurs un mot à son intention, et votre dénonciateur sera confondu. Peufff...

Le secrétaire se pencha à l'oreille de son maître et y glissa quelques mots. M. de La Force hocha la tête.

– Oui, certes... Je n'ai pas oublié. *Capitaine* Grellety (l'appellation fit sursauter Pierre), si je vous ai fait joindre par M. de Pontbriant et le curé de votre paroisse, c'est que j'ai jugé bon d'intervenir pour faire en sorte que cette rébellion cesse. Peufff… Vous avez démontré, dans la victoire que vous avez remportée sur cet incapable de Grignols, votre détermination et votre force. Je dois vous dire, pour m'en être entretenu avec lui, que le cardinal souhaite en finir. Et vous-même… peufff… vous-même aussi, je pense.

– C'est bien mon intention et celle de mes lieutenants, répondit Pierre. Nous sommes des paysans plus attachés à la terre qu'à la guerre. Plus tôt nous mettrons bas les armes, mieux ce sera. Mais la révolte a été trop longue et le combat trop âpre pour que nous baissions les bras sans obtenir de garanties.

– J'en conviens, mon ami ! Ce n'est que justice, et Son Éminence en est consciente. Elle m'a chargé de vous dire… peufff… que sa porte vous est ouverte et qu'elle souhaite que vous répondiez à son invitation. Le ferez-vous, Grellety ?

Pierre promit qu'il le ferait, mais il souhaitait être disculpé des soupçons que Madaillan avait répandus sur son compte. Il avait la preuve formelle qu'il s'agissait d'un brigand et d'un traître – la lettre.

– De quelle lettre parlez-vous ? demanda le maréchal.

– De celle-ci, que je vous prie de lire. C'est un faux de Madaillan. Il a imité la signature du comte de Soissons pour m'entraîner dans le complot de Sedan.

Le maréchal lut la lettre en tapotant d'une main sur le rebord de son fauteuil d'osier. En la restituant à Pierre, il dit simplement :

– Madaillan… Peufff…, c'est comme s'il était mort !

Avant de donner congé à son visiteur, M. de La Force glissa quelques mots à l'oreille de son secrétaire, qui pénétra dans le château et en revint quelques instants plus tard, portant religieusement un coffret comme s'il contenait le saint sacrement. Il le déposa sur les genoux de son maître, qui l'ouvrit et en retira un poignard très ordinaire qu'il tendit, à plat sur ses paumes, à son visiteur.

– Mon ami, dit-il, voici le poignard avec lequel ce monstre qu'était Ravaillac a tué le roi Henri. Peufff… Pardonnez mon émotion. Chaque fois…, chaque fois que je le sors de son coffret, je ressens la même colère, la même émotion. J'étais à côté de Sa Majesté quand ce drame s'est produit. On a accusé le duc d'Épernon d'avoir manigancé ce meurtre. À vrai dire, je ne sais qu'en penser mais j'ai peine à le croire, de même que son idée de comploter contre le roi et Son Éminence me semble invraisemblable. Peuffff…

Il avait en parlant des larmes qui coulaient dans sa barbe grise.

La dernière lettre de Joseph, que j'ai reçue hier, m'a mis du baume au cœur. Mondine et lui sont arrivés sans encombre à Vercelli en descendant le Val d'Aoste par une route encombrée de convois militaires.

Le pays est calme, écrit-il. *On n'entend pas la moindre rumeur de guerre. Les seuls roulements de canon que l'on entende sont ceux des orages de fin de saison qui, dans cette contrée du Piémont, sont d'une violence exceptionnelle.*

Vous dire le bonheur de mon frère en nous accueillant, j'en serais incapable. À vrai dire, s'il n'a pas laissé éclater sa joie, je pouvais, moi qui le connais aussi bien qu'il se connaît lui-même, deviner dans les moindres de ses gestes, sur les traits de son visage, jusque dans ses yeux, les sentiments qu'il éprouvait. Votre fille s'est montrée plus réservée, mais c'est dans sa nature. Il est vrai qu'elle n'aspirait guère qu'au repos.

Malgré la fatigue, Mondine a bien supporté le

voyage. Sa chambre ouvre sur un décor de lointaines montagnes au milieu desquelles, en tirant vers le nord, trône le mont Rose, couvert des premières neiges. Pierre a mis à son service une forte fille des rizières, attentionnée et qui chante comme un pinson.

À l'heure où j'écris, Pierre est chez le curé de Sant'Andrea pour préparer son mariage qui aura lieu dans une semaine, en présence des autorités de la ville et de la province. Pardonnez-moi de rester quelques jours sans vous donner de nos nouvelles : je dois partir en mission pour la Valteline, une province voisine qui nous donne bien du souci.

Que Dieu vous ait en Sa sainte garde.

Pas un mot de Mondine n'accompagnait cette lettre. Trop heureuse d'avoir en Joseph un secrétaire particulier, elle s'exempte de nous communiquer de ses nouvelles. Elle n'a jamais, comme je l'ai dit, été portée sur l'épistole.

Je me suis gardé de participer, comme on m'en priait, à la battue aux loups et aux chiens sauvages venus des forêts de Nontron et d'Abjat où gronde une nouvelle révolte de paysans poussés par la misère à prendre les armes.

Les hommes de Brantôme, de Valeuil, de Champagnac et de La Tour-Blanche ont ramené un beau tableau de chasse que je fus convié d'admirer à l'auberge de Saint-Crépin où ils ont fait bombance : douze fauves qui ne s'en prendront plus aux troupeaux.

Passé la pluie, l'air sent la neige. Elle traîne sur les lointains de la forêt comme pour choisir l'endroit où elle pourra refermer son cocon sur le pays.

J'ai fait rentrer par un de nos métayers quelques brasses de bois de chêne. Si l'on en croit les anciens, l'hiver sera rude, et mes vieux os supportent mal le froid.

Pris par les innombrables soucis de sa charge, le cardinal de Richelieu avait longtemps tardé à convoquer le capitaine – Pierre Grellety fit le voyage, comme Castanet avant lui, en compagnie du capitaine Chassaing, sous escorte de mousquetaires.

À son arrivée, ce n'est pas le cardinal qui le reçut, mais les magistrats du parlement qui, informés des menées de Madaillan, tenaient à faire la lumière avant l'entrevue de Grellety avec le cardinal.

Fort aise qu'on le laissât libre d'aller et de venir, Pierre, accompagné de Chassaing, mit à profit son séjour pour visiter la ville. Je ne saurais le suivre pas à pas dans ses promenades qui n'ont guère d'intérêt pour la suite de mon récit. Je sais, au dire de Joseph, que ces quelques jours le fatiguèrent davantage qu'une campagne à travers la forêt : cet homme n'était pas fait pour le tumulte, le mouvement et la foule ; aux bruits de la rue il préfère le chant des oiseaux.

Je sais aussi qu'il aurait aimé voir le roi, mais Sa Majesté se trouvait alors dans sa résidence de Saint-Germain où elle se reposait de l'animation incessante du Louvre et se purgeait les poumons du mauvais air de la capitale.

Voici donc Pierre Grellety devant ses juges.

Il écoute sans sourciller, de la bouche du président Molé, la nomenclature de ses « crimes » : rébellion, courses dans la forêt, attentats contre les armées du roi, incendies… Accusé d'avoir tué, devant témoins, le capitaine Barricade, il proteste avec véhémence : il n'a fait que tirer sur l'agresseur de son père, un soldat, certes, mais vindicatif et pris de vin ! Les juges s'interrogent du regard, hochent la tête sous le bonnet fourré qui leur cache les oreilles. Ils acceptent de reconnaître que l'accusé a agi en état de légitime défense. Il n'empêche : un capitaine… Mais les témoignages recueillis sur place concordent en faveur du prévenu.

L'autre « crime » qu'on lui impute, le meurtre de l'avocat de Périgueux, le sire Jay de Jonjay, seigneur de Boiras, ne fait pas long feu. De nombreux témoignages corroborent son innocence en accablant le nommé Loyseau.

Nouvelle consultation du regard entre les chats fourrés. Soit, là encore, la lumière est faite.

mais il reste tout ce qui va suivre. Et la liste est longue…

À chaque accusation qui vise à l'accabler, il répond en reconnaissant sa lutte armée, les attentats, les combats, mais y avait-il un autre moyen de s'opposer aux exactions des militaires et des collecteurs ?

Le tribunal se concerta à voix basse et se retira sans un mot. « Voilà, se dit Pierre, qui présage mal de ce qui va suivre… »

L'audience suivante est consacrée à l'affaire la plus récente et la plus grave : l'accusation de complot contre le roi et son ministre. Cette calomnie, Pierre n'a guère de peine à en démontrer l'inanité. Comment le simple laboureur qu'il est aurait-il pu envisager un tel acte qui demandait une connaissance approfondie de Paris et de l'entourage des futures victimes ? Le président Molé lui rétorque que Ravaillac n'était rien d'autre qu'un personnage de basse extraction.

C'est alors qu'il sort de sa ceinture à la fois la lettre du maréchal de La Force, destinée au cardinal, dont il a fait exécuter une copie, et le faux document élaboré par Marc de Madaillan, visant à l'incorporer au complot de Sedan. L'huissier les dépose devant le président Molé, qui, ajustant ses bésicles, en prend connaissance avant de les communiquer à ses assesseurs. Conclusion unanime : le deuxième document constitue un faux manifeste qui accable Madaillan, ce personnage éminemment suspect que le parlement a interrogé peu avant, sans croire un instant aux fables qu'il débitait avec un aplomb de comédien.

– À quel motif attribuer une telle animosité ? demande le président Molé.

Pierre répond que le mobile principal est la jalousie : cet officier nanti d'états de service honorables ne pardonne pas à son partenaire d'être devenu le véritable chef de l'insurrection. En outre, il avait mal accepté que Pierre renonçât à entrer dans la conjuration de Sedan. Une seule de ces raisons aurait suffi à envoyer Madaillan au billot.

Avant de lever la séance, le président décrète que le prévenu, dans l'attente de sa convocation au Palais-Cardinal, sera mis au secret à la Conciergerie, tout comme son accusateur, mais pas dans la même cellule…

– Ceci, ajoute-t-il, pour votre sécurité.

Pierre devait revoir Madaillan à plusieurs reprises, au cours des promenades quotidiennes dans le couloir et la cour de la prison. Ils se bornèrent à échanger des regards, assassins de la part de Madaillan, méprisants chez Pierre. Ce dernier était sûr de son affaire, les juges le lui avaient laissé entendre avant de se retirer.

Quand le capitaine Chassaing vint lui rendre visite, Pierre apprit que les journaux, notamment *La Gazette* de Théophraste Renaudot, parlaient de cette affaire en faveur du chef des croquants. Il avait surpris, dans les cabarets et les auberges où il passait le plus clair de son temps, des conversations qui ne lui étaient pas toujours favorables : la populace prête plus volontiers l'oreille aux médisances qu'à la vérité.

Le capitaine revint à quelques jours de là, porteur d'une autre nouvelle : il avait reçu mission du cardinal de conduire le prisonnier au domicile de M. de La Force, rue d'Autriche, à deux pas du Louvre. Il fut logé dans une petite chambre adjacente à celle que, de temps à autre, occupait le maréchal.

Pierre resta là deux jours, jouant aux cartes ou aux dés avec les domestiques, observant le passage sur la Seine, entre les ports au Blé et au Foin, non loin du Pont-Neuf, des péniches et des barques.

Un matin, au saut du lit, le capitaine lui annonça que l'audience du cardinal aurait lieu en fin de matinée.

– Vous ne pouvez vous présenter dans cette tenue qui sent la roture, lui dit Chassaing. Son Éminence est très stricte pour ce qui est de l'apparence de ses visiteurs. Il ne serait pas convenable non plus de vous présenter attifé comme un frisé de cour. Nous allons choisir dans la garde-robe du maréchal de quoi vous habiller décemment.

Onze heures sonnaient au carillon du Louvre lorsque deux archers vinrent chercher Grellety pour le conduire, à peu de distance de là, au Palais-Cardinal, dont le roi allait faire, après la mort de son ministre, le Palais-Royal. Chassaing cacha un sourire derrière sa main : les vêtements empruntés à la garde-robe du maréchal serraient Grellety aux entournures ; s'il n'avait rien d'un colosse, il était de taille et de carrure avantageuses.

– Cela sent un peu le vêtement d'emprunt, dit-il. Vous risquez de faire craquer les coutures, mais, tout compte fait, vous n'avez rien d'un rustre…

3

DANS LE CABINET DE SON ÉMINENCE

Dans les parages du Palais-Cardinal, édifié en retrait du Louvre, au milieu de vieux quartiers éventrés par la pioche des démolisseurs, l'animation était intense. Elle s'accroissait dès que l'on avait franchi les grilles majestueuses devant lesquelles veillaient des gardes portant la tenue des mousquetaires et les armes de Son Éminence. La grande cour encadrée de galeries s'ornait de jardins, de bassins et de marbres imités de l'antique. On y côtoyait une foule bruyante et colorée : magistrats en robe longue, officiers à panache, ecclésiastiques marchant d'une allure compassée, comme les oies que l'on conduit à la baguette au marché de Vergt. Adossées aux montants des arcades ou assises sur les bancs de pierre du jardin, des femmes, parées et fardées à outrance, lançaient des œillades aux passants. C'était une ville dans la ville.

Chemin faisant, le capitaine Chassaing, qui ne quittait pas Pierre d'une semelle, lui révéla que le cardinal était fort préoccupé par une affaire épineuse. Il avait prévu de pousser vers le billot le marquis de Cinq-Mars, un des conjurés de Sedan, qui n'avait pas renoncé à cette entreprise, sauf qu'il n'en voulait qu'au cardinal. Le roi s'était entiché de cet éphèbe et s'opposait à ce qu'on lui ôtât la vie. Pressé par le cardinal, il avait fini par céder. Cinq-Mars, qui avait perdu la tête pour son souverain au figuré, allait la perdre pour de bon sur le billot.

Afin de patienter en attendant l'heure de l'audience, Pierre et Chassaing se sustentèrent, sous les galeries, dans une odeur d'urine et de pâtisseries fabriquées en plein vent, de pains mollets, de viande grillée et de vin.

Je conçois sans peine l'émotion qui devait étreindre Pierre au contact de ce monde qui lui était étranger et qu'il aurait eu du mal à imaginer naguère, lui qui n'avait connu, en fait de grandes villes, que Périgueux.

À trois heures de relevée, un garde conduisit les deux hommes dans l'antichambre du cardinal. Ils durent de nouveau prendre leur mal en patience.

Lorsque Pierre sortit de sa ceinture son tabac et sa pipe, Chassaing l'arrêta d'un geste : M. de Richelieu avait horreur des pétuneurs et respirait à dix pas l'effluve du tabac : cela lui occasionnait des migraines…

Des gens entraient et sortaient du cabinet, l'allure guindée. Par la porte ouverte et vite refermée, Pierre pouvait apercevoir les profondeurs de la pièce où régnait Son Éminence, la croix de bois accrochée au mur entre deux tapisseries, un coin de table, l'esquisse d'un fauteuil. Il percevait, au milieu d'un bourdon de voix, quelques éclats d'une toux sèche.

– L'état de Son Éminence ne fait qu'empirer, expliqua Chassaing. Peut-être est-ce la brouille qui l'oppose au roi pour l'affaire Cinq-Mars. Ce n'est pas la première fois qu'ils se querellent, et ce ne sera pas la dernière. Ils ont passé leur existence à se chamailler mais ils sont inséparables, un peu comme les vieux couples. L'un des deux finit toujours par céder. Pour Cinq-Mars, aucun doute, c'est le cardinal qui l'emportera, mais aura-t-il le temps de savourer sa victoire ? Ses jours sont comptés. Il porte sur sa poitrine un sachet de cuir acheté à un marchand venu de Perse, qui contient, dit-on, de la cendre humaine. Il ne se sépare pas de son bézoard, un talisman fait de sécrétions animales.

Chassaing poussa Pierre du coude.

– Ça va être votre tour, dit-il. Vous n'avez pas oublié vos documents ?

Pierre posa la main sur sa ceinture. Lorsqu'il entendit son nom lancé par l'huissier, une émotion lui creusa le ventre, comme lorsqu'il s'apprêtait à livrer bataille.

– Monsieur Pierre *de* Grellety !

– Eh bien, dit Chassaing, vous voilà emparticulé, mon cher !

Le cardinal était occupé à compulser avec son secrétaire, le dos à la cheminée, les documents présentés par le précédent visiteur. Ni l'un ni l'autre ne prêtèrent attention à sa présence. Seul semblait vivant dans ce cabinet de modestes dimensions le feu qui pétillait dans la cheminée avec de beaux caprices d'étincelles. L'air était chargé d'une odeur lourde, médicamenteuse, un peu écœurante. Un deuxième secrétaire, vêtu d'un pourpoint de velours bleu orné d'un large collet de dentelle, se tenait assis près de la fenêtre, une écritoire sur les genoux.

– Fort bien ! dit le cardinal. Cette requête me paraît acceptable. Faites-la porter à la chancellerie. L'autre affaire…

Le premier secrétaire se pencha à l'oreille du cardinal, qui fit aussitôt signe à M. *de* Grellety d'avancer. Le visage émacié, ridé, taché de brun comme une noix sous la toque de tissu rouge à trois cornes, les épaules recouvertes jusqu'à la ceinture d'un mantelet à large col sur lequel pendait une croix aux pointes terminées par des diamants, Son Éminence semblait parée comme pour sa dernière heure. M. de Richelieu fit une grimace en changeant de position dans son fauteuil capitonné de coussins d'où pendaient des glands d'or. Il jeta un regard glacé à cet homme d'humble apparence, au visage tanné de paysan, qui attendait, debout, son chapeau sur le ventre, qu'on daignât s'intéresser à lui.

– Monsieur *de* Grellety, dit le cardinal, veuillez avancer, je vous prie. J'ai la vue faible, et il me plaît de voir et d'entendre distinctement mes interlocuteurs. J'ai sous les yeux le dossier que vient de me communiquer le président Molé. Ces messieurs du parlement y ont ajouté quelques feuillets à la suite de votre comparution. Les faits suffiraient à vous condamner à la peine capitale, mais ils font preuve d'indulgence à votre égard.

Il se renversa contre le dossier de son fauteuil avec une grimace de douleur, avant de reprendre, en se grattant la joue de sa plume :

– Savez-vous, monsieur, que vous me causez bien du tracas ? Vous révolter contre la volonté du roi est une faute grave. Entraîner à votre suite une armée de paysans relève du crime de complot. Savez-vous comment sont punis les conjurés, monsieur *de* Grellety ?

– De mort, Votre Éminence. Nombre de mes compagnons, ma famille ont payé pour l'apprendre.

Le cardinal et son secrétaire échangèrent un sourire. Pierre tira de sa ceinture la lettre du maréchal et le faux document de Madaillan. Le cardinal y jeta un regard distrait avant de poursuivre :

– Fort bien ! Je constate que vous êtes dans les bonnes grâces de M. de La Force et cela ne peut que plaider en votre faveur, mais il est un autre personnage qui a beaucoup fait pour que nous décidions de votre abolition et de celle de vos compagnons. Vous ne devinez pas de qui il peut bien s'agir ?

– Je l'ignore, balbutia Pierre. Mais peut-être Votre Éminence veut-elle parler de mon cousin Castanet, qui m'a précédé à Paris…

– Au diable si je connais ce Castanet ! répondit avec humeur M. de Richelieu. C'est du sire de Madaillan que je parle. Vous lui devez, comme on dit vulgairement, une fière chandelle !

– Que Votre Éminence me pardonne, dit Pierre, mais… je ne comprends pas en quoi Madaillan…

– La chose est facile à comprendre. Ce triste

personnage a répandu à votre encontre tant de lettres et de propos invraisemblables que cette obstination nous a incités à diligenter une enquête. Vous en êtes sorti blanc comme neige, du moins pour ce qui concerne ce complot contre ma personne et celle du roi. Pour ce qui est de la rébellion que vous avez suscitée en Guyenne, j'ai décidé votre abolition pour deux raisons : parce que je connais la misère de nos campagnes ainsi que les excès de la troupe, et parce que vos *croquants,* comme on les appelle, Dieu sait pourquoi ! seront plus utiles aux frontières. Certains sont de franches canailles qui se sont rendues coupables de crimes abominables, mais la plupart feront de bons soldats s'ils acceptent de porter les armes contre les Espagnols. S'ils refusent, nous sévirons, et le bourreau de Périgueux aura du pain sur la planche.

Il ajouta d'une voix plus calme :

– Monsieur *de* Grellety, vous êtes libre mais à trois conditions : renoncer à prendre les armes contre le roi, renvoyer nos paysans à leurs terres, et enfin…

Il s'interrompit, tourna les yeux vers une porte qui venait de s'ouvrir entre deux tapisseries, livrant passage à une forte femme vêtue avec modestie, qui portait sur un plateau des fioles et des tasses.

– Ma nièce, dit le cardinal d'une voix irritée, ne vous ai-je pas interdit de m'interrompre durant mes audiences ? Que me voulez-vous encore ?

– L'heure de votre médication est passée, mon oncle. L'auriez-vous oubliée ?

– Vous êtes là pour me la rappeler, mon ange.

– Je vous ai préparé du lait d'ânesse avec du miel pour votre toux. Prenez garde : il est chaud ! Vous prendrez aussi votre potion de graine d'avoine qui dégagera vos bronches, et cette pilule contre le flux de ventre…

– Épargnez-moi la nomenclature de mes maux, je vous prie. Vous ajoutez l'humiliation à la douleur. Sous prétexte de me soigner, avez-vous juré de m'empoisonner ? Comme si l'on ne complotait pas assez contre ma personne !

– Mon oncle… Dieu m'en garde !

Tandis que Son Éminence, avec des grimaces, absorbait ses médications, Mme d'Aiguillon se pencha à l'oreille du secrétaire : pour lui demander qui était ce paysan endimanché qui triturait son chapeau entre ses mains lourdes et brunes. Son visage s'éclaira lorsque, la main en cornet, il l'eut informée. Elle repartit avec un sourire pour le visiteur.

– Au diable ces médicastres ! maugréa Son Éminence. Ils ne savent qu'inventer pour ajouter aux maux de leurs patients avec leurs mixtures de sorcier. Du lait d'ânesse… Avez-vous déjà bu du lait d'ânesse, monsieur *de* Grellety ?

– Non, Votre Éminence, mais il a sauvé mon enfant qui souffrait d'un mal de poitrine.

Dans cette ambiance moins tendue, Pierre se sentait plus à l'aise. Le courant de familiarité libéré par l'intrusion de Mme d'Aiguillon le rassurait.

– Revenons à nos moutons ! dit le cardinal d'un ton presque amical. Nous en étions à la troisième condition. Je vous charge de réunir une petite troupe, mettons deux cents hommes, choisis parmi les plus aguerris de vos croquants, des volontaires, cela va sans dire, dont nous ferons des soldats du roi. Cela ne doit pas vous être impossible. Par ailleurs, je vais faire établir à votre intention un brevet de capitaine.

– Mais Votre Éminence…

– Eh, quoi ? Cela vous contrarie ? Vous préférez revenir planter vos choux dans la terre ingrate du Paréage ? Eh bien, répondez !

– C'est que, Votre Éminence, un tel honneur…

– Vous dépasse ? Eh bien, non ! Vous le méritez. Quand on s'est permis, avec une poignée de partisans, de mettre en déroute trois régiments, on doit être en mesure de tenir tête aux Espagnols !

Il ajouta :

– Avez-vous voyagé ?

– Je connais Périgueux et Bergerac. Mon père m'a conduit jadis à Bordeaux, mais je n'en garde aucun souvenir.

– Eh bien, vous allez voir du pays ! Nous avons un poste vacant en Piémont, dans la citadelle de Vercelli. Vous aurez le titre de capitaine de la garnison et de gouverneur de la province. Non seulement vous savez vous battre, mais encore vous savez lire et écrire, ce qui est rare parmi nos paysans. Je suis persuadé que vous assumerez convenablement vos fonctions. Êtes-vous satisfait ?

– Certes, Votre Éminence, mais…

– Craignez-vous de ne pas avoir les compétences nécessaires ? Allons donc ! Si nos officiers supérieurs avaient tous votre courage, votre bon sens et votre instruction, il y a beau temps que nous aurions repoussé en Espagne, en Flandre et en Italie les troupes d'Olivares !

Il toussa affreusement, cracha dans un pot placé sous la table, avant de poursuivre :

– Vous n'avez jamais porté vos grègues en Italie, mais ce pays vous plaira et vous vous ferez vite à votre double mission. Ah ! l'Italie... Mon rêve était d'aller à Rome m'incliner devant Sa Sainteté, visiter ses palais et ses artistes. Hélas...

Le secrétaire se pencha à l'oreille du cardinal qui sursauta en s'écriant :

– Eh, quoi ? Il attendra ! Je n'en ai pas fini avec M. *de* Grellety.

Il grignota une tranche de la pomme que le « cher ange » lui avait apportée sur une soucoupe d'argent avant d'ajouter :

– Je puis compter sur vous pour transformer les meilleurs de vos croquants en soldats. Ils seront, cela va de soi, soldés comme le reste de nos armées. Ils y gagneront, croyez-moi !

– Ma foi, cela n'a rien d'impossible.

– Faites que cela soit possible et tenez-moi informé, afin que je fasse établir les rôles. Il va sans dire que vous aurez à faire votre reddition, en bonne et due forme, à un officier et en un lieu qui vous seront stipulés par nos services. Il ne vous sera pas interdit, avant de prendre la route, de défiler dans notre bonne ville de Périgueux. Cela me serait même agréable...

– Je crains, Votre Éminence, de me heurter à l'opposition de MM. les consuls.

– Et pour quelles raisons, je vous prie ?

– Au cours d'un engagement, mes hommes ont tué le fils du premier consul, Géraud de La

Veyssonie. Depuis, ils nous vouent une détestation acharnée.

– Rassurez-vous, il en sera fait selon votre désir et le mien. Je vais donner à M. de Schomberg la consigne de mettre bon ordre à cela. Il ferait beau voir que ces bourgeois s'opposassent à ma volonté. Vous défilerez, monsieur, et avec la fanfare, sous les étendards du roi ! Ce n'est plus une suggestion, c'est un ordre !

L'animation de ces derniers propos lui arracha une toux sèche.

– Préparez-vous à partir, ajouta-t-il. Je veux que, le printemps prochain, vous ayez gagné votre poste. Il faudra veiller au grain, le cas échéant, faire mieux que ce pauvre La Valette. Les Espagnols se tiennent sur leurs positions mais il suffirait d'une étincelle pour que la guerre reprenne, car Olivares est imprévisible. Si vous avez de la famille, elle pourra vous suivre, car il se peut que vous restiez longtemps, des années peut-être, avant de revoir votre Périgord…

Le capitaine Chassaing patientait dans l'antichambre où des marchands et des clercs faisaient le pied de grue.

– Asseyez-vous un moment, dit-il, et racontez-moi comment s'est passée cette entrevue.

Une heure plus tard, alors qu'ils s'apprêtaient à quitter le Palais-Cardinal, ils virent venir vers eux, toute froufroutante dans ses jupes, Mme d'Aiguillon.

– Monsieur Grellety, dit-elle, je me tenais derrière une tenture durant votre entretien avec mon oncle. J'ai de petites oreilles mais elles sont attentives. Je suis ravie que vous soyez dans les bonnes grâces de Son Éminence. Vos exploits dans la forêt de Vergt ne m'ont pas laissée indifférente. Je connais les motifs qui vous ont poussé à la révolte. Vous n'êtes pas le voleur et le criminel que l'on dit, mais un homme qui défend son honneur et sa vie.

– Je sais ce que je vous dois, madame, répondit Pierre. Sans votre intervention auprès de votre oncle, peut-être serais-je encore dans ma forêt, dans l'attente d'une bataille ou d'un piège. Je vous en suis profondément reconnaissant.

– Contentez-vous de poursuivre le combat, mais cette fois-ci contre de véritables ennemis, et plus contre le roi. Que Dieu vous protège, mon ami !

Elle disparut dans une pirouette par une petite porte.

– Fichtre ! dit le capitaine, voilà une déclaration qui doit vous aller droit au cœur. N'oubliez pas que cette aimable personne est veuve, jeune encore, et pleine d'ardeur. À ses yeux, vous êtes un héros, bientôt capitaine dans l'armée royale et gouverneur en Italie. Tous les espoirs vous sont permis…

– Cessez de plaisanter ! riposta Pierre Jamais je ne me remarierai. J'ai trop aimé Constance, ma première épouse, et Esther, ma compagne, pour les oublier dans les bras d'une autre. En mourant, dans les conditions que vous savez, les armes à la main, Esther a enfermé mon cœur comme dans un coffret dont elle a emporté la clé…

En apprenant que les Grellety et leurs partisans avaient obtenu leur lettre d'abolition, je ne pouvais m'empêcher de songer à la révolte des paysans de Normandie contre l'impôt du sel, à cette armée populaire, conduite par des gentilshommes et des prêtres, qui avait amené cette province au bord de la sécession. Moins chanceux que nos croquants, ils avaient payé cher leur rébellion : la terreur avait succédé à la guerre, des têtes étaient tombées. Le chancelier Séguier faisait régner une loi de fer sur ces malheureux.

Il en allait tout autrement chez nous : pas de répression, une amnistie qui faisait du chef un capitaine et des croquants des soldats du roi.

Lorsque M. de Chancel apprit cette surprenante nouvelle, il entra dans une colère qui fit vibrer les vitres de son cabinet. Ce Grellety, ce brigand de grand chemin, ce criminel qui lui avait tué son fils chéri, pardonné de ses crimes et honoré comme un héros ! Il se dit que le cardinal, sujet à des caprices en raison de son âge et de ses maux, avait passé les bornes de la bienséance.

Il fit tenir à Son Éminence courrier sur courrier pour l'informer de la consternation de ses concitoyens et de la volonté, exprimée par le consulat, de refuser toute aide et toute faveur au « capitaine Grellety » et à ses sbires. Cette prise de position intempestive frisait la mutinerie.

À cette époque, j'eus à me rendre à diverses reprises à Périgueux pour traiter certaines affaires au nom de M. de Bourdeilles. L'occasion me fut ainsi donnée d'enregistrer, dans les antichambres et les cabinets, des lamentations et des protestations. Sans que rien justifiât ce comportement, les notables redoutaient que les croquants ne vinssent faire le siège devant la porte Tournepiche. On fit rouler des canons sur les remparts, on doubla les rondes, on imposa à la milice des gardes de nuit…

Ma sœur Martille n'était plus là. On avait retrouvé son corps enchevêtré dans les branches mortes entassées contre les piles d'un moulin. Ma conviction est qu'il ne s'agissait pas d'un suicide ou d'une mort accidentelle, mais d'un crime : on avait dû la pousser dans la rivière.

Qui ? Son mari, éploré mais furieux, me confia que cette garce avait bien cherché ce qui lui était arrivé. Elle était turbulente, provocatrice, déclarant à qui voulait l'entendre que les croquants ne tarderaient pas à se rendre maîtres de la ville et qu'ils feraient pendre les consuls et les commis du roi.

On l'enterra furtivement, à l'aube, dans le cimetière des pauvres, sur la rive gauche de l'Isle. Je vais de temps à autre me recueillir sur sa tombe.

L'avocat Pierre de Bessot, chez qui j'avais placé Mondine pour la garde des enfants, partage les avis et les craintes des consuls. Il déteste celui qu'il appelle le « roi des voleurs ». Pierre Grellety n'était pour lui rien d'autre qu'un brigand de grand chemin, occupé de « meurtres, brigandages et brûleries ». Homme d'ordre, il déteste tout ce qui peut ébranler l'équilibre de sa famille. Il n'a pas le cœur sec, mais l'égoïsme fait souvent ignorer et rejeter sans jugement ce qui importune.

C'est dans son cabinet, au début de l'année passée, que j'appris une nouvelle dont je ne conçus aucun chagrin : la mort du duc d'Épernon, non dans son château de Cadillac, près de Bordeaux, mais dans la sinistre citadelle de Loches, et sous bonne garde.

Grand favori et mignon du roi Henri III, monseigneur Jean-Louis de La Valette, premier duc d'Épernon, ne laissera pas, dans son ancien gouvernement de Guyenne, un souvenir impérissable. Son adversaire irréconciliable était M. de Richelieu. S'il n'avait réprimé qu'avec modération la fameuse émeute des cabaretiers de Bordeaux, c'était un peu par défi contre le roi et son ministre qui l'avaient exilé dans cette lointaine province, alors que sa place eût été à la tête des armées. Il n'avait obtenu un vague retour des faveurs royales qu'à l'âge de quatre-vingt-deux ans, mais il était retombé en disgrâce en raison de l'incompétence notoire de son fils dans les opérations militaires qu'on lui confiait.

Il traînait comme un boulet les soupçons qui l'accablaient dans le meurtre du roi Henri IV. N'avait-il pas accueilli, hébergé, peut-être encouragé le sinistre Ravaillac ? Le mystère persiste sur les circonstances de ce drame. Il est à craindre que la lumière ne se fasse jamais.

4

LA GRANDE DANSERIE DES CROQUANTS

Pierre Grellety serait bien resté quelques jours à Paris pour assister au supplice de Madaillan[1], mais son devoir le rappelait en Périgord où ses compagnons devaient trouver qu'il faisait durer son séjour. Lui qui, de toute son existence passée, n'avait pas eu la haine chevillée au corps, se sentait poussé vers l'échafaud où allait monter le traître par une vindicte qui le dépassait.

Il préféra reprendre la route sans plus tarder. D'ailleurs, le procès s'éternisait. Le président Molé était sur le point de conclure quand La Valette, profitant d'un recours en grâce, décida de plonger de nouveau dans cette boue. Il demanda à témoigner, accabla le prévenu, révélant qu'il était un père incestueux. Ce seul grief suffisait à condamner Madaillan. La malheureuse enfant fut enfermée dans un couvent et le père dans la cellule des condamnés à mort.

---

1. Marc de Madaillan eut la tête tranchée le 29 septembre 1645. Sa condition de noble lui évita la pendaison et la roue. *(N.d.A.)*

À l'heure où j'écris ces lignes, Madaillan doit se morfondre dans la tour Montgomery, à la Conciergerie, en attendant son supplice.

Retour dans sa forêt, à la fin de cette même année 1641, épuisé par un interminable voyage à cheval sous la pluie et la neige, Pierre Grellety retrouva les rangs de ses partisans singulièrement éclaircis, malgré la présence de Joseph, qui dit à son frère :

– Comment aurais-je pu les retenir, incertains que nous étions du sort qui te serait réservé ? Les uns après les autres, ils ont regagné leurs foyers pour casser les noix, faire leur huile, éplucher les châtaignes et égrener le blé d'Espagne. Chercher à les retenir eût été inutile. Je n'ai pu garder autour de moi qu'une cinquantaine de fidèles.

– Cinquante, soupira Pierre. C'est insuffisant.

– Comptes-tu repartir en campagne ?

– Au contraire : nous allons faire notre soumission. C'était cela ou reprendre la lutte, ce qui serait une folie.

Il ne fut pas facile à Pierre et à Joseph de réunir suffisamment de combattants pour que la cérémonie ne ressemblât pas à une mômerie. Ils parvinrent cependant, après des allées et venues à travers le Paréage, avec le concours du cousin Castanet, à réunir une centaine d'hommes. Pierre leur fit donner une tenue convenable et la petite troupe s'ébranla dans une bourrasque de neige vers Lembras, un village proche de Bergerac, où devait avoir lieu la cérémonie.

La soumission générale se fit dans une vaste prairie bordée par un *rivelet* pris dans les glaces. L'endroit était sinistre, mais Pierre avait exigé que la cérémonie ne se fît pas dans la ville proche, en présence de la population dont il craignait la réaction. Je tiens de Joseph que les croquants et leurs chefs passèrent un moment pénible : quatre années de lutte victorieuse pour en arriver là... Ils devinaient autour d'eux, me dit-il, l'ombre des compagnons disparus : Piédefer, Gorgetorte, Paponnet, Constantin et quelques autres, sans oublier Esther et tous ceux qui avaient pris du plomb dans leur chair.

Le lieutenant général de Bergerac, Hélie de Chillaud, donna lecture de la lettre d'amnistie qu'il avait reçue du roi, « le sieur Grellety l'ayant très humblement supplié de lui accorder ces lettres d'abolition ». J'imagine que Pierre, Joseph et leurs partisans n'écoutèrent pas sans grincer des dents ce document mensonger. « Supplier » ? Pierre en eût été incapable, et il n'avait pas rencontré Sa Majesté. C'est grâce à ces mensonges que les grands confortent leur puissance !

Dans la bise glacée qui faisait voler la neige au ras du sol, la petite troupe déposa ses armes, de vieilles pétoires hors d'usage. Elle écouta à genoux l'exhortation de M. de Schomberg, dont la haute silhouette chancelait sous les rafales qui menaçaient de le désarçonner. La messe en plein vent fut expédiée brièvement par l'évêque de Périgueux assisté du curé de Saint-Mayme.

– J'ai vu le moment où mon frère allait crier son indignation contre cette cérémonie humiliante, me dit Joseph.

Je tenais sa main dans la mienne : elle était glacée et s'agitait comme pour se défendre d'une attaque de guêpes.

Devenu sénéchal du Périgord à la mort de son père, monseigneur François de Bourdeilles assistait à cette cérémonie expiatoire. Il m'avait invité à l'accompagner, mais je prétextai la santé de mon Adèle, qui avait fait une mauvaise chute sur le verglas, pour m'abstenir.

Je tentai, lorsqu'il fut de retour, de lui faire raconter le détail de cette cérémonie. Il déclina ma requête.

J'ignore les raisons de cette réticence, mais je suis convaincu qu'il a gardé un mauvais souvenir de cette sinistre journée, en raison de la peine qu'il avait dû éprouver à voir ses paysans agenouillés dans la neige comme une meute de chiens. Joseph, en revanche, m'en dit davantage.

– Cette épreuve, me dit-il, nous aurons du mal à l'oublier…

Restait pour Pierre à satisfaire la requête du cardinal, réunir une troupe de deux cents croquants.

Battre la campagne par ce temps rigoureux n'avait rien d'une partie de plaisir. Il fallut pourtant s'y résoudre. La plupart des croquants qu'ils retrouvèrent n'auraient pas rechigné à reprendre la lutte, mais la perspective d'aller défendre la frontière d'Italie leur répugnait.

Il leur fallut près d'un mois pour mettre sur pied un régiment de près de deux cents hommes auxquels on confia les équipements les moins disparates et les meilleures armes.

Pierre tenait à l'idée émise par le cardinal, défiler dans Périgueux. Il y voyait une revanche sur l'humiliante épreuve de Lembras, plus qu'une bravade. Chargé de négocier avec le premier consul, M. de Chancel, cet ultime épisode de la guerre, M. de Schomberg dut user de la menace.

– Eh bien, soit, répondit M. de Chancel, nous acceptons de laisser défiler dans notre ville cette horde de voleurs et de criminels, puisque telle est la volonté du cardinal, mais souffrez que, ce jour-là, nous soyons absents.

– Vous serez présents ! riposta le gouverneur, sinon nous ferons cantonner la troupe dans le consulat et le présidial, qui ont de beaux jardins. Dites à tout ce que la ville compte de robes longues ou courtes, de chasubles et de tricornes, qu'ils se trouvent présents, sinon, il leur en cuira ! Je veux que l'on ne ménage rien pour que la fête soit belle. Le cardinal a l'œil sur vous…

C'est au mois de mars, le jour des Rameaux, que les croquants, incorporés dans le régiment d'Hélie de Chillaud, firent leur entrée dans Périgueux.

Quelques jours avant, j'avais été invité par maître Pierre de Bessot au mariage de sa sœur, Anne, avec un parent du premier consul, M. Chancel de Bardabaud. À cette occasion, j'emmenai avec moi Mondine, qui, à quinze ans, n'avait encore jamais vu cette ville.

L'idée de la faire entrer dans la maison de l'avocat ne vint pas de moi mais de lui.

– Vous avez une bien jolie petite drôlesse, me dit-il. Il serait dommage que vous conserviez ce trésor à Richemont pour garder les oies et les pourceaux. Confiez-la-moi Je pourrai l'employer à la surveillance des enfants. Ma femme s'est accouchée en septembre dernier d'une fille que nous avons appelée Françoise et qui est de santé fragile. Mon cher Donnadieu, vous connaissez ma famille. Vous n'auriez pas à regretter ma proposition.

C'est ainsi que Mondine entra au service de M. de Bessot et s'en trouva fort bien.

L'avocat avait ajouté :

– Nous aurons pour les Rameaux un grand défilé des croquants. Je partage les réticences des consuls, mais, puisque le roi et le cardinal ont tranché, nous ferons contre mauvaise fortune bon cœur. Auriez-vous plaisir à être des nôtres ce jour-là ?

Je ne puis dire que Périgueux ait jamais eu beaucoup d'attrait pour moi. Lorsque, à plusieurs reprises, la proposition me fut faite d'y installer mes pénates, j'ai renoncé. Cette ville est bruyante et elle pue. Où que l'on s'y promène, on respire des odeurs méphitiques. Je déteste de même ces entassements de masures à encorbellements, qui mangent l'air et la lumière du jour et font de chaque rue une sorte de corridor sombre et boueux. Mais je suppose qu'il doit en aller de même dans toutes les villes. Privé des espaces de forêt, de mes vignes et de ma truffière de La Tour-Blanche, je dépérirais.

La proposition de M. de Bessot trouva Adèle consentante : elle se disait qu'il faudrait bien qu'un jour l'oiselet prît son envol hors du nid. Plutôt que d'épouser un de ces hobereaux crottés qui viennent parfois goûter notre vin et nos truffes, elle préférait pour sa fille le fils d'un notable.

Le temps de retourner à Richemont et de préparer le modeste bagage de Mondine, nous nous retrouvâmes, ma fille et moi, à Périgueux où les préparatifs pour l'entrée des croquants battaient leur plein.

Passé le moment de stupéfaction qui avait succédé à l'annonce de cet événement proclamé par cri public, la population avait consenti à jouer le jeu. Seuls quelques bourgeois, consuls ou officiers du présidial, rechignèrent mais ne purent s'opposer à l'élan qui soulevait les quartiers populaires de la ville.

J'ignore dans quelle disposition d'esprit se trouvaient alors les Grellety. Pierre alla passer une semaine à Pissot, en compagnie des paysans qui élevaient le petit Guillaume. Cet enfant, m'a dit Joseph, poussait dru et promettait de dépasser son grand-père par la taille et son père par la témérité. Il fallait l'avoir à l'œil à toute heure du jour.

À chacune de ses visites, Pierre constatait avec satisfaction que la tombe d'Esther était bien entretenue. Au cours de ces dernières années, l'idée lui était venue de reconstruire la maison des Coustaudous, de s'y installer, de retrouver en lui ce qui restait encore vivace de son enfance de paysan. Il en parlait parfois avec Joseph : ils se mariaient, ranimaient la vieille souche, stérile en apparence, des Grellety, se donnaient une progéniture abondante que cette terre généreuse n'aurait pas de peine à nourrir… Et puis ces projets sombraient dans le tumulte des jours et l'incertitude des lendemains.

– Ces projets n'étaient qu'illusion, poursuivit Joseph. Quand on a goûté au vin de la guerre, on répugne à d'autres boissons. Comment, après quatre ans de luttes dans l'odeur de la poudre et du sang, reprendre en main les mancherons de la charrue ? Nous nous sommes, Pierre et moi, donnés au métier des armes. Nous y resterons jusqu'à la fin de nos jours…

Il n'avait pas été facile de convaincre l'évêque de Périgueux de faire sonner cloches et carillons la veille et le matin de la fête. S'y fût-il refusé, ils auraient sonné tout seuls.

Les premiers éléments du régiment de Chillaud, envoyés par M. de Schomberg pour assurer l'ordre, arrivèrent la veille et logèrent dans une vaste bâtisse abandonnée, le château Barrière, propriété du général de Lamotte, incendiée au temps des guerres de Religion.

Après avoir bivouaqué à Pommie, à un quart de lieue de la ville, les deux cents croquants de Grellety se présentèrent au châtelet du pont de Tournepiche pour demander passage. La porte s'ouvrit à la première sommation. M. de Chillaud vint en grande tenue saluer cette troupe et lui adresser quelques paroles de bienvenue.

La fanfare franchit le premier pont-levis sous les vivats de la populace massée le long des parapets, aux fenêtres et sur les toits d'une grosse maison noble ornée d'oriflammes et de draperies qu'agitait un vent tiède. Pierre Grellety marchait en tête, à pied, après avoir refusé de monter le cheval richement harnaché envoyé par le gouverneur. Rien ne le distinguait des hommes de sa troupe, si ce n'est la jaque de cuir brun sur laquelle pendait une médaille de Notre-Dame-des-Vertus qu'il avait reçue des mains de Michel Gibiat. Cette absence d'affectation, cette simplicité paysanne suscitèrent des vagues d'enthousiasme dans la foule que les archers avaient du mal à contenir.

Joseph m'a dit l'émotion qu'il partageait avec son frère et tous ces soldats-paysans vêtus de bric et de broc, armés de mousquets et de piques.

– Je garde dans l'oreille, me dit-il, le bruit sec de nos socques de noyer sur le tablier du pont, comme d'une grosse pluie d'orage. Nous avions renoncé aux bottes que nous avions récupérées sur les cadavres des soldats, pour ne garder que les gros sabots dont nous avions l'habitude et d'où dépassaient des brins de paille ou de fougère. À quelques affûtiaux près, cette troupe était comparable à celles qui partaient faire le coup de feu dans la forêt. Pour ne pas choquer Schomberg et Chillaud, Pierre avait interdit le port des uniformes pris à l'ennemi.

Je tenais Mondine par la main lorsque, en compagnie de Pierre de Bessot et de sa famille, nous nous avançâmes pour voir défiler les croquants. Dans la troupe comme parmi la foule, des hommes et des femmes ne pouvaient cacher leur émotion. J'avoue y être allé moi-même d'une larme, car les défilés militaires, si pacifique que je sois, me bouleversent. Allez savoir pourquoi !

Mondine semblait indifférente à la liesse de la populace. Elle ne semblait intéressée que par le personnage qui, d'une allure rigide, d'un pas tranquille, conduisait ces paysans. Elle me demanda son nom.

– C'est le capitaine Pierre Grellety, le chef des croquants du Périgord, lui répondis-je. Celui qui vient immédiatement derrière lui est son frère, Joseph. Quant aux commandants des compagnies, j'ignore leur nom.

Les autres, Mondine s'en moquait. Elle me tira par la main, insista pour que nous suivions le train de la troupe jusqu'à la place du Présidial où, installés sur une estrade, se tenait debout tout ce que la ville compte de notables et d'officiers publics. Je remarquai, dans les rangs des militaires qui entouraient l'édicule, monseigneur François de Bourdeilles ; il jouait d'une main nerveuse avec la garde de son épée de sénéchal, celle de son père, qu'il portait par respect filial.

À défaut de l'allocution que M. de Chancel

s'était refusé à prononcer, il appartint à M. de Chillaud de tirer la leçon de l'événement sans précédent que nous étions en train de vivre. Il parla en évitant de faire donner les grandes orgues de l'éloquence, mais avec une rigueur toute militaire qui convenait à la situation.

– Le capitaine Grellety ne va-t-il pas répondre ? me demanda Mondine.

Je la déçus en lui révélant que ce chef des croquants était plus à l'aise quand il faisait parler la poudre et que, vraisemblablement, il ne dirait rien.

– Père, me dit-elle, vous le connaissez bien, ce Grellety ?

– J'ai beaucoup entendu parler de ses exploits mais je ne me souviens pas de l'avoir rencontré. Pourquoi toutes ces questions ?

Mondine, à quinze ans, était à l'âge des toquades. J'aurais pu lui présenter Grellety, ce que beaucoup n'eussent pas hésité à faire, comme un brigand, elle lui aurait malgré tout gardé toute son indulgence. Ainsi en est-il de la jeunesse, pour qui le sentiment prend toujours le pas sur la raison.

Notre attention fut détournée par une salve de détonations venant du quartier des Arènes. Comme Mondine s'en inquiétait et me tirait par la main pour que nous retournions chez les Bessot, je la rassurai : il s'agissait de salves de joie.

Un groupe de filles rompit le cordon des gardes pour aller, en tenue de fête, déposer des bouquets entre les bras de Grellety, et à ses pieds des présents sous forme de volailles, de miches et de tonnelets.

– Citoyens de Périgueux, lança M. de Chillaud, la fête va débuter ! Vous trouverez aux Arènes de quoi vous sustenter et vous désaltérer gratis !

Ce fut la ruée. Les croquants avaient quartier libre, à condition de ne pas semer le trouble. Ils se mêlèrent à la foule. Assaillis de toutes parts, pressés, entraînés par les femmes et les filles, ils étaient l'objet de la curiosité de tous : quel était leur nom ? D'où venaient-ils ? À quels combats avaient-ils participé ? Avaient-ils de la famille ? Ils prenaient le chemin des Arènes avec une femme à chaque bras, ivres de bonheur avant de l'être de vin ou de brandevin, avec, semblait-il, des ailes dans le dos.

– Nous en avons assez vu, dis-je à Mondine. Il faut rentrer. Je crains que cette fête ne me fatigue. Je n'ai pas l'habitude de la foule et du bruit, tu comprends ?

Elle me comprenait mais protesta un peu avant de céder. J'étais vraiment oppressé par ce vacarme et cette agitation, excédé par cette foule qui nous entraînait comme dans un torrent, ce que je ne supporte pas. D'ailleurs, on nous attendait pour le dîner.

L'après-midi se passa en jeux dans le jardin pour les enfants, en parties de cartes dans le salon pour les adultes, en papotages dans le boudoir pour les dames et les grandes demoiselles. La paisible demeure de l'avocat était comme une île battue par des flots tumultueux.

Le souper fut des plus joyeux. L'épouse du maître de maison avait préparé un repas digne d'une fête de famille et M. de Bessot monté de la cave le meilleur de ses vins. La salle à manger ouvrait sur un vaste jardin livré aux enfants, aux chiens et aux chats qui pullulaient dans cette demeure. Malgré les rumeurs et les flonflons des musiques et des chansons montant du cœur de la ville avec quelques détonations de gargousses, la soirée était douce, sous un ciel crépusculaire couleur de pêche mûre.

Les filles de la maison et les servantes emportèrent leur part de *flognarde* dans le jardin puis, avec des cris et des rires, improvisèrent des rondes auxquelles vinrent se mêler sans façon deux clercs et le valet d'écurie. Il me plaisait que Mondine fût invitée à participer à ces ébats innocents, mais je m'inquiétais un peu des conciliabules qu'elle tenait avec l'aînée de ces drôlesses, un peu à l'écart des autres.

Elle s'avança vers le banc où, en compagnie de Mme de Bessot, l'avocat ayant regagné sa chambre, je prenais le serein sous un bouquet de seringas. Elle croisa les mains dans son dos et me dit :

– Père, m'autorisez-vous à me joindre à mes compagnes pour aller danser ? Il y a une petite danserie de quartier, tout à côté.

Je lui opposai un refus catégorique.

– Mais, père, insista-t-elle, nous ne risquons rien ! Les clercs et le valet nous accompagneront.

Aucune raison n'aurait pu me faire céder. Je conduisis Mondine en larmes dans sa chambre, fermai la porte à double tour et mis la clé dans ma poche. Puis, ayant remercié mon hôtesse de son hospitalité, je gagnai ma propre chambre.

Je tiens de Joseph le détail des exploits nocturnes de ma fille. Cela me laissa pantois.

Bref, voici ma Mondine enfermée dans sa chambre, tandis que les autres filles se préparaient pour aller danser. Avec ou sans la permission des parents ? je l'ignore. Les trois garçons qui devaient les chaperonner n'étaient pas des mauviettes, mais cette sortie nocturne, dans une ville rendue folle par le vin et la musique, était d'autant plus périlleuse que les trois filles de l'avocat étaient des têtes folles portées aux excentricités.

Mondine attendit patiemment le signal. Le moment venu, une échelle dressée contre sa fenêtre, elle descendit dans le jardin où l'attendaient ses compagnes. La porte du potager donnant sur la rue leur fournit la clé des champs.

Il m'est aisé, *a posteriori*, de deviner que l'intention de ma fille était de retrouver « son » capitaine, de le couver des yeux à son aise, de lui parler peut-être. Entreprise malaisée du fait que rues et places étaient envahies par une foule délirante. Elle se renseigna auprès de quelques croquants, ivres pour la plupart, afin de savoir où elle pourrait trouver leur chef. Elle apprit qu'il se trouvait aux Arènes en compagnie de son frère et de quelques autres de ses lieutenants.

– Allons-y ! dit l'aînée des filles. Nous finirons bien par le trouver, ton galant.

Ces folles ! Elles s'amusaient de la toquade de ma Mondine, la poussaient, par un mouvement de perversité, vers ce capitaine qui allait se moquer d'elle ou l'envoyer paître sans ménagement !

Pierre et Joseph Grellety étaient attablés sous une tonnelle, en marge d'une aire libérée pour la danserie, et bavardaient avec d'autres croquants en buvant et en regardant tournoyer les couples. Mondine, poussée par ses compagnes qui s'esclaffaient, se planta hardiment devant Grellety en triturant, selon son habitude, le fond de son devanteau brodé. Joseph fut le premier à la remarquer. Comment aurait-elle pu le laisser indifférent, belle et radieuse comme elle est !

– Demoiselle, dit Joseph, accepterez-vous de faire un tour de danse avec moi ?

Elle fit non de la tête énergiquement.

– Je ne suis pas un cavalier à votre convenance ? Vous m'en voyez confus et affligé ! Soit. Mon frère aura peut-être plus de chance.

Fut-elle surprise par le ton marquis de cour de ces propos de la part de cet homme vêtu comme un paysan ? Je n'en sais fichtre rien. Toujours est-il qu'elle acquiesça et que Pierre se contenta de hausser les épaules sans même peut-être la regarder…

– Tu ne peux pas refuser ! protesta Joseph. Tu risques d'humilier cette sauvageonne. Elle pourrait bien t'arracher les yeux !

Cela, on le devine, sur le ton de la plaisanterie.

Mondine fit quelques pas en avant, tendit la main à Pierre, qui, stupéfait, la considéra un moment avant de la saisir.

– Soit, soupira-t-il. Un peu d'exercice me fera

du bien, mais je te préviens, je danse très mal.

– Je vous apprendrai, dit-elle.

Bref, tout ce qui se dit dans ces occasions. J'ai peine à croire que Mondine, réservée comme elle est, ait pu accomplir cette démarche outrancière, mais Joseph me l'a confirmé. Le diable sait si l'on peut connaître ce qui passe de folies par la tête d'une drôlesse de quinze ans lâchée dans la foule et – oui ! – amoureuse !

Ils dansèrent, me dit Joseph, le *chibreli,* le *rifoufouté,* le *quadrille.* Ils revenaient entre chaque danse boire un verre de vin, si bien que Mondine ne regrettait rien de son audace et que Pierre se sentait prêt à l'indulgence pour cette garcette qui remuait de vieux sentiments dans son cœur et des frissons dans sa chair.

Une bourrée acheva de donner à cette scène l'allure d'un miracle. C'est une danse, dit-on, particulièrement propice à tresser les liens de la passion. Ils exécutèrent les quelques figures que comportait cette danse sans se quitter des yeux, comme fascinés. La dernière figure terminée dans un soupir aigrelet de vielle, il la serra dans ses bras et l'embrassa sur les lèvres. Allez savoir ce qu'ils ont bien pu se raconter, si même ils prononcèrent la moindre parole !

En retournant vers la table et en avalant un dernier verre, Pierre lui dit :

– Tu es magicienne ! Je ne connais rien de toi et tu me fais danser alors que je déteste ça ! Asseyons-nous. Dis-moi comment tu t'appelles.

– Mondine, monsieur. Mondine Donnadieu.

– Donnadieu… Donnadieu… Ce nom me dit quelque chose. Ton père n'est-il pas l'intendant et l'homme de confiance des seigneurs de Bourdeilles ?

– Si fait, monsieur Grellety.

– Tu connais mon nom ?

Elle éclata de rire.

– Tout le monde vous connaît ! En vous voyant défiler tout à l'heure je me suis dit que ce soir je danserais avec vous. C'était plus fort que moi. Ça vous choque ?

Là, je crois que Joseph a fait travailler son imagination. Je connais trop bien Mondine pour savoir qu'elle n'aurait jamais osé tenir ce genre de propos à un inconnu. Quant au fait que Grellety sût mon nom, je le crois bien volontiers : on avait dû lui parler de moi lors de l'attaque de Marsaneix, quand on m'a extrait du *tamisadour* comme une poule couveuse.

Donc, les voilà tête à tête, à se boire des yeux, à se tenir les mains.

Pierre fut le premier à rompre l'enchantement.

– Il se fait tard et les tiens risquent de s'inquiéter. Quant à moi, je suis fatigué, et il faudra défiler demain avant de partir pour l'Italie. Viendras-tu ?

– Je serai là ! dit Mondine. C'est où, l'Italie ?

Il lui confia que c'était loin, très loin, au-delà des frontières, qu'on s'y battait, qu'il ne reviendrait peut-être pas. Il essuya avec son pouce la larme qui coulait sur la joue de Mondine.

– Tu serais triste si je ne revenais pas ?

Il essuya une autre larme.

C'est alors que Joseph, ébahi, entendit son frère dire à Mondine :

– Accepterais-tu de m'épouser ?

Elle ouvrit grande la bouche et se leva vivement. Il dut croire qu'il était allé un peu loin et qu'elle allait fuir. Il la retint par le poignet.

– Oui, monsieur Grellety. Oh oui !

– Alors je te ferai tenir de mes nouvelles. Quand je serai bien installé dans mes fonctions je t'enverrai chercher. Mais il faudra que tes parents soient d'accord.

– Ils le seront !

D'un bond elle quitta la table pour rejoindre ses compagnes, qui l'entourèrent pour la faire parler.

– Elle était rayonnante ! dit Joseph.

Là, je veux bien le croire…

Les croquants devenus des soldats du roi restèrent seulement trois jours à Périgueux, le temps de donner à cette horde de chiens sauvages sortis de leur forêt les uniformes et l'armement que M. de Schomberg avait fait acheminer à leur intention depuis Bordeaux.

Le lendemain de leur arrivée, la ville s'éveilla dans l'épais silence qui succède aux nuits de danserie et de beuverie. Aux premières heures du jour, celles où les marchands ouvrent leurs auvents, on ne voyait que des chiens errants qui se disputaient les restes de la bamboche, des ivrognes qui regagnaient péniblement leurs domiciles, des miséreux sortis des bas quartiers qui raflaient sur les tables les reliefs de la veille et vidaient le fond des pots.

Mondine s'éveilla tard dans la matinée. Lorsque j'allai la délivrer elle dormait encore, alors que le soleil rayonnait sur le jardin dans le chant des merles. Je m'attendais à lui trouver la mine maussade : elle me sauta au cou. Comme je la questionnais sur son état d'âme après la contrainte de la veille, elle haussa les épaules et fit la sourde oreille.

– J'aimerais que tu m'amènes au nouveau défilé et à la montre, me dit-elle. Ça aura lieu rue de Francheville.

Si peu intéressé que je fusse par une nouvelle promenade à travers la foule, je ne pouvais refuser à ma fille ce plaisir innocent.

À l'heure annoncée à son de cloches et de trompettes, rien n'aurait pu la retenir : elle semblait bouillir d'impatience, me pressait d'achever mon dessert, s'entretenait en riant aux éclats avec ses compagnes et fit si bien que je ne la reconnaissais plus. Je me demandais ce qui avait pu la changer à ce point, elle si discrète et mesurée dans ses épanchements, si taciturne même en temps ordinaire. À défaut de mieux, je mis cette exaltation sur le compte de son isolement d'avant sa venue à Périgueux.

Je devais rester des mois sans connaître les raisons exactes de cette singulière alacrité.

Lorsque les tambours, coiffés d'un chapeau plat, cravatés de blanc et de rouge, portant leur instrument sur le ventre, surgirent au détour de la Claütre, Mondine se mit à sauter sur place en battant des mains. Lorsque apparurent les premiers éléments de l'infanterie, elle redoubla d'agitation, criant et se démenant comme si un essaim de frelons s'était glissé sous sa jupe.

Il y avait de quoi, je le reconnais, être ému par ce spectacle et la métamorphose qui s'était opérée en quelques heures : les croquants et leurs chefs, méconnaissables sous l'uniforme de l'infanterie royale, chaussés de bottes ou de souliers, défilant au pas sous leurs enseignes… Pierre Grellety marchait à leur tête, lentement, au rythme du tambour, détaché de Joseph et du reste de la troupe de quelques pas. Autant qu'il m'en souvienne, il était vêtu d'un pourpoint jaune ou doré en haut duquel s'épanouissait un large collet de dentelle blanche ; ses culottes bleues plongeaient souplement dans des bottes de cuir évasées à la hongroise ; il était coiffé du large feutre des mousquetaires, à bord relevé, orné d'une plume blanche inclinée sur l'arrière ; il portait son épée en avant un peu comme les aveugles ; seuls son visage tanné, ses cheveux coupés court révélaient ses origines roturières.

Tel m'apparut, par cette matinée étincelante des feux du printemps, ce laboureur, ce rustre qui, quatre ans auparavant, après le meurtre du capitaine Barricade, s'était évanoui dans la forêt pour y tisser son histoire et sa légende.

À voir Mondine se démener, lancer à tous les

échos, en battant des mains, le nom du capitaine Grellety afin d'attirer son attention, j'aurais dû prendre quelque soupçon de ce comportement inhabituel. La veille, la fascination muette qu'elle semblait témoigner pour le chef des croquants aurait dû me mettre la puce à l'oreille. Mais comment aurais-je pu me douter que, la nuit précédente, tandis que je dormais, elle était en train de voler vers son destin ? L'aveuglement des parents n'a souvent d'autre limite que la folie des enfants, et cette folie peut être parfois la prescience de la sagesse.

Un peu choqué de prime abord, je me dis que cette attitude était à l'unisson du délire qui agitait la foule : des femmes se jetaient au-devant des soldats pour accrocher des fleurs à leurs baudriers, les embrasser, leur tendre leurs nourrissons, leur offrir des médailles saintes et des bouteilles de vin qu'ils repoussaient…

Je retins Mondine alors que, rompant le cordon des gardes, elle allait se précipiter vers son idole. Je criai à travers le vacarme :

– Mais enfin, me diras-tu ce qui t'arrive ? On dirait que ce capitaine t'a ensorcelée !

Elle me jeta un regard de commisération, comme si le sens du miracle ne pouvait m'effleurer. Elle haussa les épaules sans souffler mot.

– Vas-tu me répondre ? insistai-je en lui secouant le bras.

Dieu me pardonne ! Ma main partit toute seule, vive mais sans violence, contre sa joue. Elle recula de quelques pas, égrena un chapelet de mots que je ne compris pas dans le vacarme qui nous enveloppait. Elle se glissa entre deux gardes en écartant leurs lances croisées et se précipita vers la tête du défilé.

Seigneur… Je la vois encore, plantée devant le capitaine Grellety, qui, impassible, poursuivait sa marche lente et compassée, le précédant pas à pas, à reculons, derrière les tambours ! Affolé, je jouai des coudes pour la rejoindre et l'arracher à l'envoûtement dont elle paraissait possédée, mais je ne pus y parvenir.

De guerre lasse, furieux, angoissé, je m'en retournai chez maître Pierre de Bessot et, hors d'haleine, lui contai la scène étrange dont je venais d'être témoin. Il se tenait dans le jardin, assis sur un banc, en train de lire une gazette. Quand il me vit surgir, haletant, chancelant, essuyant mes joues en sueur, il ôta ses bésicles et me demanda ce qu'il m'arrivait.

– Mondine… soufflai-je. Je l'ai perdue dans la foule ! Elle… elle et ce capitaine…

Il se mit à rire, posa la main sur mon épaule et m'invita à m'asseoir près de lui.

– Ne vous inquiétez pas, dit-il. Votre fille n'est pas en danger. Il n'y a pas eu d'incidents hier, il n'y en aura pas aujourd'hui.

Je lui parlai de la fascination que le capitaine Grellety semblait exercer sur elle.

– Il faut reconnaître, dit-il avec un sourire, que ce « roi des voleurs », comme on disait, fait tourner bien des têtes parmi nos péronnelles, mais il partira demain et Mondine l'oubliera. Oubliez cet incident, vous aussi. Lisez plutôt les dernières nouvelles de Paris ! La vie du cardinal ne tient qu'à un fil. Il souffre d'abcès et d'ulcères qui font craindre le pire à bref délai.

– Pardonnez-moi ! dis-je. Je préfère prendre un peu de repos avant le dîner.

Je ne retrouvai une sérénité relative et un véritable soulagement que lorsque je vis Mondine revenir, radieuse, marchant comme sur un nuage avec des ailes dans le dos.

– Père, dit-elle, me pardonnerez-vous ?

– Il faudra d'abord que tu t'expliques !

– Plus tard, répondit-elle d'un air mystérieux. Plus tard… peut-être…

Ma récolte de noix a été abondante. Dans la seule journée d'hier, j'en ai ramassé plusieurs paniers, la valeur d'une comporte. J'irai avec Baptiste les vendre au marché de Brantôme. Comme elles sont de première qualité, j'en tirerai un bon prix, en attendant la collecte des truffes.

Aujourd'hui, campo ! La pluie est venue interrompre le ramassage. La fenêtre vis-à-vis de ma table de travail découpe un paysage balayé par les lourdes nuées de novembre venues du nord avec un vent noir, *lou vent nègre,* comme disent les vieux. Des bouquets de brume flottent sur les pinières d'où, de temps à autre, monte l'appel d'un loup : sans doute le vieux solitaire qui traîne son échine percluse de rhumatismes entre Richemont et Saint-Crépin. Il vient presque chaque nuit rôder autour du château. Je vais déposer à son intention quelques reliefs de nos repas, à l'insu d'Adèle, qui me traiterait de fou.

Ce fauve inoffensif, je regretterais qu'il tombe

sous les balles des chasseurs. Il m'est devenu familier. Il m'arrive de le rencontrer, assis sur son arrière-train, au sommet de la roche sous laquelle il a son gîte.

Surprise ce matin : la lettre reçue d'Italie était entièrement de la main de Mondine ! En fait, elle est brève et ce qu'elle raconte n'a pas grand intérêt pour nous : une fête au palais du gouverneur, en présence des autorités de la province… une longue promenade à cheval jusqu'aux premières pentes du mont Rose qu'elle aperçoit de sa fenêtre… une escarmouche entre Français et Espagnols dans les parages de Mortara… la première neige sur les rizières de la plaine…

Un petit mot en fond de page nous apprend que Pierre souffre d'une dysenterie tenace, accompagnée de fièvre des marais.

Depuis ce jour de mars de l'année précédente, où Mondine s'est jetée, pour ainsi dire, dans les bras de son beau capitaine, des événements graves ont troublé le royaume.

Le cardinal s'est accroché à la vie avec plus d'acharnement que ses médecins ne l'avaient auguré : il est mort en décembre dernier en demandant à Dieu pardon de ses erreurs et de ses fautes, comme lui-même pardonnait à ses ennemis.

Quelques mois plus tard, ce fut le tour de notre souverain de paraître devant Dieu.

Depuis quelques mois, il souffrait d'un flux hépatique que ses médecins étaient impuissants à juguler. Il a passé le mois de mai de cette année 1643 au château neuf de Saint-Germain, près de Paris, où il trouvait l'air meilleur qu'au château vieux. La veille de sa mort, penché à sa fenêtre d'où il apercevait au loin la basilique de Saint-Denis dans laquelle sont ensevelis les rois de France, il murmura dans un soupir : « Ce sera ma dernière demeure. Je me prépare à y aller gaiement… »

J'ai lu ces nouvelles dans les gazettes que M. Grant de La Tour-Blanche reçoit et qu'il me prête. J'en prends connaissance avec quelque retard, mais cela m'importe peu : je vis en dehors du monde et le monde continuera de tourner lorsque j'aurai tiré ma révérence.

Ma seule satisfaction, passé les vendanges, en dehors de la cueillette des champignons, du gaulage des noix, puis des châtaignes, en attendant la saison des truffes, qui ne va pas tarder, ce sont les nouvelles de Vercelli, mais elles ne tombent que goutte à goutte.

5

RETOUR À RICHEMONT

Le départ du capitaine Grellety affecta profondément ma fille. Durant trois jours, me dit M. de Bessot, elle perdit quasiment l'appétit et la parole. J'en fus moi-même affligé, au point que je lui faisais une visite chaque semaine pour m'enquérir de sa santé et lui apporter quelque consolation. Je proposai même à Mme de Bessot de la lui retirer, car elle n'avait plus de goût à sa tâche.

– N'en faites rien, me dit cette bonne âme. Mondine est à un âge où l'on se fait, question de sentiment, une montagne d'une taupinière. D'ailleurs, mes filles sont trop attachées à elle pour la laisser partir sans motif.

Mondine avait confié à une de ces drôlesses que le capitaine Grellety avait promis de lui écrire dès qu'il serait arrivé à Vercelli, mais les jours passaient sans apporter le courrier attendu. Ou il n'était pas arrivé, ou il avait oublié sa promesse, trop occupé peut-être par ses nouvelles fonctions.

Mondine prit son mal en patience, retrouva

peu à peu une vie et un comportement normaux, s'occupant surtout des enfants en bas âge. Le jour où, pour l'éprouver, je lui proposai de retourner à Richemont, elle protesta avec véhémence, disant qu'elle ne comprenait pas cette idée et me la reprochant.

Je me gardai bien de lui révéler que Bastien Grant de La Tour-Blanche prenait de temps à autre de ses nouvelles et que son épouse s'était ouverte à moi du projet de donner Mondine à l'un de ses fils qui entrait dans ses vingt ans. C'était le plus beau parti que nous puissions espérer pour notre fille, mais je réservai mon accord, car ce plan me semblait prématuré.

Et voici que le passé et le présent se rejoignent… Il s'est écoulé environ un an et demi entre la rencontre de Mondine avec son capitaine et l'arrivée du « cavalier noir », Joseph Grellety, venu me demander pour son frère la main de Mondine. Trois autres mois me séparent de leur départ pour Vercelli et ce jour de novembre où j'écris ces lignes.

Durant ces quelques mois, je me rappelle, Pierre n'a pas donné signe de vie à sa promise.

– De sa part, me dit Joseph, ce n'était pas de l'indifférence. Je crois que, dès le premier jour, il a vraiment aimé votre fille, et d'ailleurs il m'en parlait souvent avec émotion. Ce qu'il souhaitait, je vais vous le dire : c'était la mettre à l'épreuve en s'infligeant à lui-même le même comportement. Allez comprendre cela, maître Donnadieu ! L'amour, il est vrai, échappe souvent à la raison.

Durant ces longs mois d'une attente qu'elle croyait désespérée, Mondine, peu à peu, se retrouvait telle qu'elle était auparavant : une fille sage, obéissante, accorte. Lorsque M. de Bessot lui donnait congé de revenir pour quelques jours à Richemont, elle retrouvait sans hésitation ses habitudes passées, sans nous témoigner beaucoup d'affection, car, je l'ai dit, elle était de nature réservée, avec nous du moins, mais avec un attachement réel. Elle n'oubliait pas qu'elle avait connu dans cette demeure une existence sinon heureuse, du moins sans souci, protégée de la misère, des tourments de la guerre civile et des ennuis divers qui accablaient le peuple des campagnes.

Bref, j'étais sur le point de provoquer une rencontre avec le cadet des Grant quand le « cavalier noir » a fait son apparition, porteur des nouvelles que l'on sait.

Pour dire le vrai, nous aurions fait une terrible sottise en nous arrêtant à ce choix : ce grand dadais, cette tête creuse n'aurait pu faire son bonheur.

Lorsque je me sens en proie à quelque tourment, que je suis assailli par quelque adversité qui dérègle le cours paisible de mon existence, je quitte le château pour errer dans la forêt, histoire de prendre mes distances avec le monde, de noyer mes soucis dans la vie qui hante ces espaces de solitude que les poètes appellent un désert.

Il est des jours où ma forêt semble avoir une âme, où elle souhaite se faire entendre. Elle s'ouvre à moi, me parle, et je tends l'oreille. Chaque pas que je fais me la rend plus proche. À travers les ramures basses ou celles qui nagent en plein ciel, sur les tapis de fougères ou de bruyères, je perçois des vies et des voix diverses, diffuses, innombrables. Soudain, un jour de la fin de l'automne, je constate qu'elle m'est devenue indifférente, pour ne pas dire hostile, comme un miroir qui ne nous renvoie rien d'autre que notre visage, ce dont nous n'avons que faire. C'est pour moi la solitude totale. Ma forêt semble trop occupée par le réveil des sèves et par les caprices du temps pour s'intéresser au personnage négligeable que je suis.

Ce matin, j'ai chaussé mes socques et me suis enfoncé dans la châtaigneraie. Par précaution, un troupeau de loups ou de chiens sauvages nous ayant été signalé dans les parages de Cantillac, j'ai mis mon mousquet à l'épaule. Je n'ai rencontré, peu après mon départ, que le vieux fauve solitaire qui, du haut de son observatoire, m'a salué d'un long hurlement, sans bouger d'un pouce, conscient que je ne lui veux pas de mal.

Je n'allais pas chercher, sur ces trajets incertains et dangereux, une consolation mais une forme d'oubli.

J'avais encore dans la tête un brouillon d'angoisse, un tumulte de mots qui s'entrecroisaient, se chevauchaient, finissant par perdre leur sens.

La lettre de Joseph que je reçus ce matin-là était brève mais suffisante pour me bouleverser. Elle disait :

Mon frère est mort ce matin d'une dysenterie aggravée par une fièvre des marais. Nous allons l'inhumer dans le cimetière de la citadelle, après un office religieux à Sant'Andrea. Pierre était le meilleur des hommes. Il assumait ses fonctions avec compétence et autorité. Il aimait et respectait les gens du peuple, qui le lui rendaient bien. Nous éprouvons, Mondine et moi, une peine infinie. Elle est enceinte de deux mois et ne souhaite pas rester à Vercelli où elle n'a plus rien à faire. Son intention est de venir s'accoucher à Richemont et de vivre parmi vous pour élever son enfant. Je vous la ramènerai dans les premiers jours d'avril.

À la peine que j'éprouve s'ajoute un sentiment égoïste, à la pensée que Mondine sera de nouveau parmi nous et qu'elle reprendra l'existence qu'elle y menait par le passé. Heureuse ? je ne saurais l'affirmer. Ce dont je suis certain, c'est que mon Adèle et moi ferons tout pour lui faire oublier son malheur, lui rendre la vie facile, l'aider à élever son petit drôle et lui trouver peut-être un nouveau compagnon.

Hier, à la veillée, en épluchant les châtaignes, ma femme m'a cherché querelle : elle me reprochait d'avoir écarté le fils cadet des Grant pour cet « aventurier de Grellety ». Je lui démontrai que nous aurions fait le mauvais choix : ce garçon tournait ivrogne, passait ses nuits avec les catins de Périgueux, ne prenait aucun intérêt à la gérance du domaine.

Adèle riposta, avec cette voix de cornet à bouquin qu'elle prend dans ses colères :

– S'il a mal tourné, comme tu dis, c'est du dépit qu'on lui ait refusé Mondine ! Si tu ne l'avais pas repoussé il se conduirait convenablement et Mondine vivrait près de nous riche et heureuse !

– Riche, peut-être. Mais heureuse…

– Et moi, crois-tu que je sois heureuse dans cette bicoque où il se passe des semaines sans que nous voyions personne ?

Le sempiternel refrain…

Adèle aurait aimé vivre à Périgueux. En quittant le moulin de ses parents, à Bourdeilles, en tressant sa couronne de mariée avec les fleurs de son jardinet, elle s'imaginait naïvement que nous irions nous établir en ville, ce qu'à Dieu ne plaise je ne l'ai jamais sérieusement envisagé.

Cette rancœur remonte en elle comme de la bile à la moindre algarade. Je me rassure en me disant que ces différends sont notre tisane quotidienne, souvent un peu amère. Paradoxalement, elles fortifient nos rapports après avoir failli les affecter au lendemain de notre mariage. Ils nous démontrent au moins que nous sommes encore vivants. Les petites colères peuvent être bonnes conseillères.

Depuis la dernière lettre de Joseph m'annonçant le retour au bercail de notre fille, les jours m'ont paru interminables.

Un sentiment étrange m'avertit de temps à autre que mon séjour sur cette terre arrive à son terme. D'ici à la fin de l'année prochaine, peut-être le bonhomme Donnadieu aura-t-il tiré sa révérence. Une légende affirme que les loups et tous les fauves de la forêt, sentant venir la mort, s'écartent de la communauté et cherchent un endroit paisible et retiré pour leur agonie. C'est ce que me racontait mon père dans son échoppe de savetier. Moi, c'est ici, à Richemont, comme M. de Brantôme, que je finirai mes jours.

Mon vieil ami, le solitaire, m'a quitté pour le paradis des loups. Un matin de février, j'ai trouvé sa vieille carcasse sous son rocher, la tête éclatée par la balle d'un chasseur. Je l'ai traîné par la queue jusqu'à sa tanière et j'ai entassé quelques pierres dans l'entrée en guise de sépulture.

Au retour, j'ai dû m'arrêter à trois reprises, épuisé par la marche et saisi par le froid, au cœur de cette châtaigneraie au silence troublé par la chute des paquets de neige détachés par le vent. Je me suis dit, en reprenant mon souffle et en laissant mon cœur s'apaiser, que, si je mourais là, dans cette fin de jour, il se passerait du temps avant qu'on ne me retrouve.

Le lendemain, je me suis souvenu du dépôt que M. de Brantôme a laissé de ses œuvres et que j'ai pour ainsi dire enterré dans la cave. Cela fait des mois que je ne me suis pas plongé dans ce fatras pour y lire, un peu au hasard, quelques feuillets.

Dans une casaque ayant appartenu à l'écrivain, j'ai taillé quelques mains de cuir pour faire une couverture à chacun de ces manuscrits. Avec la pointe d'une *fusaïole* rougie à la chandelle, j'ai gravé le nom de l'auteur et le titre des ouvrages. Je suis satisfait de cette précaution, mais un doute lancinant persiste : que fera-t-on de ce trésor après sa mort ? François de Bourdeilles, qui, je l'ai dit, n'a guère de sympathie pour son oncle, ne va-t-il pas les livrer au feu, comme il me l'avait ordonné ?

J'ai fait ce que ma conscience me commandait de faire, et je ne regrette rien.

En reprenant ce matin le cours de mon récit, j'ai voulu revenir sur celui de la veille, dans lequel j'ai relaté la découverte du corps du vieux solitaire, et ne l'ai pas trouvé. Durant près d'une heure j'ai fouillé dans mes liasses, sans résultat. J'ai accusé Nanon de s'en être servie pour allumer le feu, mais elle a protesté si vivement que je n'ai pas insisté.

– Mon pauvre mari devient *fadart* ! s'est écriée Adèle. Que veux-tu que nous fassions de tes gribouillages ? Tu ferais mieux d'aller ramasser quelques truffes !

Ces maudits feuillets, j'ai fini par les retrouver : ils s'étaient tout bonnement insérés dans une liasse où ils n'avaient que faire. Je me disais que le diable pouvait bien y être pour quelque chose. Peut-être mon Adèle a-t-elle raison. Peut-être, du fait de mon âge avancé (cinquante-cinq ans, hélas !), suis-je en train, comme elle dit, de tourner *fadart*.

Je n'irai pas ramasser les truffes à La Tour-Blanche aujourd'hui, bien que la pluie ait cessé. Une force d'inertie m'a maintenu toute la matinée rivé à mon fauteuil (celui où est mort M. de Brantôme), incapable de mettre le nez dehors, sauf par la fenêtre. J'ai fumé pipe sur pipe au risque d'affoler mon vieux cœur et de voir ma vue se brouiller.

L'heure du dîner ayant sonné, j'ai appelé Baptiste et Nanon pour qu'ils m'aident à descendre. Sous l'œil sourcilleux d'Adèle, je n'ai mangé qu'une rave cuite sous la cendre, du blanc de poulet et une tranche de pain que Clairette venait de sortir du four.

La sieste m'a été bénéfique. Comme le temps est doux, j'ai laissé la fenêtre ouverte sur le couderc d'où montent les grognements des pourceaux, le caquetage de la volaille, l'aboiement des chiens en train de courir après les rats, le tire-lire d'une alouette dans la *garissade* proche et la chanson de Nanon à sa toile…

Je me suis endormi dans ces bruits familiers comme un enfant gorgé de lait.

Ma sieste a été plus longue et plus profonde que d'ordinaire. Frais comme un gardon, je me suis remis à ma table pour recopier au propre un contrat de métayage et faire de menus travaux de copie que M. Pierre de Bessot me confie en raison de ma belle écriture. En effectuant ces tâches fastidieuses, j'éprouvais une étrange impression, celle que le petit monde qui m'entourait prenait ses distances avec moi, que les murs de boiserie s'écartaient comme des décors de théâtre, que la tapisserie de Bruges s'éloignait, comme soulevée par le vent, que le paysage, où la neige le disputait à la pluie, s'estompait au point de se confondre avec le ciel.

Deux claques vigoureuses ont retenti dans ma tête comme un tonnerre. J'étais allongé sur mon lit, bien aise, un petit brouillard de bonheur dans la tête. On avait dû avoir du mal à m'y transporter, car, sans être obèse, je suis corpulent. Assise dans la ruelle, son mouchoir à la bouche, Nanon gémissait, la main de son époux posée sur son épaule. De l'autre côté, Adèle, le visage empreint de gravité, murmurait : « Toutes ces écritures, tous ces gribouillis, à son âge… Je me disais bien que ça lui jouerait un mauvais tour. » Au fond du lit, Baptiste et Clairette se tenaient droits, tête inclinée, comme pour bénir un mort. La Sainte Famille au grand complet ! L'idée m'amusa.

– Ah ! tu peux rire, grand pendard ! bougonna mon épouse. On t'a cru mort. J'ai même demandé à Baptiste de se préparer pour aller chercher le curé de Saint-Crépin.

Elle s'est levée, m'a pris dans ses bras et s'est mise à pleurer. Nanon m'a apporté un reste de la soupe de midi et du vin pour le chabrol. J'aurais voulu rester dans cette absence jusqu'à ce qu'une voix me dise : « Il faut te lever ! Mondine et Joseph viennent d'arriver… » Je me sentais dans mon assiette, apaisé, serein, comme étranger à la fois à mon corps, aux choses et aux êtres qui m'entouraient.

Dans la soirée, à l'insu d'Adèle, j'ai repris le cours de mon récit, à la chandelle, alors qu'il tombait, à travers une bordée de neige, une pluie de cendres.

J'ai pu descendre sans aide dans la cuisine pour le souper. L'appétit m'était revenu. J'ai fait honneur au ragoût de sanglier, à l'omelette aux truffes et bu ma bouteille de vin des Balands. Le monde, autour de moi, avait repris son équilibre.

Avant de me remettre à mon récit, j'ai taillé fin une plume. Aucun sentiment d'urgence ne m'animait. Je n'étais pas mû par cette impulsion qui naît en moi chaque matin pour s'épanouir devant la page blanche. Ce goût de l'écriture, qui m'est venu sur le tard, agit en moi comme une drogue. J'y trouve une revanche sur la banalité de l'existence, une consolation à mes déboires et à mes peines quand ils surviennent, ce qui est rare. Pour dire le vrai, un plaisir, le seul et le dernier qui me reste.

Parfois, je me dis : « Gratien Donnadieu, tu n'auras pas perdu ton temps si tu viens à bout de ce récit. » J'ignore s'il intéressera quelqu'un dans le futur. Peut-être les enfants de Mondine et les enfants de ses enfants. Peut-être un inconnu qui prendra intérêt à y découvrir quelque réalité sur les temps noirs de la *révolte des Croquants,* comme on dit, et qui en fera son profit.

Mondine… À l'heure qu'il est, elle doit se reposer dans quelque auberge de la montagne, les mains sur son ventre fécond. Mondine qui… Prendre mon mal en patience. D'ici à une semaine ou deux… d'ici… elle et Joseph… revenir à

Richemont

et moi, je…

Récit de Joseph Grellety

Il nous a fallu près d'un mois pour aller de Vercelli à Richemont, à travers la pluie, la neige et le vent qui souffle plus fort que par chez nous dans les vallées alpestres. Nous avons quitté avec regret ce pays d'eau et de neige dominé par la dentelle éblouissante du mont Rose. Il a fallu que j'arrache Mondine à la tombe de Pierre, dans le petit cimetière de la citadelle, comme si elle ne devait jamais y revenir.

Si la mort de Pierre l'a émue, celle de son père ne lui a tiré que quelques larmes mais aucune effusion. Elle était très attachée au « bonhomme Donnadieu », comme disait mon frère, et m'en parlait souvent, mais il y avait entre eux trop d'absences. Elle avait quitté sa famille comme le fruit mûr tombe de la branche. En revanche, avec sa mère, elle se sent plus à l'aise. Je me demande ce qu'elles peuvent se raconter durant leurs longs entretiens au creux du *cantou.*

Nanon m'a raconté la fin de Gratien Donnadieu.

Elle l'a découvert un soir d'avril, assis à sa table, la chandelle allumée, endormi semblait-il, son visage blanc comme plâtre posé sur ses feuillets, une main crispée sur sa plume. Elle lui a secoué l'épaule pour le réveiller mais il n'a pas réagi. Alors elle a appelé Mme Adèle.

On a fait au défunt des obsèques d'une grande simplicité, comme il l'avait exigé dans son testament. Sa tombe, dans l'enclos de Richemont, est couverte d'une simple dalle, surmontée d'une croix de châtaignier, sans date ni inscription. C'est ce qu'il souhaitait et sa volonté a été respectée.

Nous ne nous attarderons guère en Périgord où j'avais plusieurs missions à accomplir. Je devais rendre compte à M. de Chillaud de la situation de notre garnison ; nos paysans se sont adaptés sans difficulté à leur existence de soldats sur ces marches lointaines ; certains ont épousé de ces robustes filles de la montagne. J'avais moi-même des vues sur Fausta, une fille de Palestro, dont la famille possède des rizières et fait commerce de grenouilles qu'en Piémont on mange entièrement, frites ou accommodées en ragoût.

Ma deuxième mission nous conduisit, Mondine et moi, aux Coustaudous. La végétation sauvage a submergé le domaine. Des frênes ont poussé dans la chambre que Pierre et moi occupions. J'ai dû me battre contre les ronciers et les orties pour retrouver la tombe de ma mère.

– N'as-tu pas envisagé de revenir habiter ici ? m'a demandé Mondine. C'est un beau domaine qui ne demanderait qu'à produire de nouveau. Et les murs sont solides…

Je n'en ai ni la volonté ni le courage. La vie a fait de moi un soldat et je le resterai jusqu'à la fin de mes jours. Je prendrai à Vercelli la place laissée vacante par mon frère. Le brevet me parviendra bientôt.

Je m'étais imposé une troisième mission : aller à Pissot chercher l'enfant de Pierre et d'Esther, le jeune Guillaume. Ça n'a pas été facile : ses parents adoptifs s'étaient pris d'affection pour lui malgré sa turbulence héritée de sa mère. En traversant Périgueux, nous nous sommes arrêtés chez le fripier pour le vêtir convenablement et l'avons conduit aux étuves car il puait comme harengs en caque. Aujourd'hui il est beau et propre comme un prince. Il lui tarde de monter à cheval et de partir pour l'Italie.

La veille de mon départ, j'ai longuement parlé à Mme Adèle d'une idée qui me trottait dans la tête depuis que nous avions franchi les Pyrénées.

– Votre fille, madame, est veuve et moi je suis célibataire. Verriez-vous un inconvénient à ce qu'elle devienne ma femme ? Il est vrai que vous me connaissez peu, mais vous savez que je suis un brave homme et que je pourrais être le meilleur des époux. L'enfant qu'elle porte comme celui que Pierre a eu d'Esther sont de mon sang et je les considérerai comme mes propres enfants. Je suis convaincu que M. Donnadieu m'aurait donné son accord, mais c'est le vôtre qui m'importe.

Elle ne répondit rien, se mit à tourner en rond dans la cuisine, les mains à plat sur son visage, poussant de petits gémissements qui m'intriguaient et me laissaient entendre un refus.

– Vous voulez m'enlever une nouvelle fois ma Mondine ! dit-elle. Je comptais qu'elle resterait près de moi. Voyez : tout est prêt pour l'accouchement. Et vous voulez m'en séparer !

– Mondine fera ses couches ici, comme elle l'avait prévu. Je ne reviendrai la chercher que dans quelques mois.

– Lui avez-vous parlé de ce projet ?

– Je n'ai pas osé. C'est qu'il est trop tôt, voyez-vous. Mais vous, peut-être…

Elle hocha la tête, promit de parler à Mondine le soir même et tint parole. Comme j'étais dans ses bonnes grâces, elle ne chercha pas à dissuader sa fille de devenir ma femme.

Mondine et moi nous nous entendions parfaitement. Dieu me pardonne ! je me disais, alors que nous chevauchions botte à botte sur les chemins de la plaine ou dans les belles vallées de la Valsesia, que, si quelque jour elle se trouvait libre, j'en ferais volontiers ma compagne.

Un jour, à l'époque où les cigognes noires viennent nicher sur les pentes du Monte Fenera, elle me dit : « Crois-tu que, du haut de ces montagnes, on pourrait voir le clocher de Saint-Front ? » Elle avait de ces naïvetés qui me plaisaient.

Le lendemain, nous avons fait ensemble une dernière promenade à cheval jusqu'à Brantôme par la petite route qui se situe entre la Dronne pétillante de lumière et de verdures nouvelles et les falaises en encorbellement, d'où suintaient les eaux vives du printemps. Nous avancions au pas pour ne pas la fatiguer, car, grosse qu'elle était de plusieurs mois, je ne voulais pas qu'elle risquât une chute.

Comme nous arrivions près de Belaygue, je lui ai dit :

– Est-ce que ta mère t'a parlé ?

– Elle m'a parlé.

– Et qu'as-tu répondu ?

Mondine a gardé le silence un moment. Elle suivait avec attention un vol de grolles au-dessus d'une chènevière, comme pour jouir de mon attente. Puis, tournant vers moi un regard sévère, elle m'a dit :

– Cela ne se peut.

J'ai arrêté mon cheval. Elle a poursuivi son chemin puis s'est retournée sur sa selle de manière à me faire face. Et elle m'a dit :

– Cela ne se peut, Joseph, parce que tu aimes une autre femme et que tu iras la rejoindre dès que tu seras retourné à Vercelli.

Alors que Pierre était encore en vie, j'avais parlé à Mondine de la fille de Palestro. Je l'avais rencontrée au cours d'une fête de village, j'avais bavardé avec elle et nous avions échangé quelques caresses.

J'avais aussi parlé de ce début d'aventure sentimentale à Pierre. Il avait ri et plaisanté : Fausta, cette fille délurée, un peu vulgaire, devenir ma femme... Mondine avait donné son avis d'un air pincé : je méritais de faire un meilleur choix. Dans les jours qui suivirent elle me battit froid, non parce qu'elle jugeait Fausta indigne de moi, mais, je ne tardai pas à le comprendre, parce qu'elle était animée d'un sentiment de jalousie et aussi, il faut le dire, parce qu'elle n'avait pas trouvé auprès de Pierre le bonheur qu'elle en attendait. Il était trop pris par ses fonctions, ses randonnées à travers la province, l'entretien de sa garnison et sa santé pour s'occuper d'elle comme elle l'eût souhaité.

– Fausta, je m'en moque comme d'une guigne ! dis-je. Je ne lui ai fait aucune promesse. J'aurais pu, c'est vrai, viser plus haut, mais voilà.. Il n'y a place que pour toi dans mes pensées. Mondine, oui ou non, veux-tu être ma femme ?

Elle me laissa venir vers elle et me tendit la main.

– Je le veux, dit-elle.

Suite du récit de Joseph Grellety

On m'a signalé ces jours derniers des mouvements de troupes dans la province de Pavie, encore tenue par les Espagnols. La guerre va-t-elle reprendre ? Cette idée me donne des frissons. Pierre, lui, eût fait face hardiment. Je n'ai ni son courage ni ses compétences, mais je ferai mon devoir jusqu'au bout. Peut-être les qualités dont je me crois dépourvu se révéleront-elles.

J'ai envoyé des reconnaissances en direction de Novara et de Mortara, fait interroger des paysans sans obtenir de confirmation. Des mouvements de troupes ? Certes, ils en avaient entendu parler, mais les Espagnols ont l'habitude de bouger sans que, la plupart du temps, cela tire à conséquence.

– C'est sûrement le départ de Turenne qui les pousse à faire la bravade, mais ils vont se calmer, m'a dit un de mes lieutenants.

Nous avons capturé une patrouille espagnole dans les campagnes de Bougo. L'interrogatoire confirme l'avis du lieutenant : aucune attaque n'est envisagée, du moins pour le moment.

Le maréchal de Turenne, chef des armées d'Italie, a quitté notre province pour l'Allemagne où il a remplacé le maréchal de Guébriant, mortellement blessé au siège de Rottweil, en Bade-Wurtemberg.

Chaque jour j'écris à Mondine pour lui donner des nouvelles de la citadelle et obtenir d'elle – mais elle en est chiche – celles du Périgord. Cette province vit, semble-t-il, dans la paix du roi, le jeune Louis XIV, ou du moins des régents : sa mère, la reine Anne d'Autriche, et le cardinal Mazarin, car Sa Majesté est encore dans les langes.

J'ai obtenu de ma future belle-mère la permission d'emporter en Italie les liasses qui composent le récit du bonhomme Donnadieu. J'y ai retrouvé, en fumant l'âpre tabac et en buvant à petits coups un Erbaluce vigoureux, les émotions de nos batailles et l'exaltation de nos victoires. L'idée m'est venue d'y ajouter un addendum, histoire, si je puis dire, de boucler la boucle.

Mme Donnadieu aurait de même accepté que j'emporte la malle de clisse qui contient les manuscrits de M. de Brantôme, mais c'est une trop lourde charge.

Ce soir, devant la fenêtre du palais qui ouvre sur la plaine de l'orient, j'aperçois, au-delà des remparts de la citadelle, un fond de vallée où le soleil rasant découpe dans les rizières des miroirs chatoyants. Ce paysage plaisait à Mondine. Elle se rendait souvent, à cheval, seule ou en ma compagnie, dans ces campagnes fertiles, s'entretenait avec les paysans en s'essayant à parler cette langue qu'elle pratique aujourd'hui correctement. Elle s'intéressait surtout aux pauvres ; si Pierre n'avait contenu ses élans de générosité, elle l'eût ruiné.

Événement exceptionnel ! J'ai reçu trois lettres de Mondine en une semaine. La première m'annonçait que la vieille mule de son père était morte d'un arrêt du cœur. La deuxième me révélait que le petit Guillaume se montre insupportable et ne cesse de courir les bois avec les fils des Grant de La Tour-Blanche.

La troisième, que je viens de recevoir, me réchauffe le cœur : Mondine m'annonce qu'elle vient de s'accoucher d'une jolie drôlesse. *Nous avons décidé,* écrit-elle, *de l'appeler Esther…*

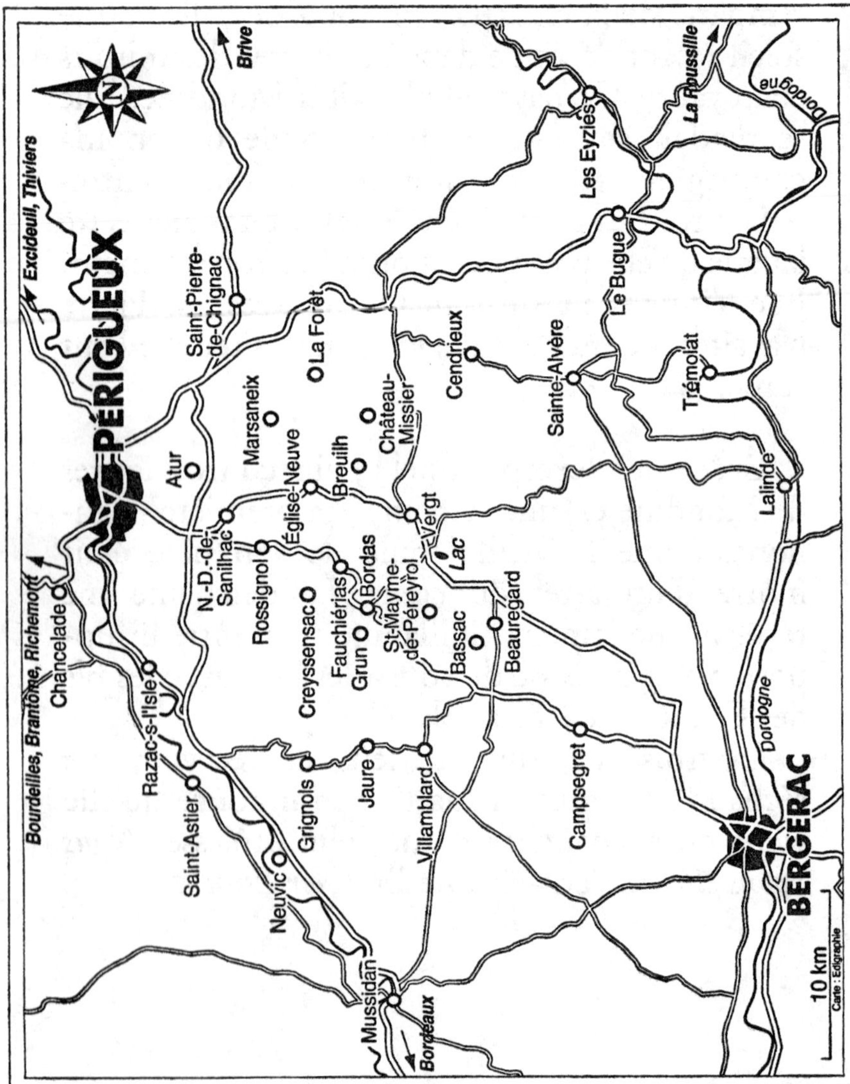
N
PÉRIGUEUX
Excideuil, Thiviers
Brive
Saint-Pierre-de-Chignac
La Forêt
Marsaneix
Atur
Château-Missier
Breuilh
Église-Neuve
N.-D.-de-Sanilhac
Rossignol
Bordas
Vergt
Lac
Fauchiérias
Creyssensac
Grun
St-Mayme-de-Péreyrol
Bassac
Beauregard
Chancelade
Bourdeilles, Brantôme, Richemont
Razac-s-l'Isle
Saint-Astier
Grignols
Jaure
Villamblard
Neuvic
Mussidan
Bordeaux
Campsegret
Cendrieux
Sainte-Alvère
Le Bugue
Les Eyzies
La Roussille
Dordogne
Trémolat
Lalinde
BERGERAC
10 km
Carte : Edigraphie

LE PARÉAGE

TABLE

PREMIER LIVRE

DEUXIÈME LIVRE

TROISIÈME LIVRE

QUATRIÈME LIVRE

Cet ouvrage a été imprimé par la
SOCIÉTÉ NOUVELLE FIRMIN-DIDOT
Mesnil-sur-l'Estrée
pour le compte de France Loisirs
en mai 2001

Cet ouvrage est imprimé
sur du papier sans bois et sans acide.

Imprimé en France
Dépôt légal : mai 2001
N° d'édition : 35053 - N° d'impression : 55511